suhrkamp taschenbuch 907

W0249938

Stanisław Lem, geboren am 12. 9. 1921 in Lwów, lebt heute in Kraków. Er studierte Medizin und war nach dem Staatsexamen als Assistent für Probleme der angewandten Psychologie tätig. Privat beschäftigte er sich mit Problemen der Kybernetik, der Mathematik und übersetzte wissenschaftliche Publikationen. 1955 wurde Lem mit dem Goldenen Verdienstkreuz, 1959 mit dem Offizierskreuz der *Polonia Restituta* ausgezeichnet und erhielt 1978 den Großen Staatspreis für Literatur der VRP. Er ist Gründer der polnischen astronautischen Gesellschaft. Seit 1973 liest Lem als Dozent am Lehrstuhl für polnische Literatur an der Universität Kraków. Wichtige Veröffentlichungen: *Der Unbesiegbare* (1969), *Solaris* (1972), *Die vollkommene Leere* (1973), *Sterntagebücher* (1973), *Robotermärchen* (1973), *Das Hohe Schloß* (1974), *Transfer* (1974), *Das Hospital der Verklärung* (1975), *Summa technologiae* (1976), *Imaginäre Größe* (1976), *Der Schnupfen* (1977), *Phantastik und Futurologie I und II* (1977/78), *Der phantastische Lem* (1980). *Die Stimme des Herrn* (1981), *Provokation* 1981), *Mehr phantastische Erzählungen* (1981), *Kyberiade* (1983).

Ein pulsierender Neutrinostrahl ist entdeckt worden, und was diese Signale bedeuten, darum geht es in Lems Roman. Handelt es sich um ein rein physikalisches Phänomen? Oder aber um eine interstellare Botschaft, ausgesandt von einer uns weit überlegenen Zivilisation?

Die Militärs erwarten sich Waffen vom Kosmos, die Wissenschaftler Erkenntnis, die Schwarmgeister Zeichen und Erlösung. Das Endergebnis ist nicht so sehr die ersehnte Kommunikation mit anderen Wesen im All als eine Projektion: wie in einem gigantischen Rohrschachtest legt jeder seine Erwartungen und Befürchtungen in den Kosmos hinein. Wie immer verzichtet Lem auf endgültige Antworten. Was zunächst entsteht, ist ein faszinierendes Geflecht von Hypothesen und Vermutungen, und am Ende steht das vorläufige Scheitern aller Hoffnungen.

Stanisław Lem
Die Stimme des Herrn

Roman

Phantastische Bibliothek
Band 97

Suhrkamp

Redaktion und Beratung: Franz Rottensteiner
Aus dem Polnischen übersetzt von Roswitha Buschmann
Titel der Originalausgabe: *Głos Pana*

suhrkamp taschenbuch 907
Erste Auflage 1983
© Stanisław Lem 1968
© der deutschen Ausgabe Insel Verlag Frankfurt am Main 1981
Lizenzausgabe mit freundlicher Genehmigung des Insel Verlags
Frankfurt am Main
Suhrkamp Taschenbuch Verlag
Alle Rechte vorbehalten, insbesondere das
des öffentlichen Vortrags, der Übertragung
durch Rundfunk und Fernsehen
sowie der Übersetzung, auch einzelner Teile.
Druck: Ebner Ulm
Printed in Germany
Umschlag nach Entwürfen von
Willy Fleckhaus und Rolf Staudt

1 2 3 4 5 6 – 88 87 86 85 84 83

Die Stimme des Herrn

Anmerkung des Herausgebers

Mit vorliegendem Buch veröffentlichen wir ein Manuskript, das in den nachgelassenen Papieren von Professor Peter E. Hogarth gefunden wurde. Diesem großen Geist war es leider nicht mehr vergönnt, seine Aufzeichnungen, die ihn über einen längeren Zeitraum in Anspruch nahmen, endgültig abzuschließen und für den Druck vorzubereiten. Die Krankheit, der er erlag, kam ihm zuvor. Da der Verstorbene über dieses Werk, das für ihn eine Ausnahme darstellte und an dem er weniger aus Spaß als vielmehr aus Pflichtgefühl arbeitete, selbst mit den ihm Nahestehenden, zu denen ich mich zählen durfte, nur ungern sprach, ergaben sich bei den vorbereitenden Gesprächen über die Herausgabe des Manuskripts gewisse Unklarheiten und strittige Punkte. Der Wahrheit zuliebe will ich nicht verhehlen, daß im Kreise derer, denen der Text zur Kenntnisnahme vorgelegt worden war, Stimmen laut wurden, die sich gegen eine Veröffentlichung aussprachen, da sie angeblich nicht in der Absicht des Verstorbenen gelegen hätte. Da wir jedoch keinerlei dahin gehende schriftliche Erklärung seinerseits besitzen, dürfen wir annehmen, daß derlei Ansichten jeder Grundlage entbehren. Fest hingegen steht, daß es sich um ein unvollendetes Werk handelt, da der Titel fehlt und wir nur noch ein lediglich im Konzept vorhandenes gesondertes Kapitel fanden, welches – und hier liegen unsere Hauptbedenken – sowohl als Einleitung als auch als Nachwort zum Buch gelten kann.

Als zum Nachlaßverwalter bestellter Freund und Kollege des Verstorbenen habe ich mich letztendlich entschieden, besagtes Fragment, das für das Verständnis des Ganzen von wesentlicher Bedeutung ist, als Einführung zu verwenden. Der Titel »Die Stimme des Herrn« geht auf einen Vorschlag des Verlegers, Mr. John F. Killer, zurück, dem ich an dieser Stelle für die hilfreiche Unterstützung bei der Veröffentlichung der letzten Arbeit von Professor Hogarth danken möchte. Gleichfalls meinen Dank aussprechen möchte ich Mrs. Rosamond T. Shelling, die sich den nötigen Vorarbeiten mit solcher Sorgfalt widmete und der die Endredaktion des Textes oblag.

Professor Thomas V. Warren
Mathematische Fakultät
der Universität Washington
Washington DC., im April 1996

Vorwort

Wenn ich auch viele Leser durch die nachfolgenden Worte vor den Kopf stoßen werde, halte ich es dennoch für meine Pflicht, sie auszusprechen. Bücher wie dieses habe ich bislang nicht geschrieben, und da es nicht der Brauch ist, daß ein Mathematiker seinen Arbeiten Ergüsse persönlicher Natur vorausschickt, könnte ich sie mir sparen.

Auf Grund von Umständen, die sich meinem Einfluß entzogen, wurde ich in Ereignisse verwickelt, die ich darstellen möchte. Die Gründe, die mich veranlassen, dieser Schilderung eine Art Bekenntnis voranzustellen, werden sich später klären. Wer über sich selbst reden will, muß sich für ein bestimmtes Bezugssystem entscheiden; möge meine jüngst erschienene Biographie aus der Feder von Professor Harold Yowitt als solches gelten. Yowitt nennt mich einen Geist allergrößten Formats, da ich stets die schwierigsten der heute zugänglichen Probleme angegangen sei. Er verweist darauf, daß mein Name immer dort zu finden gewesen sei, wo an einer radikalen Destruktion der wissenschaftlichen Überlieferung und an der Begründung neuer Theorien gearbeitet wurde, etwa bei der mathematischen Revolution, bei der Physikalisierung der Ethik oder beim »MAVO«-Projekt.

Als ich in der Lektüre bis zu der Stelle gediehen war, wo von Destruktion die Rede ist, erwartete ich hinter den Worten über meine zerstörerischen Neigungen weiterführende und kühnere Schlußfolgerungen und wähnte, endlich einen Biographen gefunden zu haben, was mich im übrigen durchaus nicht freute, denn sich selber zu entblößen ist noch immer nicht dasselbe wie – entblößt zu werden. Yowitt jedoch kehrt, gewissermaßen erschrocken über den eigenen Scharfsinn, dann – inkonsequent – zu der landläufigen Version über meine Person als eines ebenso arbeitswütigen wie bescheidenen Genies zurück und führt sogar ein paar Anekdoten aus dem eisernen Repertoire über mich an.

Ich konnte dieses Buch also getrost zu meinen anderen Biographien ins Regal zurückstellen, weil es mir seinerzeit nie in den Sinn gekommen wäre, daß ich in Bälde gegen den lobhudlerischen Porträtisten antreten würde. Dabei bemerkte ich, daß auf dem Regal nicht mehr viel Platz war. Mir fiel ein, daß ich einmal zu Yvor Baloyne gesagt hatte, ich würde sterben, wenn das Regal voll sei. Er hatte das für einen Scherz gehalten, und ich hatte nicht widersprochen, obwohl ich meine ehrliche Überzeugung geäußert hatte, deren Albernheit ihre Echtheit in nichts schmälert. Ich hatte also, um auf Yowitt zurückzukommen, noch einmal Glück gehabt oder, wie man will, auch kein Glück gehabt und bleibe, obwohl ich in meinem zweiundsechzigsten Lebensjahr achtundzwanzig meiner Person gewidmete Folianten besitze, vollkommen unbekannt. Darf man im übrigen so reden?

Professor Yowitt schrieb über mich nach Regeln, die nicht er aufgestellt hat. Nicht alle Personen der Öffentlichkeit dürfen auf die gleiche Art betrachtet werden. Der Kleinheit großer Künstler darf man mittlerweile nachspüren, und manche Biographen scheinen nachgerade zu glauben, eine Künstlerseele müsse mit kleinen Gemeinheiten abgepolstert sein. Großen Gelehrten gegenüber ist noch immer das alte Schema verbindlich. Den Künstler erkennen wir bereits als an seinen Körper geschmiedeten Geist, ein Literaturwissenschaftler darf sich über die Homosexualität eines Oscar Wilde auslassen, doch man kann sich schwerlich einen Wissenschaftshistoriker vorstellen, der sich analog dazu mit den Schöpfern der Physik befaßt. Die haben unanfechtbar, vollkommen zu sein, und die historische Veränderung besteht allein in unterschiedlichen Angaben über ihren Aufenthaltsort. Ein Politiker darf ein Schurke sein, ohne aufzuhören, ein großer Politiker zu sein,

ein genialer Schurke hingegen, das ist eine Contradictio in adjecto: Schurkenhaftigkeit macht Genialität hinfällig. Das verlangen heute die Regeln.

Eine Psychoanalytiker-Gruppe aus Michigan versuchte zwar, diesen Zustand zu ändern, doch hat sie die Sünde der Trivialität begangen. Den Hang zum Theoretisieren, der bei Physikern zutage tritt, leiteten diese Forscher aus sexuellen Hemmungen ab. Die psychoanalytische Lehre entdeckt das Tier im Menschen, das vom Gewissen derart fatal zugeritten wird, daß sich das Tier unter dem frommen Reiter unwohl fühlt und der Reiter in seiner Position nicht minder, weil seine Anstrengung ja nicht nur dahin geht, das Tier zu bändigen, sondern es auch noch unsichtbar zu machen. Die Konzeption, nach der ein altes Tier in uns steckt, das die neue Vernunft ohne Sattel auf seinem Rücken trägt, ist ein Gemisch aus verschiedenen primitiven mythologischen Vorstellungen.

Die Psychoanalyse serviert uns die Wahrheit auf infantile, das heißt »gymnasiale« Weise: Brutal und überstürzt erfahren wir durch sie Dinge, die uns schockieren und uns daher zum Gehorsam zwingen. Es kommt mitunter vor, wie just in diesem Falle, daß eine sich zwar der Wahrheit nähernde, doch billige Vereinfachung gerade soviel taugt wie eine Lüge. Einmal mehr werden uns Dämon und Engel, Bestie und Gott, in manichäischer Umarmung verschlungen, vorgeführt, und noch einmal wird der Mensch durch seinesgleichen für unschuldig erklärt als ein Kampfplatz von Kräften, die in ihn gefahren sind, ihn ausstopfen und sich in seiner Haut breitmachen. Und so ist denn die Psychoanalyse vor allem ein »Gymnasialismus«. Skandale sollen uns den Menschen erklären, und das ganze Drama des Daseins spielt sich zwischen dem Schwein und dem sublimierten Wesen ab, in das die Anstrengung der Kultur dieses zu verwandeln vermag.

Und so müßte ich denn eigentlich Professor Yowitt

dankbar dafür sein, daß er mein Bildnis im klassischen Stil gehalten und die Methode nicht bei den Psychologen von Michigan entliehen hat. Ich habe nicht vor, besser über mich zu sprechen, als sie es getan haben würden, aber zwischen einer Karikatur und einem Porträt ist immerhin ein Unterschied.

Ich glaube zwar nicht, daß jemand, der der Gegenstand von biographischen Arbeiten ist, über bessere Kenntnisse verfügt, als seine Biographen sie besitzen. Ihre Situation ist günstiger, weil sie Unklarheiten durch unzulängliche Angaben rechtfertigen können, was zu der Annahme berechtigt, daß der Beschriebene, wenn er lebte und dies wollte, ihnen die fehlenden Informationen hätte zur Verfügung stellen können. Der Beschriebene hingegen verfügt über nichts weiter als über Hypothesen zur eigenen Person, die wohl als seine Hervorbringungen, aber nicht unbedingt als jene fehlenden Bausteine Aufmerksamkeit verdienen mögen.

Bei genügendem Einfallsreichtum vermag eigentlich jeder eine ganze Reihe von eigenen Lebensläufen zu schreiben, die sich zu einer nur faktographisch geschlossenen Sammlung fügen. Selbst verständige, doch junge und also aus Unerfahrenheit naive Personen sehen darin nichts außer Zynismus. Sie sind im Irrtum, denn es handelt sich nicht um ein moralisches, sondern um ein erkenntnistheoretisches Problem. Die metaphysischen Glaubensrichtungen stehen keineswegs in ihrer Zahl den mannigfaltigen Glaubensvorstellungen nach, denen der Mensch zur eigenen Person anhängen kann – der Reihe nach, in verschiedenen Lebensabschnitten, und mitunter auch zur gleichen Zeit.

Und so behaupte ich auch nicht, ich könnte viel mehr als die Vorstellungen vermitteln, die ich seit ungefähr vierzig Jahren über mich habe, und als das einzige Besondere daran erscheint mir der Umstand, daß sie nicht schmeichelhaft für mich sind. Diese Unschmeichelhaftigkeit beschränkt sich jedoch nicht auf das »Herunterreißen der Maske«, welches der einzige, dem Psychoanalytiker verfügbare Trick ist. Von einem genialen Menschen beispielsweise zu sagen, er sei moralisch ein Schwein gewesen, heißt noch nicht unbedingt, ihn dort zu treffen, wo womöglich seine private Schande sitzt. Ein »den Gipfel der Epoche erreichender Intellekt«, wie es bei Yowitt heißt, wird von solcherart Diagnose nicht berührt. Die Schmach des Genies kann seine intellektuelle Vergeblichkeit sein, die Selbsterkenntnis, wie wenig gesichert alles ist, was es vollbracht hat. Genialität, das ist nie aufhörendes Zweifeln – vor allem anderen. Jeder einzelne von den Großen hat sich jedoch dem Druck der Allgemeinheit gebeugt, hat die ihm zu Lebzeiten errichteten Denkmäler nicht zertrümmert und damit sich selbst nicht in Zweifel gezogen.

Wenn ich als Person mit Genie, das mir von mehreren Dutzend gelehrten Biographen bescheinigt wird, überhaupt irgend etwas über geistige Höhepunkte aussagen kann, dann nur soviel, daß die Klarheit des Denkens ein lichter Punkt auf einem Gelände unerschöpflicher Finsternis ist. Genie ist nicht einfach nur Licht, sondern vor allen Dingen beständiges Wahrnehmen des uns umgebenden Dunkels, und seine normale Feigheit besteht darin, sich im eigenen Glanze zu sonnen und, solange dies möglich ist, nicht über dessen Grenzen hinauszuschauen. Ungeachtet dessen, wieviel authentische Kraft ihm innewohnt, bleibt immer noch ein erheblicher Rest, der nur vorgetäuschte Kraft sein kann.

Für die grundlegenden Eigenschaften meines Charakters halte ich Feigheit, Bosheit und Stolz. Der Zufall wollte es, daß dieser Dreifaltigkeit ein ganz bestimmtes Talent zu Gebote stand, das sie zu verbergen wußte und scheinbar umwandelte, und dabei half ihm die Intelligenz, im Leben eine der nützlichsten Einrichtungen, um angeborene Eigenschaften zu maskieren, sofern eine solche Operation als wünschenswert erscheint. Seit über vierzig Jahren benehme ich mich wie ein hilfsbereiter und bescheidener Mensch, bar aller Merkmale professionellen Dünkels, weil ich mich in ebendiesem Verhalten sehr lange und beharrlich geübt habe. Wie weit ich mich auch in meine Kindheit zurückversetze, immer war mein Leben von der Suche nach dem Bösen bestimmt, worüber ich mir übrigens verständlicherweise nicht im klaren war.

Meine Bosheit war isotrop und vollkommen uneigennützig. An weihevollen Orten, wie in der Kirche oder in der Nähe besonders würdiger Personen, dachte ich mit Vorliebe an Dinge, die mir verboten waren. Daß der Inhalt dieser Gedanken albern und kindisch war, will gar nichts besagen. Ich machte meine Experimente einfach auf der Ebene, der ich seinerzeit gewachsen war. Ich erinnere mich wirklich nicht, wann ich die ersten Versuche in dieser Richtung machte. Ich erinnere mich lediglich an den schneidenden Schmerz, die Wut, die Enttäuschung, die mich später jahrelang verfolgten, als sich herausstellte, daß ein Kopf, der voller schlechter Gedanken steckt, an keinem Ort und in niemandes Nähe vom Blitz getroffen wird, daß ein Ausscheren aus der richtigen Ordnung keinerlei, aber auch nicht die geringsten Konsequenzen nach sich zieht.

Wenn man so etwas überhaupt von einem nur wenige Jahre alten Kind sagen kann, dann wünschte ich mir jenen Blitz oder eine andere schreckliche Bestrafung und Buße herbei, forderte sie heraus und haßte den Ort meines Daseins, die Welt, dafür, daß sie mir bewiesen hatte, wie vergeblich alles Tun, also auch die böse Tat im Geiste, ist. Und so ließ ich meine Wut niemals an Tieren aus, ja nicht einmal am Gras, hingegen peitschte ich die Steine, den Sand, malträtierte ich Einrichtungsgegenstände, quälte das Wasser, und in Gedanken zertrümmerte ich die Sterne, um sie dafür zu bestrafen, daß ich ihnen gleichgültig war, und handelte so in einer Wut, die immer ohnmächtiger wurde, je besser ich begriff, wie lächerlich und töricht meine Handlungsweise war.

Etwas später hielt ich meinen Zustand, den ich durch Selbsterkenntnis erreicht hatte, für etwas wie ein schmerzliches Unglück, mit dem sich absolut nichts anfangen ließ, da es zu nichts nutze war. Ich sagte, meine Bosheit war isotrop: denn zuallererst bedachte ich mich selbst damit. Die Form meiner Hände, meiner Füße, meine Gesichtszüge verdrossen mich, sobald ich sie im Spiegel sah, so wie sie uns gewöhnlich nur an anderen ärgern und stören. Als ich noch größer wurde, fand ich, daß man so unmöglich leben könne. Schritt für Schritt beschloß ich, wie eigentlich ich zu sein hätte, und von Stund an strebte ich nur noch danach, mich an das einmal aufgestellte Programm zu halten – im übrigen mit wechselnder Konsequenz.

Eine Autobiographie, die damit beginnt, daß Bosheit im Verein mit Stolz und Feigheit als Grundlagen des Geistes aufgeführt werden, ist vom deterministischen Standpunkt aus mit einem logischen Trugschluß belastet. Denn wenn wir annehmen, daß alles in uns von vornherein angelegt ist, war auch mein Widerstand gegen die innere Bosheit schon angelegt, und der Unterschied zwischen mir und anderen besseren Menschen würde sich lediglich darauf beschränken, daß die Quelle der Handlungen jeweils anderswo zu suchen ist. Was jene aus freien Stücken tun, mit geringem Aufwand, weil sie doch einer natürlichen Neigung folgen, praktizierte ich ihr zum Trotz, also gewissermaßen künstlich. Aber ich selbst war es ja, der sich diese Taten abverlangte, mithin war ich – so betrachtet – in der Endbilanz dennoch zu Redlichkeit und Güte prädestiniert. Wie Demosthenes sich einen Stein in den stotternden Mund legte, so senkte ich mir Eisen in meinen Geist, um ihn gerade auszurichten.

Allein in dieser Gleichsetzung offenbart der Determinismus seinen ganzen Widersinn. Eine Schallplatte, auf der Engelsgesänge aufgezeichnet sind, ist moralisch nicht um ein Haar besser als eine, auf der Zeter- und Mordiogeschrei ertönt. Nach dem Determinismus war jemand, der besser sein wollte und es werden konnte, von vornherein dazu bestimmt, ebenso wie jemand, der es sein wollte, aber nicht sein konnte, oder auch jener, der nicht einmal versuchte, es sein zu wollen. Dieses Bild ist falsch, denn die auf der Platte aufgezeichneten Kampfgeräusche sind nicht der wirkliche Kampf. Da ich meinen Eigenaufwand kenne, darf ich behaupten, daß meine Kämpfe nicht eingebildet waren. Der Determinismus meint einfach etwas ganz anderes – die Kräfte, mit denen das physikalische Kalkül operiert, tun hier nichts zur Sache, ähnlich wie man ein Verbrechen nicht entschuldigen kann, indem man es in die Sprache atomarer Wahrscheinlichkeitsgrößen übersetzt.

In einem hat Yowitt unbestritten recht: Ich war immer auf das Schwierige aus. Gelegenheiten, wo ich meiner angeborenen Bosheit freien Lauf lassen konnte, verwarf ich für gewöhnlich als zu leicht. Wenn es auch sonderbar, ja sogar widersinnig klingen mag: Ich habe meinen Hang zum Bösen nicht überwunden, weil ich vom Guten als dem größeren Wert so angetan gewesen wäre, sondern ich habe so gehandelt, weil ich sein Vorhandensein in mir erst dann voll spürte. Für mich zählte die Anstrengung, die mit der Arithmetik der Moral nichts zu schaffen hat. Und so vermag ich wirklich und wahrhaftig nicht zu sagen, was aus mir geworden wäre, wenn nun die Veranlagung, nur Gutes zu tun, die erste angeborene Eigenschaft meiner Natur gewesen wäre. Wie gewöhnlich muß eine Überlegung, in welcher wir versuchen, uns selber in einer anderen als der vorgegebenen Gestalt zu erfassen, und dabei die Gesetze der Logik verletzen, sehr schnell Schiffbruch erleiden.

Ein einziges Mal entsagte ich nicht dem Bösen. Diese Erinnerung knüpft sich an den langen, grauenhaften Todeskampf meiner Mutter, die ich liebte und deren Auflösungsprozeß während der Krankheit ich zugleich überaus wach und gierig verfolgte. Ich war damals neun Jahre alt. Sie, die Heiterkeit, Kraft, ja nachgerade majestätische Ausgeglichenheit in Person, lag niedergestreckt in einem sich hinschleppenden und von den Ärzten hinausgezögerten Sterben. An ihrem Bett, in dem verdunkelten, von Arzeneigestank erfüllten Zimmer, hatte ich mich noch in der Gewalt, aber einmal, als ich sie verließ und schon die Tür hinter mir zugemacht hatte und sah, daß ich allein war, schnitt ich eine übermütige Grimasse zum Schlafzimmer hin, und weil mir das noch nicht genügte, rannte ich in mein Zimmer und tanzte keuchend, mit geballten Fäusten, vor dem Spiegel herum, während ich Fratzen schnitt und vor unbändiger Freude kicherte. Vor Freude? Ich verstand sehr wohl, daß meine Mutter im Sterben lag, und seit dem Morgen hatte ich mich der Verzweiflung überlassen, und diese Verzweiflung war ebenso echt wie jenes unterdrückte Kichern. Ich entsinne mich genau, wie es mich entsetzte, und gleichzeitig ließ ich damit alles hinter mir, was ich bisher erfahren hatte, und in diesem Schritt lag eine vernichtende Erleuchtung.

Noch in der Nacht, als ich allein lag, suchte ich zu begreifen, was geschehen war, und unfähig dazu, brachte ich mich mit der gebührenden Bemitleidung meiner selbst und meiner Mutter zu Tränen, bis ich einschlief. Ich hielt diese Tränen sicherlich für Sühne, doch danach, als ich die immer schlechteren Nachrichten, die die Ärzte meinem Vater brachten, erlauschte, begann alles von vorn. Ich fürchtete mich, auf mein Zimmer zu gehen, und suchte damals bewußt die Nähe von Menschen. Der erste Mensch, der mir Angst einjagte, war also ich selbst.

Der Tod meiner Mutter stürzte mich in eine kindliche Verzweiflung, die durch keinerlei Vorbehalte beeinträchtigt war. Mit ihrem letzten Atemzug endete die Faszination. Zusammen mit ihr erlosch die Angst. Diese Geschichte ist so undurchsichtig, daß ich nur Hypothesen aufzustellen vermag. Ich hatte den Niedergang eines Absolutums beobachtet, das sich als Täuschung entpuppte, einen schändlichen, obszönen Kampf, weil die Vollkommenheit dabei zerfiel wie der letzte Lumpen. Hier war die Ordnung des Lebens mit Füßen getreten worden, und obwohl die Menschen über mir das Repertoire dieser Ordnung sogar für derart düstere Gelegenheiten mit besonderen Beigaben ausstatteten, wollte dieses Beiwerk doch nicht zu dem passen, was da vor sich ging. Man kann nicht mit Würde, mit Anmut brüllen vor Schmerzen, ebensowenig wie vor Lust. In der Nachlässigkeit der Zerstörung erahnte ich die Wahrheit. Vielleicht erkannte ich in dem, was da hereinbrach, die stärkere Seite, also entschied ich mich für sie, weil sie die Oberhand gewann.

Mein heimliches Lachen hatte nichts zu tun mit den Schmerzen meiner Mutter. Vor diesen Schmerzen empfand ich nur Angst, sie waren der unvermeidliche Begleiter des Sterbens, das begriff ich wohl. Wenn ich gekonnt hätte, ich hätte sie von ihren Schmerzen befreit, ich wünschte mir weder, daß sie litt, noch daß sie starb. Zu einem wirklich vorhandenen Mörder wäre ich weinend und flehend hingestürzt, wie jedes andere Kind, doch da es den nicht gab, konnte ich lediglich die Perfidie der zugefügten Grausamkeit in mich aufnehmen. Ihr aufgedunsener Leib verwandelte sich allmählich in eine monströse Karikatur seiner selbst, verhöhnt und sich krümmend unter diesem Hohn. Mir blieb keine andere Wahl, als entweder mit ihr zu sterben oder sie zu verlachen, also wählte ich, Feigling, der ich war, das Gelächter des Verrats.

Ich kann nicht sagen, ob es wirklich so war. Der erste Lachkrampf packte mich beim Anblick der Zerstörung, und vielleicht wäre mir diese Erfahrung erspart geblieben, wenn meiner Mutter eine ästhetischere Todesart beschieden gewesen wäre, einem stillen Einschlafen vergleichbar, denn dies ist eine von den Menschen positiv bewertete Form. So war es jedoch nicht, und gezwungen, meinen eigenen Augen zu trauen, stand ich wehrlos. Der in früheren Epochen rechtzeitig herbeigeholte Chor der Klageweiber hätte das Gewimmer meiner Mutter übertönt. Die Degeneration der Kultur hat jedoch die magischen Praktiken zum Friseurhandwerk degradiert, denn der Bestattungsunternehmer – auch das hatte ich erlauscht – schlug meinem Vater verschiedene Gesichtsausdrücke vor, zu denen er ihre Todesgrimasse umformen könne. Daraufhin verließ mein Vater das Zimmer, und ich spürte für einen kurzen Augenblick, wie mich ein solidarisches Gefühl durchzuckte, weil ich ihn verstand. Ich dachte später unzählige Male an diese Agonie.

Die Version vom Lachen als Verrat erscheint mir unzureichend. Verrat ist das Ergebnis von Erkenntnis, was aber macht, daß uns die Zerstörung anzuziehen vermag? Was für eine finstere Hoffnung schöpft der Mensch aus ihr? Ihre totale Nutzlosigkeit vereitelt jede rationale Deutung. Diesen gierigen Zug haben zahlreiche Kulturen vergeblich zu ersticken getrachtet. Er ist etwas, das uns ebenso unwiderruflich mitgegeben ist wie unsere zwei Beine. Demjenigen, der bei seiner Suche nach der Ursache eine Hypothese des Vorbedachts nicht akzeptiert, weder in Gestalt der Vorsehung noch der des Teufels, bleibt lediglich das rationale Surrogat der Dämonologie: die Statistik. Aus dem verdunkelten Zimmer voller Zersetzungsgestank also führt die Spur zu meiner mathematischen Menschwerdung. Mit den Formeln der Stochastik versuchte ich den abscheulichen Zauber zu bannen. Aber auch dies ist nur eine Vermutung, folglich eine Selbstverteidigungsreaktion des Verstandes.

Ich weiß sehr wohl, daß sich das, was ich hier schreibe, zu meinen Gunsten verkehren ließe, wenn man unwesentlich die Akzente verschöbe, und irgendeiner meiner späteren

Biographen wird versuchen, das zu tun. Er wird beweisen, daß ich mit meinem Intellekt meinen Charakter bezwungen und einen heldenhaften Sieg davongetragen habe, beschimpft aber habe ich mich aus einem Verlangen nach Selbstreinigung heraus. Ein solches Machwerk würde Freuds Spuren folgen: Er ist zum Ptolemäus der Psychologie geworden, denn ein jeder kann nun nach seinem Muster die menschlichen Phänomene ausdeuten, indem er Epizykel auf Epizykel schichtet: Dieses Gebäude spricht uns an, denn es ist ästhetisch. Er hat die idyllische Version gegen die Groteske ausgetauscht, ohne zu wissen, daß er ein Gefangener der Ästhetik bleibt. Als ob es darum ginge, in der Anthropologie die Oper durch die Tragikomödie zu ersetzen.

Mein postumer Biograph möge sich keine Umstände machen. Ich brauche keine Apologeten, all meine Anstrengung geht zurück auf eine von keinem Schuldgefühl behaftete Neugier. Ich wollte begreifen, ausschließlich begreifen, nichts weiter. Die Uneigennützigkeit des Bösen ist ja der einzige Anhaltspunkt im Menschen für die theologische Argumentation. Die Theodizee antwortet auf die Frage, woher eine Eigenschaft stammt, die weder in der Natur noch in der Kultur ihren Ursprung hat. Ein beständig tief in der Materie humanistischer Erfahrung steckender und dadurch anthropozentrischer Intellekt kann sich letztlich mit der Vision von einer Schöpfung abfinden, die einen leicht makabren Scherz darstellt.

Der Gedanke an einen Schöpfer, der sich ganz einfach amüsiert hat, ist verlockend, doch geraten wir dabei in einen Teufelskreis: Wir stellen ihn uns nicht boshaft vor, weil er uns so gemacht hat, sondern weil wir selbst so sind. Jene Nebensächlichkeit und totale Unbedeutendheit des Menschen dem Weltall gegenüber, von der uns die Wissenschaft Kunde gibt, macht indessen den manichäischen Mythos zu einem an Trivialität grenzenden primitiven Einfall.

Ich will es noch anders ausdrücken: Falls eine Schöpfung stattgefunden hat, was ich im übrigen gedanklich gar nicht zulasse, dann hatte das Wissen, das dafür unbedingt erforderlich war, bereits einen Stand erreicht, wo kein Platz mehr war für dümmliche Scherze. Alldieweil – und das ist eigentlich schon mein ganzes Credo – etwas wie eine vollkommene Weisheit des Bösen nicht möglich ist. Die logische Überlegung sagt mir, daß der Schöpfer kein kleiner Gauner, kein Manipulator sein kann, der sich ironisch an dem ergötzt, was er da schafft. Was wir für das Ergebnis eines boshaften Eingriffs halten, könnte allenfalls als gewöhnliche Fehlkalkulation, als Irrtum verstanden werden, dann aber begäben wir uns auf das Gebiet einer nicht existierenden Theologie fehlbarer Gottheiten. Nun, und eben die Domäne ihrer Baupraktiken ist nichts anderes als das Gebiet, auf dem ich mein Leben lang gearbeitet habe, das heißt die Statistik.

Jedes Kind macht unbewußt Entdeckungen, aus denen die Welten eines Gibbs und eines Boltzmann erwachsen sind, weil ihm die Wirklichkeit als eine Vielzahl von Möglichkeiten erscheint, die es leicht, gleichsam spontan, aussondern und zum Leben erwecken kann. Das Kind ist von vielen virtuellen Welten umgeben, der Pascalsche Kosmos, dieser im uhrwerkartigen Gang erstarrte, mäßig bewegliche Leichnam, ist ihm völlig fremd. Die versteinerte Ordnung der Reife zerstört später jenen ursprünglichen Reichtum. Wenn dieses Bild von der Kindheit einseitig erscheint, schon weil das Kind seiner Unwissenheit und nicht seiner Wahl die innere Freiheit verdankt, so ist dies letzten Endes jedes Bild. Aus dem Zusammenbruch der Phantasie habe ich nur ein paar Reste mit hinübergerettet – eine Art fortwährender Mißbilligung der Wirklichkeit, die im übrigen eher etwas mit Zorn zu tun hat denn mit Verneinung. Schon mein Lachen war eine Absage, womöglich eine wirksamere als der Selbstmord. Ich bekenne mich zu ihm mit meinen zweiundsechzig Jahren, die Mathematik aber war nur die spätere Konsequenz dieser Haltung. Sie war meine zweite Fahnenflucht.

Ich meine das im übertragenen Sinne – doch man wolle mich bis zu Ende anhören.

Ich verriet meine im Sterben liegende Mutter, also alle Menschen, ich entschied mich durch mein Gelächter für die ihnen überlegene Macht, wenn sie auch abscheulich war, weil ich keinen anderen Ausweg sah. Doch später machte ich die Erfahrung, daß ich diesen unseren Gegner, der alles ist, der sich auch in uns eingenistet hat, ebenfalls verraten konnte, zumindest bis zu einem bestimmten Grade, weil die Mathematik unabhängig ist von der Welt.

Die Zeit enthüllte mir, daß ich mich ein zweites Mal getäuscht hatte. Sich wirklich für den Tod und gegen das Leben und für die Mathematik, gegen die Welt zu entscheiden, geht nicht an. Eine wirkliche Entscheidung bedeutet nur den eigenen Untergang. Denn was immer wir auch tun, wir tun es innerhalb des Lebens, und die Erfahrung lehrt, daß auch die Mathematik kein vollkommener Zufluchtsort ist, denn sie ist in der Sprache zu Hause. Diese Pflanze der Information hat in der Welt Wurzeln geschlagen und in uns. Dieser Vergleich hat mich immer schon verfolgt, sogar als ich ihn noch nicht in die Sprache eines Beweises zu übersetzen vermochte.

In der Mathematik suchte ich das, was kostbar gewesen war an der Kindheit – die Vielzahl der Welten, die die Bande zu der aufgezwungenen Welt so leicht zerreißt, als wohnte dieser nicht die Kraft inne, die auch in uns selber steckt und die nur tief genug verborgen liegt, damit wir ihr Vorhandensein vergessen können. Doch dann überzeugte ich mich wie jeder Mathematiker staunend, wie umwerfend überraschend und unglaublich vielseitig jene Beschäftigung ist, die anfangs einem Spiel zu ähneln scheint. Man dringt voller Stolz in sie ein und trennt offen und sichtbar das Denken von der Welt ab – durch willkürliche Entscheidungen, die in ihrer Apodiktik der Schöpfung gleichkommen, nehmen wir einen endgültigen Schnitt vor, der uns von jenem Gewühl separieren soll, in dem wir zu leben haben.

Und siehe, just diese Absage, dieser ganz radikale Bruch führt uns zum Kern der Erscheinungen, und die Flucht erweist sich als Eroberung, die Desertion als Begreifen und der Bruch als Versöhnung. Doch zugleich machen wir die Entdeckung, daß die Flucht nur eine scheinbare war, da wir doch zu dem zurückkehren, vor dem wir davonzulaufen suchten. Der Feind mausert sich zum Verbündeten, wir werden einer Reinigung teilhaftig, bei welcher die Welt uns schweigend zu erkennen gibt, daß wir sie nur durch sie selbst überwinden können. So ist die Furcht gebannt und verkehrt sich in Faszination an jenem besonderen Zufluchtsort, wo die innersten Bereiche ja gerade wieder die Oberfläche unserer einen, einzigen Welt berühren.

Die Mathematik offenbart den Menschen niemals in dem Grade, bringt ihn niemals so zum Ausdruck, wie das jede andere menschliche Arbeit tut: Der Aufhebungsgrad der eigenen Körperlichkeit, den man in ihr erreicht, ist mit nichts vergleichbar. Durch diese Worte neugierig Gewordene verweise ich auf meine Arbeiten. Hier kann ich nur das eine sagen, daß die Welt der menschlichen Sprache ihre Gesetze eingeimpft hat, als die Sprache eben im Entstehen begriffen war. Mathematik schlummert in jedem gesprochenen Wort, und sie braucht nur aufgefunden, nicht aber erfunden zu werden.

Was an ihr die Krone ist, läßt sich nicht trennen von ihrer Wurzel, denn sie entstand nicht im Verlaufe von dreihundert oder achthundert Jahren Zivilisationsgeschichte, sondern in den Jahrtausenden der Sprachentwicklung: auf dem Reibungsfeld zwischen Mensch und Umwelt, zwischen den Menschen und zwischen den Strömen. Die Sprache ist weiser als der Intellekt eines jeden von uns, ebenso wie der Körper jedes einzelnen Menschen klüger ist und mehr weiß als er selbst, denn er ist von sich aus allseitig im Strom des Lebensprozesses. Wir haben das Erbe dieser beiden Evolutionen, der lebenden Materie und der Materie der Informationssprache, noch nicht ausgeschöpft, und schon träumen wir davon, über die Grenzen beider hinauszugehen. Diese Worte mögen billige Philosophiererei sein, doch meine Beweise für die sprachliche Genese der mathematischen Begriffe, also dazu, daß diese Begriffe weder durch die Zählbarkeit der Dinge noch durch den Scharfsinn des Verstandes entstanden, sind es nicht mehr.

Die Gründe, die mich Mathematiker werden ließen, sind gewiß kompliziert, und einer von den wichtigsten ist Können, ohne das ich in meinem Fach gerade soviel ausgerichtet hätte wie ein Buckliger als Rekordanwärter in der Leichtathletik. Ich weiß nicht, ob Motive, die den Charakter und nicht das Können betreffen, eine Rolle bei der Geschichte gespielt haben, die ich erzählen möchte, aber ich darf diese Möglichkeit nicht ausschließen, denn die Sache selbst ist von solchem Kaliber, daß daneben weder natürliche Scham noch Stolz von Belang sein können.

Für gewöhnlich pflegen Memoirenschreiber in der Aufrichtigkeit ihrer Bekenntnisse sehr weit zu gehen, wenn sie meinen, was sie über sich selbst zu enthüllen haben, sei unsagbar wichtig. Ich mache, umgekehrt, die absolute Unwichtigkeit meiner Person zur Voraussetzung meiner Aufrichtigkeit, das heißt, zu Redseligkeit, die ich grundsätzlich für unausstehlich halte, zwingt mich allein der Umstand, daß ich nicht weiß, wo in der Persönlichkeitsstruktur die statistische Laune aufhört und wo die für die gesamte Gattung gültige Regel beginnt.

Auf den unterschiedlichsten Gebieten kann man ein reales Wissen erwerben oder auch nur eines, das uns geistige Bequemlichkeit verschafft, wobei sich beide Wissensarten durchaus nicht zu decken brauchen. Diese beiden Arten von Wissen auseinanderzuhalten, ist in der Anthropologie nahezu unmöglich. Wenn wir nichts so wenig kennen wie uns selbst, dann wohl deshalb, weil wir immer wieder nach Wissen darüber verlangen, was den Menschen geformt hat, das es in Gestalt von Information nicht gibt, und wir, ohne uns darüber klar zu werden, von vornherein ausschließen, daß eine Verquickung von x-beliebigen Zufällen und allertiefster Notwendigkeit denkbar wäre.

Irgendwann einmal erstellte ich ein Programm für das Experiment eines Freundes. Dieses Experiment beruhte darauf, im mathematischen Milieu einer Rechenmaschine eine Familie von neutralen Wesen zu modellieren, das heißt von Homöostaten, die jenes Milieu allmählich erkennen sollten, ohne daß sie anfangs irgendwelche »emotionale« oder »ethische« Eigenschaften besaßen. Diese Wesen vermehrten sich natürlich nur in der Maschine, folglich als das, was der Laie als bestimmte Form von »Rechenoperationen« bezeichnen würde, und nach einigen -zig »Generationen« tauchte immer von neuem bei sämtlichen »Exemplaren« eine Eigenschaft auf, die uns ganz unerklärlich war: etwas wie eine Entsprechung der »Aggressivität«. Nach unsagbar mühseligen und vergeblichen Kontrollberechnungen begann mein verzweifelter Freund schließlich, wirklich nur noch aus Verzweiflung, den allerunwesentlichsten Begleitumständen des Versuchs nachzugehen, und dabei stellte sich heraus, daß ein bestimmtes Relais auf Veränderungen der Luftfeuchtigkeit reagierte, die zu dem unerkannten Urheber der Abweichung geworden waren. Ich komme nicht umhin, an diesen Versuch zu denken, während ich dies schreibe, denn könnte es nicht so gewesen sein, daß uns die soziale Entwicklung auf einer Exponentialkurve aus dem Tierreich herausgetragen hat, uns, die wir grundsätzlich für einen solchen Höhenflug nicht vorbereitet waren? Die Reaktion der Sozialisierung begann, kaum daß menschliche Atome die erste Bindungsfähigkeit zeigten. Diese Atome waren ein nur biologisch vorgefertigtes Material, fähig, typisch biologische Kriterien zu erfüllen, jene Bewegung aber, jener Stoß nach oben, riß uns heraus und trug uns empor in den Raum der Zivilisation. Kann nicht solch ein Start in dem biologischen Material zufällig Übereinstimmendes miteinander verknüpft haben, so wie eine Sonde, die, auf den Meeresgrund entsandt, mit ihrem Greifer neben dem, worauf sie ausgerichtet ist, auch unwichtiges Gerümpel und Geröll von dort mit aufnimmt? Ich erinnere an das feucht werdende Relais der zuverlässigen Rechenmaschine. Weshalb eigentlich sollte jener Prozeß, der uns hervorgebracht hat, in irgendeiner Hinsicht vollkommen gewesen sein? Und doch wagen weder wir noch unsere Philosophen den Gedanken, daß die Endgültigkeit und Einzigartigkeit der Existenz der Gattung durchaus die Perfektion nicht einschließt, die bei ihrer Entstehung Pate gestanden haben soll – genau wie Perfektion auch an der Wiege jedes einzelnen Individuums nicht zugegen ist.

Es ist höchst aufschlußreich, daß die Zeichen unserer Unvollkommenheit als Artvertreter niemals, nicht von einer einzigen Glaubensrichtung als das anerkannt wurden, was sie schlechterdings sind, nämlich als Resultate von Fehlleistungen, sondern im Gegenteil, fast alle Religionen gehen darin überein, daß die Unvollkommenheit des Menschen das Ergebnis eines Zusammenpralls zweier antagonistischer Demiurgenperfektionen ist, die sich gegenseitig ins Handwerk pfuschten. Die helle Vollkommenheit stieß mit der dunklen zusammen, und es entstand der Mensch: so lautet ihre Formel.

Meine Konzeption klingt nur dann vulgär, wenn sie falsch sein sollte – und ob sie es ist, das entzieht sich unserer Kenntnis. Der erwähnte Freund hat sie grotesk umformuliert, indem er sagt, nach Hogarth ist die Menschheit ein

Buckliger, der, da er nicht weiß, daß man auch gerade gewachsen sein kann, seit Jahrtausenden nach Zeichen einer höheren Notwendigkeit für seinen Buckel sucht, weil er bereit ist, jede Version zu akzeptieren außer der einen, daß sein Gebrechen purer Zufall ist, daß ihn niemand aus höherer Absicht damit bedacht hat, daß es absolut zu gar nichts dient, weil die Verschlingungen und Seitenpfade der Anthropogenese es eben so mit sich brachten.

Aber ich wollte von mir reden und nicht von der Gattung. Ich weiß nicht, woher sie in mir rührt und worauf sie zurückgeht – aber noch jetzt, nach so vielen Jahren, vermag ich in mir eine Bosheit zu entdecken, die nicht alt geworden ist, denn die Energien des primitivsten Instinktlebens altern niemals. Sollte ich Ärgernis erregen? Über -zig Jahre hinweg habe ich als Rektifikationskolonne gewirkt und ein Destillat produziert, das sich aus einem Stapel von Arbeiten sowie der durch diese meine Arbeiten ausgelösten Hagiographien zusammensetzt. Wenn ihr sagt, die Innereien einer Apparatur, die ich unnötigerweise ans Tageslicht zerre, gingen euch nichts an, so wollt bedenken, daß ich in der Reinheit der Kost, mit der ich euch bewirtet habe, die dauerhaften Zeichen aller meiner Geheimnisse erblicke.

Die Mathematik war nicht mein Arkadien, sie war vielmehr der Strohhalm des Ertrinkenden, war die Kirche, welche ich, der Ungläubige, betrat, weil darin die Treuga Dei herrschte. Meine wichtigste mathematische Arbeit hat man als destruktiv bezeichnet – nicht zufällig. Nicht durch Zufall stellte ich die Grundlagen der mathematischen Deduktion und die Begriffe des Analytischen in der Logik unwiderruflich in Frage. Ich richtete die Werkzeuge der Statistik gegen diese Grundlagen, bis sie sie auseinandersprengten. Ich war außerstande, ein Teufel in der Unterwelt und ein Engel im Sonnenlicht zu sein. Ich schuf, aber auf Schutt und Trümmern, und Yowitt hat recht: Ich habe mehr Wahrheiten weggenommen als neue beigesteuert.

Diese negative Bilanz hat man der Epoche zur Last gelegt, nicht mir, weil ich nach Russell und nach Gödel kam, nachdem ersterer Risse in den Fundamenten des Kristallpalastes entdeckt und der zweite diese Fundamente ins Wanken gebracht hatte. Man sagte also, ich hätte in Übereinstimmung mit dem Geist der Zeit gehandelt. Gewiß doch. Aber ein dreieckiger Smaragd hört nicht auf, ein dreieckiger Smaragd zu sein, auch wenn er zu einem menschlichen Auge wird – in einem Mosaikbild.

Ich habe mir oft Gedanken darüber gemacht, was aus mir geworden wäre, wenn ich innerhalb einer der viertausend sogenannten primitiven Kulturen geboren worden wäre, die der unseren vorausgegangen sind, in jenen Abgründen von achtzigtausend Jahren, die unsere mangelnde Phantasie zum Vorfeld, zum Wartezimmer der eigentlichen Geschichte zusammenschrumpfen läßt. In manchen wäre ich sicherlich zuschanden gegangen, doch in anderen hätte ich mich, wer weiß, womöglich um vieles besser verwirklichen können – als ein Erleuchteter, der dank der Gabe, Elemente zu kombinieren, die ich mit auf die Welt brachte, neue Riten und Magien schafft. Vielleicht hätte ich ohne den Hemmschuh, den die Relativierung jeglichen begrifflichen Seins in unserer Kultur bildet, widerstandslos Orgien der Zerstörung und der Zügellosigkeit zur heiligen Handlung erheben können, weil man in jenen uralten Kreisen den Brauch praktizierte, die Tagesgesetze zeitweilig und wiederholbar außer Kraft zu setzen, mit anderen Worten, die Kultur zu sprengen (sie war der Boden, der Fels, das Absolutum, und dennoch kam man bewundernswerterweise drauf, daß selbst das Absolutum Lücken haben sollte!), um der hartgewordenen Masse überschüssiger Energien freien Lauf zu lassen, die in keinem kodifizierten System unterzubringen sind und die sich nur zum geringen Teil in der kriegerischen und der familiären Maske ausleben können, an der Kandare von Sitte und Brauch.

Vernünftig war es, rational, jene Fesseln und sozialen Regeln hin und wieder entzweizuhauen. Die Gruppentrance, das freigesetzte und von betäubenden Rhythmen und Giften gepeitschte Pandämonium war ein Öffnen der Sicherheitsventile, durch die das Agens der Zerstörung ausströmte, jene Barbarei war durch diese besondere Erfindung dem Menschen angepaßt. Das Prinzip des Verbrechens, aus dem man aussteigen kann, des reversiblen Wahnsinns, des innerhalb der sozialen Ordnung rhythmisch pulsierenden Risses, wurde zunichte gemacht, und nun müssen alle jene Kräfte im Geschirr gehen, Tretmühlen betätigen, Rollen spielen, die für sie zu eng und immer falsch bemessen sind, also nagen sie an allem, was alltäglich ist, sind heimlich überall, weil sie nirgendwo unter eigenem Namen auftreten dürfen. Jeder von uns ist von Kind auf an irgendein öffentlich zugelassenes Stück von sich selbst gekettet, was ausgewählt, geschult wurde, den Consensus omnium erlangte, jeder hegt und pflegt diesen Sektor, glättet, vervollkommnet ihn, hätschelt nur ihn, auf daß er sich so gut wie möglich entwickle, und jeder tut so, als wäre er – der doch nur ein Teilchen ist – ein Ganzes. Ein Stumpf mit Ganzheitsanspruch!

Wie weit ich mich auch zurückerinnere, immer habe ich eine Ethik vermißt, die in der Sensibilität ihre Wurzeln hat. Wohlweislich habe ich mir eine Art Prothese dafür aufgebaut. Für ein solches Vorgehen brauchte ich jedoch einen guten Grund, denn Gebote im leeren Raum anzusiedeln ist dasselbe, wie zur Beichte zu gehen, ohne an sie zu glauben. Ich behaupte nicht, ich hätte mein Leben so theoretisch geplant, wie ich es hier darstelle. Ich habe mir für mein Tun auch nicht im nachhinein Axiome zurechtgezimmert. Ich bin immer auf ähnliche Art und Weise vorgegangen, zu Anfang allerdings unbewußt. Meine Motive erriet ich später.

Wenn ich mich für einen von Grund auf guten Menschen hielte, wäre ich gewiß nicht fähig, das Böse zu verstehen.

Ich wäre der Meinung, die Menschen begingen es mit Vorbedacht – immer mit Vorbedacht, täten also das, was sie vorher beschlossen hätten, denn ich fände keine anderen Quellen für Niedertracht in meinem eigenen Erleben. Ich kannte mich jedoch besser aus, weil ich gleichzeitig sowohl um die eigenen Neigungen als auch um die Schuldlosigkeit an ihnen wußte, denn ich hatte ja denjenigen, der ich bin, in mir vorgefunden, ohne gefragt worden zu sein, ob ich eine solche Struktur gutheiße.

Nun, und daß der eine Sklave den anderen unterdrückt, damit die Kräfte, die beiden innewohnen, befriedigt werden, daß die eine Schuldlosigkeit die andere quält, wenn auch nur die geringste Chance besteht, sich solchem Druck zu widersetzen – das beleidigte meinen Verstand. Wir sind uns selber vorgegeben, und wir können diese Gaben im Ganzen nicht anders denn erfolglos in Frage stellen, aber wenn sich auch nur die geringste Chance vor uns auftut, uns dem, was wir vorfinden, entgegenzustellen – wie sollten wir sie nicht nutzen? Nur solche Entscheidungen und solche Handlungen sind unser ausschließlicher, menschlicher Besitz, ebenso wie die Möglichkeit des Selbstmords: dies ist der Bereich der Freiheit, in welchem das unerwünschte Erbe ausgeschlagen wird.

Bitte haltet mir nicht entgegen, ich widerspräche mir selbst, mir, der ich in der Ära des Höhlenmenschen die Zeit sah, in der ich mich besser hätte verwirklichen können. Wissen ist irreversibel, es kann sich nicht ins Dunkel einer süßen Unwissenheit zurückziehen. Zu jener Zeit hätte ich Wissen nicht besessen, und ich hätte es nicht erlangen können. Das, was ich besitze, muß ich nutzen. Ich weiß, daß uns ein Zufall zusammengesetzt und strukturiert hat, und ich sollte willfährig allen Direktiven folgen, die in zahllosen Ziehungen blindlings ausgelost wurden?

Mein »principium humanitatis« ist insofern ein besonderes, als, wenn es jemand von Grund auf Gutes auf sich selbst anwenden wollte, er – laut der Direktive, »die eigene Natur zu überwinden« – Böses tun müßte, um sich selbst in seiner menschlichen Freiheit zu bestätigen. Mein Grundsatz ist also nicht dazu angetan, allgemein angewandt zu werden, doch ich sehe auch keinerlei Veranlassung, weshalb ich die ethische Panazee für die Menschheit finden sollte. Die Verschiedenartigkeit, die Ungleichheit ist den Menschen mitgegeben, und so beinhaltet denn Kants Forderung, die Maxime individuellen Handelns solle zugleich als allgemeines Gesetz gelten können, ungleiche Gewalt, die den Menschen zugefügt wird, und indem sie die individuellen Werte einem übergeordneten Wert, der Kultur, opfert, handelt sie ungerecht. Ich sage auch durchaus nicht, jeder sei nur in dem Maße Mensch, in welchem er ein durch den eigenen Willen gezähmtes Ungeheuer ist. Ich habe meine rein privaten Motive, meine eigene Strategie dargelegt, die im übrigen nichts in meinem Innern verändert hat. Nach wie vor ist meine erste Reaktion auf die Kunde von jemandes Unglück ein Funken Schadenfreude, und ich versuche nicht einmal mehr, derlei Regungen zu unterdrücken, weil ich weiß, daß ich nicht an die Stelle herankomme, wo das gedankenlose Kichern haust, doch ich antworte mit Widerstand, und ich handele deshalb gegen mich selbst, weil ich so handeln kann.

Wenn ich wahrhaftig vorhätte, meine eigene Biographie zu schreiben, die sich angesichts der Bände in meinem Regal als Antibiographie erwiese, brauchte ich mich für diese Geständnisse nicht zu rechtfertigen. Aber ich verfolge einen anderen Zweck. Das Abenteuer, das ich beschreibe, besteht darin, daß die Menschheit mit etwas in Berührung gekommen ist, das Wesen, die nicht zu ihrer Gattung gehören, ins Dunkel der Gestirne hinausgeschickt hatten. Eine Situation, die historisch erstmalig und darum wohl gewichtig genug ist, um die Notwendigkeit einzusehen, genauer, als dies die Konvention erlaubt, darzulegen, wer eigentlich bei dieser Begegnung unsere Seite vertrat. Zumal weder meine Genialität noch die Mathematik hinreichten, daß sie unvergiftete Früchte hervorbrachte.

I

Die Literatur über das »Master's Voice«-Projekt ist riesig – umfangreicher und weit mannigfaltiger als die über das Projekt »Manhattan«. Als das Projekt bekannt wurde, überschwemmte Amerika und die übrige Welt eine solche Flut von Artikeln, Aufsätzen und Monographien, daß ihre Bibliographie einen stattlichen Band von der Stärke eines Nachschlagewerkes füllt. Die offizielle Version ist in Baloynes »Report« enthalten, den die American Library später in 10 Millionen Exemplaren herausgab, sein Extrakt schlug sich im achten Band der Encyclopaedia Americana nieder. Über das Projekt haben auch noch andere geschrieben, Leute, die an führender Stelle daran mitarbeiteten, wie S. Rappaport – »The First Case of Interstellar Communication«, W. Dill – »Master's Voice – I was there«, oder D. Prothero – »MAVO Project – Physical Aspects«. Letztgenannter Beitrag aus der Feder meines inzwischen verstorbenen Freundes gehört zu den genauesten Darstellungen, wenngleich er eigentlich zur Fachliteratur gezählt werden muß, die immer dort entsteht, wo der Gegenstand der Forschung definitiv getrennt wird von den Forschern.

Abhandlungen über die Geschichte des Projekts gibt es zu viele, um sie hier alle aufzuführen. Ein Monumentalwerk stellt die vierbändige »Chronicle of 747 Days« des Wissenschaftshistorikers William Angers dar. Die Sorgfalt dieser Arbeit erfüllte mich mit Bewunderung – Angers nämlich drang bis zu allen damals am Projekt Beteiligten vor und gibt eine Zusammenfassung ihrer Ansichten. Ich habe sein Werk allerdings nicht zu Ende gelesen: Das erschien mir ebenso unmöglich wie die Lektüre des Telefonbuchs.

Eine besondere Sparte bilden jene Bücher, die kein Faktenmaterial, sondern eine Interpretation des »Master's

Voice«-Projekts liefern, was sich von der Philosophie über die Theologie bis hin zur Psychiatrie erstreckt. Die Lektüre von solcherlei Veröffentlichungen hat stets Verdruß und Langeweile in mir ausgelöst. Es ist gewiß kein Zufall, daß Leute, die nicht unmittelbar mit dem Projekt zu schaffen hatten, am meisten darüber zu sagen wissen.

Das erinnert an das Verhältnis, das der Physiker und das der gebildete Leser populärwissenschaftlicher Bücher zur Gravitation oder zu den Elektronen hat. Dieser bildet sich ein, er verstünde etwas von Dingen, die der Experte nicht einmal beim Namen zu nennen wagt. Die Information aus zweiter Hand nimmt sich immer gut aus, im Unterschied zu jener lückenhaften und ungesicherten, die dem Wissenschaftler zu Gebote steht. Besagte Interpreten des Projekts zwängen ihre Kenntnisse in der Regel in das Korsett ihrer Anschauungen und schnippeln, was dort nicht hineinpaßt, kurz und schmerzlos weg. Manche dieser Bücher sind, zumindest ob des Einfallsreichtums ihrer Autoren, zu bewundern. Doch gleitet dieses Genre unmerklich in eine eigentümliche Variante ab, die man als »MAVO«-Schund bezeichnen kann. Die Wissenschaft ist seit eh und je vom Dunstkreis einer aus allen möglichen unausgegorenen Köpfen emporbrodelnden Pseudowissenschaft umgeben gewesen, kein Wunder also, daß das »MAVO«, als Erscheinung ohne Präzedens, ein nachgerade beunruhigend heftiges Aufschäumen verrenkter Hirne ausgelöst hat, die in der Entstehung einer Reihe religiöser Sekten gipfelte.

Die Informationsmenge, die vonnöten ist, um sich wenigstens einigermaßen Einblick in die Problematik des Projekts zu verschaffen, übersteigt, genaugenommen, das Fassungsvermögen eines einzelnen menschlichen Gehirns. Doch die Unwissenheit, die den Eifer der Vernünftigen bremst, hält Dummköpfe mitnichten ab, und so kann denn in dem Meer von bedrucktem Papier, das auf das »Master's

Voice«-Projekt zurückgeht, jeder das richtige für sich finden, vorausgesetzt, es kommt ihm nicht allzusehr auf die Wahrheit an. Im übrigen haben sich durchaus höchst achtbare Personen darin versucht, über »Master's Voice« zu schreiben. »Die neue Offenbarung« des geschätzten Patrick Gordiner ist immerhin logisch klar, was ich freilich nicht mehr vom »Brief des Antichristen« des Paters Bernard Pignan behaupten könnte. Der fromme Pater nämlich verweist das »MAVO« in den Bereich der Dämonologie (nicht ohne zuvor das nihil obstat seiner Kirchenoberen eingeholt zu haben), und sein letztliches Mißlingen schreibt er der Fürsprache der Vorsehung zu. Das rührt wohl, wie ich vermute, vom »Herrn der Fliegen« her, einer während des Projekts geschmiedeten scherzhaften Bezeichnung, die Pater Pignan für ernst nahm und also handelte wie ein Kind, das glaubt, die Sterne und Planeten seien deutlich beschriftet und die Astronomen läsen die Namen durch ihre Teleskope ab.

Was aber soll man erst zu der Unmenge von sensationellen Versionen sagen, die an jene tiefgefrosteten, zum sofortigen Verzehr bereiten, ja fast schon vorgekauten Fertiggerichte erinnern, welche hinter ihrer Zellophansichtscheibe bedeutend leckerer aussehen, als sie schmecken. Der Grund für ihr scheinbar verschiedenes Aussehen ist eine immer andere, aber stets märchenhaft bunte Soße. Mit einer Soße aus Politik und Spionage würzte die »Look« ihre Reportagenfolge (und legte mir dabei Worte in den Mund, die ich niemals geäußert habe), im »New Yorker« bestand sie aus einer feineren, weil durch Beigabe gewisser philosophischer Extrakte aufbereiteten Substanz, in »MAVO – the True Story« hinwiederum lieferte ein Dr. med. W. Shaper eine psychoanalytische Interpretation der Ereignisse, aus welcher ich erfuhr, daß die Leute des Projekts motiviert waren von einer durch die Übertragungen der neuesten – kosmischen – Sexmythologie entarteten Libido.

Dr. Shaper befindet sich zudem im Besitz genauer Kenntnisse über das Sexualleben kosmischer Zivilisationen.

Ich bin außerstande zu begreifen, wieso man Leute ohne Führerschein im Straßenverkehr nicht zuläßt, auf die Bücherregale hingegen in beliebiger Anzahl die Bücher von Leuten ohne Anstand gelangen können, von ihrem Wissen ganz zu schweigen. Ausgelöst wurde diese Inflation des gedruckten Wortes zweifelsohne durch das exponentielle Anwachsen der Zahl der Schreibenden, aber gleichermaßen auch durch die Verlagspolitik. Die Kinderzeit unserer Zivilisation war ein Zustand, da nur auserwählte Personen mit gediegener Bildung lesen und schreiben konnten, und ein ähnliches Kriterium war auch nach der Erfindung der Buchdruckerkunst noch wirksam, ja selbst wenn die Werke von Dummköpfen verlegt wurden (was sich wohl schwerlich ganz umgehen läßt), dann war ihre Zahl insgesamt niemals so unübersehbar groß wie heutzutage. Heute müssen wertvolle Publikationen in einem Meer von Schund untergehen, denn unter zehn miserablen Büchern findet man leichter ein gutes Buch heraus als tausend unter einer Million. Überdies wird das Pseudoplagiat unvermeidlich – die ungewollte Wiederholung fremder, aber nicht bekannter Gedanken.

Ich kann mir nicht sicher sein, ob das, was ich schreibe, nicht ähnlich bereits geschrieben worden ist. Das ist das Risiko einer Zeit, in der die Menschheit eine Explosion durchgemacht hat. Wenn ich mich entschlossen habe, meine eigenen Erinnerungen über die Arbeit an »Master's Voice« niederzulegen, dann deshalb, weil mich nichts von dem, was ich darüber gelesen habe, zufriedenstellt. Ich verspreche nicht, »die Wahrheit und nichts als die Wahrheit« zu schreiben. Wenn unsere Anstrengungen von Erfolg gekrönt gewesen wären, wäre dies möglich, und es würde zugleich mein Vorhaben überflüssig machen, denn jene Endwahrheit hätte die Umstände, unter denen sie erlangt wurde, in den Schatten treten lassen und wäre eine ins Herz der Zivilisation gerammte materielle Tatsache gewesen. Unser Scheitern jedoch hat alle diese Anstrengungen gewissermaßen wieder zu ihren Quellen zurückgedrängt. Da wir das Rätsel nicht verstehen, bleibt uns eben nichts als jene Umstände, die lediglich das Gerüst, nicht das Gebäude, der Übertragungsvorgang, nicht aber der Inhalt des Werkes hatten sein sollen. Ersteres indessen ist, wie sich herausstellte, alles, womit wir von unserer Fahrt nach dem Goldenen Vlies der Sterne heimgekehrt sind. Schon an dieser Stelle weiche ich ab vom Tenor auch solcher Versionen, die ich als objektiv bezeichnet habe, angefangen bei Baloynes »Report«, weil selbst ein Wort wie »Scheitern« dort nicht vorkommt. Sind wir denn aus dem Projekt nicht unvergleichlich reicher hervorgegangen, als wir es waren bei seinem Beginn? Die neuen Kapitel der Kolloidphysik, der Physik der starken Wechselwirkung, der Neutrinoastronomie, der Nukleonik, der Biologie und vor allem die neuen Erkenntnisse über den Kosmos sind ja schon die ersten Prozente jenes Informationskapitals, welches, nach Ansicht der Fachleute, weitere Profite abzuwerfen verspricht.

Sehr wohl. Allein, der Nutzen hat vielerlei Gestalt. Die Ameisen, die auf ihrer Wanderschaft an einen toten Philosophen geraten, ziehen daraus auch ihren Gewinn. Falls das Beispiel schockierend ist – eben darauf kommt es mir an. Die Literatur hatte seit ihrer Geburt angeblich einen Feind: die Beschränkung des geäußerten Gedankens. Es zeigt sich jedoch, daß die Freiheit des Wortes für den Gedanken noch tödlicher sein kann; verbotene Gedanken kursieren insgeheim, was aber bleibt uns dort, wo eine bedeutungsvolle Tatsache in einer Schwemme von Fälschungen untergeht und die Stimme der Wahrheit übertönt wird von unsäglichem Getöse und, obwohl sie ungehindert erklingt, nicht gehört werden kann, denn die Informationstechniken haben bisher einzig dazu geführt, daß man am deutlichsten den vernimmt, der am lautesten brüllt, und brülle er noch so falsch?

Ich, der ich so manches über das Projekt zu sagen habe, habe lange geschwankt, ehe ich mich an den Schreibtisch setzte, weil ich sehr wohl weiß, daß ich die ohnehin schon angeschwollene Papierflut noch vermehre. Ich hoffte immer, ein Wortgewandterer als ich würde diese Arbeit für mich tun, bis ich nach Jahren erkannte, daß ich nicht schweigen dürfe. Die ernst zu nehmenden Werke über das »Master's Voice«-Projekt, die objektiven Versionen, allen voran die des Kongresses, räumen ein, daß wir nicht alles erfahren haben, die Platzmenge indes, die sie dem Erreichten widmen, während sie das Nichterkannte auf wenigen Seiten erwähnen, legt schon durch die Proportionen nahe, wir hätten uns des Labyrinths bemächtigt – ein paar sicherlich blinder, vielleicht verschütteter Gänge ausgenommen –, dabei haben wir es nicht einmal betreten. Bis zuletzt auf Vermutungen angewiesen, haben wir ein paar Splitter von den Siegeln abgekratzt, die es verschließen, und uns an dem Glanz entzückt, der uns, als wir sie zerrieben hatten, die Fingerkuppen vergoldete. Über das, was da verschlossen liegt, wissen wir nichts. Dabei ist es eine der vornehmsten Aufgaben des Wissenschaftlers, nicht das Ausmaß des erlangten Wissens zu definieren, denn dieses erklärt sich durch sich selbst, sondern das Ausmaß des Unwissens, das den unsichtbaren Atlas eben dieses Wissens bildet.

Ich habe keinerlei Illusionen. Ich befürchte, daß ich nicht gehört werden werde, denn Universalautoritäten gibt es nicht mehr. Das Spezialistenwesen oder auch -unwesen ist bereits so weit gediehen, daß mich die entsprechenden Fachleute immer für unzuständig erklären werden, sobald ich ihr Terrain betrete. Es heißt schon seit langem, der Spezialist sei ein Barbar, dessen Unwissenheit nicht allumfassend ist. Meine pessimistischen Prophezeiungen fußen auf persönlicher Erfahrung.

Vor neunzehn Jahren veröffentlichte ich zusammen mit dem jungen Anthropologen Max Thornop (er kam bei einem Autounfall tragisch ums Leben) eine Arbeit, in der ich bewies, daß es eine Komplexitätsschwelle für algedonisch gesteuerte endliche Automaten gibt, zu denen alle Tiere, einschließlich des Menschen, gehören. Algedonische Steuerung bedeutet ein Pendeln zwischen Strafe und Belohnung in Form von Schmerz und Lust.

Mein Beweis tut dar, daß, wenn die Zahl der Elemente einer Regelzentrale – des Gehirns – auf der höchsten Stufe vier Milliarden übersteigt, eine Ansammlung solcher Automaten eine Abweichung zwischen den Stellgrößen der Steuerung aufweist. In jedem einzelnen dieser Automaten kann einer der Kontrollpole die Oberhand gewinnen oder – dasselbe in einer geläufigeren Sprache ausgedrückt – Sadismus und Masochismus sind nicht zu vermeiden, und ihre Entstehung im Prozeß der Anthropogenese war unausbleiblich. Die Evolution »hat sich« auf eine solche Lösung »eingelassen«, weil sie statistisch kalkuliert: für sie zählt die Erhaltung der Art und nicht der mangelhafte Zustand, die Leiden und Gebrechen einzelner Individuen. Sie geht, als Konstrukteur, opportunistisch vor, nicht perfektionistisch. Es gelang mir nachzuweisen, daß in jeder menschlichen Population, die Panmixie vorausgesetzt, die algedonische Steuerung nur bei höchstens zehn Prozent der Einzelwesen richtig ausbalanciert sein kann, der Rest hingegen von der idealen Norm abweichen muß. Obwohl ich bereits damals zur Mathematikerelite der Welt gehörte, war die Wirkung meines Beweises auf Anthropologen, Ethnologen, Biologen und Philosophen gleich Null. Lange Zeit konnte ich das nicht begreifen. Meine Arbeit war nicht eine Hypothese, sondern ein formaler, also unumstößlicher Beweis gewesen, der belegte, daß für die Eigenschaften des Menschen, über die sich Legionen von Denkern jahrhundertelang die Köpfe zerbrochen hatten, ein rein statistischer Fluktuationsprozeß verantwortlich ist, der sich – bei der Konstruktion von Automaten und Organismen – nicht umgehen läßt.

Ich erweiterte später den Beweis und bezog auch die Entstehungserscheinungen der Ethik in der sozialen Gruppe mit ein, wobei ich mich auf das vortreffliche Material, das Thornop zusammengetragen hatte, stützen konnte. Jedoch auch diese Arbeit wurde ignoriert. Nach Jahren, nach zahllosen Diskussionen mit Spezialisten, die sich mit dem Menschen befassen, kam ich zu dem Schluß, daß sie meine Entdeckung nicht anerkannt hatten, weil *so eine Entdeckung* keiner von ihnen wünschte. Der Denkstil, den ich vertrat, hatte etwas Anstößiges für diese Kreise, weil er keinen Raum ließ für eine rhetorische Gegenargumentation.

Es war taktlos von mir, mit mathematischen Methoden etwas über den Menschen zu beweisen! Allenfalls wurde mein Unterfangen als »interessant« bezeichnet. In Wahrheit war keiner dort bereit, es hinzunehmen, daß sich das ehrwürdige »Geheimnis um den Menschen«, die unerklärlichen Eigenschaften der menschlichen Natur aus der allgemeinen Regelungstheorie herleiten sollten. Natürlich verlieh man seinem Widerspruch nicht derart offen Ausdruck. Gleichwohl wurde mir mein Beweis verübelt. Ich hatte mich benommen wie ein Elefant im Porzellanladen, denn das, was die Anthropologie im Verein mit der Ethnographie bei ihren Terrainuntersuchungen und was die abgründigste philosophische Reflexion – die Meditation über »die menschliche Natur« – nicht hatten herausfinden können, was sich in der Neurophysiologie ebenso wie in der Ethologie als Problem nicht formulieren ließ, was das ergiebige Reservat ewig fruchtbarer Metaphysiken gewesen war – die Tiefenpsychologie, die klassische Psychoanalyse, die Psycholinguistik und Gott weiß was noch für esoterische Arbeiten inbegriffen –, hatte ich versucht, wie den Gordischen

Knoten mit einem einzigen Beweis zu zerschlagen, der schlichte neun Druckseiten umfaßte.

Sie waren schon an ihren hohen Stand als Hüter des »Geheimnisses« gewöhnt, das da heißt »Transmission der Archetypen«, »Lebens- und Todesinstinkt«, »Selbstvernichtungswillen«, und ich warf diese geheiligten Riten durch irgendwelche Transformationsgruppen und ergodische Theorien über den Haufen und behauptete, ich wüßte des Rätsels Lösung!

Man empfand folglich eine sorgsam verheimlichte Abneigung gegen mich, Empörung gegen den brutalen Dilettanten, der einen Anschlag auf das Geheimnis verübt und versucht hatte, seine ewig sprudelnden Quellen zu verstopfen, die Münder, die lustvoll endlose Ketten von Fragen stellten, zu verschließen, und so wurde, da sich der Beweis nun mal nicht widerlegen ließ, es unerläßlich, ihn zu ignorieren.

Diese Worte hat nicht gekränkte Eigenliebe hervorgebracht. Die Arbeiten, für welche ich aufs Postament gehoben wurde, liegen auf anderen Gebieten – in der reinen Mathematik. Jene Erfahrung jedoch war über die Maßen lehrreich. Wir unterschätzen für gewöhnlich, wie starr die Denkgewohnheiten in den einzelnen Zweigen der Wissenschaft sind. Im übrigen ist das psychologisch auch verständlich. Der Widerstand, den wir einer statistischen Darstellung entgegenbringen, ist in der Atomphysik wesentlich leichter zu brechen als in der Anthropologie. Eine klar aufgebaute statistische Theorie des Atomkerns billigen wir gern, sofern das Experiment sie nur bestätigt. Wir machen uns mit dieser Theorie vertraut, ohne hinterher zu fragen: »Na schön, aber wie verhalten sich die Atome denn nun *wirklich*?«, denn wir sehen ein, daß eine solche Frage sinnlos wäre. Doch gegen ähnliche Neuheiten auf dem Gebiet der Anthropologie wehren wir uns bis zum letzten.

Seit vierzig Jahren ist bekannt, daß sich der Unterschied

zwischen einem edlen, rechtschaffenen Menschen und einem aberrativen Unhold auf den Verlauf einiger weniger Stränge weißer Hirnsubstanz zurückführen läßt und daß eine einzige Bewegung des Skalpells, bei der diese Stränge in der Frontalhirnregion beschädigt werden, einen trefflichen Geist in eine niederträchtige Kreatur verwandeln kann. Allein, wie viele Anthropologen – von den Humanphilosophen ganz zu schweigen – nehmen diesen Tatbestand gar nicht zur Kenntnis! Ich selbst bilde da übrigens keine Ausnahme; ob Wissenschaftler oder Laie, wir finden uns am Ende drein, daß unser Körper, je älter wir werden, immer mehr verschleißt, aber unser Geist?! Wir sähen ihn so gern als etwas, das einem störungsanfälligen Mechanismus überhaupt nicht ähnelt. Wir lechzen nach Vollkommenheit – und sei sie auch mit einem negativen Vorzeichen versehen, sei sie auch schimpflich oder sündhaft –, sofern sie uns nur die eine einzige Erklärung erspart, die schlimmer ist als der Teufel: daß es sich hier um ein Spiel bestimmter Kräfte handelt, die dem Menschen total gleichgültig gegenüberstehen. Und da unser Denken sich in einem Kreis bewegt, aus dem auszuscheren uns nicht möglich ist, gebe ich zu, daß die Worte eines unserer bedeutendsten Anthropologen in gewissem Sinn berechtigt waren; er sagte mir, ich weiß es noch genau: »Die Befriedigung, die du zur Schau stellst, weil du die Zufälligkeit der menschlichen Natur bewiesen hast, ist nicht rein; das ist nicht allein Freude an der Erkenntnis, sondern auch der Spaß daran, etwas in den Dreck zu treten, was andern lieb und teuer ist.«

Sooft mir diese meine verkannte Arbeit wieder einfällt, kann ich mich des wenig erbaulichen Gedankens nicht erwehren, daß es noch mehr derartiger Arbeiten auf Erden geben muß. Eine Fundgrube für potentielle Entdeckungen befindet sich bestimmt in mancher Bibliothek, doch sie wurde von den zuständigen Leuten nicht wahrgenommen.

Wir haben uns an die klare Situation gewöhnt, wo, was dunkel und unbekannt ist, vor der geschlossenen Front der Wissenschaft ausgebreitet wird, was erreicht und verständlich ist, hingegen ihr Hinterland bildet. Im Grunde ist es jedoch einerlei, ob das Unbekannte im Schoße der Natur verborgen liegt oder auch begraben in den Scharteken ungelesener Buchbestände, denn Inhalte, die in den Blutkreislauf der Wissenschaft nicht eingeflossen sind und nicht befruchtend darin zirkulieren, existieren für uns praktisch nicht. Die Aufnahmefähigkeit der Wissenschaft einer jeden historischen Zeit für eine radikal abweichende Betrachtungsweise der Erscheinungen ist in Wahrheit nicht sehr groß. Wahnsinn und Selbstmord eines der Schöpfer der Thermodynamik sind dafür nur ein kleines Beispiel.

Unsere Kultur in ihrem angeblich führenden, wissenschaftlichen Teil ist ein enges Gebilde, ist eine Sicht, die jedesmal wieder eingeengt wird durch eine historisch erstarrte Konstellation unzähliger Faktoren, unter denen die Zufälle, als unumstößliche Richtlinien der Methodologie anerkannt, eine vorrangige Rolle spielen können. Ich schreibe das alles nicht von ungefähr.

Wenn unsere Kultur nicht einmal imstande ist, sich Auffassungen, die in den Köpfen von Menschen entspringen, geschickt anzuverwandeln, sobald sie außerhalb der Hauptströmung aufkommen, obwohl die Urheber dieser Auffassungen ja Kinder derselben Zeit sind wie alle anderen Leute, wie dürften wir dann hoffen, daß wir fähig wären, eine Kultur, die gänzlich andersgeartet ist als die unsere, richtig zu verstehen, wenn sich diese über den Weltenraum an uns wendet? Der Vergleich mit jenen Scharen winziger Geschöpfe, die viel Nutzen daraus zogen, als sie auf einen toten Philosophen stießen, erscheint mir hier noch immer treffend. Als es zu einem solchen Kontakt noch nicht gekommen war, konnte mein Urteil in gewissem Sinne als Extrem, als Ausdruck verschrobener Ansichten gelten. Doch die Begegnung ist erfolgt, und die Niederlage, die wir dabei erlitten haben, stellt ein echtes Experimentum crucis, einen Beweis unserer Hilflosigkeit dar, und siehe, das Ergebnis des Beweises wurde übergangen! Der Irrglauben, unsere Erkenntnisfähigkeit sei universal, wir seien gerüstet und bereit, eine durch ihren außerirdischen Charakter ganz und gar neue Information aufzunehmen und zu verstehen, dauert unerschüttert fort, obzwar wir, als wir eine Botschaft von den Sternen empfingen, nicht anders damit verfuhren als ein Wilder, der, nachdem er aus ein paar erzgescheiten Büchern ein Feuerchen gemacht und sich daran erwärmt hat, meint, er hätte seinen Fund großartig genutzt!

Es könnte also dienlich sein, die Geschichte unserer *vergeblichen* Bemühungen niederzuschreiben – und sei es für den künftigen, den späteren Erforscher jenes Ersten Kontaktes. Die veröffentlichten Berichte nämlich, jene offiziellen Protokolle, konzentrieren sich auf die sogenannten Erfolge, auf die wohlige Wärme also, welche brennende Manuskripte verströmen. Über die Hypothesen, die wir der Reihe nach durchprobierten, ist dort fast nichts gesagt. So vorzugehen wäre, ich erwähnte es bereits, zulässig, hätte man am Schluß den Forschungsgegenstand vom Forschenden getrennt. Studenten der Physik überhäuft man nicht mit Angaben darüber, welch irrige, ungenaue Hypothesen, welch falsche Vermutungen ihre Schöpfer vorbrachten, wie lange Pauli umhertappte, bevor er sein Prinzip richtig formulierte, wie viele Konzeptionen Dirac erfolglos durchprobierte, ehe ihm der glückliche Einfall mit den »Elektronen und Löchern« kam. Jedoch die Geschichte des »Master's Voice«-Projekts ist die Geschichte einer Niederlage, das heißt eines Irrweges, der eben nicht am Ende in einen geraden Weg mündete, somit dürfen wir unseren Zickzackkurs nicht für ungeschehen erklären, denn außer ihm ist uns nichts geblieben.

Seit diesen Ereignissen ist viel Zeit ins Land gegangen. Ich habe lange auf ein Buch gewartet, eines wie dieses hier. Länger warten kann ich nicht – aus rein biologischen Gründen nicht. Ich verfüge über einige Notizen, die ich gleich nach Abschluß des Projektes niederschrieb. Weshalb ich sie nicht während der Arbeiten machte, wird sich später zeigen. Eines möchte ich sehr deutlich sagen: Es liegt mir fern, mich über meine Kameraden zu erheben. Wir standen zu Füßen eines riesigen Fundes, so wenig gerüstet und so selbstsicher zugleich, wie man es nur sein kann. Wir fielen sofort von allen Seiten darüber her, so flink, gierig und geschickt, mit überkommener Routine, wie die Ameisen. Ich war eine von ihnen. Dies ist die Geschichte einer Ameise.

II

Ein Berufskollege, dem ich diese Einleitung zeigte, meinte, ich hätte mich selber schlechtgemacht, um hinterher meinen Neigungen (denen des Wahrheitsfanatikers) freien Lauf lassen zu können. Da ich zuallererst mich selber nicht geschont habe, könnte mir schwerlich einer übelnehmen, wenn ich auch ihn nicht schonen wollte. Diese Bemerkung, wenngleich halb im Scherz geäußert, gab mir zu denken. Eine so perfide Absicht lag mir fern, aber ich kenne mich zu gut in der Mechanik des Geistes aus, als daß ich nicht wüßte, wie wenig diese Beteuerung taugt. Möglicherweise war die Bemerkung gerechtfertigt. Vielleicht wurde ich von einer unterbewußten List geleitet: Ich deckte meine abstoßende Bosheit klar und offen auf, wies ihr einen Platz zu, um mich von ihr zu distanzieren, aber ich tat dies nur in Worten.

Derweil lenkte sie, die schleichend, osmotisch in meine »guten Absichten« eingedrungen war, die ganze Zeit über meine Feder: Ich benahm mich wie ein Prediger, der, während er die menschlichen Abscheulichkeiten geißelt, sich heimlich daran delektiert, sie wenigstens beim Namen zu nennen, wenn er sich schon nicht traut, durch Taten an ihnen teilzunehmen. Wenn man die Sache derart radikal verkehrt, wird das, was ich für unangenehm, aber notwendig hielt, weil das Thema es verlangte, zum Hauptmotiv meines ursprünglichen Vorhabens, das ganze eigentliche Thema aber – das »Master's Voice«-Projekt – zum Vorwand, der mir gerade gut zupasse kam. Im übrigen läßt sich das Skelett dieser Betrachtungsweise, die ich als »Karusselldenken« bezeichnen möchte, weil es sich im Kreise dreht und Voraussetzungen und Ergebnisse immerzu die Plätze tauschen, wiederum auf die Problematik des Projekts selbst übertragen. Unser Denken braucht den harten

Zusammenprall mit Tatsachen, sie machen es nüchterner und korrigieren, und wenn ein solches Korrektiv nicht vorhanden ist, projizieren wir sehr leicht unsere verborgenen Mängel – oder auch Tugenden, das kommt auf das gleiche hinaus – auf den Gegenstand der Untersuchung. Philosophische Systeme auf die Unzulänglichkeiten im Lebenslauf ihrer Schöpfer zurückzuführen gilt – ich weiß Bescheid – als ebenso trivial wie unerlaubt. Doch auf dem Grunde der Philosophie, die immer mehr sagen möchte, als zu einem gegebenen Zeitpunkt möglich ist, weil sie ein Versuch ist, die Welt in einem geschlossenen Begriffsnetz »einzufangen«, verbirgt sich gerade in den Schriften der bedeutendsten Denker eine spürbare Hilflosigkeit.

Das Ringen des Menschen nach Erkenntnis, das ist ein Prozeß, dessen Ziel im Unendlichen liegt, die Philosophie aber ist der Versuch, dieses Ziel auf Anhieb, durch einen Kurzschluß zu erreichen, der uns ein vollkommenes und unerschütterliches Wissen verbürgt. Die Wissenschaft unterdessen bewegt sich in so winzigen Schrittchen vorwärts, daß es manchmal wie ein Kriechen anmutet, mitunter sogar wie ein Auf-der-Stelle-Treten, doch sie dringt am Ende bis zu mancherlei endgültigen Schanzen vor, die das philosophische Denken gegraben hat, und geht, ohne zu beachten, daß ja dort die ultimative Grenze des Verstandes hatte verlaufen sollen, weiter.

Wie sollte das die Philosophen nicht in Verzweiflung stürzen? Eine besonders aggressive Form solcher Verzweiflung war der Positivismus, weil er den treuen Verbündeten spielte und eigentlich die Wissenschaft ausschaltete. Das, was die Philosophie bis dahin unterhöhlt und was sie ruiniert hatte, weil es ihre großen Entdeckungen für ungültig erklärte, sollte nun hart bestraft werden, und der Positivismus, der falsche Alliierte, fällte dieses Urteil – indem er bewies, daß die Wissenschaft in Wirklichkeit nichts zu entdecken vermag, da sie lediglich eine Aufzeichnung von

Erfahrung in Kurzform ist. Der Positivismus wollte der Wissenschaft einen festen Platz zuweisen, sie gewissermaßen zwingen, ihre Ohnmacht in allen Fragen der Transzendenz zu bekennen – was ihm, wie wir wissen, jedoch nicht gelang.

Die Geschichte der Philosophie ist die Geschichte wiederholter und nicht immer gleich verlaufener Rückzüge. Zuerst versuchte sie, die endgültigen Kategorien der Welt aufzudecken, danach die absoluten Kategorien der Vernunft, wir indessen nahmen, je mehr Wissen wir speicherten, immer deutlicher ihre Hilflosigkeit wahr. Denn jeder Philosoph muß sich als absolutes Modell für die ganze Gattung, mehr noch, für sämtliche möglichen vernunftbegabten Wesen betrachten. Aber die Wissenschaft ist ja gerade die Transzendenz von Erfahrung, die die Denkkategorien von gestern zu Staub zermalmt. Gestern stürzte das Absolutum von Raum und Zeit, heute geht sozusagen die ewige Alternative zwischen analytischen und synthetischen Behauptungen – oder zwischen Determinismus und Zufall – in die Brüche. Doch irgendwie ist es noch keinem Philosophen in den Sinn gekommen, daß es, gelinde gesagt, unvorsichtig ist, aus dem eigenen Denksystem Gesetze ableiten zu wollen, die für die gesamte Menschheit vom Eolithikum bis hin zum Erlöschen der Sonnen gültig sein sollen.

Zuerst die eigene Person als Unbekannte einer ganzen Gattungsnorm einzusetzen war, ich will es schärfer ausdrücken, unverantwortlich. Gerechtfertigt wurde dies in jedem einzelnen Falle durch den Wunsch »alles« zu verstehen, der lediglich psychologischen Wert besitzt. Und so sagt die Philosophie über die menschlichen Hoffnungen, Ängste und Begierden ja auch weit mehr als über das Wesen der – vollkommen gleichgültigen – Welt, die nur für eine Eintagsfliege in ihren Gesetzen ewig unveränderlich bleibt.

Selbst wenn wir bereits Gesetze erkannt haben sollten, die kein weiterer Fortschritt mehr über den Haufen werfen kann, vermögen wir sie nicht von denen zu unterscheiden, die dereinst ausgelöscht werden. Und so konnte ich die Philosophen auch immer nur dann ernst nehmen, wenn ich sie als Menschen ansah, die die Neugier plagt, nicht aber als Verkünder der Wahrheit. Hatten sie denn, als sie ihre kategorischen Imperative, das Verhältnis zwischen Denken und Wahrnehmung formulierten, zuerst zahllose menschliche Individuen gewissenhaft befragt? Mitnichten! Sie haben immer und ausschließlich nur sich selbst befragt. Nun, und daß sie jedesmal von neuem den Thron bestiegen, daß sie sich heimlich, still und leise zum Modell des Homo sapiens aufwarfen, hat mich immer empört und mir die Lektüre noch so tiefschürfender Werke erschwert, denn sehr rasch gelangte ich darin an einen Punkt, wo das, was dem Autor selbstverständlich, für mich nicht mehr selbstverständlich war, er folglich nur noch zu sich selber sprach, von sich selbst erzählte, sich auf sich selbst berief und somit das Recht verlor, Dinge als feststehend zu verkünden, die für mich nicht feststanden und um wieviel weniger noch für alle übrigen Zweibeiner, die den Planeten bevölkern.

Wie sehr amüsierte mich beispielsweise die Sicherheit derer, die da festlegten, es gäbe über das Sprachliche hinaus kein Denken. Diese Philosophen wußten nicht, daß sie eine bestimmte Fraktion der Gattung abgaben, nämlich derer, die mathematisch nicht begabt sind. Wie viele Male im Leben mußte ich mich, wenn ich den Entdeckerrausch längst hinter mir und eine neue mathematische Erkenntnis so fest gefaßt hatte, daß ich sie nicht mehr vergessen konnte, noch stundenlang damit herumschlagen, ein sprachliches Gewand für sie zu finden, weil sie außerhalb jeder natürlichen wie formalen Sprache in mir entstanden war.

Ich habe jedes Phänomen für mich »Zustand des Hochtauchens« getauft. Er läßt sich nicht beschreiben, weil das, was da aus dem Unterbewußtsein nach oben tritt und mühselig, langsam nach Worten für sich sucht wie nach einem Nest, als Ganzheit existiert, noch ehe es sich in diesen Nestern niederläßt, aber ich bin außerstande, auch nur andeutungsweise etwas hervorzustammeln, was erklären würde, in welcher Gestalt eigentlich besagte Wortlosigkeit und Präverbalität auftritt, die sich nur durch das eindringliche Gefühl ankündigt, daß es nicht vergeblich sein wird, auf sie zu warten. Ein Philosoph, der solche Zustände aus der Selbstbeobachtung nicht kennt, ist ein Mensch, der sich hinsichtlich der Qualität gewisser Hirnmechanismen von mir unterscheidet; unabhängig davon, in welchem Grade wir uns innerhalb der Gattung ähneln, unterscheiden wir uns mehr voneinander, als das solchen Denkern lieb sein kann.

Gerade was die Hilflosigkeit und das ungeheure Risiko betrifft, das der Philosoph eingeht, war die Situation der Leute vom Projekt gegenüber seinem zentralen Problem sehr ähnlich. Worüber verfügten wir? Über ein Rätsel und einen Dschungel von Vermutungen. Aus dem Rätsel brachen wir bruchstückchenweise Tatsachen heraus, doch als es nicht mehr wurden, als sie sich nicht zu einem festen Massiv ausbauen ließen, das imstande gewesen wäre, unsere Vermutungen zu korrigieren, begannen letztere allmählich die Oberhand zu gewinnen, und am Ende irrten wir in einem Walde von Vermutungen umher, die ihrerseits auf Vermutungen basierten. Unsere Konstruktionen wurden immer luftiger und kühner, waren immer weiter entfernt vom Hinterland des Wissens, das wir besaßen – wir waren bereit, es umzustoßen, die allerheiligsten Gesetze der Physik und der Astronomie über den Haufen zu werfen, nur um in den Besitz des Geheimnisses zu gelangen. So schien es uns.

Dem Leser, der sich bis zu dieser Stelle durchgekämpft

hat und immer ungeduldiger darauf wartet, in das Wesen des berühmten Rätsels eingeführt zu werden, weil er sich erhofft, daß ich ihm ebensolche Wonneschauer über den Rücken jagen werde, wie er sie aus Filmen kennt, die ihm das Blut in den Adern erstarren lassen, möchte ich raten, mein Buch wegzulegen, weil er enttäuscht werden wird. Ich schreibe keine Sensationsstory, sondern ich berichte, auf welche Weise unsere Kultur auf kosmische, durchaus nicht nur auf irdische Universalität geprüft wurde und was dabei herauskam. Ich hielt das Projekt von Anfang an für einen solchen Prüfstein, unabhängig davon, welchen Nutzen man sich von meiner Arbeit und der meiner Gefährten versprach.

Wer meinen Ausführungen gefolgt ist, wird vielleicht bemerkt haben, daß ich mich, als ich das »Karusselldenken« von der Beziehung zwischen mir und meinem Thema auf das Thema selbst übertrug (das heißt auf die Beziehung zwischen den Forschern und der »Stimme des Herrn«) – gewissermaßen aus einer heiklen Lage herauswand, indem ich den Vorwurf »nicht enthüllter Inspirationsquellen« derart erweiterte, bis das gesamte Projekt darin Platz fand. Aber so und nicht anders vorzugehen, lag in meiner Absicht, noch bevor ich kritischen Bemerkungen mein Ohr lieh. Ich will es auf die Spitze treiben, was nötig ist, um meinen Gedanken zu verdeutlichen, und behaupte, daß mir im Verlaufe der Arbeiten – es fällt mir schwer zu sagen, wann genau dies eintrat – allmählich der Verdacht kam, daß der »Sternenbrief« für uns, die wir uns mühten, ihn zu enträtseln, zu etwas wie einem psychologischen Assoziationstest, einem besonders komplizierten Rorschach-Test geworden war. Denn genau wie die Testperson, die in den bunten Klecksen Engel oder unheilverkündende Vögel wahrzunehmen meint, in Wirklichkeit das verschwommene Bild durch das ergänzt, was »in ihrer Seele vorgeht«, so versuchten auch wir hinter dem Schleier unverständlicher Zeichen etwas zu ermitteln, das vor allem in uns selber steckte.

Dieser Verdacht erschwerte mir die Arbeit, und er zwingt mich nun zu Bekenntnissen, die ich mir lieber erspart hätte, ich bin jedoch zu dem Schluß gelangt, daß ein Wissenschaftler, der in einem solchen Grade außer Gefecht gesetzt und hilflos ist, sein Fachwissen nicht länger als isolierte Drüse oder Kauwerkzeug betrachten und daher nicht ein einziges seiner Probleme verheimlichen darf, und sei es noch so peinlich. Der Botaniker, der Blümchen bestimmt, verfügt über kein sehr großes Feld, um seine eigenen Phantasievorstellungen, Hirngespinste und womöglich gar schändlichen Leidenschaften auf die so entstehenden Schemata zu projizieren. Den Erforscher altertümlicher Mythen erwartet schon ein größeres Risiko, weil er – angesichts der Überfülle – allein durch die Auswahl, die er trifft, seine Träume und seine nichtwissenschaftlichen Wachzustände vielleicht mehr belegt als die strukturellen Invarianten der Mythen selber.

Die Leute vom Projekt waren gezwungen, den nächsten halsbrecherischen Schritt zu tun, als sie ein Risiko der hier dargestellten Art von bis dahin unbekannten Ausmaßen auf sich nahmen. Keiner von uns weiß daher, inwieweit wir Apparate einer objektiven Analyse waren, inwieweit von unserer Zeit geformte, für sie typische Vertreter der Menschheit und inwieweit schließlich jeder nur sich selbst repräsentierte und ihn die nicht mehr kontrollierbaren Regionen seiner – vielleicht fieberkranken, vielleicht wunden – Psyche zu Hypothesen über den Inhalt des »Briefes« inspirierten.

Als ich derartige Befürchtungen äußerte, taten sie viele meiner Kollegen als »Schnickschnack« ab. Sie gebrauchten andere Worte, aber ihr Sinn war ebender.

Ich verstand sie gut. Das Projekt stellte einen Präzedenzfall dar, in dem, wie die kleinen Holzpuppen in der großen, weitere Präzedenzfälle steckten, allen voran der, daß Physiker, Technologen, Chemiker, Nukleoniker, Biologen, Informationstheoretiker niemals zuvor einen Forschungsgegenstand in den Händen gehabt hatten, der nicht nur ein bestimmtes materielles, also natürliches Rätsel darstellte, sondern der mit Überlegung von einem Jemand geschaffen und abgesandt worden war, wobei diese Überlegung auch potentielle Empfänger mit hatte einkalkulieren müssen. Da sich solche Wissenschaftler darin üben, sogenannte Spiele mit »der Natur« auszutragen, die unter keinen Umständen als personifizierter Gegner aufgefaßt werden darf, räumen sie die Möglichkeit nicht ein, daß hinter einem zu untersuchenden Objekt tatsächlich jemand stehen kann und daß man über das Objekt nur dann etwas erfährt, wenn man gedanklich bis zu jenem vollständig anonymen Urheber vordringt. Obwohl sie also immerhin wußten und sogar sagten, daß es sich um einen realen Absender handelte, wirkte ihr ganzes Lebenstraining, ihre ganze erworbene fachliche Routine jenem Wissen entgegen.

Es leuchtet einem Physiker nicht ein, daß jemand absichtlich Elektronen auf Orbits gebracht haben soll, eigens zu dem Zweck, damit er sich über ihre Konfigurationen den Kopf zerbrechen muß. Er weiß genau, daß eine Hypothese über einen Urheber der Orbits in seiner Physik völlig überflüssig, mehr noch, nachgerade unzulässig ist. Doch beim Projekt wurde das Unmögliche zur Realität, erwies sich das bisherige Herangehen der Physik als unbrauchbar – es war eine regelrechte Pein. Was ich hier gesagt habe, genügt gewiß, um zu erklären, warum ich beim Projekt eine eher isolierte Stellung innehatte – im theoretischen, allgemeinen, nicht im hierarchisch-administrativen Sinne, selbstverständlich.

Man warf mir vor, ich sei zu wenig »konstruktiv«, weil ich dauernd meinen Senf parat hatte und ihn ins Getriebe fremder Überlegungen schmierte, bis sie sich verklemmten und festfuhren, ich selbst hingegen nicht allzu viele nützliche Beiträge lieferte, mit denen »sich etwas anfangen ließ«. Baloyne drückt sich im übrigen in seinem »Kongreßbericht« höchst löblich über mich aus (wie ich hoffe, nicht nur aus Gründen der Freundschaft, die uns verbindet), was vielleicht zum Teil auf seine – auch administrative – Stellung zurückzuführen ist. Denn während in jeder Teilforschungsgruppe die Ansichten, nach Zeiten des Schwankens, dann in einer einzigen, von der ganzen Gruppe anerkannten Meinung zusammenflossen, sah einer, der wie Baloyne im Wissenschaftlichen Rat saß, genau, daß die Ansichten der einzelnen Gruppen mitunter diametral auseinandergingen. Die Koordinationsstruktur des Projekts selbst, nach der die einzelnen Sektionen isoliert voneinander arbeiteten, hielt ich im übrigen für sehr vernünftig, weil sie Erscheinungen von der Art einer »Fehlerepidemie« von vornherein vereitelte. Diese »Informationsquarantäne« wirkte sich allerdings auch nachteilig aus. Doch damit fange ich schon an, auf Einzelheiten einzugehen – verfrüht. Es ist also höchste Zeit, daß ich mich der Schilderung der Ereignisse zuwende.

III

Als Bladergroen, Nemes und Schigubow mit seiner Gruppe die Neutrinoinversion entdeckten, wurde ein neues Kapitel in der Astronomie aufgeschlagen – die Neutrinoastrophysik. Sie kam schlagartig außerordentlich in Mode, und auf der ganzen Welt begann man die kosmische Strahlung dieser Teilchen zu untersuchen. Das Observatorium auf dem Mount Palomar installierte sogar, und zwar als eines der ersten, eine Apparatur mit großem Automatisationsgrad und mit einem Auflösungsvermögen, das für die damalige Zeit hervorragend war. Vor dieser Apparatur, konkret gesagt, dem sogenannten Neutrinoinversor, standen die interessierten Wissenschaftler regelrecht Schlange, und der Leiter des Observatoriums, damals Professor Ryan, hatte eine Menge Scherereien mit den Astrophysikern, besonders mit den jungen, weil jeder von ihnen fand, seinem Forschungsprogramm gebühre der Vortritt.

Unter denen, die Glück hatten, waren auch zwei junge Männer, Hailer und Mahoun, beide sehr ehrgeizig und durchaus begabt – ich kannte sie, wenn auch nur flüchtig. Sie registrierten die Maxima der Neutrinostrahlung bestimmter ausgewählter Himmelsregionen, wobei sie nach Spuren des sogenannten Stoeglitzphänomens suchten – benannt nach einem deutschen Astronomen der älteren Generation.

Das Phänomen, das als die Neutrinoentsprechung der Rotverschiebung alter Photonen galt, war irgendwie nicht ausfindig zu machen, weil ja, wie sich einige Jahre später herausstellen sollte, die Stoeglitzsche Theorie falsch gewesen war. Doch die jungen Leute konnten das nicht wissen, und so kämpften sie denn wie die Löwen, damit man ihnen nicht vorzeitig die Apparatur wegnahm, und dank ihrem Unternehmungsgeist harrten sie fast zwei Jahre daran aus, um schließlich mit leeren Händen abzutreten. Die kilometerlangen Datenbänder wanderten ins Archiv des Observatoriums. Wenige Monate danach geriet ein Großteil davon einem gewitzten, wenn auch nicht sonderlich begabten Physiker oder vielmehr dem Abgänger einer nicht sehr bekannten Hochschule im Süden in die Hände, der wegen unmoralischer Handlungen relegiert worden war, nachdem man auf einen Prozeß verzichtet hatte, da etliche ehrenwerte Personen in den Fall verwickelt waren. Jener gescheiterte Physiker, Swanson mit Namen, gelangte unter ungeklärten Umständen in den Besitz der Bänder. Man vernahm ihn später in dieser Sache, doch man erfuhr nichts, weil er seine Aussagen fortwährend änderte.

Swanson war übrigens ein interessanter Bursche. Er betätigte sich als Rohstofflieferant, aber auch als Bankier, ja sogar als Seelentröster zahlloser Spinner, die sich früher damit begnügten, ein Perpetuum mobile zu bauen und sich mit der Quadratur des Kreises zu befassen, heutzutage hingegen allerlei »Heilenergien« erfinden, Theorien zur Kosmogenese und Methoden zur industriellen Anwendung telepathischer Erscheinungen austüfteln. Papier und Bleistift genügen solchen Leuten nicht mehr. Zum Bau von »Orgotronen«, von Aufspürern »supersensitiver« Fluida, elektrischen Wünschelruten, die von selbst Wasser, Erdöl und Schätze suchen (die gewöhnlichen Weidenruten gelten längst als Anachronismus, als völlig überholter Plunder), sind zahlreiche, mitunter schwer aufzutreibende und kostspielige Rohstoffe vonnöten. Gegen eine entsprechende Summe zauberte Swanson sie auch noch unter der Erde hervor. Sein Büro besuchten daher Paraphysiker und Orgonistiker, Konstrukteure von Telepathoren und Pneumatoren, die einen ständigen Kontakt zur Geisterwelt ermöglichten, und während er sich solchermaßen in der unteren Region des Reiches der Wissenschaft bewegte, dort, wo dieses unmerklich in das Reich der Psychiater übergeht, eignete er sich schließlich doch eine ganze Menge durchaus nützlicher Kenntnisse an, denn er wußte immer erstaunlich gut Bescheid, wofür gerade die größte Nachfrage unter den angeknacksten Titanen des Geistes bestand.

Er verschmähte im übrigen auch irdischere Einkünfte nicht, so zum Beispiel lieferte er an kleinere Laboratorien chemische Reagenzien unklarer Herkunft, und es gab in seinem Leben keine Zeit, zu der er nicht in Gerichtsprozesse verwickelt gewesen wäre, obwohl er niemals ins Gefängnis kam, da er immer am Rande der Legalität balancierte. Für die Psychologie von Leuten wie Swanson hatte ich von jeher ein Faible. Soweit ich es überblickte, war er weder ein »reiner« Betrüger noch ein Zyniker, der sich an fremden Verirrungen schadlos hält, wenngleich er vermutlich klug genug war, um zu wissen, daß der Großteil seiner Kunden seine Ideen niemals in die Tat umsetzen würde. Mancher nahm er sich an, lieferte ihnen Apparaturen auf Kredit, sogar wenn es ihn selbst bis an den Rand des Ruins brachte. Er hatte wohl eine ähnliche Schwäche für seine Schützlinge wie ich für Leute seines Schlages. Er setzte seinen Ehrgeiz darein, einen Kunden gut zu bedienen, und so lieferte er denn, wenn einer unbedingt Nashornknochen brauchte, weil ein aus anderen Knochen gebauter Apparat angeblich für die Stimmen der Geister stumm bleiben würde, auch keine Rinds- oder Hammelknochen – so hat man mir wenigstens versichert.

Da Swanson die Bänder von einem unbekannten Menschen erhalten, vielleicht auch gekauft hatte, mußte er selbst an ihnen interessiert gewesen sein. Er kannte sich so weit in der Physik aus, um zu wissen, daß das, was auf ihnen aufgezeichnet war, ein sogenanntes weißes Rauschen darstellte, und er kam auf die Idee, mit Hilfe jener Bänder sogenannte Zufallszahlentabellen herzustellen. Solche Tabellen, auch Zufallszahlen-Folgen genannt, benötigt man auf vielen Gebieten in der Forschung. Man stellt sie entweder mit eigens dafür programmierten Rechenmaschinen her oder mittels rotierender Scheiben, die am Rand mit Ziffern versehen sind, von denen einzelne durch eine unregelmäßig aufblitzende Punktlampe herausgefischt werden. Man kann sie auch noch mit anderen Methoden herstellen, doch wer sich dieser Arbeit unterzieht, hat häufig damit Schwierigkeiten, weil die gewonnenen Folgen selten einmal »ausreichend« zufällig sind. Bei entsprechend genauer Untersuchung weisen sie nämlich stets mehr oder minder deutliche Regelmäßigkeiten im Auftreten einzelner Ziffern auf, weil, besonders bei langen Folgen, bestimmte Ziffern »irgendwie« dazu neigen, häufiger zu erscheinen als andere, was schon Grund genug ist, solch eine Tafel zu disqualifizieren. Durch intentionales Vorgehen ein »komplettes Chaos« zu schaffen, noch dazu eines in »reinem Zustand«, ist ja nicht immer leicht. Zugleich besteht eine ständige Nachfrage nach besagten Tabellen. Daher hoffte Swanson auch, einen guten Schnitt zu machen, zumal sein Schwager als Linotypesetzer in einer Universitätsdruckerei arbeitete. In dieser wurden die Tabellen gedruckt, die Swanson hinterher verkaufte, indem er sie per Post, also ohne Vermittlung der Buchhalter, versandte.

Ein solches gedrucktes Exemplar gelangte in die Hände von Ph. D. Sam Laserowitz, einer gleichfalls recht zwielichtigen Person. Auch er zeichnete sich, wie Swanson, durch überdurchschnittlichen Unternehmungsgeist aus, dem ebenfalls ein Hauch von eigentümlichem Idealismus anhaftete, denn er tat nicht alles für Geld. Er war Mitglied, mitunter auch Gründer zahlreicher, stets exzentrischer Vereine von der Art einer »Liga zur Erforschung der fliegenden Untertassen« und befand sich wohl des öfteren in ernsthaften finanziellen Schwierigkeiten, denn die Budgets besagter Vereine hatten häufig unbegreifliche Verluste zu verbuchen, Unterschlagungen wurden ihm jedoch nie nachgewiesen. Vielleicht war er nur ein nachlässiger Mensch.

Dem Klang seines Namens zum Trotz hatte er kein abgeschlossenes Physikstudium und war nicht berechtigt, sich Doktor der Physik zu nennen, aber immer wenn man ihm in dieser Sache die Pistole auf die Brust setzte, tat er kund, hinter der Abkürzung Ph. D. verbärgen sich einfach seine beiden Vornamen, mit denen er seine Artikel unterschreibe, nämlich Philipp und Douglas. Und er schrieb in der Tat als Ph. D. Sam Laserowitz für viele Science-Fiction-Magazine, er war auch in Liebhaberkreisen dieses Genres als Referent zahlreicher Kongresse und Konferenzen bekannt, wo er sich zu »kosmischen« Themen äußerte. Laserowitz' »Spezialstrecke« waren sensationelle Entdeckungen, die ihm mehrmals im Jahre widerfuhren. Unter anderem gründete er auch ein Museum, in dem er Exponate zusammentrug, die UFO-Passagiere an verschiedenen Punkten der Staaten hinterlassen haben sollten – darunter auch ein rasierter, grün bemalter und in Spiritus schwimmender Affenembryo. Ich habe eine Fotografie davon gesehen. Wir unterschätzen für gewöhnlich, welche Scharen von Betrügern und Verrückten die Gebiete zwischen der modernen Wissenschaft und den psychiatrischen Kliniken bevölkern.

Laserowitz war auch Koautor des Buches über die »Konspiration«, mittels derer die Regierungen der Großmächte angeblich bewußt sämtliche Informationen über die Landung von UFOS, ja sogar über die Kontakte hoher politischer Persönlichkeiten mit den Abgesandten anderer Planeten zurückhielten. Während er alle möglichen, mehr oder minder unsinnigen »Spuren« der Tätigkeit »anderer« im Weltall zusammentrug, stieß er schließlich auch auf die Datenbänder vom Mount Palomar und drang bis zu ihrem damaligen Besitzer, Swanson, vor. Dieser wollte sie ihm nicht sofort ausleihen, aber Laserowitz lieferte ihm ein ernst zu nehmendes Argument in Gestalt von dreihundert Dollar, weil eine seiner »kosmischen Stiftungen« gerade von einem vermögenden Sonderling eine Spende erhalten hatte.

Alsbald veröffentlichte Laserowitz unter schreienden Schlagzeilen eine Artikelfolge, wo er mitteilte, auf den Bändern von Mount Palomar seien die einzelnen Bereiche des Rauschens durch »Stillezonen« voneinander abgeteilt, und beides zusammen lasse sich zu den Punkten und Strichen des Morsealphabets zusammensetzen. In weiteren, immer sensationelleren Erklärungen berief er sich dann schon auf Hailer und Mahoun, die als astrophysikalische Autoritäten die aufsehenerregende Entdeckung bezeugt haben sollten. Als ein paar Provinzzeitungen diese Meldungen nachdruckten, schickte der wütende Dr. Hailer eine Berichtigung an sie, worin er kurz und bündig darlegte, Laserowitz sei ein absoluter Blindgänger (woher sollten »die anderen« wohl das Morsealphabet kennen?), seine »Gesellschaft für Verbindung mit dem Kosmos« Humbug, und bei den sogenannten Stillezonen auf den Bändern handele es sich um unbeschriebene Stellen, die aus dem einfachen Grunde entstünden, weil die Aufzeichnungsapparatur von Zeit zu Zeit ausgeschaltet würde. Er wäre nicht Laserowitz gewesen, wenn er solche Anwürfe demütig hingenommen hätte. Er ließ sich nicht überzeugen, sondern setzte Hailer auf seine schwarze Liste der »Feinde des kosmischen Kontakts«, auf der bereits nicht wenige Geistesleuchten standen, die die Unvorsichtigkeit begangen hatten, seine früheren Entdeckungen zu widerlegen.

Unterdessen kam es, unabhängig von dieser Geschichte, die von der Presse ziemlich breitgetreten wurde, zu einem echt kuriosen Vorfall: Ein gewisser Dr. Ralf Loomis, von Haus aus Statistiker, der eine eigene Agentur für Meinungsforschung, hauptsächlich für allerlei kleinere Handelsfirmen, unterhielt, wandte sich mit einer Reklamation an Swanson, die besagte, daß beinahe ein Drittel von einer

Ausgabe der Swansonschen Zufallstabellen die haargenaue Wiederholung einer früheren Ausgabe, nämlich der ersten sei. Damit unterstellte er, daß Swanson, der sich nicht die Mühe machen und das »Rauschen« systematisch in Ziffernfolgen hatte umcodieren wollen, dies nur ein einziges Mal getan und dann, statt in den nächsten Folgen weitere Zufallssequenzen zu liefern, mechanisch die erste Folge kopiert und dabei nur unbeträchtlich die einzelnen Seiten gemischt habe. Swanson hatte, zumindest in dieser Angelegenheit, ein reines Gewissen, wies also Loomis' Anschuldigungen zurück und schrieb ihm, zutiefst empört, ein paar gepfefferte Worte. Nun war wiederum Loomis beleidigt und fühlte sich obendrein betrogen, übergab also den Fall dem Gericht. Swanson wurde zu einer Geldstrafe wegen persönlicher Beleidigung verurteilt, darüber hinaus entsprach das Gericht dem Antrag des privaten Klägers und erklärte die neue Tabellenfolge für eine betrügerische Wiederholung der ersten. Swanson legte Berufung ein, doch fünf Wochen später zog er sie zurück, zahlte die ihm auferlegte Geldstrafe und verschwand spurlos.

Der »Morning Star« aus Kansas berichtete mehrfach über den Prozeß Loomis gegen Swanson, denn es war gerade Sauregurkenzeit und kein besserer Stoff zur Hand. Einen dieser Artikel las Dr. Saul Rappaport vom Institute for Advanced Study auf seiner Fahrt zur Arbeit – wie er mir erzählte, hatte er die Zeitung auf einem Sitz in einem Eisenbahnabteil gefunden, selbst kaufte er sie nie.

Es war an einem Sonnabend, und das Blatt hatte, um seine erweiterte Wochenendausgabe aufzufüllen, neben dem Gerichtsbericht auch noch eine Auslassung von Lasetowitz über »die Brüder im Verstand« mitsamt dem zornigen Dementi von Dr. Hailer gebracht. Rappaport bekam also einen Einblick in die ganze sonderbare, wenngleich läppisch wirkende Affäre. Als er die Zeitung weglegte, kam ihm ein irrsinniger, ja nachgerade komischer Gedanke: Laserowitz spann zweifelsohne, wenn er die »Stillezonen« auf den Bändern für Signale hielt. Und dennoch war es denkbar, daß er gleichzeitig recht hatte, als er in den Bändern die Aufzeichnung einer »Mitteilung« sah, falls diese Mitteilung das Rauschen war.

Der Gedanke war wahnwitzig, aber Rappaport kam nicht von ihm los. Ein Informationsstrom, zum Beispiel der der menschlichen Rede, läßt nicht immer erkennen, ob er nun eine Information enthält oder auch nur ein Gewirr von Lauten. Wir empfinden eine fremde Sprache oftmals als ein absolutes Gestammel. Die einzelnen Worte unterscheidet nur, wer die Sprache versteht. Für einen, der sie nicht versteht, gibt es nur eine einzige Methode, die ihm diese ausschlaggebende Unterscheidung ermöglicht: Wenn wir ein echtes Rauschen empfangen, wiederholen sich die einzelnen Signalfolgen niemals in derselben Reihenfolge. So verstanden, bilden zum Beispiel tausend Zahlen, die auf einem Roulette erscheinen, eine »Rauschfolge«. Es ist völlig ausgeschlossen, daß bei den nächsten tausend Spielen die Ergebnisse der vorangegangenen Folge in derselben Anordnung wiederkehren. Eben darin besteht das Wesen des »Rauschens«, daß die Reihenfolge im Auftauchen der Elemente – der Töne oder anderer Signale – nicht vorhersehbar ist. Wenn sich die Folgen jedoch wiederholen, beweist das, daß die »Rauschartigkeit« des Phänomens nur eine Täuschung ist und wir es in Wahrheit mit einem arbeitenden Sender zur Informationsübermittlung zu tun haben.

Dr. Rappaport kam auf die Idee, daß Swanson vor dem Gericht womöglich nicht gelogen und nicht immer nur das eine Band wieder von vorn kopiert, sondern daß er nacheinander die Bänder benutzt habe, die während der sich über viele Monate erstreckenden Aufzeichnung der kosmischen Strahlung entstanden waren. Falls die Strahlung eine beabsichtigte Signalgebung darstellte und falls die eine Strahlungsfolge der »Mitteilung« damals zu Ende gewesen und die Mitteilung danach wieder von vorn gesendet worden war, wäre schließlich das entstanden, worauf Swanson sich so sehr versteifte. Die einzelnen Bänder hätten genau dieselben Impulsfolgen festgehalten, die durch ihre *Wiederholbarkeit* verraten haben würden, daß sie nur wie ein Rauschen aussahen!

Das war im höchsten Maße unwahrscheinlich, aber gleichwohl möglich. Immer wenn ihm solcherart Erleuchtungen kamen, legte Rappaport, im täglichen Leben eher ein bequemer Mann, eine außerordentliche Wendigkeit und Tatkraft an den Tag. Da die Zeitung Dr. Hailers Adresse mit angegeben hatte, war es für ihn ein leichtes, sich mit ihm in Verbindung zu setzen. Am meisten war ihm daran gelegen, die Bänder in die Hand zu bekommen. Er schrieb folglich an Hailer, ohne ihn jedoch in seine Konzeption einzuweihen – sie klang allzu phantastisch –, sondern er fragte nur an, ob er ihm die im Archiv von Mount Palomar verbliebenen Bänder überlassen könne. Hailer, darüber verärgert, daß er persönlich in die Laserowitz-Affäre verwickelt worden war, lehnte ab. Erst da verbiß sich Rappaport wohl richtig und wandte sich direkt ans Observatorium. Sein Name war in wissenschaftlichen Kreisen hinreichend bekannt, und bald darauf hatte er einen reichlichen Kilometer Bänder in den Händen, die er an seinen Freund, Dr. Howitzer, weiterleitete, damit der sie mit dem Rechenautomaten auf die Häufigkeitsverteilung der Elemente hin untersuche, mit anderen Worten eine sogenannte Distributionsanalyse vornähme.

Bereits in dieser Phase war das Problem längst komplizierter, als ich es hier darstelle. Eine Information erinnert um so mehr an ein reines Rauschen, je genauer der Sender die Kapazität des Übertragungskanals ausnutzt. Wird sie restlos ausgenutzt, unterscheidet sich das Signal für einen

Unvoreingenommenen durch nichts vom vollständigen Chaos. Wie ich schon sagte, läßt sich solch ein Rauschen nur dann als Information »entlarven«, wenn die Ausstrahlungen ein und derselben Mitteilung immer wiederkehren und man sie vergleichend nebeneinanderstellen kann. Genau das hatte Rappaport vor, und dabei sollten ihm die Apparaturen des Rechenzentrums behilflich sein, in welchem Howitzer arbeitete. Auch ihm sagte er nicht sofort, worum es sich drehte, weil ihm daran lag, daß das Geheimnis gewahrt blieb. Außerdem würde, falls sich seine Idee als Blindgänger entpuppt hätte, niemand davon Wind bekommen haben.

Diesen spaßigen Anfang einer später durchaus nicht mehr spaßigen Geschichte gab Rappaport sehr oft zum besten, ja er bewahrte sogar die Ausgabe der Zeitung, die ihn auf den entdeckerischen Einfall gebracht hatte, als Reliquie auf.

Howitzer, mit Arbeit überlastet, hatte keine rechte Lust, die mühselige Analyse vorzunehmen, ohne ihren Zweck zu kennen: Und so entschloß sich Rappaport denn letzten Endes, ihn in sein Geheimnis einzuweihen. Howitzer lachte ihn zunächst aus, doch gab er, beeindruckt von Rappaports suggestiven Worten, schließlich seiner Bitte nach.

Als Rappaport wenige Tage später nach Massachusetts zurückkam, empfing ihn Howitzer mit der Botschaft, die Untersuchungen seien negativ verlaufen, was seiner Meinung nach die phantastische Hypothese zu Fall brachte. Rappaport war schon drauf und dran – das weiß ich von ihm selbst – die Finger von der Geschichte zu lassen, aber erbost über die Sticheleien des Freundes fing er an, mit ihm zu streiten. Die gesamte Neutrinostrahlung eines einzigen Quadranten des Himmelsgewölbes sei doch ein regelrechtes, sich über ein riesiges Frequenzspektrum ausdehnendes Meer, sagte er zu ihm, und selbst wenn Hailer und Mahoun, als sie dieses Spektrum einmal durchkämmten, dort rein zufällig ein »Stückchen« künstlicher Strahlung herausgefischt hätten, das von einem vernunftbegabten Absender stamme, dann wäre es, wenn sie das, wiederum durch Zufall, ein zweites Mal vollbracht hätten, schon ein wahres Wunder.

So also gälte es, die Bänder zu beschaffen, die im Besitz von Swanson seien. Howitzer leuchtete diese Argumentation ein, er bemerkte jedoch, da auch er recht behalten wollte, wenn man die Alternative »Nachricht von den Sternen« oder »Swanson betrügt« prüfe, dann spreche eine millionenfach größere Wahrscheinlichkeit für letzteres. Er fügte noch hinzu, falls Rappaport die Bänder auftreiben sollte, werde ihm das nicht viel nutzen: Swanson habe, als er vor Gericht geladen wurde, um sich eine Grundlage für eine erfolgreiche Verteidigung zu schaffen, von dem Band, das er besaß, womöglich einfach eine Kopie anfertigen lassen, und diese Kopie als angeblich einzelnes Original der Neutrinoaufzeichnung ausgegeben.

Rappaport konnte nichts darauf erwidern, aber da er einen Bekannten hatte, einen Spezialisten für Apparaturen für die halbautomatische Langzeitaufzeichnung, rief er ihn an und erkundigte sich, ob sich Bänder, auf denen gewisse natürliche Abläufe festgehalten sind, irgendwie von solchen unterscheiden ließen, auf denen die Aufzeichnung erst sekundär »aufgetragen« worden sei, mit anderen Worten, welcher Unterschied – falls es einen gäbe – zwischen dem Original der Aufzeichnung und einer Kopie bestünde. Es stellte sich heraus, daß eine solche Unterscheidung möglich war. Daraufhin wandte sich Rappaport an Swansons Rechtsanwalt, und eine Woche später verfügte er bereits über sämtliche Bänder, die sich allesamt als Originale entpuppten, wie der Gutachter befand. Swanson hatte sich also keinen Betrug zuschulden kommen lassen: Die Strahlung wiederholte sich tatsächlich in regelmäßigen Abständen.

Dieses Untersuchungsergebnis teilte Rappaport weder Howitzer noch Swansons Anwalt mit, er flog vielmehr noch am selben Tage oder, besser, in derselben Nacht nach Washington. Da er aber sehr wohl wußte, wie aussichtslos es sein kann, die Barrieren der Bürokratie nehmen zu wollen, begab er sich schnurstracks zu Mortimer Rush, dem Berater des Präsidenten für Wissenschaftsfragen und ehemaligen Leiters der NASA, den er persönlich kannte. Rush, von Haus aus Physiker und ein wirklich erstrangiger Kopf, empfing ihn trotz der späten Stunde. Rappaport wartete drei Wochen in Washington auf seine Antwort. In der Zwischenzeit untersuchten immer wichtigere Spezialisten die Bänder.

Rush rief ihn schließlich zu einer Konferenz, an der insgesamt neun Leute teilnahmen, darunter die Leuchten der amerikanischen Wissenschaft – der Physiker Donald Prothero, der Linguist und Philologe Yvor Baloyne, der Astrophysiker Tihamer Dill und der Mathematiker und Informationstheoretiker John Bear. Auf besagter Konferenz wurde ganz informell beschlossen, eine besondere »Kommission zur Untersuchung des Neutrinobriefes von den Sternen« zu bilden, der damals, auf Baloynes halb im Scherz gemachten Vorschlag den Decknamen MASTER'S VOICE erhielt. Rush bat die Teilnehmer der Beratung, vorerst Diskretion zu wahren, weil er befürchtete, wenn die Geschichte von der Presse zur Sensation hochgespielt würde, dies nur die Bewilligung der dringend erforderlichen Gelder gefährden könnte, denn der Fall würde sofort zu politischen Auseinandersetzungen im Kongreß führen, wo Rush als Vertreter der heftig kritisierten Verwaltung ohnehin auf wackligem Posten stand.

Es hatte den Anschein, als sei alles in die denkbar vernünftigsten Bahnen gelenkt, als sich völlig unerwartet der verhinderte Doktor der Physik Ph. D. Sam Laserowitz einmischte. Der ganzen Berichterstattung über Swansons

Prozeß hatte er nur so viel entnommen, daß der Gerichtssachverständige in seinem Gutachten mit keinem Wort die »Schweigezonen« auf den Bändern erwähnt habe, die ja angeblich nur durch das periodische Ausschalten der Apparatur hervorgerufene »leere Stellen« seien. Er fuhr also nach Melleville, wo der Prozeß lief, hockte im Hotel herum und belagerte Swansons Verteidiger, um die Bänder in die Hand zu bekommen, die, nach seiner Auffassung, in sein »Weltraum-Raritäten-Museum« gehörten. Der Anwalt wollte sie ihm, den er für ziemlich unseriös hielt, jedoch nicht aushändigen. Laserowitz, der allenthalben »antikosmische Verschwörungen« witterte, mietete sich einen Privatdetektiv und ließ den Mann beschatten, und auf die Weise erfuhr er, daß sich ein Fremder, der mit dem Morgenzug in die Stadt gekommen war, mit dem Anwalt im Hotel eingeschlossen und von ihm die Bänder erhalten habe, mit denen er nach Massachusetts abgereist sei.

Dieser Mann war Dr. Rappaport. Laserowitz schickte seinen Detektiv los, der die Fährte des nichtsahnenden Rappaport verfolgen sollte, und als Rappaport in Washington aufkreuzte und mehrfach bei Rush vorsprach, fand er, die Zeit zu handeln sei gekommen. Ein von einer Washingtoner Zeitung nachgedruckter Artikel des »Morning Star«, in dem Laserowitz unter der entsprechenden Schlagzeile berichtete, auf welch gewissenlose Weise der Verwaltungsapparat versuche, eine kostbare Entdeckung zu unterschlagen, genauso wie er vor reichlich zehn Jahren durch die offiziellen Aussagen des Luftfahrtdepartements den sogenannten UFOS, den nicht identifizierten Flugobjekten (also den berüchtigten Untertassen) ein Grab geschaufelt habe, war dann auch eine höchst unangenehme Überraschung für Rush und die künftigen Teilnehmer der »Master's Voice«-Operation. Jetzt erst fand Rush, der Fall könnte, international gesehen, in ein falsches Licht geraten, wenn jemand auf den Gedanken käme, die Vereinigten

Staaten versuchten, eine erfolgte Kontaktaufnahme zu einer Zivilisation im Weltraum vor allen anderen geheimzuhalten. Er nahm sich den Artikel zwar nicht sonderlich zu Herzen, da sein unseriöser Ton sowohl den Verfasser als auch die Meldung selbst bloßstellte. Als der Mann mit den größten praktischen Erfahrungen in Dingen der Publicity, rechnete er also damit, daß, wenn man sich still verhielte, das Geschrei alsbald von selbst verstummen würde.

Baloyne hingegen entschloß sich, ganz privat zu Laserowitz zu gehen, weil ihn – ich weiß es von ihm selbst – dieser in puncto außerirdischer Kontakte Besessene schlicht und einfach dauerte. Er glaubte, wenn er ihm unter vier Augen einen untergeordneten Posten beim Projekt anböte, ließe sich alles wieder einrenken. Dieser Schritt entpuppte sich jedoch, wenn auch von den allerbesten Absichten diktiert, als leichtfertig. Baloyne, der Laserowitz nicht kannte, war den Initialen Ph. D. auf den Leim gegangen und hatte angenommen, er werde es mit einem möglicherweise etwas überkandidelten, auf Ruhm erpichten Mann zu tun haben, der mit nicht eben wählerischen Mitteln sein Geld verdiente, aber immerhin mit einem Fachkollegen, einem Wissenschaftler, einem Physiker. Statt dessen saß er nun einem aufgeregten Männlein gegenüber, das, als es hörte, der »Sternenbrief« sei echt, mit hysterischer Großspurigkeit erklärte, die Bänder, also auch der »Brief«, seien sein Privatbesitz, dessen man ihn beraubt habe, und das Baloyne im weiteren Verlauf des Gesprächs zur Weißglut trieb. Als Laserowitz sah, daß er mit Worten nichts ausrichten konnte, stürzte er auf den Flur hinaus und begann dort herumzuzetern, er werde den Fall vor die Menschenrechtskommission der UNO bringen, worauf er in den Fahrstuhl stieg und Baloyne seinen alles andere als erfreulichen Gedanken überließ.

Als Baloyne sah, was er sich da eingebrockt hatte, fuhr er unverzüglich zu Rush und beichtete ihm alles. Rush bangte ernstlich um das Schicksal des Projekts. War es auch ziemlich unwahrscheinlich, daß man Laserowitz irgendwo ernsthaft Gehör schenken werde, so ließ sich diese Möglichkeit doch nicht ganz ausschließen, und wenn die Affäre aus der Boulevardpresse in die hauptstädtischen Blätter gelangte, nahm sie garantiert politische Ausmaße an.

Die Eingeweihten konnten sich vortrefflich ausmalen, was für ein Geschrei darüber anheben werde, daß die Vereinigten Staaten versuchten, sich etwas anzueignen, was der gesamten Menschheit gehöre. Baloyne brachte zwar vor, dem könne man durch eine kurze, wenigstens halboffizielle Verlautbarung begegnen, doch Rush besaß weder die Vollmachten dazu, noch beabsichtigte er, sich darum zu bemühen, weil – so erläuterte er – die Geschichte noch immer nicht ganz sicher sei und die Regierung, selbst wenn sie wollte, sich vor einem internationalen Forum nicht voll hinter das Unternehmen stellen könne, solange die Vorarbeiten nicht die bisherigen Vermutungen als richtig bestätigt hätten. Da es sich aber um eine delikate Materie handelte, wandte sich Rush notgedrungen an seinen Bekannten Barrett, den Sprecher der demokratischen Minderheit im Senat, der seinerseits, nachdem er sich zuvor mit seinen Leuten beraten hatte, das Federal Bureau of Investigation einschalten wollte, aber von dort an die Central Intelligence Agency weitervermittelt wurde, weil irgendein namhafter Jurist vom FBI befand, der Kosmos gehöre, als außerhalb der Grenzen der Staaten befindlich, nicht in den Kompetenzbereich des Federal Bureau of Investigation, er unterstehe vielmehr dem CIA, weil eben der sich mit Auslandsfragen befasse.

Die unseligen Konsequenzen dieses Schrittes zeigten sich nicht sofort, aber auf diese Weise wurde ein Prozeß in Gang gesetzt, der dann nicht mehr aufzuhalten war. Rush, als Mann aus dem Grenzgebiet zwischen Wissenschaft und Politik, wußte wohl um die unliebsamen Folgen, falls das

Projekt unter eine solche Schirmherrschaft gestellt wurde, und so hielt er seinen Senator noch vierundzwanzig Stunden hin und schickte zwei seiner Vertrauensleute zu Laserowitz, die ihm ins Gewissen reden sollten. Laserowitz blieb nicht nur taub gegenüber allen Überredungsversuchen, sondern machte den beiden eine solche Szene, daß es zu einer Prügelei kam und die Polizei einschreiten mußte, die von der Hotelleitung gerufen worden war.

In den darauffolgenden Tagen quoll die Presse über von nachgerade phantastischen, im Grunde aber hirnverbrannten Meldungen über allerlei »Zweier- und Dreier-Werte des Schweigens«, die der Kosmos der Erde übermittelt haben sollte, über Lichtphänomene, die Landung kleiner grüner Männchen in »Neutrinokleidung« und ähnlichem Kokolores, wobei sie sich auf Schritt und Tritt auf Laserowitz berief, den man bereits mit Professor titulierte. Sehr bald jedoch, es war noch kein Monat verstrichen, entpuppte sich der »überragende Gelehrte« als Paranoiker und wurde in eine Anstalt für Geisteskranke eingeliefert. Damit war seine Geschichte leider noch nicht zu Ende. Bis in die zentrale Presse, in die großen Zeitungen drang das Echo von Laserowitz' phantasmagorischem Kampf (er selbst türmte zweimal aus der Heilanstalt, beim zweitenmal auf radikale Weise, indem er sie durch das Fenster im achten Stock verließ) um die Anerkennung seiner Entdeckung, die – nach den hinterher veröffentlichten Versionen – so wahnwitzig und doch der Wahrheit so nahe war. Ich gestehe, daß es mich jedesmal kalt überläuft, sobald mir diese Episode aus der Vorgeschichte unseres Projekts wieder einfällt.

Wie sich leicht denken läßt, war die Flut immer blödsinnigerer Meldungen, die die Spalten der Presse füllten, nichts anderes als ein von den versierten Fachleuten des CIA inszeniertes Ablenkungsmanöver; denn die Sache zu bestreiten, sie zu dementieren, obendrein in den Spalten seriöser Blätter, würde geheißen haben, das Augenmerk und das Interesse erst recht auf sie zu lenken, und zwar auf die am wenigsten wünschenswerte Weise. Zu enthüllen, daß es sich um baren Unsinn handelte, das Körnchen Wahrheit unter einer Lawine von absurd klingenden Spinnereien zu begraben, die man dem »Professor« Laserowitz in den Mund legte, war hingegen ein über alle Maßen geschickter Schachzug, zumal man die Aktion in der Veröffentlichung einer lakonischen Notiz über den Selbstmord des Irren gipfeln lassen konnte, der beredt genug war, um allen Gerüchten endgültig den Garaus zu machen.

Das Schicksal dieses Fanatikers war wahrhaft niederschmetternd, und ich wollte es zuerst nicht wahrhaben, daß er wirklich wahnsinnig gewesen und jenen letzten Schritt aus dem Fenster in das acht Stockwerke tiefe Nichts getan haben sollte, aber Leute, denen ich wohl glauben muß, brachten mich dazu, die Dinge so zu sehen. Und dennoch trug unser gewaltiges Unternehmen von Anfang an das signum temporis auf der Stirn – das Zeichen einer Zeit, die wie vielleicht keine andere Widerwärtiges mit Erhabenem vermischt. Das Auf und Ab zufälliger Ereignisse hatte, noch ehe es uns jene große Chance in die Hände spielte, einen Mann wie einen Wurm zermalmt, der, wenn auch in Verblendung, so doch immerhin als erster an der Schwelle der Entdeckung gestanden hatte.

Wenn ich nicht irre, hatten ihn Rushs Abgesandte schon damals für geistesgestört gehalten, als er es ablehnte, eine größere Summe anzunehmen und als Gegenleistung von seinen Forderungen abzusehen. Demzufolge aber wären ich und er Bekenner desselben Glaubens gewesen, mit dem einzigen Unterschied, daß wir ihn in unterschiedlichen Ordensgemeinschaften praktizierten. Ohne jenen großen Strudel, von dem er erfaßt wurde, hätte Laserowitz vermutlich noch ungeschoren als ungefährlicher, der Sache der fliegenden Untertassen und dem ganzen übrigen Kram ergebener Narr ein glückliches Leben führen können, denn solche Leute gibt es ja genug, aber das Bewußtsein, daß man ihm weggenommen hatte, was er für seinen heiligen Besitz hielt – die Entdeckung, die die Geschichte der Menschheit in zwei Teile spaltete –, zerstörte wie eine Explosion seine Widerstandskraft und stieß ihn in den Abgrund. Ich meine nicht, daß wir seiner nur voll Hohn gedenken sollten. Jede große Sache hat auch ihre lächerlichen oder jämmerlich trivialen Seiten, woraus durchaus nicht folgt, daß sie nicht untrennbar zu ihr dazugehörten. Lächerlichkeit ist übrigens ein relativer Begriff. Auch über mich hat man gelacht, wann immer ich, wie eben, über Laserowitz sprach.

Von den Akteuren des Prologs schnitt Swanson wahrscheinlich noch am besten ab, weil er sich mit Geld abspeisen ließ. Man beglich die Geldstrafe für ihn – ich weiß nicht, wer das tat, ob der CIA oder die Projektverwaltung –, und man brachte ihn durch eine erkleckliche Entschädigung für die moralischen Qualen, die er ausgestanden hatte, als er unschuldig des Betrugs angeklagt worden war, von seinem Vorhaben ab, Berufung einzulegen. Alles zu dem Zweck, damit das Projekt ungestört in der inzwischen endgültig beschlossenen Abgeschiedenheit anlaufen konnte.

IV

Sowohl die beschriebenen Geschehnisse, die sich im allgemeinen – obwohl nicht in allen Punkten – mit der offiziellen Version decken, als auch das ganze erste Jahr des Projekts gingen ohne meine Teilnahme vonstatten. Darüber, wieso man sich erst an mich wandte, als sich im Wissenschaftlichen Rat allmählich die Überzeugung durchsetzte, daß man dringend wissenschaftliche Verstärkung brauche, hat man mir so viele Male so viele verschiedene Dinge erzählt, hat dafür so gewichtige Argumente ins Feld geführt, daß vermutlich nichts davon der Wahrheit entspricht. Ich verübelte es im übrigen meinen Kollegen, allen voran Yvor Baloyne nicht, mich übergangen zu haben. Wenngleich sie sich auch ziemlich lange nicht darüber im klaren waren, konnten sie in ihrer organisatorischen Arbeit doch nicht völlig frei schalten und walten. Natürlich wurde damals noch nicht offen eingeschritten oder spürbarer Druck ausgeübt. Schließlich lag die Regie für alles in den Händen von Spezialisten. Hinter dem Umstand, daß ich übergangen worden war, vermute ich einen Wink von höherer Warte. Denn das Projekt wurde beinahe sofort zum High Security Risk (HSR), also zur Operation erklärt, deren Geheimhaltung eine wesentliche Bedingung der Staatspolitik, der Staatsräson bildet. Selbst die wissenschaftlichen Leiter des Projekts, das muß hervorgehoben werden, erfuhren das erst nach und nach und zumeist einzeln auf den entsprechenden Beratungen, während derer man diskret an ihren politischen Verstand und ihre patriotischen Gefühle appellierte.

Wie es dort in Wahrheit zuging, zu welchen Mitteln der Überredung, zu welchen Komplimenten, Versprechungen und Argumenten man dort griff, weiß ich nicht, denn diese Seite der Geschichte übergehen die offiziellen Dokumente mit einem wahrhaft vollkommenen Schweigen, und auch die Männer vom Wissenschaftlichen Rat rissen sich später, als wir schon zusammenarbeiteten, nicht darum, sich über jene halbe Vorbereitungsphase des »Master's Voice«-Projekts auszulassen. Wenn sich der eine oder andere etwas widerspenstiger zeigte, wenn die Hinweise auf Vaterlandsliebe und Staatsräson nicht genügten, kam es zu einem Gespräch »auf höchster Ebene«. Wobei – was für die psychologische Anpassung vielleicht das Wichtigste war – die hermetische Abriegelung des Projekts, sein Abgeschnittensein von der Welt, als reines Provisorium bezeichnet wurde, als zeitweiliger oder auch vorübergehender Zustand, der aufgehoben werden sollte. Das »saß« psychologisch, sage ich, weil trotz aller Vorbehalte, die der eine oder andere unter den Wissenschaftlern den Vertretern der Verwaltung gegenüber hegte, das Interesse, das einmal der Staatssekretär und dann der Präsident persönlich dem Projekt entgegenbrachten, die Worte wohlwollender Ermunterung, der Hoffnung, die man »in solche Köpfe« setze – weil dies alles zu einer Situation beitrug, in der sich klar gestellte Fragen nach dem Termin, dem Datum für die Aufhebung der Geheimhaltung unpassend, unhöflich oder gar primitiv ausgenommen hätten.

Ich kann mir auch vorstellen, obwohl mir gegenüber nie jemand ein Sterbenswörtchen über dieses heikle Thema verlauten lassen hat, wie der ehrenwerte Baloyne seinen weniger erfahrenen Kollegen die Grundregeln der Diplomatie, des Zusammenlebens mit Politikern beigebracht haben mag und wie er mit dem ihm eigenen Taktgefühl den Augenblick hinausgezögert hat, da ich eingeladen und als Mitglied in den Rat aufgenommen werden sollte, indem er den Ungeduldigeren erklärte, zuerst müsse sich das Projekt noch größeres Vertrauen bei seinen mächtigen Schirmherren erwerben, und erst dann könne man damit so verfahren, wie es alle gelehrten Steuermänner des »MAVO« nach ihrem Gewissen für richtig hielten. Ich bemerke dies übrigens nicht ironisch, weil ich mich in Baloynes Lage versetzen kann: Er wollte es nicht zu Reibereien auf beiden Seiten kommen lassen, und er wußte genau, daß ich bei jenen hohen Kreisen in dem Ruf stehe, ein unsicherer Kandidat zu sein. So war ich, als das Unternehmen anlief, nicht dabei, was mir im übrigen – wie mir hundertmal beteuert wurde – nur zum Vorteil gereichte, weil die Lebensbedingungen in der kuriosen, hundert Meilen östlich des Monte-Rosa-Massivs gelegenen »toten Stadt« zunächst noch äußerst primitiv waren.

Ich habe mich entschlossen, die Ereignisse in chronologischer Reihenfolge darzustellen, deshalb will ich zuerst erzählen, was ich tat, kurz bevor ein Vertreter des Projekts bei mir in New Hampshire auftauchte, wo ich seinerzeit gerade Vorlesungen hielt. Das erscheint mir angebracht, denn ich stieß ja zum Projekt, als es bereits lief und sich schon zahlreiche allgemeine Konzeptionen herausgebildet hatten, ich hingegen war ein »blutiger Anfänger« und mußte mich zunächst mit ihnen vertraut machen, bevor man mich als neues Zugtier mit vor die riesenhafte, weil zweieinhalbtausend Menschen beschäftigende Maschinerie spannen konnte.

Ich verbrachte nur kurze Zeit in New Hampshire. Stewart Compton, der Dekan der Mathematischen Fakultät und zugleich ein alter Studienfreund von mir, lud mich ein, dort ein Ferienseminar für eine Doktorandengruppe zu leiten. Ich nahm das Angebot an, weil ich nur ganze neun Wochenstunden zu halten hatte und so tagelang die Wald- und Heidegründe durchstreifen konnte, und obwohl ich, recht besehen, einen vollen Urlaub verdient gehabt hätte, denn erst im Juni hatte ich meine anderthalb Jahre dauernde Zusammenarbeit mit Professor Hayakawa beendet, wußte ich doch genau, weil ich mich kannte, daß ich ohne wenn auch flüchtigen Kontakt zur Mathematik in den

Ferien keine Ruhe finden würde. Denn die Entspannung löst in mir als erste Reaktion stets Gewissensbisse ob der Zeitvergeudung aus. Im übrigen hat es mir immer Spaß gemacht, neue Jünger meiner ausgefallenen Disziplin kennenzulernen, über die es mehr falsche Vorstellungen gibt als über irgendeine andere.

Ich kann nicht von mir sagen, ich sei ein »steriler«, das heißt ein »reiner« Mathematiker, denn oft genug haben mich auch fremde Probleme nicht losgelassen. Aus ebendiesem Grunde arbeitete ich weiland mit dem jungen Thornop zusammen (seine Leistung in der Anthropologie ist unterschätzt worden, weil er jung starb: Auch in der Wissenschaft ist die biologische Anwesenheit unerläßlich, weil, dem Schein zum Trotz, die Entdeckungen selbst nicht ausreichend aussagekräftig sind, um sich durch ihren eigenen Wert auszuweisen) und danach mit Donald Prothero (den ich zu meinem großen Erstaunen beim Projekt wiederfand) sowie mit James Phennyson (dem späteren Nobelpreisträger) und schließlich mit Hayakawa. Mit letzterem erstellte ich das mathematische Rückgrat für seine kosmogonische Theorie, die später durch einen seiner aufsässigen Schüler so unvermittelt mitten in das Projekt hineinplatzen sollte.

Manche meiner Kollegen haben mir meine partisanenhaften Abstecher in die naturwissenschaftlichen Jagdgründe verübelt. Aber der Nutzen war für gewöhnlich beiderseitig: Die Empiriker hatten in mir eine Hilfe, aber auch ich gewann, indem ich ihre Probleme kennenlernte, allmählich einen Überblick, welche Entwicklungslinien unseres platonischen Reiches innerhalb der strategischen Hauptstoßrichtung in die Zukunft liegen.

Man begegnet häufig der Meinung, in der Mathematik genüge das »nackte Talent«, weil sich sein Nichtvorhandensein unmöglich überspielen lasse, während in anderen Disziplinen Beziehungen, Moden, Protektion, schließlich das Fehlen unumstößlicher Beweise, durch welche sich die Mathematik angeblich auszeichnet, bewirkten, daß die Karriere die Resultierende aus Begabung und Faktoren sei, die außerhalb der Wissenschaft liegen. Ich habe solchen Neidern stets erfolglos zu erklären versucht, daß es im Paradies der Mathematik leider so schön nicht zugeht. Die schönsten Gebiete der Mathematik, beispielsweise die klassische Mengenlehre von Cantor, sind jahrelang ignoriert worden – aus sehr unmathematischen Gründen.

Weil jeder Mensch jemanden beneiden muß, habe ich bedauert, daß ich mit der Informationstheorie auf schlechtem Fuße stand, denn auf diesem Gebiet sowie im Reich der von den allgemeinen Rekursionsfunktionen absolut regierten Algorithmen waren phänomenale Entdeckungen zu erwarten. Die Geburtshelferinnen der Informationstheorie, die klassische Logik und die Boolesche Algebra, waren schon von Anfang an durch eine kombinatorische Schwerfälligkeit belastet. Daher hat es mit den mathematischen Mitteln, die aus diesen Regionen entliehen wurden, auch stets gehapert: Sie sind nach meinem Empfinden unhandlich, häßlich und plump, und man kommt mit ihnen nur ausgesprochen mühsam ans Ziel. Ich dachte mir, ich würde am besten über diese Dinge nachgrübeln können, wenn ich Comptons Angebot annahm; denn über die Perspektiven auf ebendiesem mathematischen Frontabschnitt sollte ich in New Hampshire ja reden. Es mag vielleicht befremdlich klingen, daß ich lernen wollte, indem ich Vorlesungen hielt, aber es ist mir schon manchmal so ergangen. In dem Spannungsfeld, das zwischen mir und einem ordentlich aktiven Auditorium entsteht, kann ich am besten denken. Darüber hinaus konnte ich wenig bekannte Arbeiten lesen, aber für die Vorlesungen mußte ich mich unbedingt vorbereiten, was ich auch tat, ich weiß also nicht, wer den größeren Nutzen davon hatte: ich oder meine Hörer.

Das Wetter war in jenem Sommer schön, aber zu heiß,

selbst in der Heide, die dürr und ausgetrocknet war. Ich hatte schon immer sehr viel übrig für das Gras, weil wir ihm unsere Existenz zu verdanken haben. Erst nach jener pflanzlichen Revolution, die die Kontinente ergrünen ließ, konnte das Leben mit seinen tierischen Arten auf ihnen Fuß fassen. Ich will übrigens nicht behaupten, daß diese meine Vorliebe ausschließlich auf derlei Evolutionsgedanken zurückzuführen wäre.

Der August war schon recht weit fortgeschritten, als eines Tages ein Vorbote der Veränderung in der Person eines Dr. Michael Grotius auftauchte, der mir einen Brief samt einer vertraulichen mündlichen Botschaft von Yvor Baloyne überbrachte.

Dort, im zweiten Stock des alten pseudogotischen Gebäudes aus dunklem Backstein mit dem spitzen Dach, das von wildem Wein umrankt war, der sich schon färbte, in meinem nicht eben gut belüfteten Zimmer (in dem alten Gemäuer gab es keine Klimaanlage), erfuhr ich von einem jungen, stillen Mann, der zart und zerbrechlich wirkte wie chinesisches Porzellan und einen halbmondförmigen schwarzen Bart trug, daß eine Nachricht auf die Erde herabgekommen sei, ob eine gute, wisse man noch nicht, weil es trotz reichlich zwölfmonatiger Bemühungen noch nicht gelungen sei, sie zu entschlüsseln.

Obwohl mir Grotius nichts davon sagte und ich in dem Brief meines Freundes keine Bemerkung darüber fand, begriff ich doch sofort, daß es sich um Versuche handelte, die unter sehr hoher Schirmherrschaft oder – wenn man so will – Aufsicht standen. Denn wie war es möglich gewesen, daß über Arbeiten von solchem Rang nichts in die Presse oder in die Kanäle des Rundfunks oder Fernsehens durchgesickert war? Es stand fest, daß sich erstklassige Spezialisten mit deren Abdichtung befaßten.

Grotius entpuppte sich trotz seiner Jugend als gewandter Spieler. Weil noch nicht sicher war, ob ich mich bereit finden würde, am Projekt mitzuarbeiten, durfte er nichts Konkretes darüber verlauten lassen. Er mußte an mich appellieren und meiner Eigenliebe schmeicheln, indem er unterstrich, daß zweieinhalbtausend Menschen ausgerechnet mich unter den übrigen ganzen vier Milliarden zum potentiellen Erlöser auserkoren hätten, aber auch hierin kannte er das Maß, denn er nahm nicht zu plumpen Komplimenten seine Zuflucht.

Die meisten Menschen glauben, es gäbe keine Schmeichelei, die der damit Bedachte nicht genußvoll schlucke. Wenn das die Regel ist, dann bilde ich die Ausnahme, denn ich habe Lob niemals geschätzt. Loben kann man gewissermaßen nur von oben nach unten, aber nicht umgekehrt, und ich weiß sehr wohl selber, was ich wert bin. Grotius war von Baloyne präpariert worden, oder er hatte einfach einen guten Riecher. Er redete viel, beantwortete meine Fragen sozusagen erschöpfend, doch am Ende unserer Unterhaltung hätte ich alles, was ich erfahren hatte, auf zwei Seitchen niederschreiben können.

Die Hauptklippe war der geheime Status der Arbeiten. Baloyne war sich bewußt, daß dies der heikelste Punkt sein werde, und so berichtete er mir denn in dem Brief von seiner persönlichen Zusammenkunft mit dem Präsidenten, der ihm versichert habe, daß sämtliche Arbeitsergebnisse veröffentlicht werden würden, die Informationen ausgenommen, die den Interessen der Vereinigten Staaten schaden könnten. Es sah so aus, als stelle nach Meinung des Pentagons oder zumindest der Abteilung, die das Projekt unter ihre Fittiche genommen hatte, die Botschaft von den Sternen eine Art Plan für eine Superbombe oder eine andere ultimative Waffe dar – eine Konzeption, die auf den ersten Blick eher komisch anmutete und mehr über die allgemeine politische Atmosphäre aussagte als über die galaktischen Zivilisationen.

Nachdem ich Grotius für drei Stunden weggeschickt

hatte, ging ich in aller Ruhe in die Heide und legte mich dort in der sengenden Sonne ins Gras, um die Sache zu durchdenken. Weder Grotius noch Baloyne hatten etwas darüber verlauten lassen, daß ich das Versprechen oder gar den Schwur zu leisten habe, Schweigen zu bewahren, doch verstand sich eine solche »Initiation« bei dem Projekt von selbst.

Es war eine der typischen Situationen, in die ein Wissenschaftler unserer Zeit geraten kann – in spezifischer Vergrößerung, ein wahres Ausstellungsstück. Um reine Hände zu behalten, ist es am leichtesten, sich nach der Vogel-Strauß- oder der Pilatus-Methode in nichts einzumischen, was – selbst in seinen fernen Konsequenzen – ein Anwachsen des Vernichtungspotentials nach sich ziehen kann. Doch das, was wir nicht tun wollen, tun immer andere an unserer Statt. Es heißt, dies sei kein moralisches Argument – einverstanden. Man kann mit der Vermutung darauf erwidern, daß, wer einwilligt, bei solch einer Arbeit mitzumachen, und dabei voller Skrupel ist, sie im kritischen Moment auch zu mobilisieren vermag, und wenn selbst ihm das nicht gelingt, dann gibt es eine solche Chance gar nicht, weil ein anderer für ihn einspringen wird, der keine Skrupel hat.

Was mich anbelangt, so gedenke ich nicht, mich auf die Art zu verteidigen. Ich habe mich von anderen Motiven leiten lassen. Wenn ich weiß, daß etwas unerhört Wichtiges und zugleich potentiell Gefährliches passiert, dann ist es mir noch immer lieber, an Ort und Stelle zu sein, als mit reinem Gewissen und leeren Händen abzuwarten, wie sich die Ereignisse entwickeln werden. Außerdem konnte ich nicht glauben, daß eine Zivilisation, die unvergleichlich weit über der unseren steht, eine Information in den Weltenraum geschickt haben sollte, die sich zur Waffe ummodeln ließe. Wenn die Leute vom Projekt anders dachten, berührte mich das nicht im mindesten. Und schließlich war die Chance, die sich mir plötzlich bot, mit nichts vergleichbar, was ich vom Leben sonst noch zu erwarten hatte.

Am nächsten Tag flog ich mit Grotius nach Nevada, wo schon ein Militärhubschrauber bereitstand. Ich war ins Räderwerk einer funktionstüchtigen und reibungslos arbeitenden Maschinerie geraten. Beim zweitenmal flogen wir ungefähr zwei Stunden beinahe ununterbrochen über Wüstengebiet im Süden. Grotius war bemüht, daß ich mich nicht wie das frisch angeworbene Mitglied einer Gangsterbande fühlte, und drängte sich darum auch nicht auf, er versuchte auch nicht, mich fieberhaft in irgendwelche dunklen Geheimnisse einzuweihen, die mich am Ziel erwarten würden.

Von oben nahm sich die Siedlung wie ein unregelmäßiger, im Wüstensand versunkener Stern aus. Gelbe Bulldozer krochen wie Käfer durch die Dünen. Wir landeten auf dem Flachdach des höchsten Gebäudes in der Siedlung, die architektonisch keinen sehr erfreulichen Anblick bot. Sie bestand aus einem Komplex massiver Betonkästen, der schon in den fünfziger Jahren als Technik- und Wohnzentrum eines neuen Atomversuchsgeländes gebaut worden war, weil die alten Testgelände, je mehr die Stärke der Ladungen zunahm, nicht mehr zu gebrauchen gewesen waren. Selbst im fernen Las Vegas waren nach jeder größeren Explosion die Scheiben aus den Fenstern gesprungen. Das neue Testgelände hatte sich mitten in der Wüste, etwa 30 Meilen von der Siedlung entfernt befinden sollen, die gegen eine mögliche Druckwelle und radioaktiven Niederschlag gesichert worden war.

Die gesamte bebaute Zone war von einem System zur Wüste hin ausgerichteter Schutzschirme umsäumt, die die Aufgabe hatten, die Druckwelle zu brechen. Sämtliche Gebäude waren fensterlos und besaßen doppelte Mauern, der Raum zwischen ihnen war wahrscheinlich mit Wasser gefüllt. Den Verkehr hatte man unter die Erde verlegt, die

Wohngebäude und die für technische Zwecke vorgesehenen Gebäude waren oval projektiert und auseinandergerückt worden, um eine gefährliche Kumulation der Stoßkräfte infolge vielfacher Reflexion und Brechung der Druckwelle zu verhindern.

Doch dies gehörte in die Vorgeschichte der Kolonie, denn noch vor Abschluß des Baus war ein Nuklearmoratorium erlassen worden. Damals waren die Stahltüren der Gebäude fest verschraubt, die Ventilationsschächte vernagelt, die Maschinen und Werkstatteinrichtungen in mit Schmieröl gefüllten Behältern verstaut und in die Kammern unter der Erde gebracht worden – unter der Straßenebene befand sich noch eine zweite Ebene: die der Lagerräume und Magazine, und eine dritte – die der Schnellbahn. Dieser Ort gewährleistete, daß man vollkommen abgeschirmt arbeiten konnte, und aus dem Grunde, vielleicht auch noch, weil sich so die mehreren hundert Millionen Dollar retten ließen, die für Beton und Stahl aufgewendet worden waren, wies jemand vom Pentagon ihn dem Projekt zu.

Die Wüste war nicht bis ins Innere der Siedlung vorgedrungen, sondern sie hatte sie einfach zugeschüttet, so daß man am Anfang alle Hände voll zu tun hatte, um den Sand beiseite zu schaffen; wie sich herausstellte, funktionierte auch die Wasserleitung nicht mehr, denn der Grundwasserspiegel hatte sich verändert, und neue artesische Brunnen mußten gebohrt werden. Bis das Wasser wieder sprudelte, wurde es mit Hubschraubern eingeflogen. Das alles hat man mir haarklein beschrieben, damit ich einsähe, wie unerhört gut ich doch gefahren sei mit dem so spät erfolgten Anerbieten.

Baloyne erwartete mich auf besagtem Dach, dem Hauptlandeplatz für die Hubschrauber, das Gebäude selbst beherbergte die Verwaltung des Projekts. Wir hatten uns zwei Jahre zuvor in Washington zum letzten Mal gesehen. Baloyne ist ein Mann, aus dem man körperlich zwei und geistig wahrscheinlich sogar vier machen könnte. Er ist und bleibt vermutlich größer als seine Leistungen, weil es bei einem so begabten Menschen höchst selten vorkommt, daß alle »psychischen Pferde« gleichmäßig in ein und dieselbe Richtung ziehen. Ein bißchen dem heiligen Thomas ähnlich, der bekanntlich nicht durch jede Tür paßte, und ein bißchen dem jungen Assurbanipal – allerdings ohne Bart –, wollte er immer mehr tun, als er zu tun vermochte. Obwohl das eine pure Unterstellung ist, habe ich den Verdacht, daß er im Laufe der Jahre – nach einem anderen Prinzip und vermutlich weit umfassender – psychokosmetische Operationen an sich vorgenommen hatte, wie ich sie, auf mich bezogen, in meinem Vorwort geschildert habe. Da er insgeheim unter seinem geistigen und physischen Erscheinungsbild litt, denn er war ein unsicherer und schüchterner Dickwanst, legte er sich (ich wiederhole, das ist nur meine Hypothese) einen Habitus zu, den ich als »Ironie rund um die Uhr« bezeichnen möchte. Alles durch die Bank sagte er in Anführungsstrichen, mit einer betonten Affektiertheit und einer Übertreibung, die durch die Art, wie er sich auszudrücken pflegte, noch gesteigert wurde, so als spielte er der Reihe nach oder auf einmal mehrere Rollen, die er sich ad hoc zurechtgelegt hatte. Er schockierte also jeden, der ihn nicht gut und lange genug kannte, weil der andere niemals genau wußte, was er für die Wahrheit und was er für Lüge hielt, wann er im Ernst redete und wann er sich nur über seinen Gesprächspartner lustig machte.

Jene ironischen Gänsefüßchen wurden schließlich zu seiner zweiten Natur. Auf die Art konnte er Scheußlichkeiten von sich geben, die man keinem anderen verziehen hätte. Er konnte sogar grenzenlos über sich selber höhnen, weil ihm jener im Grunde sehr simple Trick, konsequent angewandt, eine Unangreifbarkeit verlieh, die geradezu enorm war.

Aus Scherzen, aus Selbstironie hatte er unsichtbare Befestigungsmauern um seine Person errichtet, so daß eigentlich auch diejenigen, die ihn, wie ich, seit Jahren kannten, seine Reaktionen nie vorauszusehen vermochten. Ich nehme an, darauf legte er besonderen Wert, und alles, was mitunter wie regelrechter Blödsinn anmutete, tat er mit heimlicher Überlegung, und es wirkte nur, als sei es die reine Improvisation.

Unsere Freundschaft rührte daher, daß Baloyne mich zuerst unterschätzt und mich dann beneidet hatte. Das eine wie das andere amüsierte mich, wenn ich es recht betrachte. Zuerst hatte er geglaubt, als Philologe und Humanist würde er die Mathematik im Leben niemals brauchen, und da er vom Geist durchdrungen war, gab er dem Wissen über den Menschen dem Wissen über die Natur den Vorrang. Doch dann stürzte er sich in die Sprachwissenschaft wie in ein gefährliches Liebesabenteuer, begann also mit den damals vorherrschenden Moden des Strukturalismus seine Kämpfe auszufechten und fand, wenn auch widerstrebend, Geschmack an der Mathematik. Er war also ungewollt auf mein Gebiet geraten, und als er begriff, daß er dort schwächer war als ich, verstand er dies auf eine Weise zuzugeben, daß eigentlich ich mitsamt meiner Mathematik der Lächerliche war. Habe ich schon gesagt, daß Baloyne den Typ des Renaissancemenschen verkörperte? Ich mochte sein verwirrendes Haus, in dem es stets von Leuten wimmelte, so daß man nicht vor Mitternacht unter vier Augen mit dem Hausherrn reden konnte.

Was ich bisher gesagt habe, betrifft die Befestigungen, hinter denen sich Baloyne verschanzt hatte, nicht aber ihn selbst. Es bedarf einer besonderen Hypothese, um zu erahnen, was sich intra muros abspielte. Ich vermute Angst. Ich weiß nicht, was er fürchtete, vielleicht sich selber. Er hatte wohl eine Menge zu verbergen, wenn er sich mit einem derart ausgeklügelten Getöse umgab, jederzeit so viele

Konzeptionen und Pläne parat hatte und sich als Mitglied unzähliger Vereinigungen und Gremien in so viele überflüssige Dinge einließ. Als eine Art professioneller Beantworter von wissenschaftlichen und unter Wissenschaftlern ausgeschriebenen Umfragen belastete er sich absichtlich übers Maß, weil er so nicht mit sich selber Umgang pflegen mußte: dafür reichte seine Zeit nie aus. Er erledigte daher die Probleme anderer, und er war ein so glänzender Menschenkenner, daß man daraus leicht die Schlußfolgerung ableiten konnte, er wisse ebenso glänzend über sich selbst Bescheid. Die vermutlich falsch war.

Im Laufe der Jahre hatte er sich so viele verschiedene Zwänge auferlegt, bis er zu jener äußeren, gemeinhin sichtbaren Gestalt – der eines universellen Aktivisten des Geistes – verkrustet war. Er war also ein Sisyphus aus freier Entscheidung. Das Riesenmaß seiner Anstrengungen half ihm zugleich, mögliche Mißerfolge zu kaschieren; denn wenn er selbst die Regeln und Gesetze für sein Vorgehen festlegte, wußte letztlich niemand und ganz sicher, ob er auch alles in die Tat umsetzte, was er sich vorgenommen hatte, oder ob er nicht manchmal strauchelte. Zumal er sich mit seinen Niederlagen gerne brüstete, seinen geringen Intellekt hervorhob, allerdings in den ostentativen Anführungszeichen. Er hatte den spezifischen Scharfblick der vielseitig Begabten, die imstande sind, jedes, selbst ein ihnen fremdes Problem sofort, sozusagen instinktiv, von der richtigen Seite anzupacken. Er war so hochmütig, daß er sich immerzu, gewissermaßen zum eigenen Vergnügen, zur Demut zwang, und so ruhelos, daß er sich unentwegt von neuem hervortun, seinen Wert beweisen mußte, den er gleichzeitig bestritt. Sein Arbeitszimmer war gleichsam die Projektion seines Geistes. Alles dort entsprach einem Gargantua: die Kommoden, der Schreibtisch, im Cocktailkrug hätte man ein Kalb ersäufen können; von den großen Fenstern bis hin zu den Wänden dehnte sich ein einziges

Schlachtfeld aus Büchern. Offenbar brauchte er dieses von allen Seiten auf ihn einstürmende Chaos, selbst in seiner Korrespondenz.

Ich rede so von meinem Freund (und verscherze mir seine Gunst), weil ich vorher nicht anders über mich selbst geredet habe: Ich weiß nicht, inwieweit es auch in den Beteiligten selber lag, daß das Projekt letztlich diesen Ausgang nahm. Gewissermaßen für alle Fälle und mit dem Gedanken an die weitere Zukunft stelle ich also auch Teile dar, die zu einem Ganzen zusammenzufügen ich selbst außerstande bin – vielleicht gelingt es einmal einem anderen.

Vernarrt in die Geschichte und den Blick unverwandt auf sie geheftet, fuhr Baloyne quasi im Rückwärtsgang in die Zukunft hinein. Die Neuzeit sah er als Zerstörerin der Werte und die Technologien als Werkzeuge des Satans. Wenn ich übertreibe, dann nur unerheblich. Er war überzeugt, daß die Blütezeit der Menschheit schon ziemlich lange zurück, vielleicht in der Renaissance, liege und daß eine lange, immer schneller werdende Talfahrt begonnen habe. Obwohl er ein renaissanceartiger Homo animatus und Homo sciens war, fand er Gefallen an Kontakten zu Leuten, die ich zu den am wenigsten interessanten, wenn auch für unsere Gattung gefährlichsten rechne, nämlich zu Politikern. Von einer politischen Karriere träumte er nicht, und wenn ja, verheimlichte er es sogar mir. Aber allen möglichen Gouverneursanwärtern und deren Gattinnen, Bewerbern für einen Sitz im Kongreß oder bereits »gemachten« Kongreßabgeordneten, zusammen mit ergrauten und verkalkten Senatoren sowie jenen Mischlingen, jenen halb- oder viertelgewalkten Politikern mit hohen Ämtern, die in Nebel gehüllt sind – aber in einen Nebel bester Sorte –, begegnete man bei ihm außerordentlich häufig.

Die krampfhaften Anstrengungen, die ich machte, um

ein Gespräch mit solchen Leuten aufrechtzuerhalten – und ich tat dies nur aus Rücksicht auf Baloyne –, wurden binnen fünf Minuten zunichte, während er es fertigbrachte, stundenlang mit ihnen leeres Stroh zu dreschen, Gott weiß, wozu! Ich habe ihn niemals direkt danach gefragt; nun aber stellte sich heraus, daß diese Kontakte Früchte trugen, denn bei der Musterung der Kandidaten für das Amt des wissenschaftlichen Leiters von »Master's Voice« zeigte sich, daß alle Berater, Sachverständigen, Mitglieder und Vorsitzenden sowie Vier-Sterne-Generale, daß sie wirklich alle ausschließlich Baloyne wollten und nur ihm allein vertrauten. Er brannte übrigens, wie ich weiß, nicht sonderlich darauf, diesen Posten zu übernehmen. Er war klug genug, um sich ausrechnen zu können, daß ein Konflikt, und zwar ein verteufelt unangenehmer, zwischen diesen beiden Kreisen, die er mittels seiner Funktion verbinden sollte, auf die Dauer nicht zu vermeiden war.

Er brauchte sich dabei nur an die Geschichte des Projekts »Manhattan« und an das Schicksal der Leute zu erinnern, die dort die leitenden wissenschaftlichen Posten innegehabt hatten, und nicht an das der Generale. Während letztere schlechtweg befördert wurden und sich in aller Ruhe an ihre Memoiren machen konnten, handelten sich die ersteren mit merkwürdiger Regelmäßigkeit eine »Vertreibung aus beiden Welten«, aus der Politik und aus der Wissenschaft, ein. Baloyne änderte seine Meinung erst nach seinem Gespräch mit dem Präsidenten. Ich nehme nicht an, daß er sich durch irgendwelche Argumente hatte einlullen lassen. Die Situation, in der ihn der Präsident bat und er diese Bitte erfüllen konnte, war es ihm eben einfach wert, das Höchste zu riskieren – seine ganze eigene Zukunft.

Im übrigen verfalle ich hier bereits in einen pamphletistischen Ton, denn von allem anderen abgesehen muß die Neugier eine wesentliche Triebkraft für Baloyne gewesen sein. Eine gewisse Rolle spielte auch der Umstand, daß eine Ablehnung nach Kneifen ausgesehen hätte, und kneifen und sich dessen voll bewußt sein, bringt nur ein Mensch zuwege, der im täglichen Leben keine Furcht kennt. Ein Ängstlicher, Unsicherer findet nicht den Mut, sich derart erschreckend bloßzustellen und damit gewissermaßen auch sich selbst diesen Kardinalzug seines Charakters zu bestätigen. Doch auch wenn eine so geartete Verzweiflung zu seiner Entscheidung beigetragen haben sollte, so erwies er sich ja unbestreitbar als der rechte Mann auf jenem allerunbequemsten Posten des ganzen Projekts.

Man hat mir erzählt, General Easterland, der erste Verwaltungschef des »MAVO«, habe ihm so wenig beizukommen vermocht, daß er freiwillig zurückgetreten sei. Baloyne aber wußte eine Atmosphäre um sich zu verbreiten, die ihm den Ruf eines Mannes eintrug, der nach nichts so sehr lechzt, wie dem Projekt den Rücken zu kehren, und er träumte so hörbar davon, daß Washington sein Rücktrittsgesuch entgegennähme, daß ihm Easterlands Nachfolger, da sie unerfreuliche Gespräche auf oberster Ebene vermeiden wollten, nachgaben, wo sie nur konnten. Als er sich sicherer im Sattel fühlte, kam er selber mit dem Vorschlag, mich in den Wissenschaftlichen Rat aufzunehmen; eine Rücktrittsdrohung war gar nicht mehr nötig.

Unser Wiedersehen auf dem Dach fand ohne Reporter und ohne Blitzlicht statt; denn Publicity kam natürlich in keiner Weise in Betracht. Als ich aus dem Hubschrauber stieg, sah ich, daß er wirklich gerührt war. Er versuchte sogar, mich zu umarmen, was mir ein Greuel ist. Sein Gefolge hielt sich in gebührender Entfernung. Er empfing mich ein bißchen wie ein souveräner Herrscher, und ich hatte den Eindruck, daß wir beide gleichermaßen die offensichtliche Lächerlichkeit der Situation empfanden. Auf dem Dach war kein einziger Uniformierter dabei. Mich durchzuckte der Gedanke, Baloyne hätte sie, um mich nicht zu verärgern, sorgsam versteckt, aber ich hatte mich getäuscht – freilich nur, was das Ausmaß seiner Macht betraf: denn er hatte sie aus seinem gesamten Hoheitsgebiet verbannt, wie sich später zeigte.

An die Tür zu seinem Arbeitszimmer hatte jemand mit Lippenstift in riesigen Lettern COELUM gemalt. Er redete natürlich pausenlos auf mich ein, und er strahlte mit einemmal erwartungsvoll, als sein Gefolge wie vom Erdboden verschluckt hinter den Türen zurückblieb und wir einander in die Augen sahen – allein.

Solange wir einander sozusagen mit rein tierischer Sympathie betrachteten, trübte nichts die Wiedersehensfreude. Später jedoch begann ich Baloyne auszufragen, welche Position das Projekt gegenüber dem Pentagon und der Verwaltung vertrete, konkret gesagt, wieweit man über die eventuellen Arbeitsergebnisse frei verfügen könne. Er versuchte, wenn auch ohne Überzeugung, sich jenes monumentalen Jargons zu bedienen, den das State Departement gebraucht, ich war also bissiger ihm gegenüber, als ich wollte, wodurch eine leichte Gereiztheit zwischen uns aufkam, die wir erst mit dem Rotwein (Baloyne muß Wein trinken) beim Mittagessen hinunterspülten. Später begriff ich, daß er durchaus nicht von der Bürokratie angesteckt war, sondern eine Redeweise gewählt hatte, die es erlaubt, ein Minimum an Inhalt in der größtmöglichen Anzahl von Lauten zu verpacken, denn sein Arbeitszimmer war mit Abhörgeräten gespickt, die das elektronische Unterfutter vermutlich sämtlicher Gebäude bildeten, die Arbeitsräume und Laboratorien inbegriffen.

Das erfuhr ich erst einige Tage später von den Physikern, die sich nicht das geringste daraus machten. Sie hielten das für einen natürlichen Zustand, für ungefähr das gleiche wie den Sand in der Wüste. Keiner von ihnen tat im übrigen auch nur einen Schritt ohne seinen kleinen Gegenabhörapparat, und sie freuten sich tatsächlich wie die Kinder, daß sie die Fürsorge, mit der man sie so allseitig umgab, so einfach unterliefen. Aus humanitären Rücksichten, damit es jenen geheimnisvollen Beamten (ich habe sie niemals zu Gesicht bekommen), die sich hinterher alles, was da aufgezeichnet worden war, anhören mußten, nicht allzu langweilig wurde, hatte es sich eingebürgert, die Gegenabhörelektronik beim Erzählen von Witzen, besonders von unanständigen, auszuschalten. Doch das Telefon sollte man, so riet man mir, außer zur Verabredung von Stelldicheins mit den Mädchen aus der Verwaltung, tunlichst nicht benutzen. Personen in Uniform oder solche, die an Uniformen denken ließen, gab es, wie gesagt, weit und breit im ganzen Städtchen nicht.

Der einzige Nichtwissenschaftler, der an den Sitzungen des Wissenschaftlichen Rates teilnahm, war Dr. (aber Dr. jur.) Wilhelm Eeney, der bestangezogene Mann des Projekts. Er vertrat Dr. Marsley (der wohl durch einen Zufall gleichzeitig ein Vier-Sterne-General war). Eeney wußte genau, daß besonders die jüngeren Wissenschaftler versuchten, ihn zu foppen, indem sie sich Zettelchen mit geheimnisvollen Formeln und Chiffren zusteckten oder, wenn sie ihn angeblich nicht bemerkten, ihre unerhört radikalen Ansichten austauschten.

Die Streiche, die sie ihm spielten, ertrug er mit Engelsgeduld, großartig konnte er sich auch verhalten, wenn ihm jemand in der Hotelkantine einen Sender mit Mikrofon zeigte, der nicht größer als ein Streichholz war und den er unter der Steckdose in seinem Wohnraum hervorgepolkt hatte. Das alles miteinander fand ich nicht ein bißchen lustig, obwohl mein Sinn für Humor eigentlich recht gut entwickelt ist.

Eeney verkörperte eine sehr reale Macht, und weder seine guten Manieren noch sein Faible für Husserl machten ihn mir auch nur im mindesten sympathisch. Er begriff sehr wohl, daß die Seitenhiebe, Witze und die kleinen Unhöflichkeiten, die ihn die Umgebung fühlen ließ, eine Art Ersatzhandlung waren, denn im Grunde genommen war ja er der schweigend lächelnde Spiritus movens des Projekts oder vielmehr dessen behandschuhte Obrigkeit. Er war wie der Diplomat unter den Eingeborenen, die versuchen, ihre ohnmächtigen Ressentiments an einer so ehrenwerten Person auszulassen, und die mitunter, wenn die Wut sie dazu treibt, sogar einmal etwas in Stücke reißen, zusammendreschen, der Diplomat jedoch erträgt derlei Demonstrationen mit Leichtigkeit, denn dazu ist er da, und er weiß, daß, selbst wenn man ihn beleidigt, ihm das nicht persönlich gilt, sondern der Macht, die er vertritt. Er kann sich also mit ihr identifizieren, was ihm sehr entgegenkommt, denn ein solcher Zustand der Persönlichkeitsaufhebung verschafft ihm das Gefühl einer dauerhaft gesicherten Überlegenheit.

Menschen, die nicht sich selbst verkörpern, sondern nur ein bestimmtes greifbares und Gestalt gewordenes, im Grunde aber, wenn auch Hosenträger und Fliege tragendes, abstraktes Symbol darstellen, die lokale Vergegenständlichung einer Organisation, welche Menschen wie Dinge verwaltet, sind mir zutiefst zuwider, und ich bin nicht fähig, diese Gefühle in ihre scherzhafte oder auch sarkastische Entsprechung umzuwandeln. Und so machte Eeney von Anfang an einen Bogen um mich wie um einen bissigen Hund, denn er spürte das genau, sonst hätte er seine Funktion nicht ausüben können. Ich verachtete ihn, und er vergalt es mir gewiß überreichlich durch sein unpersönliches Gebaren, obwohl er stets ausnehmend höflich war; was mich natürlich nur noch ärger aus der Fassung brachte. Meine menschliche Hülle war für Männer wie ihn nur ein Überzug, der ein zu höheren, ihnen bekannten und mir nicht zugänglichen Zwecken erforderliches Instrument enthielt. Am meisten erstaunte mich an ihm, daß er tatsächlich irgendwelche Ansichten zu haben schien. Vielleicht war es übrigens auch nur eine glänzende Imitation.

Noch weniger amerikanisch, noch unsportlicher war das Verhältnis, das Dr. Saul Rappaport, jener erste Entdecker der Sternenbotschaft, zu Eeney hatte. Er las mir einmal einen Ausschnitt aus einem Buch aus dem neunzehnten Jahrhundert vor, in dem die Zuchtmethoden für Schweine beschrieben waren, die zum Trüffelsuchen abgerichtet wurden. Es war ein sehr hübsches Kapitel, das in dem diesem Jahrhundert eigenen hochtrabenden Stil davon berichtete, wie sich der Verstand des Menschen, gemäß seiner Sendung, die triebhafte Freßlust der Schweine zunutze macht, denen man Eicheln vorwirft, während sie die Trüffeln auswühlen.

Eine solche rationale Aufzucht stand, nach Rappaport, auch den Wissenschaftlern bevor, und sie wurde ja eben in die Praxis eingeführt, wie unser Fall bewies. Er setzte mir diese Prognose allen Ernstes auseinander. Einen Großhändler interessiert die geistige Erlebniswelt des abgerichteten Schweins, das den Trüffeln nachjagt, nicht. Jene Welt außerhalb der Arbeitsresultate der Schweine existiert für ihn nicht, und nicht anders verhalte sich die Sache mit uns und unseren Auftraggebern.

Die rationelle Zucht von Wissenschaftlern werde zwar durch die Relikte von Traditionen, durch jene aus der Französischen Revolution geborenen weltfremden Ansichten erschwert, doch man dürfe hoffen, daß dies lediglich ein vorübergehender Zustand sei. Neben den vorbildlich eingerichteten Schweineställen, das heißt den funkelnden Laboratorien, gälte es nur noch, andere Mittel bereitzustellen, die uns von jeder denkbaren Frustration befreiten. Beispielsweise könnte ein Wissenschaftler seine Aggressionen in einem mit Puppen angefüllten Saal abreagieren, die Generale und andere Großmächtige vorstellten und sich glänzend zum Schlagen eigneten, desgleichen fände er besondere Örtlichkeiten vor, wo seine Sexualenergien absorbiert würden, und vieles andere mehr. Nachdem es sich da und dort ausgiebig entladen habe, meinte Rappaport, würde sich das gelehrte Schwein fürderhin reibungslos der Trüffeljagd widmen können, zum Nutzen der Herrscher und zum Verderben der Menschheit, wie es die neue historische Zeit von ihm verlange.

Er hielt mit diesen Ansichten durchaus nicht hinterm Berg, und es machte mir Spaß, die Reaktion der Kollegen auf derlei Äußerungen zu beobachten, nicht auf den offiziellen Sitzungen, versteht sich. Die jüngeren fingen einfach an zu lachen, was Rappaport verdroß, weil er das alles ja eigentlich im Ernst dachte und sagte. Doch dagegen war kein Kraut gewachsen: persönliche Lebenserfahrung ist nicht übertragbar, ja sie scheint sich nicht einmal weitervermitteln zu lassen. Rappaport stammte aus Europa, das – nach seinen Worten – im magischen »Generals- und Senatorendenken« mit dem widerlichen »Rot« identisch ist. Und so wäre er auch niemals zum Projekt gestoßen, wenn er nicht unbeabsichtigt zu dessen Mitschöpfer geworden wäre. Nur aus Furcht vor »Leckstellen« hatte man ihn unserer Truppe beigegeben.

Er war 1945 in die Staaten emigriert. Eine kleine Gruppe von Fachleuten kannte seinen Namen noch aus der Vorkriegszeit. Es gibt nicht viele Philosophen mit einer wirklich gründlichen mathematischen und naturwissenschaftlichen Ausbildung. Er aber gehörte zu diesen wenigen, und er erwies sich dadurch als ungeheuer nutzbringend bei den Arbeiten am Projekt. Ich wohnte im Hotel der Siedlung Tür an Tür mit Rappaport, und nach gar nicht langer Zeit trat ich zu ihm in näheren Kontakt. Er hatte sein Land als Dreißigjähriger verlassen, allein, weil seine gesamte Familie umgekommen war. Er sprach nie darüber, einen Abend ausgenommen, als ich ihn als einzigen Menschen in mein und Protheros Geheimnis einweihte. Ich greife den Ereignissen zwar vor, indem ich diese Geschichte hier erzähle, aber es erscheint mir angebracht. Ob deshalb, um mir mein

Vertrauen auf merkwürdige Weise mit Aufrichtigkeit zu vergelten, oder auch aus anderen, mir unbekannten Gründen – jedenfalls erzählte Rappaport mir damals, wie sich, in seinen Augen, eine bestimmte Massenexekution, ich glaube 1942, in seiner Heimatstadt abgespielt hatte.

Man hatte ihn als zufälligen Passanten auf der Straße aufgegriffen. Erschossen wurden sie in Gruppen auf dem Hof eines Gefängnisses, das kurz zuvor bombardiert worden war und dessen einer Flügel noch brannte. Rappaport beschrieb die Einzelheiten dieser Aktion äußerst gefaßt. Die Hinrichtung selbst konnten sie, an einer Mauer zusammengedrängt, die ihren Rücken wärmte wie ein riesenhafter Ofen, nicht sehen, denn die Exekution fand hinter einem anderen Mauerrest statt. Manche, die wie er darauf warteten, daß sie an die Reihe kämen, verfielen in eine Art Starre, andere versuchten, sich zu retten – auf wahnwitzige Weise.

Er erinnerte sich an einen jungen Mann, der auf einen deutschen Gendarmen zusprang und rief, er sei kein Jude, aber das auf jiddisch rief, weil er bestimmt gar nicht Deutsch konnte. Rappaport empfand die irrsinnige Komik dieser Situation, und mit einemmal erschien es ihm als das Wichtigste, bis zuletzt den klaren Verstand zu behalten, was ihm helfen würde, die intellektuelle Distanz zu dieser Szene zu wahren. Er mußte jedoch – so erklärte er mir langsam und sachlich, mir, dem Menschen »von der anderen Seite«, der grundsätzlich außerstande ist, diese Erfahrungen nachzuvollziehen – irgendeinen äußeren Wert finden, etwas, was seinem Intellekt einen Halt geben konnte, und da das völlig unmöglich war, beschloß er, an die Reinkarnation zu glauben. Diesen Glauben fünfzehn bis zwanzig Minuten lang aufrechtzuerhalten, würde genügen. Aber auf so abstrakte Weise war er selbst dazu nicht fähig, also suchte er sich aus einer Gruppe von Offizieren, die in einiger Entfernung vom Exekutionsplatz standen, einen aus, der sich durch sein Äußeres abhob.

Er beschrieb ihn mir wie von einer Fotografie. Es war ein junger, vollkommener Kriegsgott, groß, stattlich, in der Felduniform, auf deren silbernen Kragenspiegeln ein grauer Schimmer zu liegen schien, wie ein Hauch von Glut und Asche. Er war in voller Feldausrüstung: Eisernes Kreuz am Halse, Fernglas auf der Brust, Stahlhelm, die Pistole am Koppel handlich nach vorn geschoben, und in der behandschuhten Hand hielt er ein Taschentuch, sauber und sorgfältig gefaltet, das er von Zeit zu Zeit gegen die Nase drückte, weil die Erschießungen schon lange dauerten – seit dem frühen Morgen –, so daß die Flammen einen Teil der eher Hingerichteten in einer Hofecke erfaßt hatten und von dort der heiße Gestank verbrannter Leiber herüberwehte. Im übrigen, auch das hatte Rappaport nicht vergessen, war ihm der süßliche Leichengeruch in der Luft erst bewußt geworden, als er das Taschentuch in der Hand »seines« Offiziers erblickte. Er sagte sich, in dem Moment, da er erschossen werden würde, werde sein Geist in den Körper eben jenes Deutschen fahren.

Er wußte ganz genau, daß die Vorstellung kompletter Unsinn war, und zwar im Lichte jeder metaphysischen Lehre, die Reinkarnationslehre eingeschlossen, weil »der Platz im Körper« schon besetzt war. Doch irgendwie störte ihn das nicht, gewiß, je länger und gieriger er seinen Blick in den »Auserwählten« bohrte, um so besser gelang es ihm, sich an seinen Gedanken zu klammern, der ihm bis zur letzten Minute Halt sein sollte, so daß ihm im gewissen Sinne die Unterstützung dieses Mannes gehörte. Er sollte ihm helfen.

Rappaport sprach ganz ruhig, doch in seinen Worten schwang, wollte mir scheinen, etwas wie Bewunderung für diesen jungen Gott, der die ganze Operation so vollendet dirigierte, ohne sich vom Fleck zu rühren, ohne zu brüllen, ohne in jenen halbtrunkenen Trancezustand des Schlagens und Tretens zu verfallen, in welchem seine Untergebenen arbeiteten, mit den Blechschildern vor der Brust. In jenem Augenblick war Rappaport sogar das eine aufgegangen: daß diese Untergebenen so handeln mußten, daß sie sich vor ihren Opfern in den Haß gegen sie flüchteten und daß sie diesen Haß ohne brutale Handlungen nicht in sich erzeugen konnten. Sie mußten mit Gewehrkolben auf die Juden eindreschen, das Blut mußte aus den aufgeplatzten Schädeln strömen und die Gesichter verkrusten, weil sie dadurch monströs, menschenunähnlich wurden und weil so, ich wiederhole Rappaports Worte, in den Handlungen jener nicht der Riß entstand, aus welchem Entsetzen oder Erbarmen hervortreten konnten.

Doch der junge Gott in der grau und silbern verbrämten Uniform war auf derlei Praktiken nicht angewiesen, um tadellos zu funktionieren. Er stand an einem leicht erhöhten Platz und drückte das weiße Taschentuch mit einer Gebärde an die Nase, in der zugleich etwas Salonhaftes und Einsames lag – der gute Gastgeber und der Führer in einer Person. Durch die Luft schwebten Rußfetzen, von der Hitze hochgetrieben, die von dem Feuer kam. Hinter den dicken Mauern, in den vergitterten, scheibenlosen Fenstern prasselten die Flammen, aber nicht ein Rußstückchen ging auf den Offizier oder auf sein weißes Taschentuch nieder.

Im Angesicht solcher Vollkommenheit gelang es Rappaport, sich selber zu vergessen, als plötzlich das Tor aufging und ein Filmstab in den Hof einfuhr. Befehle wurden auf deutsch erteilt, und schlagartig verstummten die Schüsse. Rappaport wußte weder damals noch zu dem Zeitpunkt, als er mir das erzählte, was passiert war. Vielleicht hatten die Deutschen vor, den Leichenberg zu filmen und aus den Bildern eine Szene für die Wochenschau zu machen, die das Vorgehen des Feindes veranschaulichen sollte – die Sache spielte sich an der Ostfront ab. Die erschossenen Juden würden als Opfer der Bolschewiken gezeigt werden. Möglich, daß es so war, Rappaport gab jedoch keine Deutung, sondern erzählte nur, was er mit angesehen hatte.

Gleich darauf kam es zu seinem Versagen. Die Überlebenden wurden in einer Reihe aufgestellt und gefilmt, worauf der Offizier mit dem Taschentuch verlangte, es solle einer freiwillig vortreten. Rappaport war sich sofort im klaren, daß er es tun mußte. Er wußte nicht genau, weshalb, doch er spürte, wenn er es nicht tat, hätte das für ihn schreckliche Folgen. Er gelangte an einen Punkt, da sich die ganze Kraft des gedanklichen Entschlusses in den einen Schritt nach vorn umsetzen sollte – aber er stand wie angewurzelt. Da gab ihnen der Offizier fünfzehn Sekunden Bedenkzeit, drehte ihnen den Rücken und unterhielt sich leise, lässig mit einem jüngeren.

Rappaport als Doktor der Philosophie mit einer glänzenden Logik-Dissertation, der er seinen wissenschaftlichen Grad verdankte, brauchte nicht erst einen ganzen Apparat von Syllogismen, um zu begreifen, daß, wenn keiner vortrat, alle sterben würden, daß also der, der jetzt aus der Reihe trat, eigentlich nichts mehr riskierte. Das war einfach, klar und sicher. Er machte neuerlich eine Anstrengung, freilich schon, ohne selbst daran zu glauben – und wieder rührte er sich nicht vom Fleck. Wenige Sekunden bevor die Zeit abgelaufen war, meldete sich schließlich jemand, verschwand mit zwei Soldaten hinter dem Mauerrest, und es fielen mehrere Pistolenschüsse. Danach kehrte der junge Freiwillige, mit seinem eigenen und mit fremdem Blut besudelt, in die Schar zurück.

Es wurde schon dunkel, als das große Gittertor aufging und die Überlebenden in der kühlen Abendluft in die leeren Straßen hinaustaumelten.

Sie trauten sich nicht, gleich loszulaufen, aber es scherte sich ganz einfach niemand mehr um sie. Rappaport wußte nicht, warum. Die Handlungsweise der Deutschen zu analysieren, darauf ließ er sich nicht ein. Sie hatten sich verhalten wie das Schicksal, das man nicht unbedingt deuten muß.

Der Freiwillige hatte – muß man das noch sagen? – die Leiber der Exekutierten untersucht, und denen, die noch lebten, war der Gnadenschuß gegeben worden. Als wollte er prüfen, ob er recht gehabt und ich von der Geschichte wirklich nichts begriffen habe, fragte mich Rappaport hinterher, warum der Offizier wohl einen Freiwilligen gefordert habe und bereit war, falls sich der nicht fand, alle noch übrigen zu töten, obwohl das gewissermaßen »nicht mehr nötig« war, zumindest nicht an diesem Tag – wobei eine Erklärung, daß dem Freiwilligen nichts passieren werde, für ihn überhaupt nicht in Betracht kam. Ich gestehe, daß ich diese Prüfung nicht bestand, denn ich sagte, der Deutsche habe vermutlich aus Verachtung gehandelt, um sich mit den Opfern nicht in ein Gespräch einzulassen. Rappaport schüttelte verneinend seinen Vogelkopf.

»Ich habe es erst später begriffen«, sprach er, »auf Grund anderer Dinge. Obwohl er zu uns sprach, waren wir keine Menschen. Er wußte, daß wir grundsätzlich die menschliche Sprache verstanden, aber dennoch keine Menschen waren, und er wußte es genau. Selbst wenn er gewollt hätte, hätte er uns also nicht aufklären können. Er konnte mit uns tun und lassen, was er wollte, aber er konnte nicht mit uns verhandeln, denn wer verhandelt, braucht einen Partner, der ihm wenigstens in einem Punkte ebenbürtig ist, und auf diesem Hof gab es nur ihn und seine Leute. Darin steckt ein logischer Widerspruch, gewiß, aber er handelte eben nach diesem Widerspruch, und zwar präzise. Die einfacheren unter seinen Leuten waren nicht im Besitz dieses höheren Geheimnisses. Unsere Körper, unsere zwei Beine, die Gesichter, Arme machten, daß wir äußerlich wie Menschen wirkten, und dieser äußere Anschein verwirrte sie etwas, darum waren sie gezwungen, diese Körper zu massakrieren, damit sie menschlichen Körpern nicht mehr ähnelten. Er aber brauchte solche primitiven Methoden nicht mehr. Eine derartige Erklärung wird in der Regel für ein Gleichnis angesehen, für eine Art Fabel, aber sie ist ganz wörtlich gemeint.«

Wir sprachen dann nie wieder über diesen Teil seiner Vergangenheit, und auch andere berührten wir nicht mehr. Es mußte erst eine gewisse Zeit verstreichen, bis mir, wenn ich Rappaport sah, nicht mehr instinktiv jene Szene vor Augen trat, die er mir so plastisch ausgemalt hatte: der Gefängnishof mit den Bombentrichtern, die vom Blut, das aus den von Gewehrschlägen zertrümmerten Schädeln rann, rot und schwarz geäderten Gesichter und der Offizier, in dessen Körper er – betrügerisch – hatte schlüpfen wollen. So vermag ich denn auch nicht zu sagen, inwieweit er noch immer in dem Bewußtsein lebte, daß er der Vernichtung entgangen war. Im übrigen war Rappaport ein sehr vernünftiger und zugleich recht ulkiger Mann – ich werde mir seinen Groll zuziehen, wenn ich verrate, wie sehr es mich amüsierte – was ich im übrigen rein zufällig beobachtet hatte –, auf welche Weise er allmorgendlich sein Zimmer verließ. Hinter der Korridorbiegung im Hotel hing ein großer Spiegel. Rappaport, der ein Magenleiden hatte und dessen Taschen stets mit Fläschchen voll kunterbunter Pillen vollgestopft waren, streckte immer, wenn er sich morgens zum Fahrstuhl begab, vor dem Spiegel die Zunge heraus, um nachzusehen, ob sie nicht belegt sei. Er tat das Tag für Tag, so daß ich, hätte er es plötzlich unterlassen, gedacht haben würde, ihm sei etwas Außerordentliches zugestoßen.

Auf den Sitzungen des Wissenschaftlichen Rates ödete er sich unverhohlen, und besonders allergisch zeigte er sich gegen die übrigens seltenen und im allgemeinen taktvollen Auftritte des Dr. Wilhelm Eeney. Wer nicht recht aufgelegt war, Eeney zuzuhören, konnte die mimische Begleitung seiner Worte auf Rappaports Gesicht verfolgen. Er verzog die Miene, als sei ihm plötzlich etwas Scheußliches auf die

Zunge geraten, faßte sich an die Nase, kratzte sich hinterm Ohr, schielte von unten zu dem Redner hinauf, mit einem Gesichtsausdruck, der zu besagen schien »Das meinen Sie doch wohl nicht im Ernst . . .«, und als ihn Eeney einmal, weil er es nicht länger aushielt, geradezu fragte, ob er etwas dazu äußern möchte, erklärte er naiv erstaunt, vielmals den Kopf schüttelnd und die Arme ausbreitend, nein, er habe nichts, absolut gar nichts zu bemerken.

Ich beschreibe dies des langen und des breiten, um dem Leser die Zentralgestalten des Projekts von der weniger offiziellen Seite vorzuführen, und zugleich, um ihm Einblick in die spezifische Atmosphäre eines von der Außenwelt hermetisch abgeschlossenen Milieus zu verschaffen. Jene Zeit, da sich so unglaublich verschiedengeartete Geschöpfe, wie beispielsweise Baloyne, Eeney, Rappaport und ich, an einem Ort zusammenfanden, und zwar mit der Mission, »den Kontakt anzuknüpfen«, was uns zu bevollmächtigten diplomatischen Vertretern der Menschheit gegenüber dem Weltall machte, regt durch ihre Besonderheit wahrlich zum Nachdenken an.

Wenngleich wir so verschieden waren, bildeten wir, nachdem wir uns zu jenem den »Sternenbrief« untersuchenden Organismus vereinigt hatten, doch ein Team mit eigenen Verhaltensnormen, eigenem Tempo, eigenen Formen zwischenmenschlicher Beziehungen mit deren feinen offiziellen, halboffiziellen und privaten Abstufungen – was insgesamt »den Geist der Institution« ausmachte, aber auch noch etwas darüber hinaus, was ein Soziologe am ehesten als »lokale Subkultur« bezeichnen würde. Dieses Klima innerhalb des Projekts, das in seiner dynamischsten Phase immerhin fast dreitausend Leute beschäftigte, war gleichermaßen spürbar und spezifisch wie – besonders auf die Dauer – belastend, jedenfalls für mich.

Lee Rainhorn, einer von den älteren Mitarbeitern des Projekts, der als noch ganz junger Physiker damals beim

»Manhattanprojekt« dabeigewesen war, sagte mir, die Atmosphäre bei diesen beiden Unternehmungen sei in jeder Hinsicht unvergleichbar, weil die Leute beim »Manhattanprojekt« zu einer von der Natur her typisch naturwissenschaftlichen, physikalischen Erkundungsfahrt ausgeschickt worden seien, während wir bei unserem gewissermaßen mit Haut und Haar im Innern der menschlichen Kultur festsäßen und uns aus dieser Abhängigkeit nicht zu lösen vermöchten. Rainhorn nannte das »MAVO« ein Experiment, bei dem die Kultur auf ihre kosmische Invarianz getestet werde, und fiel besonders unseren Kollegen von den Humanwissenschaften auf die Nerven, weil er sich vor ihnen in naivem, sanftem Tone mit immer neuen Kenntnissen aus ihrer Sparte brüstete. Er studierte nämlich, unabhängig von den Arbeiten seines Physikerteams, die gesamte Weltliteratur, hauptsächlich die linguistische, die sich seit gut zehn Jahren mit dem Problem »kosmischer Konversationsformen« und davon wiederum besonders mit dem »Dekodieren von Sprachen mit abgeschlossener Semantik« befaßte.

Nun, und die totale Unbrauchbarkeit der Pyramide besagter Arbeiten – die Bibliographie, die ich mir ebenfalls ansah, umfaßte, wenn mich mein Gedächtnis nicht trügt, etwa fünfeinhalbtausend Titel – war für jeden beim Projekt Beschäftigten offensichtlich. Das Lustigste dabei war, daß dergleichen Arbeiten weiter, und zwar durchaus nicht dünn gesät, in der Welt erschienen, die ja von der Existenz eines »Briefes von den Sternen« nichts wußte – der Kreis von Auserwählten ausgenommen. Und so war denn der Berufsstolz und das Solidaritätsgefühl der Linguisten beim Projekt schweren Prüfungen ausgesetzt, wenn uns Rainhorn, nachdem er mit der Post wieder eine Ladung entsprechender Artikel und Werke erhalten hatte, auf den halboffiziellen Arbeitstreffen über die Neuerscheinungen auf dem Gebiet der »Sternensemantik« unterrichtete. Die Nutzlosigkeit, die Sterilität all dieser genüßlich mit Mathematik gespickten Traktate war wahrhaft komisch, obwohl zugleich auch unerquicklich.

Es kam sogar zu Zwistigkeiten, weil die Sprachwissenschaftler Rainhorn Böswilligkeit unterstellten. Überhaupt waren Reibereien zwischen den Human- und den Naturwissenschaftlern des Projekts an der Tagesordnung. Erstere wurden bei uns die »Humies« genannt und die anderen die »Physies«, wobei der Wortschatz des innerbetrieblichen Jargons durchaus nicht arm war. Ihn wie auch die Formen des Zusammenlebens beider »Parteien« könnte später einmal ein Soziologe untersuchen, und er würde reiche Ausbeute machen.

Recht komplizierte Faktoren hatten Baloyne bewogen, in die »MAVO«-Mannschaft einen ganzen Haufen humanistischer Fachrichtungen aufzunehmen: nicht zuletzt auch der Umstand, daß er ja selbst von seiner Ausbildung und seinen Neigungen her Humanist war. Doch die Rivalität wirkte sich nicht sonderlich fruchtbar aus, da unsere Anthropologen, Psychologen und Psychoanalytiker mitsamt den Philosophen eigentlich über nichts verfügten, das ihnen als Rohstoff für ihre Arbeit hätte dienen können. Und so schrieb denn auch, sobald eine von den Sektionen der »Humies« wieder einmal eine interne Sitzung abhielt, immer jemand neben den Titel des Referats die Buchstaben SF – Science Fiction – ans schwarze Brett. Dieser Dummejungenstreich wurde leider durch die Vergeblichkeit dieser Sitzungen gerechtfertigt.

Die gemeinsamen Versammlungen endeten beinahe immer mit offenen Zänkereien. Zu denen, die am schlimmsten wetterten, gehörten wahrscheinlich die Psychoanalytiker, die in ihren Forderungen eigentümlich aggressiv waren. Sie verlangten, daß die eigentlichen Fachleute die »buchstäbliche Schicht« der Sternenbotschaft entzifferten, worauf sie sich dann daranmachen und das ganze Universum der

Symbole, mit denen die Zivilisation der »Absender« operiere, schon bestimmen würden. Hier bot sich natürlich eine Retourkutsche in Gestalt einer verwegenen Hypothese nachgerade an: die zum Beispiel, daß sich jene Zivilisation ungeschlechtlich vermehre, was unausbleiblich auch ihre »symbolische Lexik« desexualisiere, wodurch jeder Versuch einer psychoanalytischen Durchdringung von vornherein zum Scheitern verurteilt sei. Der das sagte, handelte sich sofort das Epitheton »Banause« ein, denn schließlich sei die heutige Psychoanalyse kein Freudscher Pansexualismus mehr. Und als sich auf einer solchen Sitzung auch noch ein Phänomenologe zu Wort meldete, wollten das Tohuwabohu und die Ausfälle kein Ende nehmen. Wir hatten aber auch ein echtes Embarras de richesse durch das Übermaß an »Humies«, die selbst durch so esoterische Gebiete, wie historische Psychoanalyse oder die Pleiographie, vertreten waren – ich erinnere mich weiß Gott nicht mehr, womit sich die Pleiographen eigentlich befassen, obwohl ich sicher bin, daß es mir seinerzeit gesagt wurde.

Mir scheint, Baloyne hatte in dieser Hinsicht wohl unnötig den Vorschlägen des Pentagons nachgegeben: Die dortigen Ratgeber kannten ja einzig und allein die praxeologische Maxime, die aber kannten sie aus dem Effeff. Sie besagt: Wenn ein Mensch im Laufe von zehn Stunden eine Grube von einem Kubikmeter aushebt, dann heben hunderttausend Grabende diese Grube im Bruchteil einer Sekunde aus. Und genau wie sich diese Leute eher mit dem Spaten die Schädel einschlagen als das erste Krümchen Erde beiseite schaufeln würden, so lagen sich auch unsere unglücklichen »Humies« vorwiegend entweder untereinander oder mit uns in den Haaren, anstatt »effektiv zu arbeiten«.

Dagegen, daß das Pentagon an die einfache Proportion zwischen Investitionen und Ergebnissen glaubte, war jedoch nichts zu machen. Der Gedanke, daß unsere Schirmherren Leute waren, die meinten, ein Problem, dem fünf Spezialisten nicht beikommen, kämen ganz bestimmt fünftausend bei, konnte einem die Haare zu Berge stehen lassen. Unsere armen »Humies« kriegten Frustrationen und Komplexe, weil sie ja, recht betrachtet, zu komplettem – wenn auch durch mancherlei Schein aufpoliertem – Nichtstun verdammt waren, und als ich zum Projekt stieß, gestand mir Baloyne unter vier Augen, daß es sein Traum sei – allerdings der Traum eines Enthaupteten –, diesen gelehrten Ballast über Bord zu werfen. Man durfte nicht einmal davon sprechen, aus einem ganz banalen Grunde nicht: Wer einmal beim Projekt war, konnte nicht so ohne weiteres wieder aussteigen, weil dann die »Enthermetisierung« drohte, das heißt, das GEHEIMNIS in die weite, vorerst noch nichtsahnende Welt hinausgedrungen wäre.

Und so mußte Baloyne ein Genie der Diplomatie und des Taktes sein, und von Zeit zu Zeit dachte er sich sogar eine Art Beschäftigung oder vielmehr Ersatzbeschäftigung für die »Humies« aus, die Witze aber, die es über sie hagelte, brachten ihn eher in Wut als zum Lachen, weil sie schon vernarbte Wunden wiederaufbrechen ließen – wenn zum Beispiel im »Ideenbriefkasten« der Vorschlag auftauchte, die Psychoanalytiker und die Psychologen sollten »dienstversetzt« werden und, statt den »Sternenbrief« zu erforschen, sich künftig als Ärzte derer annehmen, die den Brief nicht zu entziffern vermöchten und dadurch unter »Streß litten«.

Die Ratgeber aus Washington zerrten auch damit an Baloynes Nerven, daß sie alle naselang auf neue Ideen verfielen. So zum Beispiel drangen sie sehr lange und beharrlich darauf, er solle große gemischte Sitzungen nach dem beliebten »brainstorming«-Prinzip organisieren, das darauf beruht, daß man den Intellekt eines einzelnen, angestrengt ein Problem erwägenden Denkers durch ein großes Gremium ersetzt, das im Chor, vereint gewissermaßen,

»laut« zum gestellten Thema »denkt«. Baloyne seinerseits probierte verschiedene Taktiken aus: »passive«, »unversöhnliche« und »aktive«, um sich derlei »guten Ratschlägen« zu widersetzen.

Als jemand, der gegebenermaßen mehr zu der Partei der »Physies« neigt, wird man mich für befangen halten, doch ich muß gestehen, daß mir zu Anfang jede Voreingenommenheit abging. Gleich, nachdem ich zum Projekt gekommen war, begann ich, Sprachwissenschaft zu studieren, weil mir das als notwendig erschien, und alsbald bemächtigte sich meiner ein tiefes Staunen, als ich sah, daß über die allerersten und elementarsten Begriffe in diesem scheinbar so präzisen, angeblich so mathematisierten und physikalisierten Zweig nicht die Spur von Einmütigkeit besteht. Dort können sich ja die Autoritäten nicht einmal in einer so grundlegenden und gewissermaßen einleitenden Frage einigen, wie der, was eigentlich Morpheme und was Phoneme sind.

Und als ich, absolut ehrlich, die entsprechenden Leute fragte, wie sie denn bei solcher Sachlage arbeiten könnten, wurden diese naiven Fragen für von Böswilligkeit diktierte Anspielungen angesehen. Ich war nämlich, ohne mir in den ersten Tagen darüber klar zu sein, zwischen Baum und Borke geraten, glaubte, man müsse hobeln, ohne mir Gedanken zu machen, was für Späne fielen, und erst mir gewogenere Leute, wie Rappaport oder Dill, weihten mich privat in die vielschichtige Psychosoziologie der Koexistenz zwischen »Physies« und »Humies« ein, die mitunter auch kalter Krieg genannt wurde.

Nicht alles, was die »Humies« machten, war ohne Wert, muß ich bemerken. So zum Beispiel fielen die theoretischen Arbeiten des gemischten Teams von Wayne und Traxler, die sich mit der Theorie »der bewußtseinslosen endlichen« oder der zu »völliger Autodeskription« befähigten Automaten befaßten, interessant aus, und überhaupt entstanden eine Menge wertvoller Arbeiten im Kreis der »Humies«, mit der einzigen Einschränkung, daß diese Arbeiten zum »Sternenbrief« nur lose oder überhaupt nicht in Beziehung standen. Es liegt mir wirklich völlig fern, die »Humies« »heruntermachen« zu wollen, und ich sage das alles nur, um darauf hinzuweisen, welch aufwendige und komplizierte Maschinerie auf der Erde in Gang gesetzt worden war angesichts jenes ERSTEN KONTAKTES und wie stark sie mit sich selbst, mit den eigenen Getrieben beschäftigt war, was sich gewiß nicht günstig darauf auswirkte, das gesteckte Ziel zu erreichen.

Sonderlich günstig, was den leiblichen Komfort anbetrifft, waren auch unsere Lebensbedingungen nicht. Wir hatten in der Kolonie fast keine Autos, weil die dereinst gebauten Straßen unter den Dünen verschüttet lagen und in der Siedlung selbst nur eine Minimetro verkehrte, die noch aus der Zeit der Atomtestanlage stammte. Sämtliche Gebäude standen auf riesigen Betonfüßen, graue, schwerfällige Klötze mit abgerundeten Flanken, und unter ihnen, auf dem Beton der leeren Parkplätze, tobte sich nur der heiße Wind aus, der auf diesem eng zusammengedrängten Raum so stark blies, als käme er aus einem Hochofen, und jenen schauderhaften, rötlichen, unerhört feinen Sand durch die Gegend trieb, der überall eindrang, sobald man die hermetisch abgeschlossenen Räume verließ. Sogar das Schwimmbassin lag unter der Erde, sonst wäre Baden nicht möglich gewesen.

Viele Leute zogen es jedoch vor, zu Fuß von Gebäude zu Gebäude in der unerträglichen Glut durch die Straßen zu wandern, als das unterirdische Verkehrsmittel zu benutzen, denn dieses ganze Maulwurfsdasein machte einem ja noch zusätzlich zu schaffen, weil man beinahe auf Schritt und Tritt auf Spuren aus der Vergangenheit der Siedlung stieß – und sei es in Gestalt der gigantischen orangeroten Lettern SS (über die sich, wie ich mich erinnere, Rappaport bei mir beklagte), die selbst am Tage leuchteten; sie bezeichneten die Richtung des Bunkers – er hieß »Super-Shelter« oder vielleicht auch »Special Shelter«, ich weiß es nicht mehr. Nicht nur unter der Erde, sondern auch in unseren Arbeitsräumen brannten Täfelchen: EMERGENCY EXIT, ABSORPTION SHIELD, und auf Betontafeln vor den Gebäudeeingängen wurde hier und da die BLAST LOAD mitgeteilt, mit Kennziffern über die Stärke der Stoßfront der Druckwelle, die die jeweilige Struktur auszuhalten vermochte. In den Gangbiegungen, auf den Treppenabsätzen standen große blutrote Dekontaminationsbehälter, und in Handgeigerzählern schwammen wir regelrecht.

Im Hotel wiederum waren die leichteren Trennwände und Scheiben, die die Halle unterteilten, samt und sonders mit großen Leuchtschriften versehen, die darüber informierten, daß es während eines Tests gefährlich sei, sich an diesem Ort aufzuhalten, da er nicht dafür berechnet war, die Druckwelle auszuhalten. Und zu guter Letzt gab es auf den Straßen noch ein paar riesenhafte Pfeile, die gleich Mahnmalen zeigten, in welcher Richtung sich die Druckwelle am stärksten ausbreite und welches an der jeweiligen Stelle die Reflexionskoeffizienten der Welle waren. Der allgemeine Eindruck war so, als befände man sich an dem berüchtigten Punkt Null und als sollte sich der Himmel über einem jeden Augenblick in einer thermonuklearen Explosion aufspalten. Nur einige wenige von diesen Täfelchen waren mit der Zeit übermalt worden. Ich fragte, warum man nicht alles beseitigt habe, und die Leute gaben mir lachend zur Antwort, man habe jede Menge Tafeln, Sirenen, Zähler, Sauerstoffflaschen zum Durchpusten weggeräumt, und die Verwaltung habe gebeten, das, was übrig geblieben sei, nicht anzurühren.

Als Neuankömmling hatte ich einen geschärften Blick, und jene Rudimente der atomaren Vorgeschichte der Siedlung störten mich im übrigen nur eine Zeitlang, denn später, als ich mich in die Problematik des »Briefs« versenkt hatte, bemerkte ich sie wie alle anderen nicht mehr.

Anfangs erschienen mir diese Bedingungen unerträglich, wobei ich nicht nur die klimatisch-geographischen im Auge habe. Hätte mir Grotius in Hampshire gesagt, daß ich an einen Ort flog, an dem jede Toilette und jedes Telefon abgehört wurden, hätte ich mir Wilhelm Eeney aus der Ferne ansehen können, dann hätte ich nicht nur theoretisch begriffen, sondern ich hätte gefühlt, daß es um all unsere Freiheiten in dem Augenblick geschehen sein könnte, da wir das hergestellt haben würden, was man von uns erwartete, und wer weiß, ob ich dann so leicht eingewilligt hätte. Aber selbst ein Konklave kann man, wenn man nur langsam und geduldig genug vorgeht, in den Kannibalismus treiben. Der Mechanismus der psychischen Anpassung ist unerbittlich.

Wenn jemand der Madame Curie gesagt hätte, daß aus ihrer Radioaktivität fünfzig Jahre später Gigatonnen und »Overkill« entstehen würden, sie hätte vielleicht nicht den Mut gehabt zu arbeiten, ganz sicher aber hätte sie nach dem durch diese Verheißung ausgestandenen Entsetzen ihre frühere Ruhe nicht wiedergefunden. Doch wir haben uns daran gewöhnt, und Menschen, die in Kiloleichen und Megatoten rechnen, hält niemand für Verrückte. Unsere Fähigkeit, uns anzupassen und – dadurch bedingt – alles zu akzeptieren, ist eine unserer größten Gefährdungen. Wesen, die anpassungsmäßig hochflexibel sind, können nicht über eine Moral verfügen, die nicht auch dehnbar wäre.

V

Das Schweigen des Weltalls, das berühmte Silentium universi, das vom Getöse der lokalen Kriege um die Mitte des Jahrhunderts wirksam übertönt wurde, ist von vielen Astrophysikern als feststehende Tatsache angesehen worden, da die beharrlichen funktechnischen Abhörversuche – angefangen vom Projekt Ozma bis hin zu den jahrelangen Untersuchungen der Australier – ergebnislos geblieben waren.

Während dieser Zeit waren neben den Astrophysikern auch andere Spezialisten am Werke gewesen, sie hatten »Loglan« und »Lincos« und eine Reihe weiterer künstlicher Sprachen ersonnen, die sie bei der Herstellung einer interstellaren Verbindung einzusetzen gedachten. Es wurden zahlreiche Erfindungen gemacht, wobei man davon ausging, daß es wirtschaftlicher sei, statt Wörter Fernsehbilder zu senden.

Theorie und Methodologie des KONTAKTS schwollen allmählich zur Bibliothek an. Es war mittlerweile genau festgelegt, wie sich eine Zivilisation zu verhalten habe, die mit »den anderen« in Verbindung zu treten wünschte. Eingangs mußten in einem breiten Frequenzbereich rhythmische Rufzeichen gesendet werden, die erstens ihren künstlichen Ursprung zu erkennen gaben und darüber hinaus die Kilo- oder Megahertzfrequenzen aufzeigten, in denen die eigentliche Sendung zu suchen war. Diese sollte durch eine systematische Darstellung der Grammatik, der Syntax und der Lexik eingeleitet werden – es war ein regelrechtes Savoir-vivre, das man für das gesamte Weltall aufgestellt hatte und das allgemein verbindlich sein sollte, bis hin zum fernsten galaktischen Nebel.

Nun hatte aber der unbekannte Absender einen fatalen Fauxpas begangen, indem er einen Brief ohne Einführung, ohne Grammatik und ohne Lexik abschickte, einen riesigen Brief, der auf nahezu einem Kilometer Datenband aufgezeichnet war. Als ich das erfuhr, war mein erster Gedanke, daß der Brief entweder nicht für uns bestimmt gewesen war und wir uns rein zufällig auf der Sendelinie zwischen zwei »sich unterhaltenden« Zivilisationen befunden hatten oder daß er für solche Zivilisationen gedacht gewesen war, die eine bestimmte »Wissensschwelle« überschritten hatten und somit fähig waren, das schwer zu entdeckende Signal aufzufinden und seine Bedeutung zu enträtseln. Falls das erstere zutraf und wir der zufällige Empfänger waren, hatte das Problem des »Sich-nicht-an-die-Regeln-Haltens« gar nicht bestanden. Falls die zweite Möglichkeit zutraf, wurde sie um einen neuen, ganz eigenen Aspekt bereichert: Die Information war nämlich – so stellte ich es mir vor – gewissermaßen gegen »Unberufene« abgesichert worden.

Nach unserem Wissensstand ließ sich, da wir weder die Elemente des Codes noch die Syntax oder die Lexik kannten, die Nachricht nicht anders dechiffrieren als mit der Methode von Versuch und Irrtum, indem man die Häufigkeitsanalyse anwandte – wobei der Erfolg zweihundert Jahre, zwei Millionen Jahre oder auch die volle Ewigkeit auf sich warten lassen konnte. Als ich erfuhr, daß sich unter den Mathematikern des Projekts auch Bear und Sharon befanden und Radcliff der Hauptprogrammierer war, beschlich mich ein unbehagliches Gefühl, und ich machte durchaus keinen Hehl daraus. Daß man sich überhaupt an mich gewandt hatte, mutete bei der Lage der Dinge seltsam an, und mich erfüllte nur das eine mit leiser Zuversicht – daß in der Mathematik unlösbare Aufgaben existieren und daß sie für drittrangige Rechenmeister und für die genialsten Köpfe gleichermaßen nicht zu bewältigen sind. Doch eine Chance schien es wohl noch zu geben, sonst hätte Baloyne nicht auf Sharon und Bear gehört gehabt. Offenbar meinten sie, wenn schon nicht sie, dann werde vielleicht ein anderer in diesem ungewöhnlichen Kampf erfolgreich sein.

Zahlreichen Meinungen zum Trotz ist die begriffliche Übereinstimmung in den Sprachen aller irdischen, wenngleich verschieden gearteten Kulturen verblüffend. Das Telegramm »Großmutter gestorben Begräbnis Mittwoch« läßt sich in jede beliebige Sprache übersetzen – vom Latein über das Hindi bis hin zu den Dialekten der Apachen, der Eskimos oder des Dobustammes. Gewiß wäre das sogar mit der Sprache des Moustérien zu bewerkstelligen, würden wir sie kennen. Das rührt daher, daß jeder Mensch natürlicherweise eine Mutter seiner Mutter hat, daß jeder stirbt, daß Rituale der Leichenbeseitigung eine Invariante der Kulturen sind, ebenso wie das Prinzip der Zeitrechnung. Eingeschlechtliche Wesen hingegen können eine Unterscheidung nach Mutter und Vater nicht vornehmen, und solche, die sich womöglich wie die Amöben teilen, brauchten nicht einmal einen Begriff für einen eingeschlechtlichen Erzeuger zu bilden. Sie kämen folglich nicht dahinter, was »Großmutter« zu bedeuten hat. Nichtsterbliche Wesen – die Amöben sterben nicht, während sie sich teilen – würden weder den Begriff »Tod« noch den Begriff »Begräbnis« kennen. Sie müßten daher zuallererst die Anatomie, die Physiologie, die Evolution, die Geschichte und das Brauchtum des Menschen kennenlernen, bevor sie an die Übersetzung dieses für uns so eindeutigen Telegramms gehen könnten.

Das Beispiel ist simpel, denn es setzt voraus, daß derjenige, der ein Signal empfängt, weiß, was darin informationstragende Zeichen sind und was deren unwesentlichen Hintergrund bildet. Beim »Brief von den Sternen« lag der Fall gerade andersherum. Der aufgezeichnete Rhythmus konnte zum Beispiel lediglich Interpunktionszeichen enthalten, während die Impulse, die die eigentlichen »Buchstaben« oder Ideogramme darstellten, vielleicht gar nicht auf dem Band registriert worden waren, weil die Apparatur gerade für sie nicht empfänglich war.

Eine Sache für sich war der mögliche Unterschied im Entwicklungsniveau zwischen den Zivilisationen.

Nach der goldenen Totenmaske des Amenhotep bestimmt der Kunsthistoriker die Epoche und ihren Kulturstil. Der Religionswissenschaftler leitet aus ihrer Ornamentierung die damaligen Glaubensvorstellungen ab. Der Chemiker findet heraus, welche Methode bei der Goldbearbeitung damals angewandt wurde. Der Anthropologe kann sagen, ob sich der 6000 Jahre alte Vertreter der Gattung vom heutigen Menschen unterscheidet, und der Arzt stellt die Diagnose, das Amenhotep an Hormonstörungen litt, was seine Kiefer akromegalisch deformierte. Auf die Art liefert ein 6000 Jahre alter Gegenstand uns Heutigen weit mehr Informationen, als dessen Schöpfer besessen haben, denn was wußten die schon über die Chemie des Goldes, die Akromegalie oder die Kulturstile? Wenn wir die Prozedur zeitlich umkehren und einem Ägypter aus der Zeit des Amenhotep einen heute verfaßten Brief schicken, wird er ihn nicht lesen können – nicht nur, weil er nicht über Wörter und Begriffe verfügt, denen er die unseren zuordnen könnte.

So sahen die allgemeinen Überlegungen rund um den »Sternenbrief« aus. Was wir über ihn wußten, wurde nach praktischem Brauch in einem Modelltext zusammengefaßt, der auf Band aufgenommen und vor den Very Important Persons abgespielt wurde, die uns besuchten. Statt seinen Inhalt mit eigenen Worten wiederzugeben, zitiere ich wörtlich:

»Aufgabe des ›Master's Voice‹-Projekts ist es, die sogenannte Nachricht von den Sternen allseitig zu erforschen und – wenn möglich – zu übersetzen. Bei dieser Nachricht handelt es sich aller Wahrscheinlichkeit nach um eine Serie von Signalen, die mittels künstlicher technischer Apparaturen von einem oder mehreren Wesen einer nicht näher bestimmbaren außerirdischen Zivilisation intentional gesendet werden. Träger der eigentlichen Information ist ein Strom von als Neutrinos bezeichneten Teilchen, die keine Ruhemasse besitzen und mit einem um das 1600fache geringeren magnetischen Moment ausgestattet sind als die Elektronen. Die Neutrinos haben das größte Durchdringungsvermögen unter den uns bekannten Elementarteilchen. Derartige Teilchen treffen aus allen Richtungen des Firmaments auf der Erde ein. Man unterscheidet zwischen Teilchen, die bei natürlichen Prozessen in den Sternen (also auch in der Sonne) entstehen, zum Beispiel beim Beta-Zerfall oder auch bei anderen natürlichen Reaktionen der Atomkerne, und zwischen Teilchen, die beim Zusammenstoß der Neutrinos mit den Kernen der Elemente in der Erdatmosphäre und in der Erdkruste erzeugt werden. Die Energie dieser Teilchen schwankt zwischen zehntausend und vielen Billionen Elektronenvolt. Dank der Arbeiten von Schigubow wurde die theoretische Möglichkeit entdeckt, einen sogenannten Neutrinolaser, oder auch ›Naser‹, zu bauen, der in der Lage ist, einen monochromatischen Korpuskularstrahl auszusenden. Es wäre denkbar, daß auch der Sender, der die auf der Erde empfangenen Signale sendet, nach diesem Prinzip arbeitet. Auf Grund der Arbeiten von Hughes, Lascaglia und Jeffreys wurde für die Aufzeichnung ausgewählter Energiefraktionen der Neutrinostrahlung eine Apparatur gebaut – Neutrinoinversor oder -umformer genannt –, die auf dem Einschoff-Prinzip (dem sogenannten »Pseudoteilchenaustausch«) beruht und unter Ausnutzung des Sinizyn-Mößbauer-Effekts imstande ist, die Strahlenbündel mit einer Genauigkeit bis zu 30 000 eV zu filtern.

Im Verlaufe längerer Aufzeichnungen von niederenergetischen Bündeln wurde im Bereich von 57 Millionen eV ein

Signal künstlicher Herkunft festgestellt, das sich, in den Binär-Code umgerechnet, aus über zwei Billionen Einheiten zusammensetzt und kontinuierlich gesendet wird. Dieses Signal mit einem relativ ausgedehnten Radianten, der sich über das gesamte Alpha des Kleinen Hundes und dessen Umgebung im Radius von 1,5 Grad erstreckt, übermittelt eine Information unbekannten Inhalts und unbekannter Bestimmung. Da aller Wahrscheinlichkeit nach die Kapazität des Übertragungskanals nahezu vollständig ausgenutzt wird, erscheint das Signal als Rauschen. Daß dieses Rauschen ein Signal ist, beweist der Umstand, daß die gesamte modulierte Sequenz alle 416 Stunden, 11 Minuten und 23 Sekunden von Anfang an wiederholt wird, mit einer Genauigkeit, die mindestens der Trennschärfe der auf der Erde benutzten Apparatur gleichkommt.

Damit das Signal als künstlich erkannt und aufgezeichnet werden kann, müssen folgende Bedingungen erfüllt sein: Erstens muß die Apparatur für den Empfang der Neutrinokorpuskularstrahlung eine Trennschärfe von mindestens 30 000 eV haben und – mit einer zulässigen Abweichung von 1,5 Grad nach jeder Seite – auf den Radianten beim Procyon ausgerichtet sein. Zweitens ist aus der gesamten Neutrinostrahlung dieses Himmelssegments der Bereich zwischen 56,8 und 57,2 Millionen eV herauszufiltern. Drittens schließlich muß das Signal länger als 416 Stunden und 12 Minuten hintereinander empfangen und dann der Beginn einer Sendung mit dem Beginn der vorangegangenen Sendung verglichen werden. Falls dies nicht erfolgt, wird das empfangene Signal durch nichts verraten, daß es kein gewöhnliches (natürliches) Rauschen darstellt. Aus einer Reihe von Gründen ist das Sternbild des Kleinen Hundes für die Neutrinoastronomen eine interessante Gegend. Die erste Bedingung kann daher ziemlich umfassend dort erfüllt werden, wo sich Spezialisten befinden, die über die entsprechende Apparatur verfügen. Daß gerade das

Frequenzband der Sendung ausgewählt wird, ist schon weniger wahrscheinlich, weil die Strahlung in dieser Region 34 Maxima bei anderen Energiewerten besitzt (so viel wurden bis zum jetzigen Zeitpunkt festgestellt). Das Maximum des Bereichs von 57 Millionen eV im gesamten Strahlungsspektrum hat zwar die Form eines Zäckchens, das spitzer, das heißt energetisch besser konzentriert ist als die anderen, die bei natürlichen Prozessen entstehen, doch ist dies noch kein irgendwie wesentliches Merkmal, und in der Praxis läßt sich diese Besonderheit erst ex post feststellen, nämlich dann, wenn man schon weiß, daß das Signal im Bereich von 57 Millionen eV künstlich ist und man ihm deshalb besondere Aufmerksamkeit widmet.

Wenn wir annehmen, daß unter den vierzig Observatorien auf der Erde, die mit einer Lascaglia-Jeffreys-Apparatur ausgestattet sind, mindestens zehn den Radianten im Kleinen Hund ständig beobachten, dann beträgt die Chance, daß eines von ihnen das Signal herausfiltert, ⅓ (10:34) – caeteris paribus. Eine Aufzeichnungszeit von 416 Stunden wird jedoch eher als Langzeitaufzeichnung betrachtet. Derlei Aufzeichnungen begegnet man höchstens in jeder neunten bis zehnten Forschungsarbeit. Man kann folglich mit vernünftiger Annäherung aussagen, daß die reale Chance, das Signal zu entdecken, etwa 1:30 bis 1:40 beträgt und daß die Entdeckung mit analoger Wahrscheinlichkeit auch außerhalb des Gebiets der Vereinigten Staaten wiederholt werden kann.«

Ich habe diesen Text vollständig zitiert, weil auch sein zweiter Teil interessant ist. Die darin enthaltene statistische Berechnung mutet nicht sonderlich seriös an. Daß sie in den Text aufgenommen wurde, war von der ein wenig zynischen Politik der Projektleitung diktiert. Es ging darum, die Very Important Persons zu verunsichern – denn eine Chance von 1:30 erscheint ja im allgemeinen nicht astronomisch klein –, so daß sich die einflußreichen Personen, beunruhigt, vielleicht für die Erhöhung der dem Projekt bewilligten Mittel verwenden würden (die kostspieligste Investition neben den großen Rechenautomaten waren die Apparaturen für die automatische Chemosynthese).

Um mit der Arbeit am »Brief« beginnen zu können, mußte ein Anfang gemacht werden, und das war eigentlich das Schlimmste. Die Tautologie obigen Satzes ist nur eine scheinbare. In der Geschichte hat es unzählige Denker gegeben, die der Meinung waren, man könne in der Erkenntnis wirklich von Null ausgehen und, nachdem man aus dem Intellekt ein unbeschriebenes Blatt gemacht habe, ihn mit der einzig nötigen Ordnung füllen. Diese Fiktion war der Motor für erstaunliche Anstrengungen. Dabei ist eine solche Operation doch undurchführbar. Es ist unmöglich, auch nur irgend etwas zu beginnen, ohne von bestimmten Prämissen auszugehen, wobei der Umstand, ob wir uns dieser Handlungsweise bewußt sind, ihre Realität nicht im mindesten schmälert. Diese Voraussetzungen liegen schon in der biologischen Konstitution des Menschen beschlossen und ebenso im Amalgam der Kultur, die als Bindeglied zwischen Organismen und Umwelt überhaupt erst möglich wird, weil die zum Überleben notwendigen Aktivitäten von der Umwelt nicht eindeutig festgelegt sind, sondern den Organismen ein schmaler Spielraum für eine freie Wahl bleibt, der jedoch genügend Platz für Tausende von möglichen Kulturen bietet.

Bei Beginn der Arbeiten am »Sternencode« galt es die Ausgangsprämissen auf ein Mindestmaß zu reduzieren, aber ohne sie kam man nicht aus. Wenn sie falsch waren, mußte die Arbeit notwendigerweise für die Katz sein. Eine dieser Voraussetzungen war, daß es sich um einen Binärcode handelte. Sie entsprach im großen und ganzen dem aufgezeichneten Signal, doch daß es in eben der Gestalt auftrat, daran hatte auch die Aufzeichnungstechnik ihren

Anteil. Die Physiker gaben sich nicht mit dem Signal auf den Bändern zufrieden und untersuchten lange die Neutrinostrahlung selbst, die ja das »Original« war, während die Aufzeichnung nur sein Abbild darstellte. Schließlich entschieden sie, man könne den Code mit »vernünftiger Annäherung« als binär betrachten. In dieser Erklärung lag eine Apodiktik, die nicht zu vermeiden gewesen war. Das nächste Problem war herauszufinden, zu welcher Kategorie von Signalen der »Brief« gehörte.

Nach unseren Kenntnissen konnte er entweder in einer Berichtssprache »abgefaßt« sein, die der unseren ähnelte und mit semantischen Einheiten operierte, oder ein System von »modellierenden« Signalen darstellen – in der Art des Fernsehens – oder schließlich ein »Produktionsrezept«, mit anderen Worten einen Katalog von Operationen, die zur Herstellung eines bestimmten Objekts erforderlich sind. Schließlich konnte der Brief die Beschreibung eines solchen Objekts, also einer bestimmten »Sache«, in einem »kulturfreien« Code enthalten, das heißt in einem Code, der sich ausschließlich auf bestimmte physikalisch nachweisbare Invarianten der natürlichen Welt, also auf Invarianten mathematischer Art bezieht. Diese vier möglichen Codekategorien bestehen nicht vollständig getrennt voneinander. Das Fernsehbild entsteht, indem dreidimensionale Phänomene auf eine Fläche projiziert werden, mit einer zeitlichen Selektivität, die den physiologischen Vorgängen im menschlichen Auge und Gehirn entspricht. Was wir auf dem Bildschirm sehen, ist für Organismen, die in ihrer evolutionären Entwicklung durchaus fortgeschritten sind, nicht erkennbar, zum Beispiel erkennt ein Hund auf dem Fernsehschirm (und auf einer Fotografie) nicht einen anderen Hund. Auch zwischen »Sache« und »Produktionsrezept« ist keine scharfe Grenze gezogen. Die Eizelle ist zugleich »Sache«, materielles Objekt und »Produktionsrezept« für das System, das sich aus ihr entwickeln wird. Die

Beziehungen, die zwischen dem Träger der Information und ihr selbst bestehen, können also verschiedenartig und verwickelt sein.

Da man wußte, auf welch schwachen Füßen das Klassifikationsschema stand, aber über etwas Besseres nicht verfügte, versuchte man also, der Reihe nach die einzelnen Varianten zu eliminieren. Noch relativ am leichtesten war es, die »Fernsehhypothese« nachzuprüfen. Sie hatte seinerzeit großen Erfolg gehabt und als die »wirtschaftlichste« gegolten. Ein Fernsehkinetoskop wurde also in den verschiedensten Kombinationen durch das Signal verstärkt. Man erzielte nicht die Spur von Bildern, unter denen sich ein Mensch auch nur irgend etwas vorstellen konnte, obwohl andererseits auch kein »komplettes Chaos« entstand. Vor dem weißen Hintergrund erschienen schwarze Flecke, die größer wurden, sich ausbreiteten, ineinanderliefen und wieder verschwanden, wobei das Ganze den Eindruck machte, als »koche« da etwas. Als man das Signal um das Tausendfache langsamer eingab, erinnerte das Bild an Bakterienkolonien im Stadium der Ausbreitung, der gegenseitigen Absorption und des Zerfalls. Das Auge nahm einen bestimmten Rhythmus und eine bestimmte Regelmäßigkeit im Ablauf des Prozesses wahr, die jedoch nichts besagten.

Man führte auch Kontrollversuche durch, bei denen man die Aufzeichnungen des natürlichen Neutrinorauschens in das Fernsehgerät eingab. Daraufhin entstand ein Geflacker und Geflimmer ohne Kondensationszentren, das dann zu einem einheitlichen Grau verschmolz. Es war auch zu bedenken, ob die Absender vielleicht ein anderes Fernsehsystem hatten, kein optisches wie wir, sondern zum Beispiel eines, das auf dem Geruchssinn oder dem Geruchs- und dem Tastsinn basierte. Doch selbst wenn sie anders gebaut waren als der Mensch, so bestand doch kein Zweifel, daß sie ihn an Wissen überragten, also auch Bescheid wissen mußten, daß die Chance des Empfangs nicht davon abhängen durfte, ob Empfänger und Absender in ihrer Physiologie völlig übereinstimmten.

So wurde also auch die zweite Variante verworfen. Die erste verurteilte das Projekt von vornherein zum Scheitern, weil man, wie ich bereits erwähnte, ohne Lexik und Syntax eine wirklich »fremde« Sprache nicht enträtseln kann. Es blieben die beiden letzten. Man behandelte sie als Einheit, weil – auch das sagte ich bereits – der Unterschied zwischen »Sache« und »Prozeß« relativ ist. Der langen Rede kurzer Sinn: Das Projekt war von den erwähnten Positionen aus gestartet, es hatte gewisse Ergebnisse erzielt, indem es einen kleinen Teil des »Briefs« materialisiert, also gewissermaßen in Bruchstücken erfolgreich übersetzt hatte, doch dann war die Arbeit an einen toten Punkt gelangt.

Meine Aufgabe sollte es nun sein herauszufinden, ob der Ansatz (den »Brief« als »Sache und Prozeß« zu betrachten) richtig war. Ich durfte dabei nicht auf die Ergebnisse zurückgreifen, die man auf die Art erzielt hatte, weil das ein logischer Fehler gewesen wäre – der Fehler des Teufelskreises. Nicht aus Gemeinheit, sondern damit ich das Problem nicht mit einer vorgefaßten Meinung anginge, hatte man mir am Anfang alles, was erreicht worden war, verschwiegen. Es konnte ja – in gewissem Sinne – das Ergebnis eines »Mißverständnisses« sein.

Ich wußte nicht einmal, ob sich die Mathematiker des Projekts schon an der mir gestellten Aufgabe versucht hatten. Ich nahm es an, und wenn ich gewußt hätte, wo sie Schiffbruch erlitten hatten, wären mir vielleicht unnötige Mühen erspart geblieben, doch Dill, Rappaport und Baloyne waren ja der Meinung gewesen, am ungefährlichsten sei es, mir nichts zu sagen.

Kurz und gut, man hatte mich gerufen, damit ich die Ehre des Planeten rette. Ich mußte meine mathematische Muskulatur gehörig anspannen, und ich freute mich darauf, wenngleich mit einigem Herzklopfen. Die Erklärungen, Gespräche, sakramentale Überreichung der Sternenaufzeichnung nahmen einen halben Tag in Anspruch. Sodann geleiteten mich »die großen Vier« ins Hotel, sich gegenseitig belauernd, damit keiner etwas ausplauderte, was ich vorerst noch nicht wissen durfte.

VI

Seit meiner Landung auf dem Dach, bei sämtlichen Zusammenkünften und Gesprächen war ich das Gefühl nicht losgeworden, daß ich einen Gelehrten in einem ziemlich miesen Film mime. Das Gefühl verstärkte sich noch in dem Zimmer oder vielmehr dem Appartement, in das man mich verfrachtet hatte. Ich kann mich nicht erinnern, jemals so viele nutzlose Dinge zur Verfügung gehabt zu haben. In dem Arbeitszimmer stand ein Schreibtisch, der des Präsidenten würdig gewesen wäre, ihm gegenüber zwei Fernsehapparate und ein Radio. Der Sessel hatte eine Verstellvorrichtung und ließ sich heben, drehen und flach ausziehen, sicherlich, damit man zwischen den geistigen Kämpfen ab und zu ein Nickerchen einlegen konnte. Daneben befand sich ein großes Etwas unter einer weißen Hülle. Ich hielt es zuerst für eine Fitness-Trainingsmaschine oder für ein Schaukelpferd (selbst über ein Pferd hätte ich mich nicht mehr gewundert), aber es war ein funkelnagelneues, sehr hübsches IBM-Kryotronenarithmometer, das mir tatsächlich gut zupasse kam. Die Ingenieure des IBM hatten den Menschen noch gründlicher an die Maschine anschließen wollen und verlangten von ihm, daß er auch mit den Füßen rechnete. Die Maschine besaß ein Löschpedal, und wenn ich darauf trat, erwartete ich immer instinktiv, an der Wand zu landen, so sehr ähnelte das Ding einem Gaspedal. Im Wandschrank hinter dem Schreibtisch entdeckte ich ein Diktiergerät, eine Schreibmaschine und eine vorsorglich sehr gut bestückte kleine Hausbar.

Das Kurioseste allerdings war die Handbibliothek. Der sie zusammengestellt hatte, war wohl überzeugt gewesen, daß Bücher um so wertvoller seien, je mehr sie kosteten. Da gab es also Enzyklopädien, Wälzer über die Geschichte der Mathematik und der Wissenschaft, sogar welche über die

Kosmogonie der Maya. Es herrschte darin eine ideale Ordnung, was die Buchrücken und die Einbände betraf, und eine komplette Sinnlosigkeit, was den gedruckten Inhalt anging – in dem ganzen Jahr machte ich nicht einmal von meiner Bibliothek Gebrauch. Das Schlafzimmer war nicht minder famos. Ich entdeckte darin eine elektrische Wärmflasche, eine Hausapotheke sowie ein Minihörgerät. Ich weiß bis heute nicht, ob das ein Witz oder ein Mißverständnis war. Alles in allem hatte wohl jemand genau einen Befehl befolgt, der da geheißen haben mochte: »Zu schaffen ist ein ausgezeichnetes Quartier für einen ausgezeichneten Mathematiker«, und das war nun die Folge. Als ich auf dem Nachttischchen neben dem Bett eine Bibel erspähte, war ich beruhigt: man hatte weiß Gott alles getan, damit ich mich wohl fühlte.

Das Buch, das den Sternencode enthielt und das man mir feierlich überreicht hatte, war nicht eben spannend, wenigstens nicht bei der ersten Lektüre. Sein Anfang lautete: »0001101010001111100110111111001010010100«. Der Rest war ähnlich. Die einzige zusätzliche Information besagte, ein »Buchstabe« setze sich sicherlich aus 9 binären Elementarzeichen zusammen.

Nachdem ich meine neue Residenz in Besitz genommen hatte, begann ich Überlegungen anzustellen. Sie gingen etwa in die Richtung: Die Kultur ist etwas zugleich Notwendiges und Zufälliges, etwas wie das Polster eines Nestes, ein Ort, der Zuflucht bietet vor der Welt, eine kleine Antiwelt, die von der großen schweigend, gleichgültig gebilligt wird, weil es in ihr keine Antwort auf die Frage nach Gut und Böse, Schön und Häßlich, nach Gesetz und Sitte gibt. Die Sprache, ein Produkt der Kultur, ist wie das Skelett des Nestes, sie fügt alle Teilchen der Polsterung zusammen und vereinigt sie zu einer bestimmten Form, die den Nestbewohnern als notwendig erscheint. Sie ist ein Appell an die Identität derer, die im Neste hocken, der

Nenner ihrer Gemeinsamkeit, die Invariante ihrer Ähnlichkeit, folglich hört sie gleich jenseits des Randes dieser subtilen Konstruktion auf.

Die Absender mußten das gewußt haben. Man hatte als Inhalt des Signals von den Sternen Mathematik erwartet. Die berühmt-berüchtigten Pythagoräischen Dreiecke hatten ja bekanntlich eine große Karriere hinter sich, die Euklidische Geometrie hatte den Zivilisationen als Mittel dienen sollen, über die Abgründe des Alls hinweg einander zu grüßen. Die Absender hatten eine andere Wahl getroffen, ich hielt das für richtig. Mit einer ethnischen Sprache kamen sie nicht los von ihrem Planeten, denn jede Sprache ist an ihren lokalen Untergrund festgeschmiedet. In der Mathematik wiederum ist die Loslösung zu endgültig: Sie sprengt nicht nur die lokalen Bande, jene Schranken, innerhalb derer auch Laster und Tugend liegen, sie resultiert aus der Suche nach einer Freiheit, die sich aller greifbaren Prüfsteine entledigt. Aus dem Wirken von Baumeistern, die möchten, daß die Welt niemals und in nichts störend in ihr Werk eingreift, und so kann man denn mit Hilfe der Mathematik auch gar nichts über die Welt aussagen – aus eben diesem Grund wird sie als »rein« bezeichnet, weil sie von allen materiellen Anflügen gereinigt ist, und diese vollendete Reinheit macht sie unsterblich. Aber eben dadurch ist sie frei und ungebunden – als Gebärerin möglicher Welten, die einander nur nicht widersprechen dürfen. Aus der unendlichen Vielzahl möglicher Mathematiken haben wir die eine gewählt, unsere Geschichte mit ihren einmaligen und unwiderruflichen Geschehnissen hat so entschieden.

Mit Hilfe der Mathematik kann man lediglich anzeigen, daß man IST, daß man EXISTIERT. Wenn man über große Entfernungen hinweg wirksam werden will, wird es unerläßlich, ein Produktionsrezept abzuschicken. Doch solch ein Rezept setzt eine Technologie voraus, die Technologie aber ist ein befristeter, vorübergehender Zustand, der Übergang von den einen Rohstoffen und Methoden zu immer anderen. Also die Beschreibung einer »Sache«? Jedoch auch eine Sache läßt sich auf unendlich viele Arten beschreiben. Wir saßen in der Zwickmühle.

Eines ließ mir keine Ruhe: Der »Sternencode« war kontinuierlich gesendet worden, mit unablässigen Wiederholungen, und das war unverständlich, denn das machte es schwierig, das Signal eben als Signal zu identifizieren. Der unselige Laserowitz war nicht in allen Punkten verrückt gewesen: Periodische »Schweigezonen« erschienen in der Tat notwendig, mehr noch – unerläßlich – als Hinweis, daß es sich um ein künstliches Signal handelte. Stillezonen hätten die Aufmerksamkeit jedes Beobachters erregt. Warum also war man nicht so verfahren? Ich kam nicht los von dieser Frage. Ich versuchte, sie umzukehren: Das Fehlen von Pausen erschien nun als Fehlen einer Information, die auf die vernunftdiktierte Herkunft der Sendung verwies. Und wenn gerade dies zusätzliche Information war? Was mochte sie bedeuten? Daß »Anfang« und »Ende« bei der Mitteilung keine Rolle spielten. Daß man mit dem Lesen an jeder beliebigen Stelle beginnen konnte.

Diese Vorstellung faszinierte mich. Ich begriff jetzt gut, weshalb meine Freunde ihre Zunge so gehütet hatten, auf daß ich nichts über die Methoden erfuhr, mit denen sie den »Brief« angegangen waren. Ich war völlig unvoreingenommen, so, wie sie geplant hatten. Zugleich mußte ich, um es mal so zu sagen, den Kampf an zwei Fronten auf einmal aufnehmen: Zwar war der »Hauptgegner«, dessen Motive ich zu erraten suchte, der unbekannte Absender, gleichzeitig jedoch konnte ich nicht umhin, bei jeder Etappe meiner Überlegungen nicht auch daran zu denken, ob wohl die Mathematiker des Projekts den gleichen Weg gegangen waren. Über ihre Arbeit wußte ich nur das eine: daß sie kein endgültiges Resultat erbracht hatte, nicht nur weil sie den

»Brief« nicht bis zu Ende entschlüsselt hatten, sondern weil sie sich auch nicht sicher waren, also nicht bewiesen hatten, daß der »Brief« zu der Informationskategorie »Sache und Prozeß« gehörte, wie sie postulierten.

Nicht anders als meine Vorgänger war auch ich der Meinung, der Code sei allzu lakonisch. Er hätte schließlich auch mit einem Einleitungsteil versehen sein können, der durch einfache Relationen aufzeigte, wie man ihn zu lesen hatte. So erschien es wenigstens. Allein, die Lakonie eines Codes ist kein ihm eigenes objektives Merkmal, sondern hängt vom Wissensstand des Empfängers ab, genauer gesagt, vom Unterschied zwischen dem Wissen des Absenders und dem des Empfängers. Dieselbe Information wird der eine Empfänger als ausreichend empfinden und ein anderer als zu »lakonisch«. Jedes noch so einfache Objekt enthält potentiell eine unendliche Anzahl von Informationen. Wie wir eine empfangene Beschreibung auch spezifizieren mögen – sie wird immer für die einen zu genau und für die anderen zu fragmentarisch bleiben. Die Schwierigkeiten, auf die wir stießen, deuteten darauf hin, daß sich der Absender wahrscheinlich an Empfänger gewandt hatte, die zum gegebenen historischen Zeitpunkt weiter fortgeschritten waren als wir Menschen.

Eine vom Gegenstand losgelöste Information ist nicht nur unvollständig. Sie stellt stets eine Art Verallgemeinerung dar. Sie bezeichnet niemals ganz präzise, worauf sie sich bezieht. Im Alltag sind wir da anderer Auffassung. Das kommt daher, daß jene Unschärfe bei der Bestimmung der Objekte durch eine Information im täglichen Leben verschwindend gering ist. Ähnlich verhält es sich in der Wissenschaft. Wenngleich wir längst wissen, daß sich die Geschwindigkeiten nicht arithmetisch addieren, wenden wir keine relativistische Korrektur an, wenn wir die Geschwindigkeit eines Dampfers und eines über dessen Deck fahrenden Autos addieren. Die Korrektur ist nämlich für Geschwindigkeiten, die von der Lichtgeschwindigkeit weit entfernt sind, so gering, daß sie bedeutungslos wird. Und nun gibt es eine Entsprechung dieses relativistischen Effekts auch bei der Information: Der Begriff »Leben« ist praktisch gesehen für zwei Biologen identisch, von denen der eine auf Hawaii und der andere in Norwegen wohnt. Doch die enorme Diskrepanz zwischen den Zivilisationen hat zur Folge, daß die scheinbare Identität einer Unmenge von Begriffen notwendigerweise ins Wanken gerät. Wenn sich die Absender als Bezugsobjekt einer Population von Himmelskörpern bedienten, gäbe es damit gewiß keine Not. Aber wenn sie sich auf Atome bezogen? Die Atome als »Sache« sind weitgehend von dem Wissen über sie abhängig. Vor achtzig Jahren war ein Atom einem kleinen Sonnensystem »sehr ähnlich«. Heute ähnelt es ihm nicht mehr.

Angenommen, sie hätten uns ein Sechseck »geschickt«. Man konnte es für den Bauplan eines chemischen Moleküls oder einer Honigwabe oder eines Gebäudes halten. Dieser geometrischen Information kann eine unendliche Zahl von Gegenständen entsprechen. Feststellen, was der Absender gemeint hat, kann man erst, nachdem der materielle Baustoff genau bestimmt ist. Wenn, wie in diesem Beispiel, das besagte Element ein Ziegelstein sein soll, reduziert dies zwar die Klasse der Lösungen, aber sie wird nach wie vor eine Menge von unendlicher Mächtigkeit bleiben, weil man ja noch immer unendlich viele sechseckige Gebäude bauen kann. Der übersandte Plan würde mit genauen Dimensionen versehen werden müssen. Es gibt jedoch einen Baustoff, dessen Bausteine selbst die richtigen Dimensionen festlegen – eben die Atome. Wenn man sie verbindet, kann man sie nicht beliebig einander nahebringen oder auseinanderschieben. Deshalb würde ich, wenn ich nur ein Sechseck vor mir gehabt hätte, geglaubt haben, dem Absender sei es um das Molekül einer chemischen Verbindung gegangen, das aus sechs Atomen oder Atomgruppen aufgebaut ist.

Eine solche Annahme hätte das Feld für die weitere Suche schon sehr beträchtlich eingeengt.

Einmal angenommen, sagte ich mir, der »Brief« stellt die Beschreibung einer »Sache« dar, und zwar auf Molekularebene. Die Quintessenz dieser ersten Überlegung wäre, den »Inhalt« des Briefes für etwas zu halten, was keinen Anfang und kein Ende hat, also einem Kreis vergleichbar ist. Das kann eine »kreisförmige Sache« sein oder ein ebensolcher Prozeß. Der Unterschied zwischen dem einen und dem anderen hängt, wie gesagt, zum Teil von der Wahrnehmungsskala ab. Wenn wir eine Billion mal langsamer lebten und um ebensoviel länger, wenn eine Sekunde innerhalb dieser Vorstellung einem ganzen Jahrhundert entspräche, würden wir die Erdteile mit Sicherheit für Prozesse halten, da wir mit eigenen Augen mit ansähen, wie sehr sie sich verändern: sie würden sich ja nicht schlechter vor uns bewegen als Wasserfälle oder Meeresströmungen. Und wenn wir wiederum eine Billion mal schneller lebten, würden wir den Wasserfall für eine »Sache« halten – weil er uns als etwas höchst Unbewegliches und Unveränderliches erschiene. Die Unterscheidung zwischen »Sache« und »Prozeß« würde uns also kein Kopfzerbrechen bereiten. Es ginge nurmehr darum, zu beweisen und nicht nur zu vermuten, daß der »Brief« ein »Kreis« ist, ähnlich wie die Molekularformel des Benzols. Wenn ich das Erscheinungsbild dieses Moleküls nicht auf einer Fläche übermitteln will, sondern es in eine lineare Gestalt umcodieren möchte, in eine Reihe aufeinanderfolgender Signale, ist es ganz ohne Belang, an welcher Stelle ich mit meiner Beschreibung des Benzolringes beginne. Jede Stelle ist gleich gut.

Von diesen Positionen ging ich aus, als ich versuchte, das Problem in die Sprache der Mathematik zu übersetzen. Ich bin nicht imstande, genau darzulegen, was ich tat, weil die Umgangssprache nicht über die entsprechenden Begriffe und Worte verfügt. Ich kann nur allgemein mitteilen, daß ich die rein formalen Eigenschaften des »Briefs« als eines mathematisch interpretierten Objekts untersuchte – auf Merkmale hin, auf die sich das Interesse der algebraischen Topologie und der Gruppenalgebra konzentriert. Dabei bediente ich mich der Transformation der Umwandlungsgruppen, aus der die sogenannten Infragruppen oder auch Hogarthschen Gruppen resultieren (sie wurden so benannt, weil ich sie entdeckt hatte). Wenn ich als Ergebnis eine »offene« Struktur erhalten hätte, würde das noch nichts bewiesen haben, ganz einfach, weil ich in meine Arbeit einen Fehler eingeschleppt haben konnte, der aus einem falschen Ansatz herrührte (so ein falscher Ansatz konnte zum Beispiel die Behauptung über die Zahl der Codeelemente in einem einzigen »Ausdruck« des Briefes sein). Doch es kam anders. Der »Brief« schloß sich wunderbar in sich, wie ein von der übrigen Welt abgegrenzter Gegenstand oder wie ein Kreisprozeß – genauer gesagt wie die Beschreibung, das Modell einer solchen Sache.

Drei Tage lang arbeitete ich an einem Programm für die Computer, die die Aufgabe am vierten Tag lösten. Das Ergebnis lautete: »Etwas ist irgendwie in sich geschlossen.« Jenes »Etwas« war der »Brief« – in sämtlichen Relationen seiner Zeichen zueinander. Zu der Frage hingegen, »wie« es zu dieser »Geschlossenheit« kam, konnte ich lediglich bestimmte Vermutungen anstellen, weil mein Beweis nur indirekt war. Er ergab nur, daß »die beschriebene Sache« NICHT »topologisch offen« war. Mit Hilfe der mathematischen Mittel, die ich angewandt hatte, bestimmen, auf welche Art »ES« in sich geschlossen war – das konnte ich jedoch nicht. Diese Aufgabe überstieg um mehrere Schwierigkeitsgrade das, was ich zu bewältigen vermochte. Der Beweis war also sehr allgemein, wenn nicht gar vage. Doch nicht jeder Text hätte derartige Eigenschaften aufgewiesen. Die Partitur einer Sinfonie oder ein linear umcodiertes Fernsehbild oder auch ein normaler sprachlicher Text (eine

Erzählung, eine philosophische Abhandlung) sind zum Beispiel nicht in sich geschlossen, wohl aber die Beschreibung eines geometrischen Körpers oder eines Gegenstandes, der so zusammengesetzt ist wie der Genotyp oder auch ein lebender Organismus. Der Genotyp allerdings ist es auf andere Art als der geometrische Körper. Aber wenn ich mich auf eine noch detailliertere Erörterung solcher Unterschiede einlasse, stürze ich den Leser eher in Verwirrung, anstatt zu erklären, was ich eigentlich mit dem »Brief« gemacht hatte.

Ich muß freilich betonen, daß ich vom Eindringen in seinen »Sinn« oder – umgangssprachlicher ausgedrückt – in das, worum es dort »ging«, noch ebenso weit entfernt war wie vor dieser Arbeit. Von der unübersehbaren Zahl der Eigenschaften des »Briefs« hatte ich, und auch das nur indirekt, nur eine einzige erkannt, die sich auf ein bestimmtes generelles Merkmal seiner Gesamtstruktur bezog. Weil mir dies so gut gelungen war, versuchte ich danach, die besagte »zweite Aufgabe« anzugehen: die Struktur in ihrer »Geschlossenheit« eindeutig zu bestimmen, doch während der Arbeit am Projekt kam ich zu keinerlei Ergebnissen. Drei Jahre später, schon außerhalb des Projekts, unternahm ich erneut den Versuch, weil mich das Problem verfolgte wie ein Alptraum. Ich erreichte gerade soviel, daß ich bewies: mit dem Apparat der algebraischen Topologie und der Transformationsalgebra war diese Aufgabe NICHT zu lösen. Das hatte ich natürlich nicht wissen können, als ich an die Arbeit ging. Immerhin lieferte ich ein ernst zu nehmendes Argument zugunsten der Behauptung, daß wir tatsächlich etwas aus dem All erhalten hatten, dem man auf Grund seiner Kompaktheit, seiner Konzentration, seines Zusammenhangs, die die »Geschlossenheit« bewirkten, Merkmale eines »Objekts« zusprechen konnte (das heißt der Beschreibung eines Objekts, denn ich bediene mich hier eines Kürzels).

Ich legte meine Arbeit nicht ohne Unruhe vor. Es zeigte sich jedoch, daß ich etwas getan hatte, was niemandem in den Sinn gekommen war, und zwar deshalb nicht, weil sich bereits während der ersten Diskussionen die Konzeption durchgesetzt hatte, der »Brief« müsse ein Algorithmus sein (im mathematischen Sinne, also eine bestimmte allgemeine rekursive Funktion, und an der Suche nach dem Wert dieser Funktion waren sämtliche Computer erstickt). Das war insofern weitblickend, als es, wenn es nur gelang, die Aufgabe zu lösen, schon die Information ergeben hätte, die – wie ein Wegweiser – zu den weiteren Etappen der Übersetzungsarbeit hinführen sollte. Doch der Komplikationsgrad des »Briefs« als Algorithmus war so groß, daß die Aufgabe nicht gelöst werden konnte. Die »Kreisstruktur« des »Briefs« hingegen war zwar bemerkt worden, doch hatte man sie für zu unwesentlich gehalten, weil sie – in jener ersten Etappe der großen Hoffnungen – keine raschen und zugleich nennenswerten Erfolge versprach. Dann jedoch steckten alle so tief in der Algorithmus-Version, daß sie sich nicht mehr davon freimachen konnten.

Man könnte meinen, ich habe gleich am Anfang keinen geringen Sieg errungen. Ich hatte bewiesen, daß der »Brief« die Beschreibung eines Kreisphänomens darstellte, und da alle empirischen Untersuchungen in ebendiese Richtung liefen, hatte ich ihnen sozusagen den Segen des mathematischen Beweises beschert, der garantierte, daß die Fährte richtig war. Damit hatte ich die Zerstrittenen wieder vereint, denn zwischen den Informationstheoretikern und Mathematikern und den Praktikern hatte die Entzweiung immer mehr zugenommen, bis sie schließlich darin gipfelte, daß sich die Antagonisten auf mich beriefen. Die Zukunft sollte zeigen, wie wenig ich erreicht hatte, als ich aus einem Gefecht mit nur einem – irdischen – Rivalen siegreich hervorgegangen war.

VII

Wenn Sie einen Naturwissenschaftler fragen, was ihm bei dem Wort »Kreisprozeß« einfällt, wird er Ihnen bestimmt antworten: Leben. Die Vorstellung, uns sei die Beschreibung von etwas Lebendigem übersandt worden, was wir rekonstruieren könnten, erschien zugleich schockierend und verlockend. Nach den hier beschriebenen Ereignissen war ich zwei Monate lang Schüler beim Projekt und studierte der Reihe nach alles, was die Operativgruppen, auch »Stoßtrupps« genannt, im Verlaufe eines Jahres zuwege gebracht hatten. Es gab eine ganze Menge solcher »Trupps« – für Biochemie, Biophysik, Festkörperphysik –, die dann zum Teil zu einem Synthesenlaboratorium zusammengefaßt wurden – die organisatorische Struktur des Projekts wurde während seines Bestehens immer komplizierter, und manche behaupteten, sie sei bereits komplizierter als der »Brief« selber.

Das theoretische Ressort, zu dem die Informationstheoretiker, die Linguisten, Mathematiker und theoretischen Physiker gehörten, arbeitete unabhängig von den anderen. Sämtliche Forschungsergebnisse wurden auf höchster Ebene vorgelegt – dem Wissenschaftlichen Rat, in dem die Gruppenkoordinatoren und »die großen Vier« saßen, aus denen nach meinem Hinzukommen »die großen Fünf« geworden waren.

Das Projekt hatte, als ich dazustieß, zwei konkrete materielle Ergebnisse aufzuweisen; es war eigentlich nur ein Ergebnis, aber die Gruppe der Biophysiker und die der Biochemiker waren unabhängig voneinander darauf gekommen. Hier wie dort hatte man, zuerst auf dem Papier oder vielmehr im Gedächtnis des Computers, eine Substanz hergestellt, die man aus dem Brief »herausgelesen« hatte und die, ausgelöst durch die erwähnte Autarkie, zweimal benannt worden war: mit »Froschlaich« und mit »Herr der Fliegen«.

Wenngleich diese doppelten Anstrengungen nach Verschwendung aussehen mögen, so hatten sie doch auch ihre gute Seite – denn wenn zwei Menschen, ohne sich miteinander verständigt zu haben, einen rätselhaften Text analog übersetzen, darf man annehmen, daß sie wirklich bis zu seinen »Invarianten« vorgedrungen sind, daß das, was sie ermittelt haben, objektiv in ihm enthalten und nicht das Ergebnis ihrer Voreingenommenheiten ist. Zwar kann man auch diese Behauptung für diskutabel halten. Für zwei Mohammedaner sind die gleichen »Stückchen« aus dem Evangelium »wahr«, im Unterschied zum ganzen Rest. Wenn die Menschen in derselben Weise vorprogrammiert sind, können die Ergebnisse ihrer Mühen übereinstimmen, ohne daß sie sich abgesprochen hätten, weil in jeder gegebenen historischen Epoche das Niveau des allgemeinen Wissens den Leistungen eine Grenze setzt. Deshalb waren die atomaren, aber unabhängig erzielten Lösungen der Physiker im Osten und im Westen einander zum Beispiel so ähnlich, deshalb konnten auch die einen nicht das Laserprinzip entdecken, ohne daß es den anderen unbekannt geblieben wäre. Übereinstimmung darf man in ihrem Erkenntniswert also auch nicht überschätzen.

Der »Froschlaich« – dieser Name war die Erfindung der Biochemiker – war eine manchmal halbflüssige, unter anderen Bedingungen wieder gallertartige Substanz: bei Zimmertemperatur, unter normalem Druck und in nicht zu großer Menge bildete sie eine zähe, glänzende Flüssigkeit, die tatsächlich an die von einer Schleimhülle umgebenen Froscheier erinnerte, woher ja auch ihr Name stammte.

Die Biophysiker hatten gleich etwa einen Hektoliter dieses Pseudoplasmas hergestellt, das sich, in einem luftleeren Behälter, anders verhielt als der »Froschlaich« und wegen eines bestimmten merkwürdigen Effekts auf den bewußten dämonischeren Namen getauft worden war.

In der Struktur dieses Gebildes spielten der Kohlenstoff, aber auch das Silizium und die schweren Elemente eine erhebliche Rolle, die in irdischen Organismen praktisch nicht vorhanden sind. Es reagierte auf bestimmte Reize, erzeugte Energie – denn es strahlte Wärme aus –, aber es kannte keinen Stoffwechsel im biologischen Sinne. Anfangs hatte es den Anschein, als sei dies das unmögliche und dennoch Wirklichkeit gewordene Perpetuum mobile, allerdings in Gestalt eines Kolloids und nicht einer »Maschine«. Da dies wie ein Anschlag auf die geheiligten Gesetze der Thermodynamik aussah, wurde es sehr strengen Untersuchungen unterzogen. Am Ende kamen die Nukleoniker dahinter, daß es Kernreaktionen vom »kalten Typ« waren, aus denen das Gebilde die Energie schöpfte, um seinen Zustand aufrechtzuerhalten – etwas wie ein »Zirkuskunststückchen«, eine akrobatische Vorführung von Riesenmolekülen, die, isoliert, eigentlich unbeständig sind. Es löste diese Reaktionen aus, wenn es eine bestimmte, die sogenannte kritische Masse erreicht hatte, wobei nicht nur die Menge der Substanz, sondern auch ihre Zusammensetzung entscheidend war.

Die Reaktionen waren schwer nachzuweisen, weil es die gesamte Energie, die frei wurde, sowohl die Strahlenenergie als auch die kinetische Energie der Kernsplitter, restlos verschlang und »für den eigenen Bedarf« umwandelte. Für die Spezialisten war dies eine regelrecht erschütternde Entdeckung. Im Grunde genommen sind die Atomkerne im Innern eines jeden irdischen Organismus »Fremdkörper« oder zumindest neutrale Körper. Der Lebensprozeß dringt niemals bis zu den ihnen innewohnenden energetischen Möglichkeiten vor, er vermag die in ihnen gespeicherten riesigen Kräfte nicht zu nutzen – die Atome im Gewebe sind eigentlich nur Elektronenhüllen, denn sie allein sind an den biologischen (den chemischen) Reaktionen beteiligt. Daher spielen die in das System gelangten radioaktiven Atome, die mit dem Wasser, der Nahrung oder der Luft dorthin »eingeschleppt« werden, die Rolle von Eindringlingen, die nur durch äußere Ähnlichkeit (das heißt die der Elektronenhüllen) »getarnt« sind und so vor dem zu solchen Unterscheidungen unfähigen lebenden Gewebe gewöhnliche, normale, also nichtradioaktive Teilchen »vortäuschen«. Jede »Explosion«, jede Art von Zerfall eines solchen ungebetenen nuklearen Gastes stellt für die lebende Zelle eine winzige Katastrophe dar, die immer schädlich ist, wenngleich nur in geringem Ausmaß.

Der »Froschlaich« hingegen kam ohne solche Prozesse nicht aus, sie waren seine Nahrung und seine Luft, denn andere Energiequellen benötigte er nicht, ja konnte er nicht einmal nutzen. Der »Froschlaich« wurde zum Fundament eines Gebäudes von Hypothesen, bedauerlicherweise eines wahren Turms zu Babel, so sehr unterschieden sie sich voneinander.

Nach den einfachsten Auffassungen stellte der »Froschlaich« ein Protoplasma dar, aus dem die Absender des Sternencodes gebaut waren. Um ihn herzustellen, hatte man, wie ich erwähnte, nur einen kleinen Teil (der sicherlich nicht 3–4% überstieg) der gesamten Codeinformation verwendet, den, der sich in Syntheseoperationen »übertragen« ließ. Die Verfechter der ersten Ansicht meinten, der ganze Code sei die Beschreibung eines einzigen Absenders, und wenn es gelänge, ihn vollständig zu realisieren, stünde ein lebendiges und intelligentes Wesen vor uns, das einer galaktischen Zivilisation entstamme und per Neutrinostrahlung zu den irdischen Empfängern »herübertelegrafiert« worden sei.

Laut anderer, ähnlich gearteter Vermutungen war weniger die »Atombeschreibung« eines ausgereiften Organismus von den Sternen an uns abgesandt worden als vielmehr etwas wie eine Keimzelle, ein Ei, das zur Entwicklung oder auch zur Ausbildung einer Frucht fähig war. Es konnte auch die Frucht selbst sein, die entsprechend genetisch programmiert war und sich, wenn man sie auf der Erde materialisierte, für die Menschen als ebenso kompetenter Partner entpuppen konnte wie jenes Wesen aus der ersten Variante.

Es fehlte auch nicht an radikal abweichenden Auffassungen. Nach einer anderen Hypothesengruppe oder auch -familie (denn die Hypothesen jedes Kreises verband eine eigentümliche Verwandtschaft) beschrieb der Code nicht eine »Person«, sondern eine »Informationsmaschine«, also eine Art Werkzeug, und nicht den Vertreter einer Rasse, die ihn abgesandt hatte. Die einen verstanden unter so einer Maschine etwas wie eine aus dem »Froschlaich« aufgebaute Bibliothek oder auch einen »Plasma-Gedächtnisbehälter«, der womöglich fähig war, die in ihm enthaltenen Inhalte mitzuteilen oder sogar über sie zu »diskutieren«. Andere vermuteten eher ein »Plasma-Hirn« vom Analog-, Digital- oder auch kombinierten Typ, das Fragen nach den Absendern nicht beantworten könne, das aber gewissermaßen ein »technologisches Geschenk« darstelle, und der Code sei der Akt, bei dem – über die Weiten des Weltalls hinweg – die eine Zivilisation der anderen ihr vollkommenstes Instrument zur Informationsumwandlung überreiche.

Diese Hypothesen hatten allesamt auch ihre »schwarzen« oder auch »dämonischen« Varianten, die, wie manche behaupteten, von der übermäßigen Lektüre von Science-Fiction-Literatur herrührten. Was da abgeschickt worden war, mochte es nun ein »Wesen«, eine »Frucht« oder eine »Maschine« sein, würde, so meinten sie, nach der Materialisierung danach trachten, die Herrschaft über die Erde zu erobern. Und innerhalb dieses Segments von »Glaubensvorstellungen« verlief wiederum eine Trennlinie, denn manche Anhänger der »Welteroberungstheorie« glaubten, es handele sich um einen in der Galaxis geplanten »Invasionsakt«, andere hingegen waren, umgekehrt, für einen »kosmischen Freundlichkeitsakt«, denn auf diese Weise leisteten hochentwickelte Zivilisationen angeblich bei anderen »Geburtshilfe« und erleichterten damit die Entstehung einer »vollkommeneren« Gesellschaftsstruktur in lokalem Interesse und nicht im Interesse der Absender.

Alle diese Hypothesen (es gab noch mehr davon), hielt ich nicht nur für falsch, sondern sogar für unsinnig. Ich war der Auffassung, der »Sternencode« beschreibe weder ein »Plasma-Hirn« noch eine »Informationsmaschine« noch einen »Organismus« noch eine »Keimzelle«, weil das durch ihn bezeichnete Objekt in unseren Begriffskategorien gar nicht existierte, sondern dies sei der Bauplan einer Kirche, der einem Australopithekus geschickt, eine Bibliothek, die einem Neandertaler zugänglich gemacht worden war. Ich glaubte, der Code sei nicht für eine Zivilisation bestimmt, die auf einer derart niedrigen Entwicklungsstufe stand wie die unsrige, und aus diesem Grund würden wir auch nicht fähig sein, etwas Sinnvolles mit ihm zu beginnen.

Man nannte mich deshalb einen Nihilisten, und Wilhelm Eeney berichtete seinen Auftraggebern, ich sabotiere das Projekt, was mir zu Ohren kam, ohne daß ich ein eigenes Abhörnetz besessen hätte.

Ich hatte schon fast einen ganzen Monat an der »Stimme des Herrn« gearbeitet, als sie uns plötzlich dank der Ergebnisse des Biologenteams in einem völlig neuen Licht erschien. Wir hatten beim Projekt ein sogenanntes Buch des Kleinen Hundes, in welches jeder seine Forderungen, seine kritischen Anmerkungen zu fremden Hypothesen, eigene Vorhaben, Einfälle oder Forschungsresultate eintragen konnte. Das Ergebnis der Biologen hatte darin einen ehrenvollen, vielleicht sogar den wichtigsten Platz inne. Romney war auf die Idee gekommen, Versuche von ganz anderem Charakter durchzuführen als die, von denen seine Kollegen in Anspruch genommen waren. Romney gehörte, neben Rainhorn, zu den wenigen Gelehrten der älteren Generation beim Projekt. Wer seine »Entstehung des Menschen« nicht gelesen hat, der weiß nichts über die Evolution. Er hatte den Ursachen der menschlichen Intelligenz nachgespürt, und er hatte sie in jenen zufälligen Umständen gefunden, die, neutral, als sie eintraten, im nachhinein, rückschauend betrachtet, eine höhnische Tragweite erlangten, da sich der Kannibalismus als Verbündeter der geistigen Entwicklung, die Bedrohung durch die Eiszeit als Voraussetzung für eine Urkultur, das Benagen von Knochen als Inspiration für die Entstehung von Werkzeugen und das noch von den Fischen und den Reptilien überkommene Zusammenfallen der Geschlechts- und der Ausscheidungsorgane als topographisches Gerüst nicht nur der Erotik, sondern auch der Metaphysiken entpuppten, die zwischen Besudelung und engelhafter Reinheit hin- und herpendeln. Er hatte aus dem Zickzackweg der Evolution ihre ganze Herrlichkeit und ihr ganzes Elend zutage gefördert, und er hatte demonstriert, wie Reihen von Zufällen in ihren Abweichungen zu Naturgesetzen werden. Dieses Buch setzt jedoch am meisten durch den Geist des Mitgefühls in Erstaunen, von dem es durchdrungen ist, der aber nirgendwo expressis verbis zum Ausdruck kommt.

Ich weiß nicht, was Romney auf seine überragende Idee gebracht hatte, Fragen beantwortete er nur mit einem Knurren. Seine Gruppe befaßte sich statt mit dem auf den Bändern aufgezeichneten »Brief« mit dem »Original«, das heißt mit der unablässig vom Himmel strömenden Neutrinostrahlung selbst. Ich vermute, Romney hatte darüber nachgedacht, warum die Absender sich ausgerechnet ein Neutrinostrahlenbündel als Informationsträger auserkoren hatten. Wie schon gesagt, gibt es eine natürliche Neutrinostrahlung des Himmels, die von den Sternen kommt. Jene, die dank einer entsprechenden Modulation den

»Brief« mit sich führte, stellte nur einen sehr schmalen Bereich der gesamten Strahlung dar. Romney hatte wohl überlegt, ob dieser Bereich, der dem Begriff der »Wellenlänge« in der Funktechnik entsprach, von den Absendern zufällig gewählt worden war oder ob hinter dieser Entscheidung irgendwelche besonderen Beweggründe gestanden haben mochten. Er plante also eine Reihe von Versuchen, bei denen unzählige Substanzen einmal der Wirkung der gewöhnlichen stellaren Neutrinostrahlung und einmal dem Emissionsstrahl des »Briefs« ausgesetzt werden sollten. Das konnte er, weil Baloyne in weiser Voraussicht einen tiefen Griff in den Staatssäckel getan und das Projekt mit einem Satz von Neutrinoinversoren hoher Selektivität ausgerüstet hatte. Darüber hinaus wurde die vom Himmel herabkommende Strahlung um das Hundertmillionenfache verstärkt. Die Physiker bauten die dafür erforderlichen Verstärker.

Die Neutrinos sind die durchdringendsten unter den Elementarteilchen. Sie alle, besonders aber die niederenergetischen, können die galaktischen Räume ebenso gut durchdringen, wie sie unzählige materielle Körper, Planeten, Sterne durchdringen können, weil die Materie für sie unvergleichlich durchsichtiger ist als Glas für Licht. Recht besehen hätten die Versuche kein beachtenswertes Ergebnis bringen dürfen. Aber es sollte anders kommen.

In Kammern, die vierzig Meter tief unter der Erde lagen – das war sehr flach für Neutrinoversuche –, standen die riesigen, an die Inversoren angeschlossenen Verstärker. Der immer stärker konzentrierte Teilchenstrahl, der aus einem Metallbolzen von der Dicke eines Bleistifts kam, traf auf die verschiedensten flüssigen, festen und gasförmigen Körper, die auf seinem Weg aufgebaut worden waren. Die erste Versuchsreihe, bei der man die unterschiedlichsten Substanzen der natürlichen Himmelsstrahlung ausgesetzt hatte, zeitigte, wie erwartet, keinerlei interessante Ergebnisse.

Das Neutrinobündel hingegen, das den Träger des »Briefs« bildete, offenbarte eine verblüffende Eigenschaft. Von zwei Gruppen hochmolekularer Lösungen erwies sich diejenige als chemisch beständiger, die der Bestrahlung ausgesetzt worden war. Ich muß unterstreichen, daß das gewöhnliche »Neutrinorauschen« eine solche Wirkung nicht besaß. Diese hatte lediglich der durch die Information modulierte Emissionsstrahl. Es sah so aus, als wären seine Neutrinos, die alles wie ein unsichtbarer Regen durchdrangen, womöglich irgendwelche, für uns nicht erfaßbare und unbekannte Verbindungen mit den Teilchen des Kolloids eingegangen und hätten es dadurch unempfindlich gemacht gegen die Wirkung von Faktoren, die normalerweise den Zerfall ihrer großen Moleküle, ein Auftrennen und Auseinanderplatzen der chemischen Verbindung an den Nahtstellen hervorrufen. Als würde dieser Emissionsstrahl eine spezielle Art von großen Molekülen »favorisieren«, als begünstige er die Entstehung der Atomkonfigurationen, die das chemische Skelett *des Lebens* bilden – in einem mit spezifischen Substanzen gebührend durchsetzten wäßrigen Medium.

Der Neutrinostrahl, mit dem der »Brief« zu uns gelangte, war nicht dicht genug, um solch einen Effekt direkt ermitteln zu können. Erst nachdem man ihn mehrere hundertmillionenmal verdichtet hatte, wurde es möglich, den Effekt zu erkennen – in Lösungen, die man wochenlang bestrahlt hatte. Doch hier drängte sich der Schluß auf, daß die Strahlung auch unverstärkt jene »lebensfreundliche« Eigenschaft besitze und diese nur nicht in Zeiträumen, die nach Stunden berechnet werden, sondern erst nach hunderttausend oder besser nach Millionen von Jahren in Erscheinung trete. Bereits in prähistorischer Vergangenheit hatte dieser alles durchdringende Niederschlag, wenn auch nur höchst geringfügig, die Chancen für die Entstehung von Leben in den Ozeanen vergrößert, weil er bestimmte

Typen großer Teilchen gewissermaßen mit einem unsichtbaren Panzer umschloß und sie damit gegen den chaotischen Beschuß durch die Brownsche Bewegung widerstandsfähig machte. Das »Sternensignal« schuf nicht selbst Leben, sondern es unterstützte es nur, in seiner allerfrühesten, allerelementarsten Phase, weil es den Zerfall dessen, was sich einmal verbunden hatte, erschwerte.

Moeller, Physiker und Mitarbeiter Romneys, bediente sich, als er mir die Ergebnisse dieser Experimente zeigte, eines Vergleichs: Er verglich den Absender mit einem Sänger, der imstande ist, so in ein vor seinen Mund gehaltenes Glas zu singen, daß es unter dem Einfluß der von den Stimmschwingungen ausgelösten Resonanz zerplatzt. Das, was der Mann singt, steht gewiß in keinem Zusammenhang mit dieser Folge des Gesangs. Und analog dazu braucht sich der Schnitt, die Farbe, die Dichte des Papiers, auf dem der »Brief« an uns geschrieben worden war, durchaus nicht konkret auf seinen Inhalt zu beziehen. Ebensogut kann freilich eine solche Verbindung zwischen der eigentlichen Information und ihrem materiellen Träger bestehen, denn wenn wir ein hellblaues, zart parfumiertes Briefbillett von einer Frau bekommen, erwarten wir ja nicht, darin eine Ladung von Flüchen oder den Kanalisationsplan einer Stadt vorzufinden. Darüber, ob eine solche Beziehung besteht und ob sie irgendeine besondere Aussage besitzt, entscheidet für gewöhnlich die Kultur als der Ort, wo die Verbindung geknüpft wird.

Der Romney-Moeller-Effekt war eine unserer größten Errungenschaften und zugleich, wie in der Regel beim Projekt, eines der sonderbarsten Rätsel, die den Forschern schlaflose Nächte bereiteten. Die Hypothesen, die an dieser Stelle aus dem Boden schossen, standen zahlenmäßig ihren Entsprechungen nicht nach, die sich – wie Weintriebe – um jene aus der eigentlichen Information, das heißt dem Inhalt der Sternenbotschaft »abgeleiteten« Substanz – den

»Froschlaich« – rankten. Ob zwischen jenem »nuklearen Schleim« und der »Biosympathie« des Neutrinocodes ein Zusammenhang bestand und wenn ja, was er zu bedeuten hatte – das war hier die Frage!

VIII

Daß ich zum Projekt hinzugezogen worden war, ging auf die Initiative von Baloyne, Bear und Prothero zurück. Wie ich im Verlaufe der ersten Wochen begriff, war die Aufgabe, die man mir am Anfang gestellt hatte und die, wie erwartet, von Erfolg gekrönt gewesen war, nicht der Hauptgrund dafür, daß man mich zusätzlich in den Wissenschaftlichen Rat aufnahm. An Spezialisten, und zwar an den allerbesten, herrschte beim Projekt kein Mangel. Das Malheur war nur, daß man nicht über die richtigen verfügte, weil es die auf der ganzen Welt nicht gab. Ich, der ich meine reine Mathematik schon so oft im Stich gelassen hatte und auf einem beträchtlichen Terrain, das sich immerhin von der Kosmogonie bis hin zur Ethologie erstreckte, von einer Disziplin zur anderen gewandert war, hatte mir dabei nicht nur die verschiedensten Kenntnisse einverleibt, nicht das war das Wichtigste, sondern ich hatte mir im Laufe meiner wiederholten »Umzüge« ein bilderstürmerisches Vorgehen zugelegt.

Als demjenigen, der von draußen kam und dessen Herz nicht an den heiligen und geheiligten Gesetzen jenes Geländes hing, das er betrat, fiel es mir am leichtesten, etwas in Frage zu stellen, gegen das die anderen, in der jeweiligen Wissenschaft Eingesessenen, nicht die Hand erhoben hätten. Und so zerstörte ich denn häufiger die angetroffene Ordnung, die Frucht langwieriger und aufopferungsvoller Mühen, als daß ich etwas aufbaute. Genau so einen Mann wünschten sich die Leiter des Projekts. Die Mehrzahl der Leute in den einzelnen Gruppen – namentlich die Naturwissenschaftler – waren bereit, die bisherigen Arbeiten fortzusetzen, ohne sich übermäßig daran zu klammern, ob sie sich zu einem einheitlichen Ganzen zusammenfügen lassen würden, das jenem von den Sternen eingetroffenen informationstheoretischen Moloch entsprach, welcher eine Unmenge interessanter Einzelprobleme hervorgebracht und real – ich habe Beispiele dafür angeführt – zu bedeutenden Entdeckungen geführt hatte.

Zugleich schwante jedoch der Spitze, jenen »großen Vier«, zunächst vielleicht noch dunkel, daß man hier bereits mit der Untersuchung der Bäume begann, vor denen man womöglich das Bild des Waldes, das immer schwerer greifbar war, aus dem Auge verlor; daß die Routine, inzwischen gebührend ausgewogen und durchaus wirkungsvoll in ihren systematischen Schritten, das Projekt selbst verschlingen, es in einem Meer von einzelnen Fakten und Beiträgen ertränken könne und daß damit die Chance vertan wäre zu verstehen, was geschehen war. Die Erde hatte ein Signal von den Sternen empfangen, eine so inhaltsvolle Nachricht, daß zahllose Forschungsgruppen jahrelang von den herausgepickten Krümchen zehren konnten, und gleichzeitig löste sich jene Nachricht selbst in Nebel auf, dessen Unbegreiflichkeit, durch eine Fülle kleinerer Erfolge verhüllt, immer weniger störte. Vielleicht waren hier einfach nur psychische Abwehrmechanismen am Werk, vielleicht die Gewohnheiten von Leuten, denen es in Fleisch und Blut übergegangen ist, bis zur Gesetzmäßigkeit von Erscheinungen vorzustoßen und nicht nach den Ursachen zu fragen, die ebendiese und keine anderen Gesetzmäßigkeiten hervorgebracht haben.

Diese Fragen hatten traditionsgemäß die Philosophie, die Religion zu beantworten, nicht aber die Naturwissenschaftler – jene Gelehrten, die der Versuchung trotzen, die hinter der Schöpfung stehenden Motive begreifen zu wollen. Hier aber verhielt es sich ganz anders: Die in der historischen Entwicklung der empirischen Wissenschaften diskreditierte Haltung des »Motiventrätslers« blieb die einzige, die letzte, die noch einen Sieg erhoffen ließ. Gewiß, hinter den Eigenschaften der Atome einen Urheber mit menschenähnlichen Motiven anzunehmen, war nach wie vor methodologisch verboten, doch die Ähnlichkeit – und sei es eine ganz entfernte – zwischen den Absendern des Codes und seinen Empfängern war mehr als nur ein Hirngespinst, das die Gedanken beruhigte – es war vielmehr die Hypothese, auf deren schmalem Grat die Geschicke des ganzen Projekts entschieden wurden. Auch davon war ich von der ersten Minute an überzeugt gewesen, da ich den Fuß auf »MAVO«-Gelände setzte: daß es, falls keinerlei Ähnlichkeit bestand, ganz unmöglich wäre, die Sternenbotschaft zu verstehen.

Nicht einen Moment lang glaubte ich an eine der Vermutungen über die Natur der Nachricht. Das »hinübertelegrafierte Geschöpf«, der Plan des »Großhirns«, der »Plasma-Informationsmaschine«, des synthetischen »Herrschers«, der sich die Erde untertan machen wollte – all das waren Entlehnungen aus jenem kargen Arsenal von landläufigen Konzeptionen, über das unsere technologische Zivilisation verfügt. Diese Konzeptionen waren, genauso wie die Themen der Science-Fiction-Romane, ein Spiegelbild des gesellschaftlichen Lebens, und dies vor allem in seiner amerikanischen Erscheinungsform, deren Export über die Grenzen der Staaten hinaus um die Mitte des Jahrhunderts so florierte. Es war entweder modisches Larifari, oder es waren Vorstellungen, die auf dem Prinzip »Wir sie – oder sie uns« beruhten – und nie hat sich mir deutlicher offenbart, wie seicht diese Spintisierereien sind, wie sehr sie – innerhalb eines schmalen historischen Zeitraums – an die Erde gekettet sind, als damals, da ich von diesen Hypothesen hörte, die dem Anschein nach kühn, im Grunde genommen jedoch deprimierend naiv waren.

Während einer Diskussion beim obersten Informationstheoretiker des Projekts, Doktor Mackensie, auf der es mir gelungen war, die Anwesenden vor den Kopf zu stoßen, indem ich ihnen ihre Vorstellungen zerstörte, fragte mich einer von Mackensies jüngeren Mitarbeitern, was denn das Signal nun meiner Meinung nach wäre, aus meinen energischen Dementis müsse man ja schließen, ich wüßte es.

»Vielleicht ist es die Offenbarung«, erwiderte ich. »Die Heilige Schrift braucht nicht auf Papier gedruckt und nicht in Gold geprägt und in Leinen gebunden zu sein. Sie kann auch ein Plasma-Körper sein ... zum Beispiel der des ›Froschlaichs‹.«

Ich hatte das nicht im Ernst gesagt, aber sie, die bereit waren, ihre Unwissenheit einzutauschen – egal gegen was, wenn es nur einen Anschein von Gewißheit hatte, fingen wirklich an, über meine Worte nachzudenken. Und sogleich hatten sie auch alles hübsch beisammen: Dies sei das WORT, das FLEISCH ward ... (gemeint war der die »Biogenese begünstigende« sogenannte Romney-Moeller-Effekt); die Beweggründe, die jemanden dazu veranlaßten, die Entwicklung des Lebens im galaktischen Maßstab zu unterstützen, könnten nicht »pragmatisch«, eigennützig, nicht technischer Natur sein ... denn, um so zu handeln, müsse man zuvor die Biogenese im gesamten Weltall als eine wünschenswerte und gute Erscheinung ansehen. Es sei gewissermaßen ein »kosmischer Freundlichkeitsakt«, der sich – von dieser Seite aus betrachtet – als Verkündigung (aber als wirksame, aktive, reale Folgen zeitigende Verkündigung) einer »frohen Botschaft« entpuppe, die die besondere Fähigkeit besitze, sich selbst verwirklichen zu können, ohne daß sich ihr willige Ohren zuwandten.

Ich verließ sie – sie hatten sich derart in Hitze geredet, daß sie es nicht einmal bemerkten – und ging zurück auf mein Zimmer. Die einzige Sache, der ich vertraute, war der Romney-Moeller-Effekt. Der »Sternencode« vergrößerte die Wahrscheinlichkeit für die Entstehung von Leben. Die Biogenese war gewiß auch ohne ihn möglich – allerdings in längeren Zeiträumen und vermutlich prozentual in weniger

Fällen. Diese Feststellung hatte etwas Tröstliches, weil ich Wesen, die so handelten, gut begriff.

Durfte man annehmen, daß die rein materielle, lebensfreundliche Seite des Signals völlig unabhängig, total losgelöst war von seinem Inhalt? Daß sie, außer seinem »protegierenden« Verhältnis zum Leben, gar keine Information »mit Sinn« darstellte, war unmöglich – das belegte ja der »Froschlaich«. Sollte also jener Inhalt in einer bestimmten Parallelität zu dem stehen, was sein Träger bewirkte? Ich war mir bewußt, auf welch schwankenden Boden ich mich da begab. Den Code als Botschaft zu betrachten, die auch durch ihren Inhalt »beglücken«, »Gutes tun« sollte – diese Konzeption drängte sich nunmehr von allein auf. Aber – wie es so schön bei Voltaire heißt – kümmert sich der Kapitän etwa um die Bequemlichkeit der Mäuse an Deck, wenn er dem Padischah Getreide bringt?

Gäste aus der Außenwelt wurden bei uns nicht V.I.P.s (Very Important Persons), sondern »die FEEMS« (von »Feeble Minded«) genannt. Dieser Spitzname war gar nicht einmal wegen der allgemein verbreiteten Ansicht geprägt worden, daß alle wichtigen Personen schwach im Geiste sind, sondern einfach weil wir immer mit Schwierigkeiten zu kämpfen hatten, wenn wir Leuten, die die wissenschaftliche Fachsprache nicht kannten, projektspezifische Probleme erklären mußten. Um ihnen plausibel zu machen, daß zwischen der »lebensfreundlichen Form« der Sternenbotschaft und ihrem »Inhalt« ein Zusammenhang bestünde – aus dem wir vorerst lediglich den »Herrn der Fliegen« abgeleitet hatten –, hatte ich mir folgenden Vergleich ausgedacht:

Einmal angenommen, ein Setzer setzt, in Linotype, einen Absatz aus Metallettern. Dieser Absatz hat eine ganz bestimmte sprachliche Bedeutung. Darüber hinaus wäre es möglich, daß, wenn man mit einem entsprechend elastischen, zu Schwingungen fähigen Griffel über die Metallbuchstaben streicht, ein Ton entsteht, der zufällig den Wert eines harmonischen Akkords besitzt. Es ist jedoch ganz und gar unwahrscheinlich, daß sich die auf diese Weise entstehenden Töne – rein zufällig – zu den ersten Takten der Fünften Sinfonie von Beethoven fügen. Wenn das geschähe, würden wir wohl eher annehmen, die musikalischen Klänge seien nicht durch Zufall entstanden, sondern jemand habe die Buchstaben absichtlich genau so zusammengesetzt, indem er ihre Maße und die Intervalle zwischen ihnen richtig wählte. Das, was als »nebenher entstandene Klangharmonie« auf der Zeilengußsetzmaschine sehr wenig wahrscheinlich wäre, war bei einer Botschaft, wie sie der »Sternenbrief« darstellte, schon so unwahrscheinlich, daß man es unmöglich nennen durfte.

Mit anderen Worten: Der lebensfreundliche Charakter dieser Botschaft konnte nicht ein Werk des Zufalls sein. Der Absender mußte der Neutrinostrahlung bewußt so modulierte Schwingungen gegeben haben, damit er seine »die Biogenese unterstützende« Eigenschaft offenbare. Und so schien das gemeinsame Vorhandensein von »Form« und »Inhalt« unerbittlich nach besonderen Erklärungen zu verlangen, wobei die – allereinfachste – Vermutung nahelag, daß, wenn die »Form« das Leben begünstige, auch der »Inhalt« ähnlich »positiv« sein müsse. Wenn man hingegen die Hypothese von einer solchen »allumfassenden Freundlichkeit« verwarf, nach der dem »lebensfreundlichen direkten Vorgehen« der entsprechende, für die Empfänger günstige »Briefinhalt« beigefügt worden war, dann war man gewissermaßen zu der diametral entgegengesetzten Auffassung verdammt, nach welcher der Absender jener durch ihre Lebensfreundlichkeit »wohlwollenden« Botschaft auf teuflische Art Inhalte übermittelte, die die Empfänger ins Verderben stürzen konnten.

Wenn ich sage, man »war zu einer diabolischen Interpretation verdammt«, dann nicht, weil ich dieser Meinung gewesen wäre: Ich notiere einfach nur, womit wir es tatsächlich beim Projekt zu tun hatten. Wie hartnäckig dort Hypothesen aufgestellt wurden, ist im übrigen aus allen veröffentlichten Berichten, die die Geschichte des »MAVO« erzählen, deutlich ersichtlich. Diese bipolare Hartnäckigkeit war immer da: Entweder sollte der Brief einen Akt »fürsorglichen Wohlwollens« darstellen, in welchem uns instrumentales Wissen vermittelt wurde, das unsere Zivilisation als höchstes Gut veranschlagt, oder aber einen Akt geschickt getarnter Aggression – falls das, was durch die Materialisierung des »Briefs« entstand, danach trachtete, sich die Erde, die Menschheit zu unterwerfen oder sie gar zu vernichten. Immer setzte ich mich gegen die Unbeweglichkeit der Auffassungen zur Wehr. Die Absender konnten beispielsweise vernunftbegabte Wesen sein, die eine sich ihnen bietende »energetische Gelegenheit« genutzt hatten: Irgendwann einmal hatten sie eine »biophile Strahlenemission« in Gang gebracht und hatten sich dann, als sie Verbindung mit intelligenten Bewohnern der Planeten anzuknüpfen wünschten, aus gewöhnlicher Sparsamkeit, statt besondere Sender zu bauen, der bereits funktionierenden Energiequelle bedient und dem Neutrinostrom einen bestimmten Text aufgeprägt, der mit dessen »lebensfreundlichem« Charakter gar nichts zu tun zu haben brauchte. Genauso steht ja der Inhalt eines Telegramms, das wir aufgeben, nicht eindeutig in Beziehung zu der Eigenschaft der elektromagnetischen Wellen des drahtlosen Telegrafen.

Wenngleich dies denkbar gewesen wäre, herrschten doch bei uns nicht solche Ansichten. Es entstanden sogar höchst ausgeklügelte Hypothesen – daß der Brief zum Beispiel auf »zwei Ebenen« funktioniere. Er »verursache« zunächst Leben wie ein Gärtner, der das Samenkorn in die Erde wirft; der dann aber noch ein zweites Mal erscheint, um nachzusehen, ob die aufgehende Saat auch »richtig« ist. Der Brief sollte nun, auf seiner »zweiten« Ebene, das heißt inhaltlich, der Gartenschere entsprechen – als der Faktor, der die »degenerierten Psychozoika« beseitigt. Das hieß, daß die Absender ohne Gnade und Erbarmen alle die evolutionär entstandenen Zivilisationen vernichten wollten, die sich nicht so entwickelten, »wie es sich gehört«, also zum Beispiel »sich selbst fressende«, »destruktive« und andere Klassen. Sie überwachten sozusagen Anfang und Ende der Biogenese, Wurzeln und Krone des Evolutionsbaums. Die inhaltliche Seite des »Briefs« machte also einem bestimmten Typus von Empfänger eine Art Rasiermesser zum Geschenk, damit er sich damit selbst die Gurgel durchschnitt.

Diese phantastische Idee wies ich von mir. Das Bild einer Zivilisation, die die »Degenerierten« oder »Unterentwickelten« auf so ungewöhnliche Weise vernichten sollte, hielt ich für eine weitere Projektion der unserer Epoche eigenen Ängste – der geheimnisvolle »Brief« als »Assoziationstest«! – und für sonst gar nichts. Der Romney-Moeller-Effekt schien zu belegen, daß der Absender eine Existenz in Form von Leben für etwas »Gutes« hielt. Aber den nächsten Schritt zu tun – auch dem »Informationshintergrund« des Codes »intentionale Güte« zuzuschreiben –, das wagte ich schon nicht mehr, ebensowenig wie ihn mit einem negativen Vorzeichen zu versehen. Die »schwarzen Einfälle« entstanden automatisch, weil ihre Urheber das, was uns mit dem »Brief« überreicht worden war, als ein Danaergeschenk betrachteten, das nur Mißtrauen verdiente: als ein Instrument, aber eines, das die Erde unterjochen, als ein Wesen, aber eines, das die Herrschaft über uns antreten wolle.

Alle diese Vorstellungen taumelten zwischen Teuflischem und Engelhaftem hin und her wie Fliegen zwischen den Scheiben. Ich versuchte, mich in die Situation des Absenders zu versetzen. Ich würde nichts geschickt haben, was gegen meine Intentionen verwandt werden konnte.

Irgendwelche Instrumente zu liefern, ohne zu wissen, wem, das war das gleiche, wie Granaten an Kinder auszuteilen. Was also hatten sie uns geschickt? Den Entwurf einer idealen Gesellschaftsordnung, mit »Bildtafeln« ausgestattet, auf denen die Energiequellen für diese Gesellschaft abgebildet waren – in Gestalt des »Herrn der Fliegen«? Aber solch ein Entwurf war ein von den eigenen Elementen, das heißt von den einzelnen Wesen, abhängiges System. Einen einzigen, der für jeden Ort und jede Zeit optimal gewesen wäre, konnte es nicht geben. Ein solcher Plan hätte auch die Individualbiologie berücksichtigen müssen – und ich mochte nicht glauben, daß der Mensch in dieser Hinsicht eine unveränderliche kosmische Größe darstellte.

Am Anfang hatte es nicht so ausgesehen, als könnte der »Brief« eine Mitteilung sein, ein Ausschnitt aus einem »interplanetaren Gespräch«, das wir ganz zufällig belauscht hatten. Es vereinbarte sich nicht mit der Wiederholung der Sendung. Ein Gespräch besteht ja nicht darin, daß der eine Partner wieder und wieder, jahrelang, ein und dasselbe von Anfang an wiederholt. Aber auch hier kam die Zeitskala mit ins Spiel. Die Mitteilung traf in unveränderter Gestalt seit mindestens zwei Jahren auf der Erde ein, soviel stand fest. Vielleicht »unterhielten sich« automatische Apparaturen miteinander, und die Apparatur der einen Seite sendete ihre Äußerung so lange, bis sie das Stichwort erhielt, daß ihre Äußerung empfangen worden war? In diesem Falle konnten die Wiederholungen noch tausend Jahre so weitergehen, die miteinander im Gespräch stehenden Zivilisationen brauchten nur genügend weit voneinander entfernt zu sein. Wir wußten nichts darüber, ob man der »lebensfreundlichen Strahlung« nicht auch die unterschiedlichsten Inhalte aufprägen konnte, was a priori durchaus wahrscheinlich war.

Dennoch mutete die Version vom »mitgehörten Gespräch« sehr unwahrscheinlich an. Wenn die »Fragen« von den erhaltenen »Antworten« durch nach Jahrhunderten bemessene Zeiträume voneinander getrennt sind, dann kann man einen solchen Informationsaustausch schwerlich als »Gespräch« bezeichnen. Man müßte vielmehr erwarten, daß jede »Seite« der anderen wesentliche Informationen über sich mitteilt. Wir hätten folglich nicht nur eine, sondern mindestens zwei Sendungen empfangen müssen. Dem war aber nicht so. Der Neutrino-»Äther« war, wie die Apparaturen der Astrophysiker anzeigten, ganz und gar »leer« – mit Ausnahme jenes einen Sendebereichs. Das war vermutlich der harte Kern der rätselhaften Nuß. Die einfachste Erklärung lautete, es gäbe weder ein Gespräch noch zwei Zivilisationen, sondern nur eine, die ein isotropes Signal aussende. Wenn man das annahm, hatte man sich neuerlich über den Doppelcharakter des Signals den Kopf zu zerbrechen . . . Da capo al fine.

Gewiß, der »Brief« konnte auch etwas verhältnismäßig Einfaches enthalten. Er brauchte zum Beispiel nur das Schema einer Maschine zu sein, die dazu dienen sollte, Verbindung mit den Absendern aufzunehmen. Dann war er »der Plan eines Senders«, aufgebaut aus »Elementen« vom Typ des »Froschlaichs«. Wir hatten, wie ein kleines Kind, das sich über das Schema eines Rundfunkapparates den Kopf zergrübelt, außer ein paar ganz primitiven Schräubchen nichts zusammenzusetzen vermocht. Es konnte die »Verkörperung« einer psychokosmogonischen Theorie sein, die enthüllte, wie vernunftbegabtes Leben in der Metagalaxis entsteht, wie es verteilt ist und funktioniert. Wenn man die »manichäischen« Vorurteile, jene Einflüsterungen, über Bord warf, daß der Absender uns unbedingt übel- oder wohlgesinnt sein müsse (oder übel und wohl gleichzeitig, sofern er nach seinen eigenen Kriterien intentional »gut«, nach den unserigen aber »schlecht« zu uns wäre), dann zeugte dieses Herumgerätsel immer ungehemmter Ideen vom Schlage der erwähnten und wurde zu einem Sumpf, der nicht schlechter war als jenes professionelle Schmalspurdenken, das die Empiriker des Projekts in den goldenen Käfigen ihrer sensationellen Entdeckungen gefangenhielt. Sie glaubten, zumindest manche, wenn man den »Herrn der Fliegen« untersuchte, werde man schließlich bis zum Kern des Geheimnisses der Absender gelangen – wie über den Faden zum Knäuel. Ich hielt das für eine nachträgliche Rationalisierung: Weil sie außer dem »Herrn der Fliegen« nichts hatten, klammerten sie sich in ihrer Forschung krampfhaft an ihn. Ich hätte ihnen recht gegeben, wenn es um ein naturwissenschaftliches Problem gegangen wäre, doch vor uns lag ein anderes; aus der chemischen Analyse der Tinte, mit der ein Brief an uns geschrieben wurde, lassen sich niemals Rückschlüsse auf die geistigen Eigenschaften des Schreibers ziehen.

Vielleicht hätte man bescheidener vorgehen und den Intentionen der Absender durch schrittweise Annäherung auf die Spur kommen sollen? Doch dabei tauchte wieder die brennende Frage auf, warum sie eine für vernunftbegabte Empfänger bestimmte Mitteilung mit biophiler Wirkung gekoppelt hatten.

Auf den ersten Blick erschien das ungewöhnlich, ja sogar unheimlich. Zuerst einmal: Die allgemeinen Überlegungen ließen vermuten, daß die Zivilisation der Absender geradezu unglaublich alt sein müsse. Die Emission des Signals erforderte, wie wir näherungsweise berechnet hatten, eine Leistung, die mindestens der von der Sonne erzeugten gleichkam. Eine derartige Ausgabe kann nicht einmal einer Gesellschaft, die über eine hochentwickelte Astroingenieurwissenschaft verfügt, gleichgültig sein. Die Absender mußten also in der Überzeugung gehandelt haben, daß eine solche »Investition« zwar nicht für sie, aber hinsichtlich ihrer realen biophilen Wirksamkeit rentabel sei. Doch Planeten, auf denen Bedingungen herrschen, die den irdischen von vor vier Milliarden Jahren entsprechen, gibt es zur Zeit in der gesamten Metagalaxis relativ wenige. Sogar sehr wenige. Denn die Metagalaxis ist ein mehr als reifer Sternen- oder Nebelorganismus. In etwa einer Milliarde Jahren wird sie anfangen, »auf das Alter zuzugehen«. Ihre Jugendzeit, die Zeit der üppigen und stürmischen Planetogenese, hat sie längst hinter sich. Eben aus ihr war unter anderem die Erde entsprungen. Die Absender mußten das wissen. Nicht seit Tausenden, ja nicht einmal seit Millionen von Jahren sendeten sie folglich das Signal. Ich befürchtete – das Gefühl, von dem diese Gedanken begleitet waren, läßt sich schwerlich anders bezeichnen –, ich befürchtete, daß sie das seit einer Milliarde von Jahren taten! Und wenn das so war (das Problem, daß wir uns nicht andeutungsweise vorstellen konnten, in was für ein Gebilde sich eine Gesellschaft nach einer so entsetzlich langen geologischen Zeit eigentlich verwandelt, einmal ausgeklammert), dann erwies sich die Antwort auf die Frage nach der Ursache der »Zweiseitigkeit« des Signals als ziemlich simpel, wenn nicht banal. Sie konnten seit allerfrühester Zeit diesen »lebenspendenden Faktor« ausgestrahlt haben, und als sie sich entschlossen hatten, sich der interplanetaren Kommunikation zuzuwenden, hatten sie, statt besondere Technologien und Sender dafür bauen zu müssen, nur das Strahlungsbündel auszunutzen brauchen, das bereits in den Kosmos drang. Es genügte, den Strahl dementsprechend zusätzlich zu modulieren. Sie hatten uns also einfach aus simpler technischer Sparsamkeit das Rätsel aufgegeben? Die technischen und informationstheoretischen Probleme, die ein Modulationsprogramm mit sich brachte, mußten doch haarsträubend sein – gewiß, für uns waren sie das, aber für sie? Hier verlor ich wieder den Boden unter den Füßen. Die Experimente aber gingen weiter: Mit unzähligen Methoden wurde versucht, die »Informationsfraktion« des Signals von der »biophilen« zu trennen, was mißlang. Wir waren ratlos, aber wir warfen die Flinte noch nicht ins Korn.

IX

Ende August fühlte ich mich geistig derart ausgelaugt wie wohl noch nie. Das schöpferische Potential, die Fähigkeit eines Menschen, schwierige Probleme anzugehen, verändert sich im steten Wechsel »von Flut und Ebbe«, den man selbst nur schwer durchschaut. Ich habe gelernt, dabei eine Art Test anzuwenden: Ich lese meine eigenen Arbeiten, diejenigen, die ich für meine besten halte. Wenn ich darin Schnitzer, Lücken entdecke, wenn mir aufgeht, daß man die Sache hätte besser anpacken können, ist die Probe günstig ausgefallen. Wenn ich hingegen meinen eigenen Text nicht ohne Bewunderung lese, weiß ich: Es ist nicht gut um mich bestellt. Und genau das passierte gegen Sommerausgang. Ich brauchte – auch das wußte ich aus langjähriger Praxis – Zerstreuung und nicht Erholung. Ich schaute also immer öfter bei meinem Nachbarn, Dr. Rappaport, herein und unterhielt mich manchmal stundenlang mit ihm. Über den »Sternencode« selbst sprachen wir selten und nicht sehr ausgiebig. Einmal traf ich ihn, wie er über große Pakete gebeugt stand, denen niedliche kleine, bunt glänzende Bücher mit märchenhaften Einbänden entquollen. Er hatte versucht, als »Generator für Mannigfaltigkeit«, die wir in den Konzeptionen vermißten, die Früchte der literarischen Phantasie auszunutzen – dieses besonders in den Staaten beliebten Genres, das durch eine hartnäckige Verkennung der Tatsachen Science Fiction genannt wird. Er hatte derlei Bücher vorher nie gelesen. Nun war er böse, ja sogar empört, weil sie ihn durch ihre Eintönigkeit enttäuscht hatten. »Außer Phantasie gibt es darin alles«, sagte er. Es handelte sich freilich um ein Mißverständnis. Die Autoren der pseudowissenschaftlichen Märchen bieten dem Publikum das, was es selber haben will: Banalitäten, Binsenweisheiten, Klischees, entsprechend verpackt und bizarr aufgemacht, so daß sich der Verbraucher einem harmlosen Staunen hingeben und zugleich unbehelligt bei seiner Lebensphilosophie bleiben kann. Wenn es in der Kultur einen Fortschritt gibt, dann vor allem einen begrifflichen, und den tastet die Literatur, besonders die phantastische, nicht an.

Die Gespräche mit Dr. Rappaport bedeuteten mir sehr viel. Er hatte eine so zupackende und rücksichtslose Art zu formulieren, daß ich sie liebend gerne übernommen hätte. Die Themen unserer Diskussionen waren pennälerhaft: Wir disputierten über den Menschen. Rappaport war etwas wie ein »thermodynamischer Psychoanalytiker«, er behauptete zum Beispiel, eigentlich könne man alle grundlegenden Antriebskräfte menschlichen Handelns direkt aus der Physik ableiten – einer genügend weit verstandenen Physik natürlich.

Der Destruktionstrieb ergäbe sich unmittelbar aus der Thermodynamik. Das Leben sei Betrug, ein Unterschlagungsversuch, das Bestreben, die ja doch unvermeidlichen und unerbittlichen Gesetze zu umgehen; von der übrigen Welt abgeschnitten, beschreite es sofort den Weg des Verfalls, diese schiefe Ebene führe zum Normalzustand der Materie, einem beständigen Gleichgewicht, das den Tod bedeute. Um fortzubestehen, müsse es sich von der Ordnung nähren, und da es diese – hochorganisiert – außerhalb des Lebens nirgendwo gebe, sei es dazu verdammt, sich selber aufzufressen; man müsse zerstören, um zu leben, sich von der Ordnung nähren, die insoweit Nahrung ist, als sie sich zunichte machen läßt. Nicht die Ethik, sondern die Physik legt diese Gesetzmäßigkeit fest.

Als erster hatte das vermutlich Schrödinger bemerkt, aber er hatte, in seine Griechen verliebt, nicht gesehen, was man nach Rappaport als die Schande des Lebens, als immanenten Makel, bezeichnen konnte, der in der Struktur der Realität selbst verwurzelt war. Ich erhob Einspruch und berief mich auf die Photosynthese der Pflanzen. Sie zerstören andere lebende Systeme nicht oder müssen sie zumindest nicht zerstören, da sie sich von der Sonnenenergie ernähren, worauf mir Rappaport erwiderte, die ganze Tierwelt sei ein Parasit der Pflanzenwelt. Auch das zweite Merkmal des Menschen, jenes im übrigen, das er mit beinahe sämtlichen Organismen gemein hat – die Geschlechtlichkeit –, leitete er, auf seine Weise philosophierend, aus der thermodynamischen Statistik, und zwar aus deren informationstheoretischem Zweig ab. Das Chaos, das jedwedem Ordnungsversuch auflauere, habe zur Folge, daß die Information bei der Übermittlung immer eine Verarmung erfahre. Um dem tödlichen Rauschen entgegenzuwirken, um die errungene Ordnung vorübergehend zu verbreiten, müsse man unbedingt beständig die »Erbtexte« einander gegenüberstellen. Eine solche Konfrontation, dieses »Kollationieren«, das die Beseitigung von »Irrtümern« bezwecke, eben dies sei die Rechtfertigung und die Ursache für das Entstehen der Zweigeschlechtlichkeit. Also in der Physik der Informationsübermittlung, in der Übertragungstheorie seien die Urheber des Geschlechts zu suchen. Die Gegenüberstellung der Erbinformation in jeder Generation war eine Notwendigkeit, eine Bedingung, ohne die sich das Leben nicht hätte halten können, der gesamte biologische, algedonische, psychische, kulturelle Rest sei nurmehr eine Ableitung, der Wald der Konsequenzen, der dem harten, von den Gesetzen der Physik geformten Samenkorn entsprossen war.

Ich wies ihn darauf hin, daß er auf diese Weise der Zweigeschlechtlichkeit Universalcharakter verleihe, sie zu einer Konstante des Alls mache. Er lächelte nur, nie antwortete er direkt. In einem anderen Jahrhundert, einer anderen Epoche wäre er zweifellos ein gestrenger Mystiker, ein Systemschöpfer geworden, in der unseren, einer durch die Fülle von Entdeckungen, die jedes Systemgefüge wie

Schrapnelle zerfetzten, ernüchterten, einer den Fortschritt wie nie zuvor beschleunigenden und ihn zugleich verabscheuenden Epoche, war er lediglich Kommentator und Analytiker.

Er sagte mir einmal, ich weiß es noch, daß er die Möglichkeit erwogen habe, eine Art Metatheorie der philosophischen Systeme zu schaffen oder auch ein allgemeines Programm zu erstellen, mit Hilfe dessen man diesen Schöpfungsakt automatisieren könne: Eine entsprechend eingestellte Maschine würde zuerst die existierenden Systeme herstellen und würde dann, in den durch ein Versehen oder die Inkonsequenz der großen Ontologen gebliebenen Lücken, neue erzeugen – mit dem Leistungsvermögen eines Automaten, der Schrauben oder Schuhe produziert. Und er hatte diese Arbeit sogar schon in Angriff genommen – er hatte ein Wörterbuch, eine Syntax, Transpositionsregeln, kategoriale Hierarchien zusammengestellt, etwas wie eine semantisch weitergeführte Metatheorie der Typen, doch dann hatte er die Aufgabe für unergiebig befunden, für einen Spaß, der weitere Mühen nicht lohnte, weil sich nichts daraus ergab, außer daß es möglich war, jene Netze, Käfige oder Gebäude, ja meinethalben auch Kristallpaläste herzustellen, die aus Worten aufgebaut sind. Er war ein Misanthrop, kein Wunder also, daß – wie neben meinem Bett die Bibel, neben dem seinen Schopenhauer lag. Die Konzeption, den Begriff der Materie durch den Begriff des Willens zu ersetzen, mußte ihm belustigend erscheinen.

»Ebensogut könnte man ›ES‹ eigentlich einfach als Geheimnis definieren«, sagte er, »und das Geheimnis quanteln, zerstreuen, an Kristallen beugen, fokussieren und filtrieren. Wenn man wiederum annimmt, daß man den ›Willen‹ total aus dem Innern der fühlenden Subjekte aussondern könnte, und wenn man ihm dann noch eine Art ›Eigenbewegung‹ zuschreibt, einen Hang zu ewigem geschäftigem Gerenne, wie er uns an den Atomen so sehr verwirrt, weil er nur Schwierigkeiten bereitet, nicht nur mathematische – was hält uns dann eigentlich davon ab, uns mit Schopenhauer zu versöhnen?«

Er behauptete, die Zeit der Renaissance jener Schopenhauerschen Vision werde noch kommen. Im übrigen war er durchaus nicht nur der Apologet des kleinen, zornigen, fanatischen Deutschen.

»Seine Ästhetik ist inkonsequent. Vielleicht vermochte er es aber nur nicht auszudrücken, der Genius temporis erlaubte es ihm nicht. In den fünfziger Jahren habe ich einmal einem Atomtest beigewohnt. Ist Ihnen bekannt, Herr Hogarth«, anders redete er mich niemals an –, »daß es nichts Schöneres gibt als die Farben eines Atompilzes? Keine Beschreibung, keine Farbaufnahme ist imstande, dieses Wunder wiederzugeben, das ja nur reichlich zehn Sekunden dauert, dann steigt, vom Sog emporgehoben, der Dreck auf, wenn sich die Feuerblase ausdehnt. Danach entweicht die Feuerkugel wie ein Ballon, der sich losgerissen hat, in die Wolken, und die ganze Welt ist für einen Augenblick wie in Rosarot getaucht – Eos Rhododaktylos ... Das neunzehnte Jahrhundert hat fest daran geglaubt, daß das, was todbringend ist, auch abscheulich sein muß. Wir wissen mittlerweile, daß es schöner sein kann als ein Orangenhain. Hinterher sind alle Blumen wie erloschen, welk – und das passiert dort, wo die Strahlung im Bruchteil von Sekunden tötet!«

Ich hörte ihm zu, in den Sessel verkrochen, und zuweilen, ich gestehe es, verlor ich sogar den Faden, während er da sprach. Mein Gehirn kehrte, stur wie der alte Gaul des Milchhändlers, immer wieder auf denselben Weg zurück – zum Code, so daß ich mich manchmal bewußt zwingen mußte, nicht wieder jene Richtung einzuschlagen, denn ich glaubte, wenn ich diesen Acker brachliegen ließe, würde dort vielleicht etwas von selbst aufkeimen. Solche Dinge passieren ja mitunter.

Mein zweiter Gesprächspartner war Tihamer Dill, eigentlich Dill junior, ein Physiker, dessen Vater ich gekannt hatte – aber das ist eine Geschichte für sich. Dill senior hatte noch an der Universität Berkeley Mathematikvorlesungen gehalten. Er war damals ein ziemlich bekannter Mathematiker der älteren Garde gewesen, der den Ruf eines glänzenden, weil ausgeglichenen und geduldigen, obzwar anspruchsvollen Pädagogen genoß – wieso ich in seinen Augen keine Anerkennung fand, kann ich nicht sagen. Gewiß, wir unterschieden uns im Denkstil, außerdem faszinierte mich die Ergodik, die Dill unterschätzte, aber ich hatte immer das Gefühl, daß es sich hier nicht allein um rein mathematische Dinge handelte. Ich ging mit meinen Einfällen zu ihm, zu wem hätte ich auch gehen sollen, und er löschte mich aus wie eine Kerze, beiläufig wischte er vom Tisch, was ich ihm hatte vorlegen wollen, und zog gleichzeitig meinen Kommilitonen Myers vor. Er behütete ihn wie eine sich entfaltende Rosenknospe.

Myers trat in seine Fußstapfen, ich will übrigens zugeben, daß er in der Kombinatorik nicht schlecht war, die ich jedoch schon damals für einen absterbenden Zweig hielt. Der Schüler entwickelte den Gedanken des Meisters, also glaubte der Meister an ihn – und dennoch war es wohl nicht ganz so einfach. Vielleicht empfand Dill eine instinktive, sozusagen animalische Antipathie gegen mich? Oder ich war allzu aufdringlich, weil meiner selbst, meiner Möglichkeiten allzu sicher? Töricht war ich bestimmt. Ich begriff nichts, aber ich hegte nicht die Spur von Groll gegen Dill. Gewiß, Myers konnte ich nicht ausstehen, und ich erinnere mich noch an die stille, genußvolle Genugtuung, die ich verspürte, als ich ihm Jahre später zufällig begegnete. Er arbeitete als Statistiker bei irgendeiner Autofirma, ich glaube bei General Motors.

Daß Dill von seinem Günstling so auf der ganzen Linie enttäuscht worden war, genügte mir jedoch nicht. Ich hatte mir, nebenbei bemerkt, nicht seine Niederlage gewünscht, sondern daß er dazu bekehrt werden würde, an mich zu glauben. Und so gab es wohl nicht eine unter meinen größeren Jugendarbeiten, die ich zu Ende gebracht hätte, ohne mir vorzustellen, wie Dills Blick auf meinem Manuskript ruhte. Es kostete mich große Anstrengung zu beweisen, daß die Dillsche Variationskombinatorik nur eine unvollkommene Approximation des Ergodensatzes war! Wohl keine andere Sache, weder vorher noch danach, habe ich mit solchem Fleiß poliert! Und es ist keineswegs unsinnig, anzunehmen, daß die ganze Konzeption jener Gruppen, die später die Hogarthschen Gruppen genannt wurden, auf jene stille, mich unaufhörlich beflügelnde Leidenschaft zurückzuführen ist, mit der ich Dills Axiomatik durchforstete, und danach, als wollte ich noch etwas darüber hinaus tun, wenngleich es eigentlich gar nichts mehr dort zu tun gab, den Metamathematiker spielte, um jene ganze anachronistische Konzeption gewissermaßen von oben, im Vorbeigehen zu betrachten, obwohl sich manch einer von denen, die mir schon damals geistigen Höhenflug prophezeiten, sich über meine so marginalen Interessen wunderte.

Natürlich hatte ich niemandem gestanden, welches der eigentliche Motor, die verborgenen Motive meiner Arbeit waren. Was eigentlich erhoffte ich mir? Ich rechnete doch nicht damit, daß Dill mich nun gebührend schätzen, mich wegen Myers um Entschuldigung bitten, daß er zugeben würde, wie sehr er sich getäuscht hatte. Der Gedanke an einen Canossa-Gang dieses sperberartigen und gleichsam alterslosen, rüstigen Greises war zu absurd, als daß er mir auch nur für einen Moment in den Sinn kommen konnte. Ich stellte mir also gar nichts vor, was reale Gestalt besessen hätte. Dazu war die Geschichte schon zu intim und zu begrenzt. Mitunter liegt jemandem, der von allen geschätzt, geachtet, ja geliebt wird, tief im Inneren am meisten an einem, der gleichgültig außerhalb des Kreises der Apologeten steht, selbst wenn er in den Augen der Welt vielleicht zweitrangig und überhaupt nicht wichtig ist.

Wer war schließlich Dill senior? Ein normaler Mathematikdozent, wie es sie in den Staaten Dutzende gibt. Aber solch ein verstandesmäßiges Herangehen würde mir nicht geholfen haben, zumal ich mir seinerzeit nicht einmal selbst den Sinn und Zweck meiner von Ehrgeiz diktierten Idiosynkrasien eingestand. Doch wenn ich die frischen, gleichsam gebügelten und in neuem Glanz erstrahlenden Exemplare meiner Arbeiten aus der Druckerei bekam, durchlebte ich hellseherische Augenblicke, in denen mir der hagere, bohnenstangenartige Dill erschien, steif, mit seinem Gesicht, das dem Gesicht Hegels auf den Bildern glich, Hegel aber konnte ich nicht ausstehen, ich konnte ihn nicht lesen, weil er sich so sicher war, daß das Absolute selbst aus ihm spräche, zum höheren Ruhme des preußischen Staates. Hegel hatte, so meine ich jetzt, nichts damit zu tun – ich hatte nur eine andere Person durch ihn ersetzt.

Von weitem sah ich Dill ein paarmal auf Kongressen und Konferenzen, ich machte einen Bogen um ihn und tat, als erkennte ich ihn nicht. Einmal sprach er mich sogar von selbst an, höflich, ausweichend, und ich gab vor, ich müßte ausgerechnet jetzt schon gehen, eigentlich wollte ich gar nichts mehr von ihm – ich brauchte ihn gewissermaßen nur noch in meiner Einbildung. Als ich meine Hauptarbeit veröffentlicht hatte, ging ein Regen von Lobreden auf mich nieder, meine erste Biographie wurde geschrieben, ich wähnte mich kurz vor meinem unausgesprochenen Ziel, und eben da traf ich ihn ... Gerüchte, daß er krank sei, waren zwar schon vorher bis zu mir gedrungen, aber ich hatte nicht vermutet, daß die Krankheit ihn derart verändert hatte. Ich sah ihn in einem großen Supermarkt. Er schob sein Wägelchen mit Konservendosen vor sich her, ich ging dicht hinter ihm. Gedränge umgab uns. Mit einem raschen, verstohlenen Blick erfaßte ich aufgedunsene, sackartige Wangen, und als ich ihn erkannte, durchzuckte mich zugleich etwas wie Verzweiflung. Das war ein zusammengeschrumpfter, dickbäuchiger Greis mit trüben Augen und halboffenem Mund, der in zu großen Überschuhen dahinschlurfte. Auf seinem Kragen taute Schnee. Er schob sein Wägelchen, selbst geschoben von der Menge, ich aber stürzte Hals über Kopf davon, entsetzt und nur von dem einen Gedanken beseelt, so rasch wie möglich hinauszugelangen, ja eigentlich zu türmen. In einem einzigen Augenblick hatte ich einen Gegner verloren, der vermutlich niemals erfahren hatte, daß er einer gewesen war. Noch eine ganze Zeit danach empfand ich eine innere Leere, als hätte ich einen lieben Menschen eingebüßt. Jene erregende Herausforderung, die mich gezwungen hatte, alle meine geistigen Kräfte anzuspannen, war schlagartig verschwunden. Höchstwahrscheinlich hatte es jenen Dill, der mich immer verfolgt und mir über die Schulter in meine zusammengestrichenen Manuskripte geschaut hatte, niemals gegeben. Als ich Jahre später seine Todesanzeige las, berührte sie mich nicht mehr. Aber es dauerte lange, bis jene offene Stelle in meinem Inneren vernarbt war.

Ich wußte, daß er einen Sohn hatte. Diesen Dill junior lernte ich erst beim Projekt kennen. Er hatte wohl eine ungarische Mutter gehabt, daher der merkwürdige Vorname, bei dem mir immer Tamerlan einfiel. Wenngleich der Junior, war er nicht mehr jung. Er gehörte zu den bejahrten Jünglingen. Es gibt Menschen, die gewissermaßen nur für ein Alter bestimmt sind. Baloyne zum Beispiel ist als gewaltiger Greis angelegt, dies scheint die ihm gemäße Form zu sein, der er mit Riesenschritten zustrebt, weil er weiß, daß er dann seine Energie nicht verlieren, sondern ihr sogar noch biblische Dimensionen verleihen und über allen Verdacht von Schwäche erhaben sein wird. Es gibt Menschen, die sich die Züge eines verantwortungslosen Reifens bewahren. So einer war Dill junior. Vom Vater hatte er das feierliche Gehabe, jede Geste war ausgefeilt: Er gehörte wahrlich nicht zu jenen Leuten, denen es auch nur eine Minute egal ist, was mit ihren Händen oder ihrem Gesicht passiert. Er war ein sogenannter ruheloser Physiker, ein bißchen so, wie ich ein ruheloser Mathematiker war, denn er wechselte immer wieder einmal das Gebiet, und eine Zeitlang hatte er in Andersons Biophysiker-Team gearbeitet. Wir kamen bei Rappaport einander näher, was mich einige Anstrengung kostete, denn Dill war mir nicht sympathisch, doch ich überwand mich, gewissermaßen dem Andenken von Dill senior zuliebe. Falls das nicht recht einleuchtet, kann ich nur beteuern, das tut es eigentlich auch mir nicht, aber so war es nun einmal.

Die Mehrfachspezialisten, bei uns manchmal »Universals« genannt, standen hoch im Kurs. Dill gehörte zu den Schöpfern der »Froschlaich«-Synthese. Aber Themen, die unmittelbar mit dem Projekt zusammenhingen, wurden bei Rappaports abendlichen Plaudereien zumeist ausgespart. Vor seiner Arbeit bei Anderson hatte Dill, vermutlich im Auftrag der UNESCO, einer Forschungsgruppe angehört, die Pläne auszuarbeiten hatte, um die Bevölkerungsexplosion aufzuhalten. Er erzählte mit Befriedigung davon. Es waren auch ein paar Biologen, Soziologen, Genetiker und Anthropologen dabeigewesen, selbstredend auch Koryphäen in Gestalt von Nobelpreisträgern.

Einer von ihnen hatte den Atomkrieg für die einzige Rettung vor der Sintflut der Leiber gehalten. Sein Gedankengang war im übrigen sogar korrekt. Weder mit der Pille noch durch Überredungsversuche würde man den Bevölkerungszuwachs stoppen können. Ein planvoller Eingriff in den Bereich der Familie sei unerläßlich. Es gehe nicht darum, daß sich jeder Plan dieser Art entweder makaber oder grotesk anhöre, wie zum Beispiel der Vorschlag, daß man die »Kindererlaubnis« erst erlangen könne, nachdem man eine bestimmte Punktzahl für psychophysische Vorzüge, für erzieherische Fähigkeiten und so weiter gesammelt habe.

Derlei mehr oder weniger rationale Programme mochte man sich einfallen lassen, aber man könne sie nicht in die Tat umsetzen. Die Sache liefe am Ende immer auf eine Beschneidung jener Freiheiten hinaus, die sich, seit der Entstehung der Zivilisationen, kein System anzutasten gewagt habe. Keines der heutigen Systeme besitze dazu die nötige Macht oder Autorität. Man müßte ja auch gegen den mächtigsten aller menschlichen Triebe antreten und gegen die Mehrzahl der Kirchen und gegen die Grundlagen der Menschenrechte, die uns durch die Tradition gegeben sind. Nach einer Atomkatastrophe hingegen würde eine strenge Reglementierung der Ehen und Geburten unaufschiebbar und vital notwendig werden, weil sonst das infolge der Strahlung entartete Erbgut ein Ausschwärmen zahlloser Ungeheuer in Gang setze. Eine solche ad hoc eingeführte Reglementierung könnte dann in ein Gesetzwerk münden, das die Vermehrung der Gattung lenkte – als eine Art Steuerung ihrer Evolution und ihrer Menge. Der Atomkrieg sei gewiß ein gräßliches Übel, doch seine weiteren Konsequenzen könnten sich als gut, als heilsam erweisen.

In diesem Sinne hatte sich ein Teil der Gelehrten geäußert, andere hatten widersprochen, und zur Formulierung eindeutiger Empfehlungen war es nicht gekommen.

Diese Geschichte empörte Rappaport, je mehr er sich aber ereiferte, um so kühler, leise lächelnd, antwortete ihm Dill.

»Die Vernunft als Herrscher auf den Thron zu setzen«, sagte Rappaport, »heißt soviel, wie sich dem Wahnsinn der Logik in die Hände geben. Die Freude des Vaters darüber, daß ihm sein Kind ähnlich sieht, besitzt keinerlei rationalen Wert, zumal wenn der Vater ein unbegabter Dutzendmensch ist – ergo –, man muß ›Banken‹ für das Sperma der sozial nützlichsten Menschen schaffen und durch künstliche Befruchtung Kinder erzeugen, die diesen Zuchtmenschen ähneln, also wertvoll sind. Das Risiko, das mit der Gründung einer Familie einhergeht, kann man als gesellschaftlich unnütze Anstrengung betrachten, ergo – man muß bei der Zusammenführung von Paaren nach Auslesekriterien vorgehen, die eine positive Korrelation der physischen und psychischen Eigenschaften der Ehepartner berücksichtigen. Unbefriedigte Begierden lösen Frustrationen aus, die den gleichmäßigen Gang der gesellschaftlichen Prozesse beeinträchtigen, ergo – man muß sämtliche Begierden entweder auf natürliche Weise oder durch technische Äquivalente befriedigen oder schließlich chemisch oder chirurgisch die Zentren dieser Begierden ausschalten.

Vor zwanzig Jahren dauerte eine Reise aus Europa in die Staaten sieben Stunden. Durch den Aufwand von achtzehn Milliarden Dollar wurde diese Zeit auf fünfzig Minuten verkürzt. Es steht bereits fest, daß sich mittels weiterer Milliarden auch diese Flugzeit um die Hälfte verkürzen läßt. Der Gast, sterilisiert an Leib und Seele – damit er weder die asiatische Grippe noch asiatisches Gedankengut bei uns einschleppt –, vollgestopft mit Vitaminen und Filmen aus der Konserve, wird von Stadt zu Stadt reisen können, von Kontinent zu Kontinent und von Planet zu Planet – immer sicherer und schneller, und die Vision von einer derart phänomenalen Leistungsfähigkeit der betreuenden Instrumente soll uns den Mund stopfen, damit wir nicht mehr fragen können, wozu diese Blitzreisen gut sein sollen. Einem solchen Tempo war unser alter, tierischer Körper nicht gewachsen, der allzu rasche Wechsel von einer Halbkugel zur anderen zerrüttet seinen Schlaf-und-Wach-Rhythmus, doch glücklicherweise wurde ein chemisches Mittel erfunden, das diese Zerrüttung beseitigt. Allerdings zieht dieses Mittel manchmal Depressionen nach sich, aber es gibt ja andere, die die Stimmung heben. Sie lösen Krankheiten der Herzkranzgefäße aus, aber dagegen gibt es Polyäthylenröhrchen, die man in die Herzarterien einführen kann, damit sie nicht verstopfen.

Der Wissenschaftler benimmt sich in solchen Situationen wie ein dressierter Elefant, den der Treiber mit der Stirn zum Hindernis postiert. Er bedient sich der Kraft seines Verstandes wie der Elefant der Kraft seiner Muskeln, das heißt – auf Kommando. Das ist unerhört bequem, denn der Wissenschaftler findet sich zu allem bereit, weil er für nichts mehr die Verantwortung trägt. Die Wissenschaft wird zum Orden für Kapitulanten. Das logische Kalkül soll zum Automaten werden, der den Moralisten Mensch ersetzt. Wir erliegen der Erpressung des ›besseren Wissens‹, das sich zu behaupten erdreistet, der Atomkrieg könne etwas sekundär Gutes sein, weil sich das aus der Arithmetik ergibt. Das Böse von heute entpuppt sich als das Gute von morgen, ergo – das Böse ist in gewisser Hinsicht auch gut. Der Verstand hört nicht mehr auf die intuitiven Einflüsterungen des Gefühls, die Harmonie einer vollkommen konstruierten Maschine wird zum Ideal, die Zivilisation insgesamt und jedes ihrer einzelnen Mitglieder soll dazu werden.

Damit hat man anstelle der Mittel der Zivilisation ihren Zweck gesetzt, und die menschlichen Werte gegen Bequemlichkeiten eingetauscht. Die Regel, welche gebietet, den Flaschenkorken durch eine Verschlußkapsel zu ersetzen und die Kapsel durch ein Plasthütchen, das beim kleinsten Antippen abspringt, ist harmlos – als Folge von Vervollkommnungen, die uns das Öffnen einer Flasche erleichtern. Dieselbe Regel, auf die Perfektionierung des menschlichen Hirns angewandt, wird zum puren Wahnsinn. Jeder Konflikt, jedes schwierige Problem wird zum widerspenstigen Korken, den man wegwerfen und durch das entsprechende leichtere Ding ersetzen muß. Baloyne hat das Projekt ›Master's Voice‹ getauft, weil diese Losung zweideutig ist: Der Stimme welches Herrn eigentlich sollen wir lauschen – des Herrn von den Sternen oder des Herrn aus Washington? Im Grunde genommen ist das eine ›Lemon Squeeze-Operation‹: Wir quetschen nicht unseren Grips, sondern die kosmische Botschaft aus wie eine Zitrone, doch wehe den Auftraggebern und ihren Dienern, wenn es wirklich gelingt.«

Mit solcherart abendlichen Gesprächen vergnügten wir uns im zweiten Jahr der »MAVO«-Arbeiten, in der immer dichter werdenden Atmosphäre schlimmer Vorahnungen, die sich bald bestätigen sollten, denn nicht mehr lange, und unsere zunächst nur ironisch gemeinte »Lemon Squeeze-Operation« füllte sich mit unheimlichem Inhalt.

X

Obwohl der »Froschlaich« und der »Herr der Fliegen« die gleiche Substanz war, die die Gruppe der Biophysiker und die der Biologen nur auf verschiedene Weise aufbewahrten, so wurde doch auf dem jeweiligen Gelände ausschließlich der lokal verbindliche Name gebraucht, worin sich, wie ich bei mir dachte, ein gewisser feiner Charakterzug der Geschichte der Wissenschaft offenbarte. Denn weder die zufälligen Windungen, in denen die Wege der Forschung verlaufen, noch die akzidentiellen Umstände, die die Geburt einer Entdeckung begleiten, fallen vollständig von deren endgültiger Gestalt ab. Gewiß, es ist nicht einfach, diese Relikte zu erkennen, eben weil sie, erstarrt, bis ins Innere der Theorie und sämtlicher nachfolgender Formulierungen vordringen, weil sie aufgeprägte Spur, Stempel des Zufalls sind, der zur Denkregel versteinert.

Bevor ich den »Froschlaich« zum erstenmal bei Romney zu Gesicht bekam, mußte ich die bereits klassische Prozedur über mich ergehen lassen, die für Neuankömmlinge aus der Außenwelt obligatorisch war. Ich hörte mir zuerst jenen Kurzvortrag vom Tonband an, den ich zitiert habe. Dann fuhr ich zwei Minuten mit der U-Bahn zum Gebäude der Chemosynthese, wo man mir in einem Extrasaal das dreidimensionale Modell eines einzigen »Froschlaich«-Moleküls vorführte, das unter einer zweigeschossigen Glasglocke aufragte und aussah wie das zu den Dimensionen eines Atlantosauriers vergrößerte Skelett eines Wasserflohs. Weintraubenartige schwarze, purpurrote, violette und weiße Kugeln, durch durchsichtige Polyäthylenröhrchen miteinander verbunden, stellten die einzelnen Atomgruppen dar. Der Stereochemiker Marsh zeigte mir die einzelnen Ammoniumradikale, die Alkylgruppen und die seltsamen Blumen ähnelnden »Molekularreflektoren«, die

die bei den Kernreaktionen entstehende Energie absorbierten. Besagte Reaktionen wurden demonstriert, indem man eine Apparatur einschaltete, die abwechselnd im Innern des Modells verborgene Neonröhrchen und Lämpchen aufleuchten ließ, wodurch das Ganze wirkte wie die Kreuzung zwischen einer futuristischen Reklame und einem Weihnachtsbaum. Weil man es von mir erwartete, tat ich meine Bewunderung kund und durfte weitergehen.

Die eigentlichen Prozesse der Synthese liefen in den unterirdischen Räumen des Gebäudes ab, unter der Aufsicht von Rechenautomaten, in Behältern, die von zylindrischen Isolationshüllen umgeben waren, weil in gewissen Phasen vorübergehend durchdringende Korpuskularstrahlungen entstanden, die jedoch aufhörten, wenn die Synthese ihrem Ende zuging. Die Hauptsynthesehalle hatte eine Fläche von viertausend Quadratmetern. Der weitere Weg führte von dort in den sogenannten Silberteil der unterirdischen Gewölbe, wo, wie in einer Schatzkammer, die von den Sternen diktierte Substanz ruhte. Dort gab es einen runden Raum oder vielmehr eine fensterlose Kammer mit Wänden aus spiegelblank poliertem Silber. Ich wußte einmal, wozu das notwendig war, aber es ist mir inzwischen entfallen. Überflutet vom kalten Glanz der Lichtröhren, auf einem massiven Postament, stand ein Glasbassin, einem gewaltigen Aquarium vergleichbar, beinahe leer – nur der Grund war von einer Schicht einer stark phosphoreszierenden, unbeweglichen, bläulichen Flüssigkeit bedeckt.

Der Raum wurde von einer Glasplatte in zwei Hälften geteilt: darin klaffte dem Behälter gegenüber eine Öffnung, mit einem von einer dicken Einfassung umrandeten fernzusteuernden Manipulator. Marsh ließ zuerst die Spitze der Schere, die einem chirurgischen Instrument ähnelte, bis zur Oberfläche der Flüssigkeit hinunter, und als er sie wieder hob, hing an ihrem Ende ein im Licht funkelnder Faden, der nichts von einer klebrigen Flüssigkeit an sich hatte. Es sah so aus, als hätte die kleistrige Flüssigkeit eine elastische, aber ziemlich feste Faser abgesondert, die träge hin- und herschwang wie eine Saite. Als er den Manipulator wieder senkte und ihn geschickt schüttelte, so daß die Faser abfiel, nahm die Oberfläche der in den Lichtreflexen funkelnden Flüssigkeit sie nicht an. Die Faser krümmte sich, wurde dicker und kroch, in eine Art glitzernde Larve verwandelt, mit wurmähnlichen Bewegungen regelrecht wie eine Raupe vorwärts, bis sie das Glas berührte. Da hielt sie inne und machte kehrt. Diese Kriechtour dauerte etwa eine Minute, dann begann das sonderbare Gebilde zu verschwimmen, verlor sozusagen die Konturen und kehrte, eingesaugt, in den »Mutterkuchen« zurück.

Jener »Raupentrick« war ein Kunststückchen, das nicht viel besagte. Als man die Lichter löschte und den Versuch im Dunkeln wiederholte, sah ich plötzlich einen sehr schwachen, aber deutlichen Blitz, als hätte zwischen Boden und Decke des Behälters für den Bruchteil von Sekunden ein Sternchen aufgeleuchtet. Marsh sagte mir hinterher, es handele sich nicht um Luminiszenz. Kurz bevor der Faden auseinanderreiße, bilde sich an der betreffenden Stelle eine feine monomolekulare Schicht, die nicht mehr imstande sei, die Kernprozesse unter Kontrolle zu halten, und dann entstehe etwas wie eine winzige Kettenreaktion – der Blitz aber sei ein sekundärer Effekt, weil die angeregten, auf höhere Energieniveaus gebrachten Elektronen wieder in den Grundzustand zurücksprängen und dabei eine entsprechende Zahl von Photonen aussendeten. Ich fragte, ob sie eine Chance sähen, den »Froschlaich« praktisch zu nutzen. Ihre Hoffnung war inzwischen geringer als kurz nach der Synthese, denn der »Froschlaich« benahm sich wie ein lebendes Gewebe, und auch er ließ sich – ähnlich wie jenes die Energie der chemischen Reaktionen ausschließlich für sich verbraucht – seine Kernenergie nicht wegnehmen.

In der Gruppe von Grotius, die den »Herrn der Fliegen«

hergestellt hatte, herrschten sichtlich andere Sitten. Dort stieg man unter Beachtung außergewöhnlicher Vorsichtsmaßnahmen in die Tiefe. Ich weiß wirklich nicht, ob man den »Herrn der Fliegen« zwei Stockwerke unter die Erdoberfläche verfrachtet hatte, weil er so hieß, oder ob man ihn so getauft hatte, weil er in unterirdischen Räumen entstanden war, die an den Hades denken ließen.

Zuerst, noch im Laboratorium, hatte man in einen Schutzanzug, einen großen durchsichtigen Overall mit Kapuze und Hosenträgern zu klettern, an denen ein Sauerstoffbehälter befestigt war. Das machte einige Umstände, die bei aller Sachlichkeit doch etwas Ritualhaftes hatten. Soviel ich weiß, ist das Verhalten von Wissenschaftlern in einem Labor noch nie unter anthropologischen Gesichtspunkten untersucht worden, obwohl es für mich außer Frage steht, daß nicht alles, was sie tun, auch wirklich notwendig ist. Man kann die gleichen Vorkehrungen und Verrichtungen beim Experimentieren sehr verschieden ausführen, aber wenn sich ein bestimmter Ablauf erst einmal fixiert hat, wird er in einem gegebenen Kreis, in einer gegebenen Schule zum ungeschriebenen Gesetz, ja fast zum Dogma.

Zum »Herrn der Fliegen« stieg ich in Begleitung zweier Männer hinab – unser Führer war der kleine Grotius. Bevor wir uns auf den Weg machten, pumpte man uns, nach Manipulationen an den Ventilknöpfen, allerdings erst noch Sauerstoff in unsere durchsichtigen Anzüge, so daß jeder von uns sich in einen glitzernden Ballon verwandelte, in dessen Mitte, wie der Kern in der Frucht, ein Mensch steckte. Ehe wir den Raum verließen, wurde noch einmal nachgeprüft, ob unsere Kleidung auch dicht sei; dazu führte man einfach die Flamme einer Kerze an den einzelnen Teilen des Anzugs entlang, in dem ein geringer Überdruck herrschte: Diese Prozedur erinnerte an eine magische Handlung, an eine Beweihräucherung beispielsweise.

Das alles zusammengenommen fügte sich zu einem ernsten, feierlichen, wie rituell verlangsamten Ganzen, wohl deshalb, weil man sich in dem besagten glänzenden Polyäthylenballon nicht schnell bewegen konnte. Außerdem konnte man, in dieser Hülle steckend, nicht eben gut miteinander reden, und so machte mir auch die Verständigung durch Zeichen zunehmend mehr den Eindruck, als nähme ich an liturgischen Handlungen teil. Natürlich kann man meine Einwände zurückweisen und erwidern, der Anzug habe uns vor der Beta-Strahlung geschützt, er habe zwar die Bewegung behindert, doch zugleich eine gute Sicht ermöglicht und so weiter. Aber ich hätte mir, wie ich meine, ohne große Anstrengung auch eine andere Prozedur ausdenken können, die freilich weniger malerisch und vor allem frei von jenem Hauch diskreter Anspielungen auf den symbolischen Sinn des Namens »Herr der Fliegen« gewesen wäre.

In einem separaten Raum mit Betonfußboden befand sich ein senkrechter Schacht, von einer Art Verschalung umgeben. Wir stiegen nacheinander die in seine Wand eingelassene Eisenleiter hinunter, mit unangenehm knisternden Overalls, in der lästigen Hitze, die im Innern unserer an eine Fischblase erinnernden Montur herrschte. Unten lief, ein bißchen wie in einer alten Grube, ein schmaler Steg, den drahtumflochtene Lämpchen in regelmäßigen Abständen beleuchteten. Diese Accessoires gingen nicht mehr auf das Konto von Grotius' Leuten, was ich loyal vermelde. Die Gruppe hatte einfach einen unterirdischen Teil des Gebäudes benutzt, der seinerzeit für militantere – weil mit den thermonuklearen Explosionen der Testanlage im Zusammenhang stehende – Zwecke vorgesehen gewesen war. Einige Dutzend Meter weiter vor uns fingen die Wände plötzlich an zu glänzen, weil sie mit spiegelndem Silberblech verkleidet waren. Diese Silberwände waren das einzige Detail, das bei Biochemikern und Biophysikern übereinstimmte. Doch nahm man es eigentlich nicht wahr, ähnlich wie einem die erotische Seite der Nacktheit im Sprechzimmer eines Arztes entgeht. Unsere Wahrnehmung wird von der Gesamtheit eines entstehenden Effekts gelenkt und nicht von den Eigenschaften der einzelnen Elemente. Das Silber an den Wänden bei den Biophysikern brachte man mit der Sterilität eines chirurgischen Kabinetts in Verbindung, und unter der Erde bekam es etwas noch Geheimnisvolleres, da es wie in einem Panoptikum die verzerrten Spiegelbilder unserer blasenförmigen Gestalten zurückwarf.

Ich hielt vergeblich Ausschau, wohin uns der Weg weiter führen werde – der Gang mündete seitlich in eine etwas breiter werdende Sackgasse. In Kopfhöhe war eine kleine Eisentür zu sehen, die Grotius aufschloß. Da tat sich in der dicken Mauer eine Nische auf, eine Art Schießscharte, und meine beiden Begleiter traten zurück, damit ich besser hineinschauen konnte. Den Hintergrund der Öffnung bildete eine rötlich glänzende Fläche, es sah aus wie ein Stück Fleisch, das fest gegen eine dicke Glasscheibe gepreßt wird. Durch die Kapuze, die mein Gesicht verhüllte, durch den gleichmäßigen Luftstrom des Sauerstoffs hindurch, der aus der Flasche drang, spürte ich plötzlich auf der Haut von Stirn und Wangen einen Druck, der nicht von der Hitze ausgelöst zu sein schien. Als ich länger hinsah, bemerkte ich eine langsame, nicht ganz gleichmäßige Bewegung, wie von der enthäuteten und ans Glas geklebten Unterseite einer riesenhaften Schnecke, die durch vergebliche Muskelkontraktionen zu kriechen versucht. Jene Masse hinterm Glas schien durch eine unbekannte Kraft auf mich einzuwirken – indem sie langsam, aber unablässig auf der Stelle kroch.

Grotius schob mich höflich, aber entschieden von der Nische weg, schloß die Panzertür wieder und förderte aus einem Brotbeutel, der ihm über die Schulter hing, einen Glaskolben zutage, an dessen Wänden ein paar gemeine

Stubenfliegen krabbelten. Als er den Kolben an die geschlossene Klappe heranführte, und er tat dies mit bestimmter und zugleich feierlicher Gebärde, erstarrten die Fliegen zunächst, dann entfalteten sie ihre Flügel, und eine Sekunde später wirbelten sie wie wahnsinnige schwarze Kügelchen in dem Gefäß herum, so daß ich ihr giftiges Brummen zu hören glaubte. Er führte den Kolben noch etwas dichter an die Klappe heran: Die Fliegen tobten immer toller, dann steckte er den Kolben weg, machte kehrt und ging zurück in die Küche.

So hatte ich endlich erfahren, woher der Name rührte. Der »Herr der Fliegen« war einfach das gleiche wie der »Froschlaich«, allerdings im Falle einer Menge von weit über 200 Liter. Zwischen beiden Erscheinungsformen gab es im übrigen einen allmählichen Übergang. Was den wirklich seltsamen Effekt mit den Fliegen betraf, so hatte niemand auch nur die blasseste Vorstellung, worauf er zurückzuführen war, zumal er – von den Fliegen abgesehen – nur bei sehr wenigen Hautflüglern auftrat. Spinnen, Käfer und eine Vielzahl anderer Insekten, die die Biologen geduldig vor jenen Spalt getragen hatten, reagierten überhaupt nicht auf das Vorhandensein der Substanz, die durch die in ihrem Innern ablaufenden Reaktionen erwärmt war. Man sprach von Wellen, Strahlen, zum Glück nicht auch noch von Telepathie. Bei Fliegen, deren Bauchganglien man pharmakologisch gelähmt hatte, blieb die Wirkung aus. Aber diese Feststellung war eigentlich banal. Man betäubte die unglücklichen Fliegen, schnitt der Reihe nach ab, was sich nur abschneiden ließ, legte ihnen abwechselnd Beinchen und Flügelchen lahm, doch am Ende hatte man nur herausgefunden, daß eine dicke Schicht des Dielektrikums den Effekt wirkungsvoll abschirme. Es war also ein physikalischer und kein »Wundereffekt«. Gewiß. Doch nach wie vor wußte man nicht, wodurch er hervorgerufen wurde. Man versicherte mir, daß die Sache geklärt werden würde – eine

Extragruppe von Bionikern und Physikern arbeitete schon daran. Falls sie etwas entdeckt haben sollte, so ist mir jedenfalls bis heute nichts davon bekannt.

Im übrigen war der »Herr der Fliegen« für lebende Organismen in seiner Nähe nicht gefährlich. Nicht einmal den Fliegen war ja letztlich ein Leid geschehen.

XI

Als der Herbst anbrach, nur dem Kalender nach, denn die Sonne stand wie im August über der Wüste, machte ich mich von neuem – obwohl ich schwerlich sagen kann, auch mit neuen Kräften – an den Code. Das, was als der größte Erfolg des Projekts galt und in technischer Hinsicht ganz gewiß auch war, die Synthese des »Froschlaichs«, vernachlässigte ich nicht nur, sondern überging es im Grunde genommen ganz in meinen Spekulationen, als betrachtete ich dieses seltsame Produkt als ein Artefakt. Seine Schöpfer warfen mir vor, ich ließe mich von einem irrationalen Vorurteil leiten, das in einer persönlichen Aversion gegen jene Substanz begründet wäre, wenngleich das lachhaft klang. Sie unterstellten mir auch, Dill beispielsweise, das dramatisch-weihevolle Gehabe, das die Mitglieder beider Gruppen dem »Nuklearschleim« gegenüber an den Tag legten, habe eine gewisse Reserviertheit bei mir ausgelöst, die ich dann auf den »Herrn der Fliegen« selbst übertragen habe, oder aber ich habe es den Empirikern verübelt, daß sie zu dem einen Geheimnis, dem Code, noch ein zweites hinzugefügt hatten – jenes Erzeugnis von unbekannter Bestimmung.

Ich pflichtete dem nicht bei, denn auch der Romney-Effekt hatte unsere Unwissenheit vergrößert, doch gerade in ihm sah ich ja, damals zumindest, eine gewisse Aussicht, hinter die Absicht der Absender zu kommen und damit hinter den Inhalt der Botschaft. In der Hoffnung, meine Vorstellungskraft anzuregen, studierte ich eine Unmenge von Arbeiten über die Geschichte der Entschlüsselung des genetischen Codes beim Mensch und beim Tier. Mitunter glaubte ich dunkel zu ahnen, der besagte »Doppelcharakter« jedes Organismus – der ja zugleich er selbst und Träger einer Information ist, die weiterwirkend an künftige Zeiten, an nachfolgende Generationen gerichtet wird – sei die Parallele zu dem Phänomen, vor welchem ich da stand.

Was aber ließ sich eigentlich mit einer solchen Analogie anfangen? Der Fundus der begrifflichen Mittel, die mir unsere Epoche zur Verfügung stellen konnte, erschien mir zeitweise beängstigend armselig. Nur am Menschen gemessen hat unser Wissen riesige Ausmaße angenommen, nicht jedoch an der Welt gemessen. Zwischen dem sich in kumulativer Explosion ausbreitenden Spitzenfeld der instrumentalen Techniken und der biologischen Natur des Menschen entsteht unter unseren Augen eine unaufhaltsam wachsende Kluft; sie spaltet die Menschheit in die Front der Wissenssammler mit ihren Reservetruppen und in die fruchtbaren Massen, die nichts erschüttern kann, weil sie ihre Hirne mit einem Informationsbrei füllen, der ebenso vorgefertigt ist wie der Nahrungsbrei für die Eingeweide. Die unübersehbare Aufsplitterung beginnt, denn wir befinden uns bereits jenseits der Schwelle – niemand weiß genau, wann wir sie überschritten haben –, wo ein einzelner Verstand nie wieder fähig sein wird, alles gespeicherte Wissen zu erfassen.

Weniger dieses Wissen zu vermehren als vielmehr die riesigen Halden zweitrangiger und damit überflüssiger Information abzutragen – das erscheint mir als die oberste Pflicht der neuen Wissenschaft. Die Informationstechniken haben etwas wie ein Paradies geschaffen, wo angeblich jeder, so er nur will, Wissen über alles erlangen kann, aber das ist eine komplette Täuschung. Eine Auswahl zu treffen, die einem Verzicht gleichkommt, wird unvermeidlich wie das Atmen.

Würde die Menschheit nicht unablässig angestachelt, aufgestört und in Atem gehalten durch das lokale »Um-sich-Beißen« der unterschiedlichsten Nationalismen, durch das Aufeinanderprallen häufig scheinbarer Interessen, durch den Überfluß, der an manchen Punkten des Erdballs angehäuft wird, während an anderen gleichzeitig Mangel herrscht (dabei sind wir durch unsere technischen Möglichkeiten bereits in den Stand gesetzt, diese Widersprüche wenigstens prinzipiell zu lösen), dann würde sie vielleicht endlich begreifen, wie sehr diese kleinen, blutigen Scharmützel, ferngelenkt vom nuklearen Vernichtungspotential der Großen, ihren Blick von dem ablenken, was inzwischen »von allein« geschieht, dem Selbstlauf überlassen und unkontrolliert. Genau wie in den früheren Jahrhunderten betrachtet die Politik den Erdball (und heute auch noch den ihn umgebenden Raum bis hin zum Mond) als Schachbrett, auf dem Auseinandersetzungen ausgetragen werden, während sich das Brett doch heimlich längst verändert hat und nicht mehr die unbewegliche Stütze, nicht mehr Grundlage ist, sondern eher ein Floß, das anbrandende unsichtbare Strömungen gespalten haben und in eine Richtung tragen, *in die keiner blickt*.

Man wolle mir das gleichnishafte Bild nicht übelnehmen. Aber ja – die Futurologen sind wie die Pilze aus dem Boden geschossen, seit Hermann Kahn den Beruf der Kassandra zur Wissenschaft gemacht hat, doch keiner von ihnen hat je deutlich ausgesprochen, daß wir uns der technologischen Entwicklung mit Haut und Haar, auf Gedeih und Verderb ausgeliefert haben. Die Rollen indessen haben sich verkehrt: Die Menschheit ist für die Technologie zum Werkzeug oder zum Mittel geworden, das zu einem grundsätzlich nicht bekannten Ziele führt. Die Suche nach wirksamen Waffen hat die Wissenschaftler ein für allemal zu Leuten werden lassen, die nach dem Stein der Weisen suchen, der sich nur dadurch von jenem Ideal der Alchimisten unterscheidet, daß es ihn bestimmt gibt. Der Leser futurologischer Abhandlungen bekommt, auf Kreidepapier gedruckt, Diagramme und Tafeln vorgesetzt, die ihn darüber informieren, wann es Wasserstoffheliumreaktoren geben und wann die telepathische Eigenschaft des Intellekts industriell verwertet werden wird. Derlei künftige Entdeckungen wurden mit Hilfe von Kollektivabstimmungen in den entsprechenden Fachkreisen vorausgesagt, was heutzutage gefährlicher ist, weil hier Wissen vorgetäuscht wird, wo früher über die pure Unwissenheit nicht der geringste Zweifel bestand.

Man braucht sich nur einmal die Geschichte der Wissenschaft anzusehen, und man gelangt zu der durch sie beglaubigten Erkenntnis, daß Dinge, die wir heute nicht wissen und die unvorhersehbar sind, über das Bild der Zukunft entscheiden werden. Die Situation ist auf eine historisch nie dagewesene Weise komplizierter geworden durch den Status des »Spiegels« oder des »doppelten Tanzes«, der die eine Seite der Welt zwingt, möglichst genau und rasch alles nachzumachen, was die andere auf dem Gebiet der Rüstung tut, und sich eigentlich nicht mehr feststellen läßt, wer einen bestimmten Zug oder Schritt als erster getan und wer ihn nur getreu nachgeahmt hat. Die Vorstellungskraft der Menschheit ist gewissermaßen erstarrt, gelähmt durch die Vision des atomaren Untergangs, der beiden Seiten immerhin so deutlich vor Augen steht, daß jeder vor dem ersten Schritt zurückscheut. Die von Strategen und gelehrten Beratergremien entworfenen »Drehbücher der thermonuklearen Apokalypse« fesseln und lähmen die Gehirne so, daß man weitere, in der Entwicklung enthaltene Möglichkeiten, die am Ende noch gefährlicher sind, gar nicht sieht. Der Zustand des Gleichgewichts wird unaufhörlich unterhöhlt durch neue Entdeckungen und Erfindungen.

In den siebziger Jahren herrschte eine Zeitlang die Doktrin von der »indirekten wirtschaftlichen Vernichtung« aller potentiellen Gegner, die der Verteidigungsberater Kayser in der Maxime: »Bevor der Dicke mager wird, ist der Magere krepiert«, zusammenfaßte. Der Wettlauf um Kernladungen wurde jedoch vorerst durch das Raketenwettrüsten abgelöst, worauf der Bau noch kostspieligerer

»Raketenabwehrraketen« erfolgte. Als nächster Schritt der Eskalation zeichnete sich die Möglichkeit ab, einen »Laserschild«, eine Art Pfahlzaun aus Gammalasern zu bauen, die das jeweilige Land mit Palisaden aus vernichtenden Strahlen umgeben sollten. Die Herstellungskosten für solche Apparaturen wurden bereits auf vierhundert bis fünfhundert Milliarden Dollar veranschlagt. Nach diesem Schachzug durfte man den nächsten erwarten, daß nämlich riesige Fabrik-Satelliten auf Orbits gebracht werden würden, die mit einem Schwarm von Gammalasern das Territorium des Gegners bestreichen und es im Bruchteil von Sekunden mit ultravioletter Strahlung vollständig verbrennen würden. Die Kosten für diesen »Todesgürtel« überschritten schon in den Schätzungen sieben Billionen Dollar. Die ökonomische Vernichtung des Gegners, die durch die Produktion von immer kostspieligeren und dadurch den gesamten Staatsorganismus auszehrenden Waffen erfolgen sollte und ernsthaft geplant war, ließ sich jedoch nicht verwirklichen, weil die technischen Schwierigkeiten beim Bau von Super- und Hyperlasern vorerst nicht zu überwinden waren. Diesmal hatte die barmherzige Natur dank der Eigenschaften ihrer Mechanismen uns vor uns selbst gerettet, aber das war ja nur ein glücklicher Zufall.

So sahen in groben Zügen das Denken der Politiker und die von ihm diktierte Strategie der Wissenschaft aus. Unterdessen begann uns die gesamte historische Tradition der Kultur zu entgleiten wie die Ladung auf einem Schiff, das von den Wellen allzu heftig hin und her geworfen wird. Die großen historiosophischen Konzeptionen, in ihren Fundamenten unterspült, die großen Synthesen, fußend auf überkommenen Werten, wurden zu Brontosauriern, die zum Untergang verurteilt waren – es stand ihnen bevor, an den unbekannten Gestaden neuer Entdeckungen, die vor unseren Augen auftauchen würden, zu zerschellen. Denn es gab mittlerweile keine im Innersten der materiellen Welt verborgene Kraft und keine Scheußlichkeit mehr, die nicht als Waffe auf die Bühne gezerrt worden wären, sobald sie sich nur zeigten. Und so spielten wir in Wahrheit schon längst nicht mehr gegen Rußland, sondern gegen die NATUR selbst, weil es von der Natur und nicht von den Russen abhing, mit welcher Entdeckung sie uns als nächstes beschenken würde, und es war schließlich Wahnsinn, anzunehmen, sie sei uns höchst gewogen und gebe uns deshalb nur Mittel in die Hände, die das Überleben der Art erleichtern würden. Die Aussicht, daß am Forschungshorizont eine Entdeckung auftauchen könnte, die uns die absolute Oberherrschaft im Planetenmaßstab garantierte, mußte zur Erhöhung der Anstrengungen und der investierten Mittel führen, weil derjenige, der als erster dieses Ziel erreichte, die Hegemonie über den Erdball erringen würde: Davon wurde allenthalben gesprochen. Wie aber konnte man glauben, daß sich der Gegenspieler, ermattend, willfährig ins Joch spannen lassen würde? Und so war die ganze Doktrin zutiefst widersprüchlich, weil sie gleichzeitig das bestehende Gleichgewicht der Kräfte zu zerstören und es unablässig wieder zu erneuern suchte.

Wir waren, als Zivilisation, den Technologien in die Falle gegangen, und über unser weiteres Geschick würde nur noch entscheiden, wie gewisse uns noch nicht bekannte Beziehungen von Energie- und Materieniveaus beschaffen waren.

Wenn ich derlei Dinge aussprach, nannte man mich für gewöhnlich einen Defaitisten, besonders in den Kreisen jener Wissenschaftler, die ihr Gewissen dem State Departement in Pacht gegeben hatten. Die Menschheit, die sich gegenseitig bei den Haaren und an der Gurgel gepackt hielt, hatte, solange sie von Kamelen und Maultieren auf Triumphwagen, Fuhrwerke, Kutschen, in Autos, auf Dampfmaschinen, in Panzer umgestiegen war, noch darauf hoffen können zu überleben – indem sie die Fesseln dieses

Wettlaufs sprengte. Um die Mitte des Jahrhunderts hatte totales Entsetzen die Politik gelähmt, aber es hatte sie nicht verändert, die Strategie war die gleiche geblieben: Man stellte die Tage über die Monate, die Jahre über die Jahrhunderte, dabei hätte man doch umgekehrt vorgehen, das Wort vom Interesse der Art auf die Fahnen schreiben, den technologischen Aufschwung zügeln müssen, damit er nicht zu unserem Untergang wurde.

Unterdessen vergrößerte sich die materielle Kluft zwischen den Großen und der Dritten Welt, von den Wirtschaftsexperten als »sich ausdehnende Ziehharmonika« bezeichnet – verantwortliche Persönlichkeiten, in deren Händen das Schicksal der anderen lag, sagten, sie verstünden wohl, daß dieser Zustand nicht endlos so weitergehen könne, doch sie unternahmen nichts, als warteten sie auf ein Wunder. Man mußte den Fortschritt, statt ihm als einem Automatismus zu vertrauen, in seinem immer schneller werdenden Selbstlauf koordinieren, es war ja Wahnwitz, wenn man glaubte, alles zu tun, was technisch nur irgendwie möglich ist, sei dasselbe, wie klug und gefahrlos zu handeln. Wir durften doch nicht auf ein wundersames Wohlwollen der Natur bauen, von welcher wir immer größere Teile in Futter für Mensch und Maschinen verwandelten, um sie der Zivilisation einzuverleiben. Das konnte ja ein Trojanisches Pferd sein, ein süßes Gift, das nicht deshalb tödlich wirkte, weil uns die Welt übelwollte, sondern weil wir blindlings handelten.

Diesen Hintergrund durfte ich bei meiner Arbeit nicht unberücksichtigt lassen. Ich mußte ihn im Auge behalten, während ich mir über den »Doppelcharakter« der Botschaft den Kopf zerbrach. Die Diplomaten harrten in ihrem unvermeidlichen Frack, mit angenehmem Kniezittern bereits des großen Moments, da wir endlich mit unseren inoffiziellen, weniger wichtigen Vorarbeiten fertig seien und sie, mit Ordenssternen behängt, zu den Sternen flogen, um ihre Akkreditierungsschreiben zu überreichen und sich protokollgemäß durch Notenaustausch mit einer milliardenalten Zivilisation zu verständigen. Wir hatten nur die Brücke für sie zu bauen. Sie das Band zu durchschneiden.

Doch wie sah das in Wahrheit aus? In irgendeinem Winkel der Galaxis waren irgendwann einmal Wesen aufgetaucht, die, als sie die phänomenale Seltenheit von Leben begriffen, beschlossen hatten, in die Kosmogonie einzugreifen und sie zu korrigieren. Die Nachfahren einer alten Zivilisation verfügten über einen Wissensmoloch, der für uns unvorstellbar war, wenn sie einen lebenspendenden Impuls und allerhöchste Nichteinmischung in jeden lokalen Entwicklungsverlauf so sorgfältig miteinander zu verbinden verstanden. Das biophile Signal war nicht »das WORT, das FLEISCH ward«, weil jegliche Angaben darüber fehlten, *was* entstehen sollte. Das Verfahren war im Grunde genommen einfach, nur daß es über einen Zeitraum wiederholt wurde, der der Ewigkeit gleichkam – es waren sozusagen zwei weit auseinanderliegende feste Ufer, zwischen denen, bereits aus eigener Kraft, der Prozeß der Artenbildung seinen Beginn nehmen sollte. Die Hilfeleistung war die denkbar behutsamste. Keinerlei Detailangaben, keinerlei konkrete Direktiven, keinerlei Instruktionen physikalischer oder chemischer Natur – nichts, außer der »Verstärkung« thermodynamisch unwahrscheinlicher Zustände.

Der Wahrscheinlichkeitsverstärker war unaussprechlich schwach und wirkte lediglich dadurch, daß er, allgegenwärtig, jedes Hindernis durchdrang und einen Teil der Galaxis erfaßte – vielleicht sogar die ganze? Wir wußten nicht, wieviel solcher unsichtbarer Strahlen sie aussandten. Das war kein einmaliger Akt, sondern etwas, was anhielt und in seiner Dauer mit den Sternen wetteifern konnte, aber zugleich aufhörte, sobald der gewünschte Prozeß einsetzte. Und es hörte auf, weil die Wirkung der Strahlung auf die einmal entstandenen Organismen praktisch gleich Null war.

Die Dauer der Strahlung flößte mir Furcht ein. Gewiß, es war auch möglich, daß sich die Absender nicht mehr unter den Lebenden befanden und der Prozeß, den ihre Astroingenieure in einem Stern oder einer Sternengruppe in Gang gesetzt hatten, so lange ablief, wie die Energie der Sonnensender reichte. Die Geheimhaltung unserer Arbeiten erschien mir, verglichen damit, als Verbrechen. Es ging doch nicht um eine Entdeckung oder um einen Berg von Entdeckungen, es ging darum, die Welt endlich mit offenen Augen zu betrachten. Bisher waren wir blinde Welpen gewesen. Im Dunkel der Galaxis leuchtete ein Intellekt, der nicht versuchte, uns seine Gegenwart aufzudrängen, sondern der sie, im Gegenteil, aufs sorgfältigste verbarg.

Unsäglich seicht erschienen mir die bisherigen Hypothesen, die bis zum Beginn des Projekts so populär gewesen und zwischen einem Pessimismus, der das Silentium universi als natürlichen Zustand bezeichnete, und jenem gedankenlosen Optimismus hin- und hergependelt waren, der deutlich buchstabierte Nachrichten erwartete, mittels derer sich die um die Gestirne verstreuten Zivilisationen verständigen sollten wie die Kinder in der Spielschule. Noch ein Mythos mehr ist in die Brüche gegangen, dachte ich bei mir, noch eine Wahrheit mehr ist über uns am Firmament erschienen, und wie eh und je vermögen wir auch mit ihr nichts anzufangen.

Es blieb die andere, bedeutungstragende Seite des Signals. Ein Kind ist imstande, einzelne, einem philosophischen Werk entnommene Sätze zu verstehen, aber es erfaßt nicht das Ganze. Unsere Situation war ähnlich. Das Kind kann hingerissen sein vom Inhalt der einzelnen Sätze, und auch wir staunten über die kleinen Ausschnitte, die wir entschlüsselt hatten. Weil ich schon lange über dem Sternentext hockte und bei meinen wiederaufgenommenen

Versuchen engen Umgang mit ihm pflegte, war er mir eigentümlich vertraut geworden, und viele Male – wenngleich nur rein intuitiv und mit dem Gefühl, er überrage mich wie ein Berg – bemerkte ich, immer wie durch Nebel, wie herrlich er gebaut war, ich ersetzte also meinen mathematischen Sinn gewissermaßen durch einen ästhetischen, vielleicht kam es aber auch zu einer Verschmelzung beider.

Jeder Satz eines Buches bedeutet etwas, auch wenn er aus dem Kontext herausgerissen wird – in seinem Umfeld verbindet er sich mit der Bedeutung der anderen Sätze, jener, die ihm vorausgegangen sind, und jener, die auf ihn folgen. Aus dieser gegenseitigen Durchdringung, dem allmählichen Wachstum, der Zusammenballung um bestimmte Herde entspringt schließlich jener in der Zeit erstarrte Gedanke, welcher das Werk ausmacht. Beim »Sternencode« ging es weniger um die Bedeutung der Elemente, gleichsam der »Sätze«, als vielmehr um deren Vorbestimmung, hinter die ich nicht kommen konnte. Doch er besaß eine innere, eine schon rein mathematische Harmonie, wie sie sich dem Betrachter auch in einer großen Kathedrale offenbart, ohne daß er ihre Bestimmung oder die Gesetze der Statik und die Kanons der Architektur begreift, ja sogar ohne daß er die Stilarten kennt, die da verkörpert, die da Gestalt geworden sind. Ich war solch ein Betrachter, und zwar einer, der den Blick nicht losreißen konnte. Der Text war deshalb ungewöhnlich, weil er keinerlei »rein ortsgebundene« Eigenschaften besaß. Ein Schlußstein ohne Bogen und ohne Belastung ist kein Schlußstein; insofern ist die Architektur an einen Ort gebunden. Bevor man die Synthese des »Froschlaichs« vorgenommen hatte, waren einzelne Elemente aus dem Code herausgerissen worden, denen man atomare und stereochemische »Bedeutungen« zuschrieb.

Das hatte etwas von Vandalismus gehabt, so als wäre man nach der Vorlage des »Moby Dick« darangegangen, sämtliche Wale abzuschlachten und ihr Fett auszulassen. Man kann so verfahren, im »Moby Dick« ist auch das Schlachthaus enthalten, wenngleich im diametral entgegengesetzten Sinne, aber darüber kann man sich hinwegsetzen, man kann ein Werk zerschnippeln, kann die einzelnen Stücke beliebig zusammenstellen. War der Code also trotz aller Weisheit, die bei ihm Pate gestanden haben mußte, tatsächlich so wehrlos? Alsbald sollte ich mich überzeugen, daß es womöglich noch schlimmer war, denn meine Befürchtungen erhielten neue Nahrung, und so will ich den sentimentalen Charakter dieser meiner Bemerkungen auch nicht bestreiten.

Wie die Häufigkeitsanalyse ergeben hatte, kehrten gewisse Partien des Codes scheinbar immer wieder, so wie Wörter in Sätzen, aber die jeweils andere Umgebung bewirkte feine Unterschiede in der Ausformung der Impulse, die in unserer binären Version nicht berücksichtigt worden waren. Die ungeduldigen Empiriker, die sich immerhin auf ihre in den unterirdischen »silbernen Gewölben« verwahrten Schätze berufen konnten, versteiften sich darauf, daß es sich nur um Verzerrungen handeln könnte, die bei der viele Parsec langen Wanderung der Neutrinoströme durch die endlosen Weiten entstünden – ein Symptom der übrigens ohnehin verschwindend geringen Desynchronisation des Signals, seines Verwischens. Ich beschloß, dem auf den Grund zu gehen. Ich verlangte, daß das Signal oder zumindest der erheblichere Teil davon neu aufgezeichnet wurde, und verglich den von den Astrophysikern erhaltenen neuen Text mit den entsprechenden Ausschnitten von fünf früheren unabhängigen Empfangsergebnissen.

Das Erstaunliche war, daß das bisher niemand so genau gemacht hatte. Wenn man eine Unterschrift auf ihre Echtheit untersucht und dabei immer stärkere Vergrößerungsgläser benutzt, gelangt man schließlich an einen Punkt, wo die Tintenstriche der Buchstaben auf dem Papier, die in der riesenhaften Vergrößerung gesehen nur noch als Streifen erscheinen, in einzelne Elemente zu zerfallen beginnen und sich über die einzelnen hanfseildicken Zellulosefasern verteilen. Dabei ist es ein Ding der Unmöglichkeit zu bestimmen, bei welchem Grad der Vergrößerung der Einfluß des Schreibers, die Formen, die sein »Charakter« der Schrift gegeben hat, aufhören und wo der Wirkungsbereich der statistischen Bewegungen und der Faserschwingungen der Hand, der Feder, des ungleichmäßigen Tintenflusses beginnt, über die der Schreiber nicht mehr die mindeste Gewalt hat. Man kann jedoch dahinterkommen, indem man eine Reihe von Unterschriften – wie gesagt, eine Reihe und nicht nur zwei! – miteinander vergleicht, weil dann das, was mit konstanter Regelmäßigkeit auftritt, ins Auge fällt und sich von dem abhebt, was auf den Einfluß jeweils unterschiedlicher Fluktuationen zurückgeht.

Es gelang mir nachzuweisen, daß es das »Verwischen«, die »Desynchronisation«, das »Verschwimmen« des Signals nur in den Vorstellungen der Gegner gab. Die Genauigkeit der Wiederholungen ging bis unmittelbar an die Grenze des Auflösungsvermögens der von den Astrophysikern benutzten Aufzeichnungsapparatur – und da man schwerlich annehmen konnte, daß der gesuchte Text auf eine ausgerechnet solcherart geeichte Apparatur zugeschnitten war, hieß das, daß die Genauigkeit viel zu groß war, als daß wir aus ihr auf die Leistungsgrenzen des Senders zu schließen vermochten.

Das löste eine gewisse Verwirrung aus. Von da an hieß ich nur noch der »Prophet des Herrn« oder der »Rufer in der Wüste«. Ende September arbeitete ich also schon in zunehmender Isolation. Es gab Augenblicke, besonders nachts, da mein wortloses Denken und der Text eine so innige Beziehung eingingen, als hätte ich ihn schon beinahe ganz erfaßt, und in jenem eigentümlichen Schwebezustand erahnte ich, wie vor einem körperlosen Sprung, das andere

Ufer, doch nie reichte meine Kraft für die letzte Anstrengung aus.

Jetzt erscheinen mir jene Zustände als Selbsttäuschung. Im übrigen fällt es mir heute leichter anzuerkennen, daß nicht nur ich dazu nicht fähig, nicht imstande war, sondern daß die Aufgabe die Kräfte jedes Menschen überstieg. So wie damals meine ich auch heute, daß sich das Problem nicht im gemeinsamen Vorstoß bewältigen ließ – ein einzelner mußte das Schloß sprengen, nachdem er zuvor die angelernten Denkgewohnheiten über Bord geworfen hatte, ein einzelner oder keiner. Sich über die eigene Ohnmacht derart klar Rechenschaft abzulegen, ist gewiß jammervoll, vielleicht auch egoistisch. Es sieht so aus, als suchte ich mich zu rechtfertigen. Aber wenn man irgendwo die Eigenliebe, den Ehrgeiz abwerfen, das Teufelchen in seinem Herzen, das um Erfolg betet, vergessen muß, dann wohl in dieser Frage. Meine Isolation, meine Vereinsamung empfand ich damals deutlich. Das Sonderbarste ist, daß jene Niederlage, die ja doch nicht wegzuleugnen ist, in meiner Erinnerung einen Geschmack von Größe hinterlassen hat und daß mir diese Stunden, diese Wochen heute, da ich an sie denke, unschätzbar viel bedeuten. Ich hätte nie geglaubt, daß mir so etwas passieren könne.

XII

In den veröffentlichten Berichten und Büchern wird am wenigsten oder gar nicht von dem gesprochen, was mein »konstruktivster« Beitrag zum Projekt war, denn um jegliche Verstimmungen von vornherein zu vermeiden, hat es sich so eingebürgert, meine Beteiligung an der »konspirativen Opposition« zu verschweigen, die, wie ich irgendwo gelesen habe, zum »größten Fehltritt« hätte werden können, und es ist nicht mein Verdienst, daß nichts daraus wurde. Ich komme daher zur Darstellung meines Verbrechens.

Anfang Oktober hatte die Hitze nicht im mindesten nachgelassen, tagsüber, versteht sich, denn in der Nacht sank die Temperatur in der Wüste bereits bis unter Null. Bei Tage verließ ich das Gebäude nicht, dafür begab ich mich des Abends, bevor die Kälte richtig einsetzte, auf kurze Spaziergänge, immer darauf achtend, die Hochhäuser der Siedlung nicht aus dem Auge zu verlieren, man hatte mich gewarnt, daß man sich in der Wüste zwischen den hohen Dünen leicht verirren könne. Einem Techniker war das sogar einmal passiert, aber gegen Mitternacht hatte er dann doch zurückgefunden – die Lichterflut hatte ihm den Weg gewiesen. Mir war die Wüste bis dahin fremd gewesen, nun zeigte sie sich mir ganz und gar anders, als ich sie mir in meinen durch Film und Lektüre geprägten Vorstellungen ausgemalt hatte. Sie war zugleich vollkommen eintönig und außerordentlich mannigfaltig. Am meisten reizte mich der Anblick der reglosen Dünen, jener verlangsamten großen Wellen, die in ihrer wundervollen kantigen Geometrie die Perfektion jener Lösungen verbildlichten, die DIE NATUR dort anwendet, wo das streitlustige, manchmal aufdringliche, manchmal verbissene Element der Biosphäre nicht mit ihren toten Bereichen kollidiert.

Einmal, auf dem Rückweg von solch einem Spaziergang, traf ich Donald Prothero – nicht zufällig, wie sich herausstellen sollte. Prothero, Nachkomme einer alten Familie aus Cornwall in der zweiten Generation, war der englischste von allen mir bekannten Amerikanern geblieben.

Zwischen dem Koloß Baloyne und der Bohnenstange Dill, mit dem Zappelphilipp Rappaport und dem Modegecken Eeney im Hintergrund, gab er im Rat gerade dadurch eine besondere Figur ab, daß er nichts Besonderes an sich hatte. Die leibhaftige Durchschnittlichkeit, gewöhnliches, leicht erdfarbenes Gesicht, englisch lang, mit tiefen Augenhöhlen und solidem Kiefer, die ewige Pfeife im Mund, leidenschaftslose Stimme, natürliche Gelassenheit, keinerlei deutlich sichtbare Körpersprache – nur so, indem ich ihm jegliche besonderen Kennzeichen abspreche, kann ich ihn vorstellen. Dabei war er ein erstklassiger Kopf.

Ich muß gestehen, daß ich mit einer gewissen Unruhe an ihn dachte, weil ich an menschliche Vollkommenheit nicht glaube, und Leute, die keinerlei komische Angewohnheiten, Ticks, Spleens, nicht den Anflug einer Manie, keine wunden Punkte haben, wo sie sich ereifern, verdächtige ich für gewöhnlich der systematischen Verstellung – jeder geht von sich selbst aus – oder der Mittelmäßigkeit. Gewiß, es hängt viel davon ab, von welcher Seite wir jemanden kennenlernen. Wenn man sich, wie ich, mit einem Menschen zuerst über dessen Arbeiten bekannt macht, die in meinem Fach extrem abstrakt sind, ihn also sozusagen von seiner vergeistigtsten Seite kennenlernt, pflegt der unvermittelte Zusammenprall mit jenem durch und durch leiblichen Organismus – von dem ich mir ja immer instinktiv anhand jener hochgeistigen Absonderungen ein Bild gemacht hatte – in der Regel ein Schock zu sein.

Zu beobachten, wie das reine Denken, wie die hohe Abstraktion schwitzt, blinzelt, im Ohr pult und mehr oder weniger gut jene eigene Maschinerie beherrscht, die, den

Geist tragend, den Geist so oft behindert, hat mir stets eine Art ikonoklastische, von boshaftem Humor begleitete Genugtuung bereitet. Ich erinnere mich, wie mich einmal ein berühmter Philosoph, der sich zum Solipsismus bekannte, in seinem Wagen mitnahm und er eine Reifenpanne hatte. Er unterbrach seinen Diskurs über die Feerie der Illusionen, welche jegliches Dasein darstelle, und schickte sich ganz gewöhnlich, ja sogar ein bißchen stöhnend an, den Wagen hochzubocken, das Reserverad hervorzurollen, ich aber sah ihm bei alledem mit kindlicher Befriedigung zu, als hätte ich einen Christus vor mir, den der Schnupfen plagt. Er benutzte den illusionären Schlüssel, zog der Reihe nach die phantasmagorischen Muttern an, betrachtete sodann voller Verzweiflung seine Hände, die mit einem Schmutz bedeckt waren, der, nach seiner Lehre, eigentlich nur den Wert eines Traums haben durfte – aber irgendwie kam ihm das alles gar nicht in den Sinn.

Als Kind hatte ich ernsthaft geglaubt, es gäbe eine Kategorie vollkommener Menschen, der vor allem die Wissenschaftler angehörten, die glanzvollsten unter ihnen aber müßten die Universitätsprofessoren sein: Die Wirklichkeit hat mich gezwungen, auf derlei ideale Überzeugungen zu verzichten.

Obwohl ich Donald seit zwanzig Jahren kannte, konnte ich dennoch nichts dagegen tun, daß er wahrhaftig jenen Gelehrtentyp verkörperte, an welchen nur höchst anachronistisch exaltierte Leute zu glauben bereit sind. Baloyne, ebenfalls ein bedeutender Kopf, aber auch ein Sünder, hatte, ich entsinne mich, Donald einmal inständig gebeten, er möge uns doch, um mit uns gleichzuziehen, wenigstens ab und zu oder auch nur ein einziges Mal irgendein häßliches Geheimnis von sich verraten oder, wenn es denn gar nicht anders ginge, eine Gemeinheit begehen, die ihn in unseren Augen menschlicher erscheinen ließe. Doch Donald lächelte nur hinter seiner Pfeife.

An diesem Abend, als wir durch ein kleines Tal zwischen den Dünenhängen wanderten, im roten Licht der untergehenden Sonne, und ich die Projektion unserer Schatten auf dem Sand beobachtete, von dessen Körnern, wie auf den Bildern der Impressionisten, ein violetter Schein auszugehen schien wie von mikroskopisch kleinen Gasflämmchen, begann mir Prothero von seiner Arbeit an den »kalten« Kernreaktionen des »Froschlaichs« zu erzählen. Ich hörte ihm mehr aus Höflichkeit zu und wunderte mich, als er sagte, unsere Situation erinnere ihn an die beim »Manhattanprojekt«.

»Selbst wenn sich eine Kettenreaktion im ›Froschlaich‹ im großen Maßstab auslösen läßt«, warf ich ein, »so ist die Wirkung von Wasserstoffbomben ja ohnehin technisch unbegrenzt, also droht uns doch wohl nichts von dieser Seite.«

Da steckte er die Pfeife weg. Das war ein wichtiges Zeichen. Er suchte aus seiner Tasche eine Filmrolle hervor und gab sie mir aufgewickelt. Als Lichtquelle diente uns die rote aufgedunsene Sonnenscheibe. Ich kannte mich soweit in der Mikrophysik aus, um eine Serie von Track-Aufnahmen aus einer kleinen Blasenkammer zu erkennen. Donald stand dicht neben mir und zeigte mir in aller Ruhe mehrere eigentümliche Stellen. Ganz in der Mitte der Kammer befand sich ein winziges, stecknadelkopfgroßes Klümpchen »Froschlaich«, und der Stern der Splitterbahnen seines auseinandergesprengten Kerns war daneben zu sehen – etwa einen Millimeter außerhalb des Schleimtröpfchenrandes. Ich konnte darin nichts Besonderes entdecken, doch es folgten Erläuterungen und weitere Aufnahmen. Darauf ging etwas Unmögliches vor sich: Selbst wenn das Tröpfchen von allen Seiten von der Bleischale umgeben war, erschienen die Sternchen der berstenden Atome in der Kammer außerhalb des Panzers!

»Es ist eine Reaktion mit Fernwirkung«, schlußfolgerte Prothero. »Die Energie verschwindet an der einen Stelle, zusammen mit dem auseinanderfliegenden Atom, das an anderer Stelle wieder auftaucht. Hast du mal gesehen, wie ein Zauberkünstler ein Ei in die Tasche steckt und es aus dem Mund wieder hervorholt? Das ist das gleiche.«

»Aber das ist doch ein Trick!« Noch immer konnte, wollte ich nicht verstehen. »Die Atome sollen während ihres Zerfalls durch die Schutzhülle springen?« fragte ich.

»Nein. Sie verschwinden ganz einfach an der einen Stelle und tauchen an einer anderen wieder auf.«

»Das steht aber doch im Widerspruch zum Erhaltungssatz!«

»Nicht unbedingt, denn sie tun das sehr rasch: Hier fliegt es hinein, dort fliegt es hinaus, verstehst du. Die Bilanz bleibt unverändert. Und weißt du auch, was sie auf so wunderbare Weise transportiert? Ein Neutrinofeld. Und das ist mit der Originalstrahlung moduliert – sozusagen ein ›göttlicher Wind‹.«

Ich wußte, daß solch ein Effekt nicht möglich war, aber ich glaubte Donald. Wenn überhaupt jemand in unserer Hemisphäre etwas von Kernreaktionen verstand, dann er. Ich erkundigte mich nach der Reichweite des Effekts. Offenbar regten sich, obwohl ich mir dessen noch nicht bewußt war, bereits schlimme Gedanken in mir.

»Ich weiß nicht, wie groß er sein *kann*. Jedenfalls ist er nicht kleiner als der Durchmesser meiner Kammer – zweieinhalb Zoll. Ich habe das auch im Wilson gemacht – zehn Zoll.«

»Kannst du die Reaktionen kontrollieren? Das heißt den Zielpunkt dieser ›Sprünge‹ bestimmen?«

»Mit allergrößter Genauigkeit. Das Ziel wird von der Phase definiert – dort wo das Feld ein Maximum erreicht.«

Ich versuchte zu begreifen, was für eine Art von Prozeß das war. Die Kerne zerfielen im »Froschlaich«, und gleichzeitig erschienen die Zerfallstracks sprunghaft außerhalb des »Laichs«. Donald behauptete, das Phänomen läge außerhalb der Grenzen unserer Physik – von ihrem Standpunkt aus sei es verboten. Quanteneffekte in einer solchen makroskopischen Größenordnung sind unzulässig – innerhalb unserer Theorien. Allmählich löste sich seine Zunge. Auf diese Fährte war er zufällig gestoßen, zusammen mit seinem Mitarbeiter McHill, als er, eigentlich blindlings, versucht hatte, Romneys Experimente, allerdings in ihrer physikalischen Variante, zu wiederholen. Er hatte die Neutrinostrahlung auf den »Froschlaich« einwirken lassen, ohne zu wissen, ob etwas dabei herauskommen würde. Es war etwas dabei herausgekommen. Das war kurz vor seiner Fahrt nach Washington gewesen. Während seiner einwöchigen Abwesenheit hatte McHill nach einem gemeinsamen Plan eine größere Apparatur gebaut, die es ermöglichen sollte, die Reaktion im Radius von mehreren Metern zu verlagern und zu fokussieren!

Ich glaubte mich verhört zu haben. Donald bemerkte mit dem Gesichtsausdruck eines Mannes, der erfahren hat, daß er an Krebs leidet und sich phänomenal beherrscht, es stünde im Grunde dem Bau einer Apparatur nichts im Wege, die den Effekt millionenfach verstärken könne – in Wirkung und Reichweite.

Ich fragte, ob jemand darüber Bescheid wisse. Er hatte keinem Menschen etwas gesagt, nicht einmal im Wissenschaftlichen Rat, und er erklärte mir auch seine Motive. Er hatte volles Vertrauen zu Baloyne, aber er wollte ihn nicht in eine schwierige Lage bringen, denn Yvor war derjenige von uns, der sämtliche Arbeiten unmittelbar vor der Verwaltung zu verantworten hatte. Da die Dinge so lagen, hatte er auch kein anderes Mitglied des Rates einweihen können. Für seinen McHill bürgte er. Ich fragte ihn, bis zu welcher Grenze. Er sah mich an, dann zuckte er die Achseln. Er sah zu klar, um nicht zu wissen, daß hier ein Spiel mit unerhört hohem Einsatz begann und man letztlich für niemanden mehr die Hand ins Feuer legen konnte. Obwohl es eigentlich kühl war, schwitzte ich während unseres weiteren Gesprächs wie ein Affe. Donald entdeckte mir, wozu er in Washington gewesen war. Er hatte in Sachen des Projekts eine Denkschrift verfaßt und sie, ohne jemanden davon zu unterrichten, Rush überreicht, und nun war er hingeflogen, um sich die Antwort zu holen. Rush hatte ihn zu sich beordert. Donald hatte der dortigen Verwaltung klarzumachen versucht, wie schädlich die Geheimhaltung unserer Arbeiten sei. Er hatte dargelegt, daß selbst wenn wir in den Besitz von Kenntnissen gelangen sollten, die unser Militärpotential vergrößerten, dies nur ein Anwachsen der weltweiten Gefahr mit sich brächte. Der gegenwärtige Stand basiere auf einem fließenden Gleichgewicht und ohne Rücksicht darauf, zugunsten welcher Seite sich die Waagschale neige, könne das, falls dies allzu abrupt geschehe, zu verzweifelten Schritten der gegnerischen Seite führen. Das Gleichgewicht werde gehalten, weil jeder Schritt der einen Seite von der anderen pariert wird. Dies sei der Gang des Wettlaufs in der Rüstung und in der praktischen Politik. Obwohl ich es Donald ein bißchen übelnahm, daß er nicht einmal mich ins Vertrauen gezogen hatte, ließ ich mir das nicht anmerken und fragte nur, was für eine Antwort er erhalten habe. Ich konnte sie mir im übrigen an meinen fünf Fingern abzählen.

»Ich habe mit dem General gesprochen. Er erklärte mir, es leuchte ihnen schon ein, was ich da geschrieben habe, aber wir müßten vorgehen wie bisher, weil ja nicht feststünde, ob die andere Seite nicht genau die gleichen Arbeiten durchführe wie wir . . . Folglich würden wir mit eventuellen Entdeckungen das Gleichgewicht nicht stören, sondern, im Gegenteil, es wiederherstellen. Ich hab' mich da ganz schön in die Nesseln gesetzt«, schloß er.

Ich versicherte ihm wider besseres Wissen, daß sie seine Denkschrift ad acta legen würden, aber das beruhigte ihn nicht.

»Ich habe das geschrieben«, sagte er, »als ich nichts in petto hatte, nicht das geringste. Und als die Denkschrift schon bei Rush lag, bin ich diesem Effekt auf die Spur gekommen. Ich hatte sogar schon daran gedacht, das unglückselige Schreiben zurückzuziehen, aber das hätte erst recht verdächtig ausgesehen! Na, und nun stell dir mal vor, wie die mir jetzt auf die Finger gucken werden!«

Er erwähnte unseren »Freund« Wilhelm Eeney. Auch ich zweifelte nicht daran, daß er schon die entsprechenden Instruktionen bekommen haben mußte. Ich fragte Donald, ob er nicht meine, daß man die Versuche abbrechen, die Apparatur ganz einfach demontieren oder auch vernichten solle. Leider wußte ich, was er mir antworten würde.

»Einmal gemachte Entdeckungen lassen sich nicht verbergen. Außerdem ist da noch McHill. Er hört auf mich, solange er mit mir in der Sache drinsteckt und wir zusammenarbeiten, aber ich weiß nicht, was er tut, wenn ich mich zu dem entschlösse, was du mir da rätst. Und selbst wenn ich mich auch dann noch auf ihn verlassen könnte, bringt das nichts, außer einer gewissen Verzögerung. Die Biophysiker haben bereits einen Arbeitsplan für das nächste Jahr aufgestellt. Ich habe die Rohfassung gesehen. Sie wollen so etwas Ähnliches machen wie ich. Sie haben Kammern, sie haben gute Nukleoniker, wie Pickering, sie haben einen Inversor, sie wollen die Effekte der Mikrodetonation in den monomolekularen Schichten des ›Froschlaichs‹ analysieren, im zweiten Quartal. Die Apparatur ist automatisch. Sie werden ein paar tausend Aufnahmen täglich machen, und der Effekt wird ihnen von selbst vor die Optik kommen.«

»Im nächsten Jahr«, sagte ich.

»Im nächsten Jahr«, wiederholte er.

Wir wußten nicht recht, was wir dem noch hinzufügen sollten. Schweigend kehrten wir um, durch die Dünen, die nur noch schwach beleuchtet waren vom Saum der roten, hinter den Horizont weggleitenden Sonne. Ich erinnere mich, daß ich im Gehen die Umgebung in solcher Deutlichkeit wahrnahm und daß sie mir so schön vorkam, als sollte ich jeden Moment sterben. Bevor wir uns trennten, wollte ich Donald noch fragen, warum er eigentlich mich zum Vertrauten gewählt habe, aber ich tat es nicht. Es gab wirklich nichts mehr zu sagen.

XIII

Das Problem, aus der Hülle der Fachtermini herausgeschält, war einfach. Wenn Prothero sich nicht täuschte und die folgenden Versuche die früheren bestätigten, erwies es sich als möglich, eine Kernexplosion so auszulösen, daß sie, mit Lichtgeschwindigkeit verlagert, nicht dort ihre vernichtende Energie freisetzte, wo sie gezündet wurde, sondern an einem beliebig gewählten Punkt des Erdballs. Bei unserem nächsten Zusammentreffen zeigte mir Donald die Ideenskizze für die Apparatur und die ersten Berechnungen, aus denen hervorging, daß, falls der Effekt mit zunehmender Wirkung und Entfernung linear blieb, beidem keine Grenzen gesetzt sein würden. Man konnte sogar den Mond zertrümmern, indem man auf der Erde eine ausreichende Menge von spaltbarem Material anhäufte und die Reaktion auf den Mond fokussierte.

Es waren grauenhafte Tage, aber noch schlimmer waren vielleicht die Nächte, in denen ich die ganze Sache im Kopf drehte und wendete und von allen Seiten betrachtete. Prothero brauchte noch einige Zeit, bis die Apparatur montiert war. McHill hatte das übernommen, Donald und ich aber widmeten uns der theoretischen Bearbeitung der Daten, wobei es sich natürlich nur um eine rein phänomenologische Erfassung handeln konnte. Wir hatten uns nicht einmal abgesprochen, das gemeinsam zu tun, unsere Zusammenarbeit hatte sich irgendwie von selbst ergeben. Ich mußte zum erstenmal im Leben bei meinen Berechnungen ein gewisses »Geheimhaltungsminimum« einhalten, also sämtliche Notizen vernichten, das Gedächtnis des Computers löschen und durfte Donald nicht anrufen, nicht einmal wegen belangloser Dinge, weil wir womöglich unerwünschtes Interesse erregten, wenn unsere Kontakte plötzlich zunahmen. Ich fürchtete ein bißchen den Scharfblick von

Baloyne und von Rappaport, doch wir sahen uns jetzt seltener. Yvor hatte alle Hände voll zu tun, weil der Besuch des einflußreichen Senators McMahon, eines Mannes von großen Verdiensten und eines Freundes von Rush, näherrückte, Rappaport aber hatten die Informationstheoretiker in dieser Zeit mit Beschlag belegt.

Und da ich als Mitglied des Rats, als einer der »großen Fünf«, aber »ohne Portefeuille«, nicht einmal pro forma irgendeiner Gruppe angehörte und über meine Zeit frei verfügen konnte, fielen meine langen nächtlichen Sitzungen vor dem Hauptcomputer nicht auf, zumal ich es auch schon früher, freilich aus anderen Beweggründen, so gehalten hatte. Es stellte sich heraus, daß McMahon kommen würde, bevor Donald mit der Montage der Apparatur fertig wäre. Da er keine spezifizierten Bestellungen bei der Projektverwaltung hatte aufgeben wollen, hatte er sich die Geräte einfach bei anderen Gruppen zusammengeborgt, was er auch schon früher manchmal so gehandhabt hatte. Er hatte sich jedoch für die übrigen seiner Leute eine andere Aufgabe ausdenken müssen, und zwar eine, die keinen Zweifel an ihrem Sinn aufkommen ließ.

Warum uns eigentlich so viel daran lag, die Versuche zu beschleunigen, kann ich schwer sagen. Über irgendwelche weiteren Konsequenzen eines positiven (oder eigentlich eines negativen) Ergebnisses der Experimente im großen Maßstab sprachen wir beinahe überhaupt nicht, doch ich gestehe, daß ich in meinen Phantasien vor dem Einschlafen, auf der Suche nach einem Ausweg, sogar die Möglichkeit in Betracht zog, mich zum Diktator des Planeten zu ernennen oder diese Macht im Duumvirat mit Donald zu ergreifen, zum Wohle der Allgemeinheit, versteht sich. Es ist ja zur Genüge bekannt, daß in der Geschichte nahezu alle das Wohl der Allgemeinheit angestrebt und ebenso, in was sich derlei Bestrebungen verkehrt haben. Der Mensch, der an Donalds Apparatur stand, konnte in der Tat sämtlichen Armeen und Ländern mit der Annihilation drohen. Diese Vorstellung sah ich jedoch nicht für ernst an, nicht weil es mir an Todesmut gefehlt hätte – nach meiner Einschätzung gab es nichts mehr zu verlieren –, aber ich war völlig sicher, daß solch ein Versuch mit einem Kataklysmus enden mußte. Ein solcher Schritt konnte der Welt keinen Frieden bringen, und ich beichte diese meine Halluzinationen nur, um zu zeigen, in welcher seelischen Verfassung ich mich befand.

Diese und die nachfolgenden Ereignisse sind unzählige Male in verzerrten Versionen beschrieben worden. Die Wissenschaftler, die unsere Skrupel verstanden oder die uns noch persönlich gewogen waren, wie, sagen wir, Baloyne, haben die Sache so dargestellt, als wären wir nach den Richtlinien der dem Projekt selbst eigenen Methodik vorgegangen und hätten nicht im mindesten daran gedacht, die Resultate geheimzuhalten. Die Boulevardpresse hingegen stempelte, dank dem Material, mit dem »unser Freund« Wilhelm Eeney sie belieferte, Donald und mich zu Verrätern und Agenten, wie geschehen in der bekannten Reportagenserie von Jack Sleyer »The MAVO Conspiracy«. Daß uns jenes Gezeter nicht als Urheber einer schamlosen Machenschaft vor den strafenden Areopag der entsprechenden Kongreßkommission brachte, hatten wir den wohlmeinenden offiziellen Darstellungen, Rushs Unterstützung hinter den Kulissen und schließlich und endlich dem Umstand zu verdanken, daß die Geschichte, als sie der Öffentlichkeit bekannt wurde, längst veraltet war.

Allerdings blieben mir unangenehme Gespräche mit einzelnen Politikern nicht erspart, denen ich immer wieder das gleiche sagte: »Ich halte die Antagonismen unserer Zeit samt und sonders für eine vorübergehende Erscheinung, in dem Sinne, in dem auch die Staaten Alexanders des Großen oder Napoleons vorübergehend waren. Jede Weltkrise kann man so lange mit den Begriffen der Strategie erörtern, solange ein solches Verfahren nicht unsere potentielle Vernichtung als biologische Art zur Folge hat. Sobald das Interesse der Art zu einem Glied in der Gleichung wird, steht die Entscheidung notwendigerweise schon fest, und sich auf den Geist des amerikanischen Patriotismus, der Demokratie oder auf sonst irgendwas zu berufen, hat nicht den geringsten Sinn. Wer in dieser Sache auf einem anderen Standpunkt steht, ist für mich nichts anderes als ein virtueller Mörder der Menschheit. Die Krise innerhalb des Projekts ist vorüber, doch es werden unweigerlich andere kommen. Die Entwicklung der Technologie stört das Gleichgewicht unserer Welt, und es wird uns nichts retten, wenn wir aus der Einsicht in diesen Sachverhalt nicht die praktischen Schlußfolgerungen ziehen.«

Der angekündigte Senator erschien endlich mit seinem Gefolge und wurde mit den gebührenden Ehren empfangen, wobei er sich als taktvoller Mann entpuppte, denn er verwickelte uns nicht in Plaudereien, die als »Palaver« des weißen Mannes mit einem Wilden bekannt sind. Angesichts des neuen Haushaltsjahres lag Baloyne sehr viel daran, McMahon den Arbeiten und Erfolgen des Projekts gegenüber möglichst günstig zu stimmen, und da er besonders seinem eigenen diplomatischen Talent vertraute, versuchte er, den Senator mit Beschlag zu belegen. Der entwand sich ihm jedoch geschickt und lud mich zu einem Gespräch ein. Wie mir später aufging, drehte es sich darum, daß ich bei den Eingeweihten in Washington bereits als der »Leader der Opposition« galt und der Senator herausfinden wollte, wie mein »Votum separatum« laute. Worauf ich übrigens während des Mittagessens überhaupt nicht kam. Baloyne, gewiefter auf dem Gebiet von Strategie und Taktik, wollte mir andauernd zur entsprechenden »Einstellung« verhelfen, aber der Senator saß zwischen uns, also machte er mir durch Grimassen Zeichen, die bedeutungsvoll-beredt, diskret und mahnend zugleich sein sollten. Er hatte nämlich versäumt, mich vorher ins Bild zu setzen, was er jetzt nachholen wollte, und als wir vom Tisch aufstanden, setzte er zum Sprung in meine Richtung an, doch McMahon schlang mir freundschaftlich den Arm um die Taille und führte mich in sein Appartement.

Er bot mir einen sehr guten Martell an, den er mitgebracht haben mußte, denn im Restaurant unseres Hotels hatte ich solchen noch nie gesehen. Er bestellte mir Grüße von gemeinsamen Bekannten, sprach mir witzigerweise sein Bedauern aus, daß er selbst nicht Gebrauch von den Werken machen könne, die mir Ruhm eingetragen hatten, und plötzlich, wie nebenbei, fragte er, ob der Code denn nun entziffert worden sei oder nicht. Jetzt hatte er die Katze aus dem Sack gelassen.

Unser Gespräch fand unter vier Augen statt, weil das gesamte Gefolge des Senators in der Zwischenzeit durch jenen Teil der Labors geführt wurde, den wir den »Ausstellungsteil« nannten.

»Ja und nein«, erwiderte ich. »Können Sie Kontakt zu einem zweijährigen Kind anknüpfen? Gewiß können Sie das, wenn Sie sich bewußt an das Kind wenden, aber was begreift es von Ihrer Rede über den Staatshaushaltsplan im Senat?«

»Nichts«, erwiderte er. »Weshalb sagen Sie dann aber ›ja und nein‹, wenn die Antwort doch ›nein‹ lautet?«

»Weil wir immerhin etwas wissen. Sie haben unsere ›Exponate‹ gesehen . . .«

»Ich habe von Ihrem Beweis gehört. Sie haben bewiesen, daß der ›Brief‹ die Beschreibung eines Objekts ist, nicht wahr? Dieser ›Froschlaich‹, den Sie da haben, stellt demzufolge einen Teil jenes Objekts dar, oder nicht?«

»Senator«, erwiderte ich, »bitte nehmen Sie es mir nicht übel, wenn das, was ich Ihnen jetzt sagen werde, sich nicht sonderlich klar anhört. Es ist nicht meine Schuld. Was einem Laien an unserer Arbeit oder eigentlich an unserem bisherigen Mißerfolg am unverständlichsten erscheint, ist der Umstand, daß wir den ›Code‹ gewissermaßen zum Teil entschlüsselt haben und dann steckengeblieben sind, während die Chiffrenspezialisten behaupten, wenn man so eine Chiffre erst einmal teilweise entschlüsselt hat, dann muß alles andere wie geschmiert gehen. Habe ich recht?«

Er nickte nur. Ich sah, daß er mir aufmerksam zuhörte.

»Es gibt, ganz allgemein gesehen, zwei uns bekannte Arten von Sprachen. Die gewöhnlichen Sprachen, deren sich die Menschen bedienen, und dann noch Sprachen, die nicht der Mensch geschaffen hat. In so einer Sprache sprechen Organismen zu Organismen: Ich meine den sogenannten genetischen Code. Dieser Code ist keine Abart einer natürlichen Sprache, denn er enthält nicht nur die Information über den Bau eines Organismus, sondern er vermag diese Information auch selbst in einen solchen Organismus umzuwandeln. Dieser Code steht also außerhalb der Kultur. Um die natürliche Sprache der Menschen zu verstehen, muß man sich unbedingt wenigstens ein bißchen mit ihrer Kultur vertraut machen. Um hingegen den genetischen Code zu erkennen, ist die Kenntnis irgendwelcher Merkmale der Kultur nicht erforderlich. Zu diesem Zweck genügt ein entsprechendes Wissen aus dem Bereich der Physik, der Chemie und so weiter.«

»Daß es euch immerhin teilweise gelungen ist, zeugt doch aber davon, daß der ›Brief‹ in einer Sprache abgefaßt sein muß, die der genetischen ähnelt?«

»Wenn es sich so verhielte, wäre es nur halb so wild. Die Wirklichkeit sieht schlimmer aus, denn sie ist, wie gewöhnlich, komplizierter. Der Unterschied zwischen einer ›Kultursprache‹ und einer ›kulturfreien Sprache‹ ist nichts Absolutes, leider. Der Glaube an den absoluten Charakter dieses Unterschieds gehört zu einer ganzen Reihe von Illusionen, von denen wir uns nur mit größter Überwindung trennen. Daß es mir gelungen ist, diesen mathematischen

Beweis zu erbringen, den Sie erwähnten, bezeugt einzig und allein, daß der Brief nicht in einer Sprache verfaßt wurde, die der gleichen Kategorie angehört wie die, deren wir uns jetzt bedienen. Daraus, daß wir außer dem genetischen Code und der natürlichen Sprache keine anderen kennen, folgt noch nicht, daß es sie nicht gibt. Ich nehme an, es gibt solche ›anderen Sprachen‹, und in einer davon wurde der ›Brief‹ verfaßt.«

»Und wie sieht diese ›andere Sprache‹ nun aus?«

»Das kann ich Ihnen nur sehr allgemein zu verstehen geben. Vereinfacht ausgedrückt, ›verständigen sich‹ die Organismen bei der Evolution, indem sie bestimmte Sätze ›äußern‹, die Genotypen darstellen, und die ›Worte‹ darin entsprechen den Chromosomen. Aber wenn ein Wissenschaftler Ihnen das Strukturmuster eines Genotyps vorführt, dann haben Sie es schon nicht mehr mit einem ›kulturfreien Code‹ zu tun, weil dieser Wissenschaftler den genetischen Code in die Sprache von Symbolen, sagen wir von chemischen Symbolen, übersetzt hat. Um also sofort zum Kern der Sache zu kommen: Wir vermuten bereits, daß eine ›kulturfreie Sprache‹ etwas in der Art ist wie Kants ›Ding an sich‹. Wir können weder einen solchen Code noch ein solches Ding herstellen. Das, was aus der Kultur stammt, und das, was ›von der Natur‹ stammt, mit anderen Worten ›von der Welt selbst‹, erscheint, wenn wir es mit einer beliebigen Aussage zu tun haben, als eine aus zwei Komponenten zusammengesetzte ›Mischung‹. In der Sprache der Merowinger und in der Sprache der politischen Losungen der republikanischen Partei ist die prozentuale Beimengung von ›Kultur‹ sehr erheblich, und das, was nicht abhängig ist von der Kultur, also jener ›direkt aus der Welt‹ stammende Bestandteil, tritt dort in geringer Menge auf. In der Sprache, deren sich die Physik bedient, ist es sozusagen umgekehrt: Es ist viel ›Natürliches‹ darin enthalten und wenig von dem, was von der Kultur geformt worden ist. Doch der Zustand einer vollkommenen, ›kulturfreien‹ Reinheit läßt sich grundsätzlich nicht erreichen. Die Vorstellung, man könne, wenn man einer anderen Zivilisation in einem Umschlag Atommodelle schickt, aus solch einem ›Brief‹ alle kulturbedingten Beimengungen eliminieren, diese Vorstellung basiert auf einer Täuschung. Die Beimengung läßt sich erheblich verringern, doch niemand im ganzen Kosmos kann sie irgendwann restlos verdrängen.«

»Der ›Brief‹ ist in einer ›kulturfreien Sprache‹ abgefaßt, und dennoch besitzt er einen Anteil der Kultur der Absender? Ja? Darin besteht die Schwierigkeit?«

»Darin besteht eine der Schwierigkeiten. Die Absender unterscheiden sich von uns sowohl in ihrer Kultur als auch in ihrem, sagen wir einmal, naturwissenschaftlichen Wissen. Deshalb liegt die Schwierigkeit mindestens auf zwei Ebenen. Ihre Kultur erraten können wir nicht – weder heute noch, wie ich meine, in tausend Jahren. Sie müssen das sehr genau wissen. Und so haben sie uns eine Information geschickt, zu deren Entschlüsselung man ihre Kultur nicht zu kennen braucht, fast ganz sicher nicht.«

»Dieser kulturelle Faktor dürfte also nicht hinderlich sein?«

»Senator, wir wissen nicht einmal, *was* uns eigentlich am meisten behindert. Wir haben den ganzen ›Brief‹ auf seine Komplexität hin taxiert. Sie entspricht im großen und ganzen der Klasse uns bekannter Systeme – gesellschaftlicher und biologischer. Wir besitzen keinerlei Theorie über gesellschaftliche Systeme, deshalb waren wir gezwungen, als Modelle, die wir an den Brief ›anlegten‹, Genotypen oder nicht die Genotypen selbst, sondern vielmehr jene mathematische Apparatur zu verwenden, die man zu ihrem Studium benutzt. Wir fanden heraus, daß das Objekt, das dem Code noch am meisten ähnelt, eine lebende Zelle ist oder auch ein ganzer lebender Organismus. Daraus folgt durchaus nicht, daß der ›Brief‹ wirklich eine Art Genotyp ist, sondern nur, daß von allen uns bekannten Dingen, die wir des Vergleichs halber an den Code ›anlegen‹, der Genotyp das geeignetste ist. Begreifen Sie, wie gewaltig das Risiko ist, das diese Situation mit sich bringt?«

»Nicht sonderlich. Das Risiko kann doch wohl nur darin bestehen, daß euch, falls es nun doch kein Genotyp ist, die Entschlüsselung nicht gelingt.«

»Wir benehmen uns wie jemand, der einen verlorenen Gegenstand nicht überall sucht, sondern nur unter einer brennenden Laterne, weil es dort hell ist. Wissen Sie, wie die Bänder für ein automatisches Klavier, ein Pianola, aussehen?«

»Gewiß doch. Es sind Bänder mit einer entsprechenden Lochung.«

»In ein Pianola kann zufällig auch ein Programmstreifen eines Computers passen, und obwohl das Programm nichts, aber auch gar nichts mit Musik zu tun hat – es kann sich auf irgendeine Gleichung fünften Grades beziehen –, wird es, in das Pianola eingelegt, Töne produzieren. Es ist sogar möglich, daß nicht alle auf die Weise produzierten Töne ein komplettes Chaos ergeben, sondern daß da und dort eine musikalische Phrase zu hören ist. Können Sie sich denken, weshalb ich dieses Beispiel anführe?«

»Ich glaube schon, Sie meinen, der ›Froschlaich‹ sei eine ›musikalische Phrase‹, die entstanden ist, indem man in ein Pianola ein Band eingelegt hat, das eigentlich in einen Computer gehört?«

»Erraten! Wer den Programmstreifen eines Computers für ein Pianola benutzt, begeht einen Fehler, und es ist durchaus möglich, daß wir eben diesen Fehler als Erfolg angesehen haben.«

»Aber zwei von Ihren Gruppen haben doch völlig unabhängig voneinander den ›Froschlaich‹ und den ›Herrn der Fliegen‹ hergestellt, und dabei ist es ein und dieselbe Substanz!«

»Wenn Sie ein Pianola zu Hause haben, und Sie haben noch nie etwas von der Existenz von Computern gehört, und das gleiche trifft auch auf Ihren Nachbarn zu, dann ist es, wenn Sie irgendwo Lochstreifen für einen Computer finden, doch durchaus wahrscheinlich, daß Sie beide das gleiche tun: Sie glauben, der Streifen gehört in ein Pianola, weil Ihnen über andere Möglichkeiten nichts bekannt ist.«

»Ich verstehe. Das ist sicherlich Ihre Hypothese?«

»Ganz recht, das ist meine Hypothese.«

»Sie haben von einem großen Risiko gesprochen. Worin besteht das?«

»Ein Computerband gegen ein Pianolaband auszutauschen, ist natürlich nicht riskant, es handelt sich um ein ungefährliches Mißverständnis, aber in unserem Falle kann es anders sein, und die Folgen des Irrtums könnten unabsehbar werden.«

»Wie das?«

»Ich weiß es nicht. Ich meine einen Irrtum von der Art, daß jemand in einem Kochrezept statt des Wortes ›Saccharin‹ das Wort ›Akonitin‹ liest und eine Soße zubereitet, die alle Gäste ins Jenseits befördert. Bitte vergessen Sie nicht, daß wir getan haben, wozu wir imstande waren, und auf diese Weise unser Wissen, unsere vielleicht vereinfachte, vielleicht falsche Vorstellung, dem Code aufgezwungen haben.«

McMahon wollte wissen, wie das möglich sei, da die Sache doch so sehr der Entschlüsselung einer Chiffre ähnele. Er hatte den »Herrn der Fliegen« gesehen. Konnte man den Code falsch entschlüsseln und dennoch so erstaunliche Ergebnisse erzielen? Konnte das übertragene Fragment, welches der »Herr der Fliegen« darstellte, ganz und gar falsch sein?

»Das wäre denkbar«, erwiderte ich. »Wenn wir telegrafisch den Genotyp eines Menschen abschicken und wenn der Empfänger auf seiner Grundlage ausschließlich die weißen Blutkörperchen zu synthetisieren vermöchte, hätte er etwas in der Art von Kriechtieren vor sich und eine Menge ungenutzter Information. Man kann nicht behaupten, daß derjenige, der, gestützt auf einen menschlichen Genotyp, Blutkörperchen produziert, das Telegramm richtig entziffert hätte.«

»So erheblich sind die Unterschiede?«

»Ja. Wir haben 2 bis 4% der gesamten Codeinformation genutzt, aber das ist noch nicht alles, denn, sagen wir, ein Drittel von diesen wenigen Prozenten kann auch noch bloße Vermutung von uns sein, das, was wir selbst in die Übersetzung eingebracht haben dank unserem stereochemischen, physikalischen und sonstigen Wissen. Bei einer ähnlich niedrigen Entschlüsselungsquote ließen sich aus einem menschlichen Genotyp übrigens nicht einmal Blutkörperchen herstellen, sondern allerhöchstens etwas wie eine tote Eiweißemulsion, weiter nichts. Ich glaube, nebenbei bemerkt, daß gerade solche Experimente mit dem menschlichen Genotyp, der bereits zu etwa siebzig Prozent entschlüsselt ist, für uns außerordentlich instruktiv wären, aber wir können sie uns nicht leisten, weil wir dazu weder die Zeit noch die Mittel haben.«

Als er mich fragte, wie ich den Entwicklungsunterschied zwischen uns und den Absendern einschätze, sagte ich, aus der Statistik Sebastian von Hoerners und Bracewells ginge zwar hervor, daß die erste Begegnung höchstwahrscheinlich mit einer etwa 12 000 Jahre alten Zivilisation erfolgen werde, aber ich hielte es sogar für real möglich, daß die Absender eine Milliarde Jahre alt seien. Anders lasse sich die Sendung eines »biophilen« Signals rational nicht rechtfertigen, weil es innerhalb von Jahrtausenden nichts auszurichten vermöchte.

»Sie müssen Regierungen mit einer ziemlich langen Amtsperiode haben«, sagte McMahon. Er wollte noch wissen, ob ich die Weiterarbeit für sinnvoll halte, wenn die Dinge so lägen.

»Wenn ein junger Straßenräuber Sie überfällt«, erwiderte ich, »und Ihnen das Scheckheft und sechshundert Dollar abknöpft, dann wird er, obwohl er mit dem Scheckheft nichts anfangen und die Millionen auf Ihrem Konto nicht anrühren kann, durchaus nicht der Meinung sein, er sei schlecht gefahren, weil für ihn sechshundert Dollar eine Menge Geld sind.«

»Dieser junge Straßenräuber sind wir?«

»Ja. Von den Brosamen vom Tische einer hohen Zivilisation können wir uns jahrhundertelang ernähren ... Wenn wir vernünftig bleiben ...«

Beinahe hätte ich noch etwas hinzugefügt, doch ich biß mir auf die Zunge.

Er wollte meine persönliche Ansicht über den »Brief« und über die Absender hören.

»Es sind keine Rationalisten, wenigstens nicht das, was wir darunter verstehen«, entgegnete ich. »Wissen Sie, Senator, wie hoch IHRE ›Selbstkosten‹ sind? Einmal angenommen, sie verfügen über eine Energie von 10^{49} erg. Die Leistung eines einzigen Sterns, und die braucht man für die Sendung des Signals, ist für sie das, was für uns in den Staaten die Leistung eines großen Elektrizitätswerks ist. Würde unsere Regierung einwilligen, Hunderte, Tausende von Jahren die Leistung eines Komplexes wie Builder Dam zur Verfügung zu stellen, nur zu dem Zweck, um die Entstehung von Leben auf den Planeten anderer Sterne zu ermöglichen, falls das, bei einem derart verschwindend geringen Aufwand an Energie überhaupt möglich wäre?«

»Wir sind zu arm ...«

»Aber prozentual wäre der Anteil der für diese altruistische Tat verwendeten Energie in beiden Fällen der gleiche.«

»Zehn Cent von einem Dollar ist finanziell nicht das gleiche wie eine Million Dollar von zehn Millionen.«

»Aber wir haben doch diese Millionen! Der physikalische Raum, der uns von dieser Zivilisation trennt, ist kleiner als die moralische Entfernung, weil wir auf Erden hungernde Menschenmassen haben, sie aber kümmern sich darum, daß auf den Planeten des Zentaurus, des Schwan und der Kassiopeia Leben entsteht. Ich weiß nicht, was der ›Brief‹ enthält, aber in diesem Lichte betrachtet, kann er nichts enthalten, was uns schaden könnte. Das eine widerspräche zu sehr dem anderen. Gewiß, ersticken kann man auch an Brot. Ich sehe das so: Wenn wir, mit unseren Ordnungen, mit unserer Geschichte, den kosmischen Normalfall darstellen, haben wir von seiten des ›Briefes‹ nichts zu befürchten. Denn danach haben Sie ja gefragt, nicht wahr? Weil ihnen diese ›psychozoische Konstante‹ des Alls bestens bekannt sein muß. Wenn wir eine Aberration, eine Minderheit sind, werden sie auch das in Betracht ziehen, vielmehr: gezogen haben. Aber falls wir eine außergewöhnliche Ausnahme, eine Abnormität, ein Monstrum sind, wie es in einer von tausend Galaxien innerhalb von zehn Milliarden Jahren nur einmal vorkommt, dann können sie eine solche Möglichkeit in ihren Berechnungen und Absichten unberücksichtigt gelassen haben. Also, wie auch immer, sie trifft keine Schuld.«

»Wie eine Kassandra haben Sie das gesagt«, sprach McMahon, und ich sah ihm an, daß er nicht zum Scherzen aufgelegt war. Ich im übrigen auch nicht. Wir unterhielten uns noch eine Weile, doch ich sagte ihm nichts, was den kleinsten Verdacht aufkommen lassen konnte, daß das Projekt in eine neue Phase eingetreten war. Und dennoch fühlte ich mich, als wir uns verabschiedeten, nicht recht wohl in meiner Haut, weil ich den Eindruck hatte, trotzdem zu viel geredet zu haben, besonders gegen Ende. Die Kassandra mußte ich mehr durch meine Mimik, durch meinen Gesichtsausdruck abgegeben haben, denn ich hatte vor allem auf meine Worte geachtet.

Der Senator war noch da, als ich meine Berechnungen wiederaufnahm. Baloyne sah ich erst, als er abgefahren war. Er war deprimiert und gereizt. »McMahon?« sagte er. »Der war besorgt, als er herkam, aber abgefahren ist er zufrieden. Weißt du, weshalb? Du weißt es nicht? Die Verwaltung befürchtet, wir könnten zu erfolgreich sein. Sie fürchtet eine Entdeckung, die militärische Folgen haben könnte.«

Das überraschte mich.

»Hat er dir das gesagt?« fragte ich. Baloyne brauste auf ob meiner Naivität.

»Wie hätte er mir so etwas sagen können?! Aber es liegt auf der Hand. Es ist ihr Wunschtraum, daß wir kein Glück haben oder wenigstens, daß am Ende herauskommt, es sei eine Karte eingetroffen, auf der man uns grüßt und uns weiterhin alles Gute wünscht. Ja, und das würden sie dann mit großem Trara bekanntgeben und wären entzückt. McMahon hat sich unerhört weit vorgewagt, du kennst ihn nicht, er ist ein enorm vorsichtiger Mann. Und trotzdem hat er Romney unter vier Augen über die weitreichendsten technologischen Konsequenzen des ›Froschlaichs‹ ausgequetscht. Die weitreichendsten Konsequenzen! Und mit Donald hat er auch darüber gesprochen.«

»Und was haben sie ihm gesagt?« fragte ich. Wegen Donald brauchte ich mir keine grauen Haare wachsen zu lassen. Er hielt dicht wie ein Panzerschrank.

»Eigentlich nichts. Was Donald ihm gesagt hat, weiß ich selbst nicht mal, und Romney nur so viel, daß er ihm als einziges seine nächtlichen Alpträume beichten könnte, denn im Wachzustand sähe er nichts.«

»Sehr gut so.«

Ich verbarg meine Befriedigung nicht. Baloyne jedoch zeigte deutliche Anzeichen von Niedergeschlagenheit. Er fuhr sich mit der Hand in die Haare, schüttelte den Kopf und seufzte.

»Learney soll zu uns kommen«, sagte er. »Mit irgendeiner Theorie zu unserem Thema, einer eigenen Konzeption. Ich weiß nicht genau, womit. McMahon hat es mir buchstäblich in der letzten Minute gesagt, als er schon in die Maschine stieg.«

Ich kannte Learney. Er war Kosmogonie-Spezialist und ein ehemaliger Schüler von Hayakawa, ein ehemaliger, weil manche Leute behaupteten, er sei bereits über seinen Lehrer hinausgewachsen. Ich sah nur nicht ein, was sein Gebiet mit dem Projekt zu tun haben sollte und woher er überhaupt davon erfahren hatte.

»Ja, wo lebst du denn? Ist dir nicht klar, daß die Verwaltung unsere Arbeit haargenau noch einmal machen läßt? Schon genug, daß sie uns dauernd auf die Finger gucken, und nun auch noch das!«

Ich konnte es nicht fassen. Ich fragte, woher er das wisse und ob es wirklich denkbar sei, daß sie eine Art Gegenprojekt hätten, eine Art parallele Kontrolle über unser Vorgehen ausübten? Baloyne schien nicht Bescheid zu wissen, und da er so etwas gar nicht gern zugab, schaukelte er sich selbst noch so richtig hoch und rief, schon im Beisein von Dill und Donald, die hinzugekommen waren, eigentlich sei es in dieser Situation seine Pflicht, von seinem Posten zurückzutreten!

Derlei Drohungen stieß er von Zeit zu Zeit aus und begleitete sie mit Brüllen und Toben, alldieweil Baloyne im kleinen Stil nicht leben kann und ein gewisser opernhafter Bombast unerläßlich ist für seinen Energiehaushalt. Doch diesmal vereinten wir unsere Überredungskünste, bis er unsere Argumente einsah und verstummte. Er war schon im Gehen begriffen, als ihm plötzlich mein Gespräch mit McMahon wieder einfiel und er mich auszuhorchen begann. Ich erzählte ihm ungefähr alles, ohne die Kassandra, und dies war der Epilog der Senatorenvisite.

Bald sollte sich herausstellen, daß die Vorbereitungen

Donald mehr Zeit kosten würden, als er geglaubt hatte. Auch ich kam nicht leicht voran: Die Theorie wurde immer verworrener, ich mußte allerlei Tricks anwenden, mein »Leibarithmometer«, so nannten wir ihn, reichte nicht aus, ich mußte andauernd ins Hauptrechenzentrum, was nicht zu den Annehmlichkeiten gehörte, denn es bliesen hurrikanartige Stürme, und man brauchte nur hundert Meter über die Straße zu gehen, um den Sand in Ohren, Mund, Nase, ja sogar hinter dem Kragen zu haben.

Für den Mechanismus, dank dem der »Froschlaich« die erzeugte Kernenergie absorbierte, hatten wir noch immer keine Erklärung gefunden, ebensowenig wie für die Art und Weise, auf die er sich der Trümmer jener Mikroexplosionen entledigte, und das waren alles Isotope, die harte Gammastrahlung emittierten, hauptsächlich seltene Erden. Donald und ich hatten eine phänomenologische Theorie erarbeitet, die die Versuchsergebnisse nicht schlecht voraussah – aber sozusagen im nachhinein, das heißt im Bereich des bereits Erkannten. Wenn man das Experiment im größeren Rahmen durchführte, gingen Prognosen und Ergebnisse auseinander. Donalds Effekt, den er »Trex« – Transport der Explosion – getauft hatte, ließ sich außerordentlich leicht realisieren. Er zerquetschte ein Klümpchen »Froschlaich« zwischen zwei Glasplatten, und sobald die feine Schicht monomolekular wurde, kam die Zerfallsreaktion auf der gesamten Oberfläche in Gang, wobei bei größeren »Dosen« die Apparatur – das alte, frühere Modell – zerstört wurde. Doch irgendwie fiel das niemandem auf: Im Labor herrschte so ein Geknalle und Geknatter, als sei es eine Anlage, wo Explosionsstoffe getestet wurden. Als ich Donald fragte, erklärte er mir ohne die Andeutung eines Lächelns, seine Leute untersuchten die Ausbreitung ballistischer Wellen im »Froschlaich« – das war das Thema, das er sich für sie ausgedacht hatte, und mit dieser Kanonade tarnte er erfolgreich sein eigenes Sinnen und Trachten!

Unterdessen zerrann mir die Theorie unter den Fingern – ich wußte, daß es sie eigentlich schon längst nicht mehr gab, ich hatte es mir nur nicht eingestehen wollen. Die Arbeit an ihr verlangte mir viel ab, und sie war um so schwieriger, als ich nicht mit dem Herzen dabei war. Wie es manchmal so geht: Die Worte, die ich McMahon gegenüber geäußert hatte, hatten mich verhext. Mitunter sind uns unsere Befürchtungen so lange nicht vollständig gegenwärtig, gleichsam nicht schädlich, so lange wir sie nicht deutlich ausgesprochen haben. Genau das war mir widerfahren. Der »Froschlaich« erschien mir nun unwiderruflich als ein Artefakt, als das Ergebnis einer falschen Entschlüsselung des Codes. Ich sah das so: Die Absender hatten bestimmt nicht beabsichtigt, uns eine Büchse der Pandora zu schicken, aber wir hatten wie die Einbrecher ihre Schlösser beschädigt, hatten dem erbeuteten Inhalt all das aufgeprägt, was das Eigennützige, das Räuberische der irdischen Wissenschaft ausmachte, denn die Atomphysik hatte ja auch – so dachte ich – gerade dort Erfolg gehabt, wo sich die Chance bot, die destruktivste Art von Energie zu gewinnen.

Deshalb hinkte die Kernenergiegewinnung immer noch hinter der Produktion von Bomben hinterher, daher gab es Wasserstoffladungen, aber noch immer keine Wasserstoffreaktoren, die ganze Mikrowelt zeigte dem Menschen ihr durch das besagte einseitige Herangehen entstelltes Inneres, deshalb wußten wir über die starke Wechselwirkung weit mehr als über die schwache. Ich diskutierte darüber mit Donald – er pflichtete mir nicht bei, weil er fand, daß, wenn überhaupt jemanden die »Schuld« für die »Einseitigkeit der Physik« träfe – aber er bestritt auch diese Einseitigkeit –, dann nicht uns, sondern die Welt, aufgrund ihrer Struktur. Denn zerstören sei ganz einfach in jedem objektiven Sinne leichter – nach der Regel der geringsten Wirkung zum Beispiel, als etwas schaffen, denn die Destruktion stimme in ihrem Gradienten mit der Hauptrichtung der im ganzen Kosmos ablaufenden Prozesse überein, die Schöpfung hingegen müsse immer gegen den Strom schwimmen.

Ich erinnerte ihn an den Prometheus-Mythos. In seinem Bild sollen, wie in einer Quelle, die anerkennenswerten, ja ehrenwerten Tendenzen der Wissenschaft zusammenfließen, aber dieser Mythos lobpreist nicht das uneigennützige Verstehen, sondern das Entreißen, nicht das Erkennen, sondern das Beherrschen – dies sind die Fundamente der gesamten Empirie. Er erwiderte mir, mit derlei Unterstellungen würde ich einen Freudianer erfreuen, da ich die Motive des Erkennens auf Aggression und Sadismus zurückführe. Ich sehe jetzt, daß ich tatsächlich ein bißchen den Verstand – nämlich die Besonnenheit, die kühle Überlegung – verloren hatte, die dem Grundsatz entspringt, sine ira et studio zu handeln, und mit meinen Spekulationen die »Schuld« von den unbekannten Absendern auf die Menschen übertragen hatte – ich, der ewige Misanthrop.

Anfang November wurde die Apparatur in Betrieb genommen, doch die ersten, im kleinen Rahmen aufgenommenen Versuche mißlangen: Die Detonation trat mehrfach mit einer solchen Streuung auf, daß sie erst jenseits der Hauptabschirmungsmauer stattfand, und obwohl sie gering war, die Strahlung immerhin auf 60 Röntgen emporschnellte. Wir mußten rund um die Abschirmung eine zweite, äußere Schutzhülle errichten. Eine so massive Hülle ließ sich nicht mehr verbergen, und so kreuzte denn Eeney, der sich bisher nie in die physikalischen Labors verirrt hatte, ein paarmal bei Donald auf, und daß er keine Fragen stellte, sich nur alles ansah und herumscharwenzelte, verhieß auch nichts Gutes. Schließlich expedierte ihn Donald zur Tür hinaus, weil er die Leute bei der Arbeit störe. Ich tadelte ihn für diesen Schritt, er erwiderte, kühler als ich, die Dinge würden sich ohnehin sehr bald entscheiden, und bis dahin würde er Eeney nicht mehr über die Schwelle lassen.

Wenn ich mir das jetzt alles betrachte, sehe ich, wie unüberlegt, mehr noch, wie gedankenlos wir beide damals handelten. Ich weiß nach wie vor nicht, was wir hätten tun müssen, doch jene konspirative Tätigkeit, ich kann es nicht anders nennen, diente nur dazu, daß wir uns selbst weiter der trügerischen Vorstellung hingeben konnten, wir wüschen unsere Hände in Unschuld. Wir saßen mächtig in der Patsche. Die fortgeschrittenen Arbeiten würden sich nicht verheimlichen lassen, und wir selbst durften, auch wenn die Geheimhaltung sinnlos geworden war, sie nicht eines Tages plötzlich aufgeben. Das hätten wir entweder sofort nach der Entdeckung des »Trex« tun müssen oder nie. Beide Auswege waren, wenngleich logisch, für uns nicht gangbar. Das Bewußtsein, daß die Biophysiker sich im nächsten Quartal auf diesem »heißen« Terrain tummeln würden, trieb uns zur Eile an. Unsere Sorge um das Schicksal der Welt, um nichts Geringeres schließlich, hatte zur Folge, daß wir die Arbeiten wirklich instinktiv geheimhielten. Jetzt aus dem Versteck heraustreten, das hieß, sich den erstaunten Fragen aussetzen: »Na, schön, aber warum kommt ihr damit ausgerechnet jetzt? Habt ihr schon endgültige Ergebnisse? Warum seid ihr nicht mit den ersten gekommen?« Ich hätte nicht gewußt, was ich darauf antworten sollte.

Prothero hegte die vage Hoffnung, daß der Effekt im großen Rahmen etwas wie einen »ricochet« abgeben würde – denn darauf verwies die Ausgangstheorie. Aber erstens hatte sie sich bereits als untauglich entpuppt, und zweitens stieß sie jenes Türchen nur nach Annahme gewisser Voraussetzungen auf, aus denen sich in der Folge negative Wahrscheinlichkeiten ergaben.

Baloyne ging ich in dieser Zeit aus dem Wege, so gut ich

konnte, denn ich hatte ihm gegenüber kein reines Gewissen. Doch ihn plagten andere Sorgen. Außer Learney erwarteten wir bereits den zweiten Mann »von draußen«, beide sollten uns Ende des Monats in ihren Vorträgen aufklären, und daß Washington schon so offen zugab, »seine eigenen« Spezialisten für die »Stimme des Herrn« zu haben, die obendrein ohne jede Verbindung zu uns arbeiteten, brachte Baloyne vor allen Arbeitsgruppen in eine außergewöhnlich mißliche und schwierige Lage. Dill, Donald, Rappaport (und auch ich) waren jedoch der Meinung, er solle sein Kreuz – solche Bezeichnungen gebrauchte er bereits – bis zu Ende tragen. Im übrigen erwiesen sich die uns avisierten Männer, als sie dann kamen, beide als erstrangige Köpfe.

Jetzt war nicht mehr die Rede von irgendwelchen Budgetkürzungen beim Projekt. Es sah so aus, als sollte das Projekt, falls die ungebetenen Konsultanten mit ihren Konzeptionen die Forschungen nicht voranbrachten (was ich nicht für sehr wahrscheinlich hielt), durch die pure Ohnmacht weiterbestehen, weil angesichts der berüchtigten HSR-Klausel es niemand von oben wagen würde, irgend etwas daran zu verändern, von seinem Abbruch ganz zu schweigen.

Es entstanden persönliche Spannungen im Rat: zuerst zwischen Baloyne und Eeney, weil letzterer, davon waren wir überzeugt, von dem zweiten, dem Geisterprojekt »Ghost Voice«, gewußt haben mußte und bei aller Mitteilsamkeit nicht ein Sterbenswörtchen darüber verloren hatte – dabei hatte er Baloyne andauernd irgendwelche Artigkeiten erwiesen. Und weiter: zwischen unserer »konspirativen Zweiergruppe« und wiederum Baloyne, weil ihm ja etwas schwante; manchmal sah ich, wie sein Blick an mir hing, als erwarte er irgendwelche Erklärungen oder wenigstens Andeutungen. Doch ich lavierte nur, so gut ich konnte, sicher nicht sonderlich geschickt, denn solche Kämpfe auszutragen gehörte nie zu meinen starken Seiten. Rappaport verübelte es Rush, daß selbst er, als Erstentdecker, nicht über »Ghost Voice« unterrichtet worden war. Und so waren die Ratssitzungen durch diese Atmosphäre der Gereiztheit, des Argwohns und der Niedergeschlagenheit mehr als unangenehm. Ich quälte mich mit den Programmen für die Maschinen ab und vergeudete meine Zeit und Kraft, weil jeder x-beliebige Programmierer sie hätte ausarbeiten können, doch die Rücksicht auf »die Geheimhaltung« obsiegte.

Endlich hatte ich die Berechnungen, die Donald dringend brauchte, abgeschlossen, aber er war noch nicht fertig mit der Apparatur. Da ich nichts zu tun hatte, versuchte ich zum erstenmal seit meiner Ankunft beim Projekt, mir ein Fernsehprogramm anzusehen, aber es erschien mir alles unsäglich verlogen und sinnentstellt, die Tagesschauen inbegriffen. Ich begab mich an die Bar, doch auch dort wurde ich nicht alt. Da ich nicht wußte, was ich mit mir anfangen sollte, ging ich schließlich ins Computerzentrum, schloß mich sorgfältig ein und begann mit Berechnungen, die niemand mehr von mir verlangte.

Ich operierte zum zweitenmal mit der, wenn man so will, besudelten Einstein-Formel über die Äquivalenz von Masse und Energie. Ich überschlug die erforderliche Leistung für die Inversoren und Transmitter für eine Explosion auf eine Entfernung, die dem Durchmesser des Erdballs gleichkam, die kleinen technischen Schwierigkeiten, die dabei auftraten, nahmen mich in Anspruch, aber nicht für lange. Ein mit Hilfe des »Trex«-Effekts gestarteter Angriff schloß jegliche Vorwarnung aus. In einem bestimmten Moment würde sich der Boden unter den Füßen der Menschen ganz einfach in Sonnenlava verwandeln. Die Explosion ließ sich nicht nur auf der Erdoberfläche, sondern auch darunter auslösen, und zwar in beliebiger Tiefe. Auf die Weise verloren die stählernen Schutzschilde und das gesamte Massiv der Rocky Mountains, die die Stäbe in ihren großen unterirdischen Bunkern hatten schützen sollen, jede Bedeutung. Ja, es bestand nicht einmal die Hoffnung, daß die Generäle, die wertvollsten Menschen unserer Gesellschaft, wenn man den Wert einer Person an den Mitteln mißt, die in den Schutz ihrer Gesundheit und ihres Lebens investiert werden, als die letzten Menschen daraus hervorkrochen auf die radioaktiv verbrannte Erdoberfläche, um, nachdem sie die vorübergehend nicht benötigten Uniformen ausgezogen hatten, daranzugehen, die Zivilisation von Grund auf wiederaufzubauen. Der letzte Bettler in den Slums war jetzt ebenso gefährdet wie der Oberbefehlshaber der nuklearen Streitkräfte.

Ich hatte eine wahrhaft demokratische Gleichstellung aller Lebewesen auf diesem Planeten vollbracht. Die Maschine wärmte mir die Fußsohlen durch den sanften Wärmehauch, der durch die Ritzen der Metalljalousie drang, und arbeitete, indem sie Zahlenreihen auf die Bänder tippte, denn ihr war es einerlei, ob die sich auf Gigatonnen und Megaleichen oder auf die Zahl der Sandkörner an den Stränden des Atlantik bezogen. Die Verzweiflung der letzten Wochen, die allmählich in einen lastenden Druck übergegangen war, wich mit einem Schlag. Ich arbeitete zügig und voller Genugtuung. Ich handelte nicht mehr mir selbst zuwider, gewiß, ich tat, was man von mir erwartete. Ich war ein Patriot. Ich versetzte mich bald in die Lage des Angreifers, bald in die des Verteidigers, völlig loyal.

Für das Problem jedoch gab es keine Gewinnstrategie. Wenn sich der Explosionsherd an einen beliebig gewählten Punkt des Erdballs übertragen ließ – von einem ausgewählten, ebenfalls beliebig gewählten Ort aus, konnte man auf einem Gebiet von beliebiger Größe das Leben vernichten. Die klassische Atomexplosion ist in energetischer Hinsicht eine Vergeudung von Mitteln, weil im Punkte Null das »overkill« eintritt. Die Teilchen der Gebäude und Körper sind dabei einer Zertrümmerung unterworfen, die die militärische Notwendigkeit tausendfach übersteigt, während die mit der Entfernung abnehmende Zerstörungskraft das Überleben in einem ziemlich einfachen Bunker bereits ein Dutzend oder mehrere Dutzend Meilen weiter möglich macht.

Dieses unökonomische Verhältnis wurde unter meinen Fingern, wie ich da den Computer programmierte, zur prähistorischen Mumie. Der »Trex« war dank seiner Sparsamkeit ein vortreffliches Mittel. Man konnte die Feuerkugeln der klassischen Explosionen platt drücken, sie sozusagen zu einer todbringenden Folie breit walzen und der Menschheit im Raum von Asien oder der Vereinigten Staaten unter die Füße breiten. Eine dreidimensional in geringem Abstand von der geologischen Hülle der Kontinente lokalisierte dünne Schicht konnte im Bruchteil von Sekunden zum feurigen Morast werden. Auf jeden Menschen kam gerade so viel Energie, wie für seinen Tod notwendig war. Doch den sterbenden Stäben blieben noch Zehntelsekunden, um ein Signal an die Unterseeboote mit den Kernraketen zu richten. Der Sterbende konnte noch den Gegner töten, und falls er konnte, dann mußte er so handeln. Die Tür der technologischen Falle war also endlich ins Schloß gefallen.

Ich suchte weiter nach einem Ausweg, indem ich mich in die Lage eines Globalstrategen versetzte, aber die Berechnung machte jede Suche in dieser Richtung zunichte. Ich arbeitete flott, aber ich spürte, daß mir die Finger zitterten, und als ich mich über die Bänder beugte, die dem Computer entkrochen, um die Ergebnisse abzulesen, hämmerte mein Herz wie wild. Zugleich empfand ich eine brennende Trockenheit im Mund und hatte eine Kolik, als schnüre mir jemand mit einem Strick die Eingeweide zusammen. Diese Anzeichen einer visceralen Panik des Organismus konstatierte ich mit eigentümlich kühler Ironie, als teilte sich die Angst lediglich meinen Muskeln und Därmen mit, während mich im Innern ein lautloses Kichern schüttelte, das gleiche wie ein halbes Jahrhundert zuvor, unverändert und nicht gealtert. Ich spürte weder Hunger noch Durst, gefüttert und getränkt mit Zahlenreihen, fast fünf Stunden lang, in denen ich den Computer wieder und wieder von vorn programmiert hatte. Ich riß die Bänder aus den Kassetten, zerknüllte sie und stopfte sie mir in die Tasche. Am Ende war die Arbeit unergiebig geworden.

Ich fürchtete, ich würde, wenn ich ins Hotel ginge, beim Anblick der Speisekarte oder des Gesichts des Kellners in Gelächter ausbrechen. Auch zu mir konnte ich nicht zurück. Doch irgendwohin mußte ich. Donald war mit seiner Arbeit befaßt und, wenigstens vorübergehend, besser dran. Ich trat auf die Straße wie ein mit Kohlengas Vergifteter. Die Dämmerung brach herein, die Siedlung, im Quecksilberglanz der Lampen schwimmend, schnitt sich als glitzernde Kontur in die Finsternis der Wüste, und nur an den schlechter beleuchteten Punkten waren am dunklen Himmel die Sterne zu erkennen. Noch ein Verrat mehr fiel nun nicht mehr ins Gewicht, ich brach also mein Donald gegebenes Versprechen und ging zu meinem Hotelnachbarn, zu Rappaport. Ich legte die zerknüllten Bänder vor ihn hin und erzählte ihm kurzerhand alles. Er erwies sich als der richtige Mann. Er stellte mir nur drei, vier Fragen, die davon zeugten, daß er auf Anhieb Bedeutung und Konsequenzen der Entdeckung erfaßt hatte. Unsere geheime Verschwörung erstaunte ihn überhaupt nicht. Er nahm nicht Notiz davon.

Ich erinnere mich nicht, was er sagte, als er die Bänder weglegte, aber aus seinen Worten ging hervor, daß er etwas in der Art beinahe von Anfang an erwartet hatte. Die Furcht hatte ihn beständig verfolgt, und jetzt, da die Befürchtungen eingetroffen waren, bereitete ihm der intellektuelle Triumph oder vielleicht auch einfach das Bewußtsein, daß es nun vorbei war, eine gewisse Erleichterung. Ich war wohl schwerer angeschlagen, als ich glaubte, weil er sich zuerst um mich und nicht um das Ende der Menschheit kümmerte. Er hatte von seiner Flucht durch Europa eine bestimmte Angewohnheit zurückbehalten, die ich für lächerlich hielt: Er verfuhr nach dem Grundsatz »omnia mea mecum porto«, als sei er instinktiv darauf gefaßt, neuerlich fliehen zu müssen – jeden Augenblick. So erklärte ich mir den Umstand, daß er in seinen Koffern eine Art »eiserner Ration« aufbewahrte, inklusive Kaffeemaschine, Zucker und Zwieback. Auch eine Flasche Kognak fand sich an, das eine wie das andere kam uns sehr zupasse. Es begann das, was damals keinen Namen hatte und was uns später als Leichenschmaus oder vielmehr als dessen angelsächsische Variante – als rituelle Totenwache (»wake«) in Erinnerung bleiben sollte. Zwar war der Tote, um den es ging, vorerst noch am Leben und ahnte nicht einmal, daß er bald unweigerlich zu Grabe getragen werden würde.

Wir tranken Kaffee und Kognak, umgeben von einer Stille, als befänden wir uns an einem unbewohnten Ort, als wäre schon eingetreten, was eintreten mußte. Wir verstanden einander im Handumdrehen und entwarfen zunächst in abgerissenen Sätzen den Verlauf der heraufziehenden Ereignisse. Wir waren einmütige Szenaristen: Alle Mittel würden für den Bau der »Trex«-Apparaturen eingesetzt werden. Leute wie wir würden das Tageslicht nicht mehr erblicken.

Für ihren baldigen Untergang würden sich die Stabsangehörigen zuerst an uns rächen, sicherlich unbewußt. Sie würden nicht auf den Rücken fallen und die Pfötchen heben; da rationale Schritte nicht möglich wären, würden sie zu irrationalen Zuflucht nehmen. Da weder Gebirgsmassive noch kilometerdicker Stahl Schutz vor dem Angriff boten, würden sie in der Geheimhaltung den ultimativen Schutzpanzer erblicken. Die Stäbe würden sich vermehren, verteilen und in die Erde hinabsteigen, wobei das Hauptquartier vermutlich unter das Deck eines riesenhaften Atomunterseebootes oder eines eigens für diese Zwecke gebauten Bathyskaphen verlegt werden würde, das, an den Meeresgrund geschmiegt, auf Wacht läge.

Nun würde auch die äußere Schale der Demokratie, deren Fleisch die Globalstrategie der sechziger Jahre ja ohnehin schon restlos aufgefressen hatte, endgültig auseinanderplatzen. Das träte auch im Verhältnis zu den Wissenschaftlern zutage. Es würde an Lust, Platz und Zeit fehlen, sie unter Wahrung eines gewissen Scheins als begabte, aber launische Kinder zu behandeln, denen man Frustrationen lieber ersparen sollte.

Als wir, getreu der Pascalschen Maxime vom denkenden Schilfrohr, das sich danach sehnt, die Mechanismen seiner eigenen Vernichtung zu erkennen, in groben Zügen das eigene und das fremde Schicksal vorausgesagt hatten, erzählte mir Rappaport von seinen Bemühungen im Frühling dieses Jahres. Noch bevor ich zum Projekt gekommen war, hatte er General Easterland – er war damals Chef des »MAVO« – einen Plan zur Verständigung mit den Russen unterbreitet. Er hatte vorgeschlagen, eine Mannschaft zu bilden, die nach Stärke und fachlicher Zusammensetzung einer Mannschaft entsprechen solle, die die Russen zusammenstellen würden, um gemeinsam an der Übersetzung des »Briefs« zu arbeiten. Easterland hatte ihm damals milde zu verstehen gegeben, wie naiv das wäre. Die Russen würden eine fingierte Mannschaft aufstellen und unterdessen allein am »Brief« weiterarbeiten.

Wir sahen uns an und brachen in Gelächter aus, weil uns der gleiche Gedanke gekommen war. Easterland hatte ihm einfach erzählt, was wir erst in den letzten Tagen erfahren hatten. Das Pentagon hatte damals schon allein dieses »Doppelprinzip« festgelegt gehabt. Wir selbst bildeten ja die »fingierte« Mannschaft, und zwar ohne daß wir es durchschauten, während die Generäle ein zweites Team zur Verfügung hatten, dem sie offenbar mehr vertrauten.

Einen Moment lang verweilten wir bei der Mentalität der Strategen. Sie hatten Leute, die hartnäckig behaupteten, das Wichtigste sei die biologische Erhaltung der Art, niemals für voll genommen. Das berüchtigte »ceterum censeo speciem praeservandam esse« war zu einem Slogan wie alle anderen geworden, das heißt, es waren Worte, die man aussprechen durfte, aber sie stellten keinen Wert dar, der in die strategischen Gleichungen Eingang finden mußte. Wir hatten inzwischen genug Kognak intus, um uns nun belustigt auszumalen, wie die Generale, bei lebendigem Leibe bratend, letzte Befehle an taube Mikrofone erteilten, weil weder der Meeresboden noch irgendein anderer Winkel des Planeten mehr ein Asyl war. Der einzige sichere Ort, den wir für das Pentagon und seine Leute ausmachten, lag unter dem Grunde der Moskwa, doch es war mehr als wahrscheinlich, daß es selbst unseren Habichten nicht gelingen würde, bis dorthin vorzudringen.

Nach Mitternacht ließen wir endlich die Albernheiten, und die Unterhaltung wurde interessant. Wir waren auf das »Geheimnis der Gattung« gekommen. Ich erwähne das, weil mir jener requiemhafte Dialog, den zwei Vertreter besagter Gattung, berauscht von Koffein und Alkohol und des Endes bereits gewiß, dem *Vernunftbegabten Menschen* widmeten, als bezeichnend erscheint.

Meiner Ansicht unterlag es keinem Zweifel, daß die Absender genau über den Stand der Dinge in der gesamten Galaxis Bescheid wußten. Wir waren gescheitert, weil sie die spezifisch irdische Situation nicht berücksichtigt hatten, und das hatten sie nicht getan, weil sie innerhalb der ganzen Galaxis eine Art Ausnahmesituation darstellte.

»Das sind manichäische Ideechen, ein Dollar das Dutzend«, erwiderte mir Rappaport.

Aber ich fand durchaus nicht, jene aus dem Rahmen

fallende menschliche »Bosheit« müsse in der Konsequenz die Apokalypse nach sich ziehen. Es ist ganz einfach so: Jedes Psychozoikum auf dem Planeten legt einen Weg von der Zersplitterung zur globalen Integration zurück. Aus Gruppen, Sippen, Stämmen entstehen Völker, Kleinstaaten, Staaten, Großmächte, und schließlich erfolgt eine soziale Unifizierung der Gattung. Ein derartiger Prozeß führt fast nie dazu, daß kurz vor der letztlichen Vereinigung zwei an Kräften ebenbürtige Gegenspieler auftreten, sondern es ist eher so, daß eine *Mehrheit* in Opposition zu einer schwachen *Minderheit* erscheint. Ein solches Zusammentreffen ist bedeutend wahrscheinlicher, schon aus Gründen einer rein thermodynamischen Wahrscheinlichkeit. Es läßt sich sogar durch eine stochastische Berechnung beweisen. Ein ideales Gleichgewicht der Kräfte, also eine vollkommene Ebenbürtigkeit, ist praktisch ein so unwahrscheinlicher Zustand, daß er nicht möglich ist. Ein derartiges Gleichgewicht wird allein durch eine besondere Koinzidenz erreicht. Die gesellschaftliche Vereinigung ist die eine Folge von Prozessen, und die Erlangung von instrumentalem Wissen ist die andere Folge.

Die Integration im Planetenmaßstab kann auf einer noch nicht endgültigen Etappe »eingefroren« werden, falls es – vorzeitig – zur Entdeckung der Nukleonik kommt. Denn nur dann wird die schwächere Seite der stärkeren ebenbürtig, weil jede Seite über Kernwaffen verfügt und damit die gesamte Art vernichten kann. Gewiß, die gesellschaftliche Integration vollzieht sich immer auf der Basis von Technik und Wissenschaft, aber die Entdeckung der Kernenergie kann regulär in die Zeit nach der Vereinigung fallen, und dann hat sie keine verhängnisvollen Konsequenzen mehr. Die Selbstgefährdung der Art, das heißt, ihre Neigung, »ungewollt Selbstmord« zu begehen, ist gewiß eine Funktion der Zahl von elementaren Gemeinschaften, die über »ultimative Waffen« verfügen.

Wenn es auf irgendeinem Planeten tausend miteinander im Streit liegender Staaten gibt, jeder aber tausend Kernsprengköpfe besitzt, ist die Chance eines rein lokalen Konflikts, der sich zur Apokalypse auswächst, um das Vielfache größer als dann, wenn es nur wenige Antagonisten gibt. Und so entscheidet das Verhältnis dieser beiden Kalender – dessen, der die zeitliche Aufeinanderfolge wissenschaftlicher Entdeckungen anzeigt, und dessen, der die Erfolge in der Verschmelzung der einzelnen gesellschaftlichen Systeme registriert – über die Geschicke der einzelnen Psychozoika in der Galaxis. Wir auf der Erde hatten sicherlich Pech: Der Übergang von der präatomaren zur atomaren Zivilisation ging untypisch vonstatten, zu früh, und eben dies bewirkte die »Einfrierung« des Status quo, bis wir auf die Neutrinostrahlung stießen. Für einen vereinigten Planeten wäre die Entschlüsselung des »Briefs« etwas Positives, ein Schritt, der Zugang zum »Klub der kosmischen Zivilisationen« verschaffen würde. Doch für uns, in unserer Situation, ist dies das letzte Klingelzeichen, bevor der Vorhang fällt.

»Wenn Galilei und Newton als Kinder an Keuchhusten gestorben wären«, sagte ich, »hätte sich die Physik vielleicht ausreichend verzögert, und die Spaltung des Atoms wäre in das XXI. Jahrhundert gefallen. Dieser nicht stattgefundene Keuchhusten hätte uns retten können.«

Rappaport warf mir vor, ich vulgarisiere: Die Physik sei in ihrer Entwicklung ergodisch, und der Tod von einem oder auch zwei Menschen habe ihren Lauf nicht aufhalten können.

»Na schön«, entgegnete ich, »dann wäre es eben unsere Rettung gewesen, wenn sich im Westen eine andere Religion zur herrschenden entwickelt hätte als das Christentum oder wenn sich, Jahrmillionen früher, die Sexualsphäre des Menschen anders herausgebildet hätte.«

Dazu aufgefordert, begann ich Argumente für diese These vorzubringen: »Die Physik, als ›Königin der Empirie‹, ist nicht zufällig im Westen entstanden. Die Kultur des Westens ist, dank der christlichen Lehre, eine Kultur der SÜNDE. Der Sündenfall – und der erste war ein sexueller! – spannt die gesamte Persönlichkeit des Menschen zu Besserungsarbeiten ein, die die mannigfaltigsten Sublimationstypen hervorbringen, allen voran die Praxis der Erkenntnis.

In diesem Sinne hat die christliche Lehre der Empirie Vorschub geleistet, wenngleich natürlich unwissentlich: Sie hat ihr Möglichkeiten eröffnet, hat ihr die Chance gegeben zu wachsen. Die für den Osten, für seine Kulturen, typische, zentrale Kategorie hingegen ist die SCHANDE, weil das falsche Tun des Menschen dort nicht nach christlichem Verständnis ›sündig‹, sondern höchstens ›schändlich‹ ist, und zwar vorwiegend im äußerlichen Sinne: der Verhaltensformen. Und so siedelt die Kategorie der Schande den Menschen gewissermaßen ›außerhalb des Geistes‹ an, im Bereich zeremonieller Praktiken. Für die Empirie ist dann einfach kein Platz, ihre Chance wird in dem Augenblick zunichte, da materielle Handlungen abgewertet werden: Anstelle der Sublimierung der Triebe erscheint deren ›Zeremonialisierung‹; die Ausschweifung, die nicht mehr ›Laster des Menschen‹ ist, wird von der Persönlichkeit abgetrennt, sozusagen in legale Bahnen gelenkt innerhalb eines besonderen Repertoires von Formen. SÜNDE und VERGEBUNG werden durch die SCHANDE und die Taktik zu ihrer Vermeidung ersetzt. Es erfolgt kein Erkundungsvorstoß ins Innere der Persönlichkeit: Das Gefühl für das, was ›richtig‹ ist, ›was sich gehört‹, wird durch das GEWISSEN ersetzt, und die besten Geister trachten danach, ›der Sinne zu entsagen‹. Ein guter Christ kann ein guter Physiker sein, aber jemand, der ein guter Buddhist, Konfuzianist oder Bekenner der Lehre des Zen ist, kann kein guter

Physiker werden, weil er sich dann mit alledem befassen würde, was diese Glaubenslehren zur Gänze entwerten. Bei dieser Ausgangsposition faßt die gesellschaftliche Auslese gewissermaßen die gesamte ›intellektuelle Crème‹ der Bevölkerung zusammen und gestattet ihr, sich ausschließlich in mystischen Praktiken, zum Beispiel im Yoga, zu entladen. Eine solche Kultur wirkt wie eine Zentrifuge: Die Begabten schleudert sie von den gesellschaftlichen Plätzen fort, an denen sie die Empirie in Gang setzen könnten, und ihren Geist verriegelt sie durch Rituale, die instrumentale Arbeiten als ›geringere‹ und ›schlechtere‹ verbieten. Nun, und eben das Potential des christlichen Egalitarismus ist doch, obwohl es ihnen zeitweilig erlegen ist, niemals vollständig verschwunden, und indirekt liegt eben da auch der Ursprung der Physik, mit all ihren Konsequenzen.«

»Die Physik als Askese?«

»Oh, ganz so einfach ist das nicht! Das Christentum war eine ›Mutation‹ des Judaismus als einer ›geschlossenen‹, weil nur für Auserwählte bestimmten Religion. Der Judaismus war also, als Erfindung, etwas wie die Euklidische Geometrie. Man brauchte sich nur Gedanken über die Ausgangsaxiome zu machen und gelangte, wenn man sie universell erweiterte, zu einer allgemeineren Lehre, die bereits alle Menschen für ›Auserwählte‹ hält.«

»Die christliche Lehre als Entsprechung einer generalisierten Geometrie?«

»Im gewissen Sinne ja, auf rein formaler Ebene – über einen Austausch der Zeichen, innerhalb des hinsichtlich der Werte und Bedeutungen gleichen Systems. Diese Operation führte unter anderem dazu, daß die Theologie der Vernunft für rechtsgültig anerkannt wurde. Sie war der Versuch, nicht auf eine einzige aller menschlichen Eigenschaften zu verzichten; weil der Mensch vernunftbegabt *war*, hatte er auch das Recht, seinen Verstand zu gebrauchen, und das ergab dann, nach einer entsprechenden Anzahl von Kreuzungen und Verwandlungen, die Physik. Das ist natürlich ungeheuer vereinfacht ausgedrückt.

Die christliche Lehre ist die generalisierte Mutation des Judaismus, die Anwendung einer Systemstruktur auf sämtliche möglichen menschlichen Existenzen. Das war das rein strukturelle Merkmal des Judaismus schon zu Beginn. Eine analoge Operation läßt sich nicht am Buddhismus und nicht am Brahmanismus vornehmen, von der Lehre des Konfuzius ganz zu schweigen. So fiel also die Entscheidung damals, als der Judaismus entstand, vor mehreren tausend Jahren. Es gab auch eine andere Möglichkeit. Ein Hauptproblem, ein typisch weltliches, mit dem jede Religion fertig werden muß, ist der Sex. Man kann ihn verehren, ihn also zum positiven Zentrum einer Lehre machen. Man kann ihn abgrenzen, ihn neutral separieren, aber man kann ihn auch als Feind betrachten. Letzteres ist die kompromißloseste Lösung, und die christliche Lehre hat sie gewählt.

Ja, wenn der Sex ein biologisch weniger wichtiges Phänomen, wenn er eine nur periodisch auftretende Erscheinung geblieben wäre wie bei manchen Säugetierarten, könnte er keine zentrale Bedeutung besitzen, weil er als ein bestimmtes pulsierendes, zeitweiliges Phänomen erschiene. Doch das wurde vor etwa anderthalb Millionen Jahren entschieden. Von da an ist der Sex immer das Punctum saliens eigentlich jeder Kultur gewesen. Weil man ihn nicht einfach leugnen kann, muß er ›zivilisiert‹ werden. Der Mensch des Abendlandes fühlte sich schon immer durch das inter faeces et urina nascimur in seiner Würde verletzt. Eben dieser Gedanke war es, der die ERBSÜNDE als GEHEIMNIS in die Genesis eingebracht hat. So war das! Eine andere Art von Sexualzyklus oder auch eine andere Art von Religion hätten uns auf einen anderen Weg bringen können.«

»Den Weg der zivilisatorischen Stagnation?«

»Nein, ganz einfach den einer verzögerten Entwicklung in der Physik.«

Rappaport warf mir ein »unbewußtes Freudianertum« vor. Als Sprößling einer puritanischen Familie, sagte er, projiziere ich meine eigenen Vorurteile auf die Welt. Ich hätte mich im Grunde genommen noch nicht davon freigemacht, alles nach den Kategorien von Sünde und Erlösung zu betrachten. Da ich die Erdenbewohner restlos für Gefallene halte, übertrüge ich die Erlösung auf die Galaxis. Mein Bannfluch stürze die Menschen in die Hölle, er taste jedoch die Absender nicht an, die blieben vollkommen gut und unschuldig. Und das eben sei mein Irrtum. Wenn man an sie dächte, müßte man zuerst einmal den Begriff der »Solidaritätsschwelle« einführen. Jeder Gedanke bewege sich auf immer universellere Generalisierungen hin. Er tue das folgerichtig, weil der Kosmos dieses Vorgehen billige: Wer auf richtige Weise generalisiert, wird die Erscheinungen in immer größerem Umfange beherrschen.

Das Evolutionsbewußtsein, mit anderen Worten die Einsicht, daß der Geist aus Prozessen einer homöostatischen »Kraxeltour« gegen den Strom der Entropie entspringt, macht es möglich, gegenüber dem Evolutionsbaum, der das vernunftbegabte Wesen hervorgebracht hat, Solidarität zu üben. Aber die Solidarität kann nicht den ganzen Evolutionsbaum einschließen, weil sich das »höhere« Wesen unbedingt von den »niederen« ernähren muß. Irgendwo muß die Grenze der Solidarität gezogen werden. Auf der Erde hat sie nie jemand unterhalb jener Weggabelung angesetzt, an der sich die Pflanzen von den Tieren scheiden. In der instrumentalen Praxis kann man übrigens zum Beispiel die Insekten nicht als in diese Solidarität einbezogen betrachten. Wenn wir wüßten, daß die Kommunikation mit dem All aus irgendwelchen Gründen die Vernichtung der irdischen Ameisen erforderlich machte, befänden wir sicherlich, daß es »sich lohne«, die Ameisen zu opfern. Und so können auch wir, auf unserer Entwicklungsstufe, für jemanden Ameisen sein. Die Solidarität muß sich vom Standpunkt jener Wesen aus nicht unbedingt auf solche planetarischen Kriechtiere erstrecken, wie wir es sind. Und vielleicht verfügen sie über Rechtfertigungen dafür. Vielleicht wissen sie, daß nach der galaktischen Statistik der irdische Typ des Psychozoikums von vornherein der Technoevolution auf Gedeih und Verderb ausgeliefert ist, so daß es nichts Verwerfliches ist, unsere Existenz zusätzlich zu bedrohen, da doch ohnehin »höchstwahrscheinlich nichts aus uns wird«.

Ich gebe hier den Inhalt des Gesprächs vor dem Experiment wieder und nicht den chronologischen Verlauf jener »Nachtwache«, denn so genau erinnere ich mich nun auch nicht mehr daran, und ich weiß nicht, wann Rappaport mir eines von seinen Erlebnissen in Europa erzählte, jenes, das ich schon früher angeführt habe. Es war wohl, als wir die Geschichte mit den Generälen schon abgeschlossen, aber noch nicht begonnen hatten, nach den Triebfedern des bevorstehenden Epilogs zu suchen. Nun sagte ich ungefähr folgendes zu ihm: »Doktor Rappaport, Sie sind noch unverbesserlicher als ich. Sie machen aus den Absendern eine ›höhere Rasse‹, die sich nur mit ›höheren Formen‹ der Galaxis solidarisiert. Wozu versuchen sie aber dann die Biogenese zu verbreiten? Wozu sollten sie Leben ausstreuen, wenn sie eine Expansions- und Kolonisationspolitik gegenüber den Planeten betreiben könnten? Wir sind einfach beide nicht imstande, in unserem Denken über die Begriffe hinauszugehen, die uns vertraut sind. Vielleicht haben Sie recht damit, daß ich die Ursachen unseres Scheiterns deshalb auf der Erde ansetze, weil ich als Kind so erzogen worden bin. Mit der Einschränkung, daß ich statt der ›menschlichen Schuld‹ einen stochastischen Prozeß sehe, der uns in eine Sackgasse getrieben hat. Sie, der aus einem Land von Ermordeten Entkommene, haben angesichts der Vernichtung Ihre eigene Schuldlosigkeit immer zu stark empfunden, und darum siedeln Sie die Quellen unserer Niederlage anderswo an: in der Umwelt der Absender. Nicht wir haben allein darüber entschieden – sie haben es für uns getan. So endet jeder Versuch der Transzendenz. Wir brauchen Zeit, die wir nicht mehr haben werden.

Ich habe immer gesagt, daß wir uns, wenn sich eine Regierung fände, die vernünftig genug wäre, die gesamte Menschheit aus dieser Fallgrube ziehen zu wollen und nicht nur die eigenen Leute, vielleicht doch noch herausrappeln würden. Aber die Mittel des Bundeshaushalts standen immer nur für den Erforscher neuer Waffen bereit. Als ich den Politikern sagte, man müsse ein anthropologisches ›crash program‹ in Gang setzen, Maschinen zur Modellierung von sozioevolutionären Prozessen bauen, für das Geld, das für die Erforschung von Raketen und Gegenraketen bereitgestellt wird, lächelten sie nur und zuckten die Achseln. Niemand nahm es ernst, und ich kann allenfalls eine bittere Schadenfreude empfinden, daß ich recht hatte. Man hätte zuerst den Menschen erforschen müssen, das mußte vor allem den Vorrang haben. Wir haben ihn nicht erforscht, was wir über ihn wissen, genügt nicht, gestehen wir es uns doch endlich ein, daß es so ist. Ignoramus et ignorabimus, weil wir keine Zeit mehr haben.«

Der wackere Rappaport versuchte nicht mehr, mir etwas zu erwidern. Er brachte mich, betrunken wie ich war, auf mein Zimmer.

Bevor wir uns trennten, sagte er: »Machen Sie sich mal keine unnötigen Sorgen, Herr Hogarth. Ohne Sie wäre alles genauso schiefgegangen.«

XIV

Donald hatte für die Versuche von vornherein eine ganze Woche eingeplant, je vier Stunden täglich. Das war das höchste, was die provisorisch zusammengebaute Apparatur hergab. Nach jedem Versuch wurde sie teilweise zerstört und mußte erst wieder repariert werden. Das ging langsam, weil sie in Schutzanzügen arbeiten mußten, mit radioaktiv verseuchtem Material. Wir starteten nach dem »Leichenschmaus«, das heißt eigentlich er, ich war nur Augenzeuge. Wir wußten inzwischen, daß die Leute vom »Ghost Voice« oder Gegenprojekt in acht Tagen eintreffen würden. Donald hatte vorgehabt, am frühen Morgen zu beginnen, weil er wollte, daß seine Leute, mit der Scheinuntersuchung beschäftigt, die er ihnen aufgenötigt hatte, den unvermeidlichen Explosionslärm durch ihre Kanonade übertönten, aber da er schon am späten Abend mit allem fertig war – also zu der Zeit, als ich im Computerzentrum unzählige Varianten des Weltendes durchprobierte –, hatte er es eilig.

Im Grunde genommen war es schon ganz einerlei, wann Eeney, und nach ihm unsere großen Protektoren, alles erfahren würden. Ich war, nachdem Rappaport gegangen war, in einen schweren Schlaf gefallen und schreckte ein paarmal daraus hoch, weil ich krachende Detonationen zu hören meinte, aber ich hatte es mir nur eingebildet. Der Beton der Gebäude war seinerzeit nicht nur für solche Explosionen berechnet worden. Um vier Uhr morgens hievte ich, mit einem Gefühl, wie es Lazarus gehabt haben muß, meine schmerzenden Knochen aus dem Bett und entschloß mich, da es mich nicht länger im Hotel hielt, die restlichen »konspirativen« Bedenken über Bord zu werfen und ins Labor zu gehen. Wir hatten nichts verabredet, aber ich mochte nicht glauben, daß sich Prothero, sobald er alles fertig hatte, seelenruhig hinlegen würde. Ich hatte mich nicht getäuscht: Auch seine nervliche Strapazierbarkeit hatte Grenzen.

Ich spritzte mir kaltes Wasser ins Gesicht und ging los. Hinter Eeneys Tür am Gangende bemerkte ich Licht und trat unwillkürlich leiser auf. Als mir die Unsinnigkeit meines Tuns bewußt wurde, rannte ich mit schiefem Lächeln, das mir die gleichsam steif gegerbte Haut meines Gesichts (so fremd erschien es mir) breit zog, die Treppe hinunter, ohne den Fahrstuhl zu rufen.

Niemals hatte ich das Hotel bisher um diese Zeit verlassen. Im Parterre waren die Lichter gelöscht, ich stieß gegen die auseinandergerückten Sessel, es war Vollmond, doch der Betonklotz vor dem Eingang ließ kein Licht herein. Dafür wirkte die Straße unheimlich, vielleicht kam es mir auch nur so vor. Auf dem Verwaltungsgebäude brannten die rubinroten Warnlichter für die Flugzeuge, aber sonst nur wenige Lampen an den Kreuzungen. Das Gebäude der Physiker lag dunkel und wie ausgestorben. Im Lauf legte ich den Weg zurück, den ich auswendig kannte, und gelangte durch die angelehnte Tür in die Haupthalle. Ich wußte sofort, daß schon alles vorbei war, denn die Alarmzeichen, die während der Arbeit der Inversoren rot brannten, waren gelöscht. Es herrschte vages Halbdämmer, der riesige Inversorring ließ die Halle dem Maschinenraum einer Fabrik oder eines Schiffes ähnlich werden. An den Steuerpulten blinkten noch die Signallämpchen, aber vor der Kammer traf ich niemanden. Ich wußte, wo ich Donald zu suchen hatte. Durch einen schmalen Gang zwischen den Wicklungen der tonnenschweren Elektromagnete gelangte ich in einen kleinen Innenraum. Dort befand sich eine Art winziges Zimmer, ein Kabäuschen, in welchem Prothero sämtliche Protokolle, Filme und Notizen aufbewahrte, und tatsächlich bemerkte ich Licht. Als er mich eintreten sah, sprang er auf. McHill war bei ihm. Ohne jede Vorrede gab er mir die vollgekritzelten Blätter.

Ich ahnte nicht, in was für einer Verfassung ich mich befand, es wurde mir erst bewußt, als ich die Zeichen, die ich doch bestens kannte, nicht identifizieren konnte – ich stierte dümmlich auf die Ziffernkolonnen und versuchte, einen klaren Gedanken zu fassen. Als mir die Bedeutung der Meßwerte aus den vier Versuchen endlich aufging, spürte ich, wie mir die Knie weich wurden.

An der Wand stand ein Schemel, ich setzte mich und ging noch einmal, konzentrierter und langsamer, sämtliche Ergebnisse durch. Plötzlich begann das Papier grau zu werden, es verschwamm alles vor meinen Augen. Dieser Schwächeanfall dauerte nur Sekunden. Als ich ihn überwunden hatte, war ich in klebrigen, kalten Schweiß gebadet. Donald bemerkte endlich, daß merkwürdige Dinge mit mir vorgingen, aber ich sagte, es sei schon wieder besser.

Er wollte die Notizen an sich nehmen, aber ich gab sie nicht her. Ich brauchte sie noch. Je größer die Energie war, desto weniger genau war die Explosion lokalisiert. Wenn auch vier Versuche eine statistische Auswertung noch nicht gestatteten, stach diese Abhängigkeit doch ins Auge.

Wahrscheinlich war oberhalb einer Mikrotonne – wir operierten bereits auf Deibel komm raus mit Einheiten der Nuklearballistik – die mittlere Abweichung gleich der halben Entfernung zwischen dem Punkt, an dem die Ladung detonierte, und dem Ziel. Nun genügten noch drei, höchstens vier Versuche, um ganz sicherzugehen, daß der »Trex«-Effekt als Waffe tatsächlich unbrauchbar war. Doch ich zweifelte schon jetzt nicht mehr daran, denn schlagartig, mit außerordentlicher Deutlichkeit fielen mir sämtliche früheren Ergebnisse und meine Mühen mit den Formeln des phänomenologischen Ansatzes wieder ein. Mir schwebte eine unheimlich einfache Relation vor, die das Ganze richtig erfassen würde: Es war die ganz gewöhnliche Übertragung der Unschärferelation auf den »Trex«-Effekt: Je größer die Energie, desto kleiner die Genauigkeit der Fokussierung, je kleiner die Energie, desto schärfer ließ sich der Effekt fokussieren. Bei Entfernungen von der Größenordnung eines Kilometers konnte man den Effekt in einem Zielgebiet von einem Quadratmeter fokussieren, indem man nur eine Handvoll Atome zur Explosion brachte; keinerlei Zerstörungskraft, keinerlei Vernichtungseffekt, nichts.

Als ich aufsah, begriff ich, daß Donald ebenso im Bilde war. Es bedurfte nur weniger Worte. Einen Skrupel gab es noch: Die weiteren Versuche mit Energien von der nächsthöheren Größenordnung, die nötig waren, um die Karriere des »Trex«-Effektes definitiv zu beenden, mußten gefährlich sein, weil die Unbestimmbarkeit des Punktes, an dem die Energie frei würde, sein Umherirren, das überhaupt nicht vorhersehbar war, die Experimentatoren in Gefahr brachte. Wir brauchten eine Spezialtestanlage von der Art der Wüste ... und eine aus großer Entfernung gesteuerte Apparatur. Und daran dachte Donald bereits. Wir sprachen nicht viel unter der nackten, verstaubten Glühbirne, McHill sagte die ganze Zeit über kein Wort. Ich hatte den Eindruck, er sei weniger erschüttert als vielmehr enttäuscht, aber vielleicht tue ich ihm unrecht.

Wir diskutierten noch einmal alles sehr gründlich durch, mein Denken funktionierte so klar, daß ich sofort den Abhängigkeitsverlauf skizzierte, ja sogar auf größere Ladungen im Kilotonnenbereich und dann zurück – auf die früheren Ergebnisse extrapolierte. Die Übereinstimmung reichte bis zur dritten Stelle nach dem Komma. Plötzlich sah Donald auf die Uhr. Es war gleich fünf. Er legte den Hauptschalter quer und schnitt damit sämtlichen Aggregaten den Strom ab, dann verließen wir gemeinsam das Labor. Draußen tagte es schon. Die Luft war kristallklar und kalt, McHill ging, wir aber standen noch vor dem Hoteleingang herum, in der unwirklichen Stille und Leere, die so tot war, als sei außer uns kein Mensch mehr am Leben. Als mir dieser Gedanke kam, erschauerte ich, aber nur noch in einer instinktiven Regung, in der Rückerinnerung. Ich wollte Donald etwas sagen, was endgültig alles abgeschlossen, was meine Erleichterung, meine Freude zum Ausdruck gebracht hätte, da stellte ich plötzlich fest, daß ich die eigentlich gar nicht empfand. Ich war nur leer, entsetzlich erschöpft, gleichgültig, als sollte und könnte nun nichts mehr geschehen. Ich weiß nicht, ob er ebenso fühlte. Obwohl das sonst nicht unsere Art war, drückten wir einander die Hand und trennten uns.

Wenn einer zusticht und das Messer rutscht an einem unsichtbaren Panzer ab, dann ist das nicht das Verdienst dessen, der die Klinge führt.

XV

Wir hatten beschlossen, die Geschichte des »Trex«-Effekts dem Wissenschaftlichen Rat erst drei Tage später vorzulegen, denn wir brauchten noch etwas Zeit, um die Ergebnisse richtig zu systematisieren und ausführlichere Beobachtungsprotokolle abzufassen sowie Vergrößerungen von ausgewählten Aufnahmen anzufertigen. Doch schon am Nachmittag des folgenden Tages ging ich zu Yvor. Er nahm die Nachricht bewundernswert gefaßt auf: Diese Beherrschung hatte ich ihm nicht zugetraut. Am meisten kränkte ihn, daß wir die Sache bis zum Schluß vor ihm geheimgehalten hatten. Ich hatte ihm eine Menge dazu zu sagen, denn damals, als ich in die Siedlung kam, hatte sich die Sache umgekehrt verhalten, und er hatte nach besten Kräften versucht, eine »nachträgliche Rechtfertigung« dafür zu finden, daß ich übergangen worden war. Doch jetzt handelte es sich um etwas ungleich Wichtigeres.

Ich war bemüht, ihm die Pille mit allen denkbaren Argumenten zu versüßen, die er nur durch ein Knurren begleitete. Er grollte mir lange, verständlicherweise, obwohl er unsere Beweggründe schließlich doch einzusehen schien. In der Zwischenzeit hatte Donald, gleichfalls auf die private Tour, Dill vorbereitet, und so war der einzige Mensch, der alles auf der Sitzung erfuhr, Wilhelm Eeney. Obwohl ich ihn nicht leiden konnte, mußte ich ihm Bewunderung zollen, denn er zuckte bei Donalds Vortrag nicht mit der Wimper. Ich beobachtete ihn die ganze Zeit. Dieser Mann war zum Politiker geboren, wenn auch vielleicht nicht zum Diplomaten, denn ein Diplomat darf nicht übermäßig nachtragend sein, Eeney aber gab, fast ein Jahr nach jener Sitzung, auf der das Projekt aufhörte zu existieren, durch einen Mittelsmann – einen gewissen Journalisten – eine Fuhre von Informationen an die Presse, unter denen an erster Stelle, spezifisch beleuchtet und kommentiert, meine und Donalds Aktion rangierte. Ohne ihn wäre die Geschichte niemals so hochgespielt, so sensationell aufgemacht worden, und einige hochgestellte Personen, darunter Rush und McMahon, wären nicht genötigt gewesen, mich und Donald in Schutz zu nehmen.

Wie sich der geneigte Leser überzeugen konnte, hatten wir uns, wenn überhaupt, nur des Vergehens der Inkonsequenz schuldig gemacht, denn unsere heimliche Arbeit mußte schließlich so oder so in die offizielle Mühle des Projekts geraten. Aber der ganze Fall wurde als höchst schädliche Stümperei hingestellt, die getragen war von der abscheulichen Absicht, dem Projekt zu schaden, weil wir, statt uns sofort an die kompetenten Fachleute zu wenden (das heißt an die Nuklearballistiker der Army), in Heimarbeit, im kleinen Rahmen herumgewerkelt und damit »für die andere Seite« die Chance geschaffen hatten, uns zu überholen und tödlich zu überrumpeln.

Ich habe so weit vorgegriffen, um aufzuzeigen, daß Eeney nicht so harmlos war, wie er aussah. Das einzige, was er sich während der berüchtigten Sitzung gestattete, waren ein paar Blicke über die Brille hinweg in Baloynes Richtung, den er zweifellos im Verdacht hatte, unsere Konspiration geteilt zu haben. Obwohl wir uns bemüht hatten, den provisorischen Bericht so abzufassen, daß die Geheimhaltung unserer Arbeit wirkte, wie von den Erfordernissen der Methodik und der Ungewißheit hinsichtlich des Erfolgs diktiert – es ist klar, daß unter »Erfolg« das verstanden wurde, was wir am meisten gefürchtet hatten –, fiel Eeney nicht einen Augenblick auf diese Rechtfertigungen herein.

Danach brach eine Diskussion los, in der Dill eher unerwartet bemerkte, der »Trex«-Effekt hätte, realisiert, der Welt Frieden bringen können und nicht Vernichtung, weil es bedeutet hätte, daß die Doktrin des Early Warning hinfällig geworden wäre, denn sie basiert ja auf dem Zeitintervall zwischen dem Abfeuern von Interkontinentalraketen und dem Moment, da sie in einem hohen Punkt der ballistischen Flugbahn auf den Radarschirmen der Verteidigung erscheinen. Eine Waffe, die auf eine Entfernung vom Durchmesser der Erde mit Lichtgeschwindigkeit zerstörend wirkte, ließ eine »Vorwarnung« nicht zu und brachte beide Seiten in die Lage von zwei Menschen, von denen jeder seinen Revolver an die Schläfe des anderen drückt. Das konnte zu einer globalen Abrüstung führen. Doch solch eine Schocktherapie konnte auch ganz anders ausgehen, wie ihm Donald erwiderte.

Baloyne fühlte unterdessen Eeneys geballten Argwohn auf sich gerichtet, und der Rat begann endgültig auseinanderzubrechen, und alle Versuche, ihn noch einmal zu kitten oder zu flicken, schlugen fehl. Eeney wahrte von da an den Schein nicht mehr, als sei er nurmehr eine Art neutraler Botschafter oder Beobachter von seiten des Pentagon, was sich verschieden, aber für uns immer unangenehm auswirkte. Und so war die Invasion der Nuklear- und Ballistikspezialisten der Army, die vierundzwanzig Stunden nach jener Sitzung einsetzte und einer militärischen Besetzung von feindlichem Gebiet glich, schon in vollem Gange: Hubschrauber schwirrten heran wie Heuschrecken – als Eeney Baloyne erst telefonisch von diesem Schritt unterrichtete. Gleichzeitig wurde die Anreise der avisierten Leute vom Gegenprojekt verschoben. Ich war völlig sicher, daß die Nukleoniker der Armee, die ich nie für Wissenschaftler in irgendeinem Sinne dieses Wortes gehalten habe, unsere Ergebnisse nur durch Versuche im großen Maßstab bestätigen würden, jedoch die Art, in der uns sämtliche Daten abgeknöpft, uns die Apparatur, die Filme, die Protokolle weggenommen wurden, raubte mir auch noch den letzten Rest von Illusionen, falls ich überhaupt je welche gehabt hatte.

Donald, in seiner Werkstatt gerade noch gelitten, trug es

wie ein Philosoph, ja er setzte mir sogar auseinander, daß es doch gar nicht anders sein könne, denn wenn es anders wäre, würde nur der äußere Schein gewahrt, der schließlich nicht zähle. Ein solches Vorgehen sei doch die logische Konsequenz der Weltsituation und so weiter. In gewissem Sinne hatte er recht, und trotzdem fragte ich den Kerl, der am Morgen – ich lag noch im Bett – plötzlich vor mir stand und um die Berechnungsunterlagen bat, ob er einen Haussuchungsbefehl habe oder ob er hier sei, um mich zu verhaften. Das brachte ihn etwas zur Räson, und ich konnte mir wenigstens die Zähne putzen, mich rasieren und in die Sachen steigen, während er auf dem Gang wartete. Das entsprang natürlich einem Gefühl totaler Machtlosigkeit. Ich sagte mir nur immer wieder, eigentlich müßte ich froh sein, denn wie wäre es wohl um meine seelische Verfassung bestellt, wenn ich ihnen Berechnungen aushändigen müßte, die das finis terrarum ankündigten.

Wir krochen durch die Siedlung wie die Fliegen, während die Army ihre schier unerschöpflichen Massen von Menschen und Material vom Himmel schüttete. Die Operation war ganz gewiß nicht in letzter Minute improvisiert worden – sie mußte schon seit langem in groben Zügen vorbereitet gewesen sein, denn sie wußten ja nicht, was bei dem Projekt herauskäme. Sie brauchten nur drei Wochen, dann begannen sie schon mit der Serie von Mikrotonnenexplosionen. Es wunderte mich überhaupt nicht, daß wir nicht einmal über die Ergebnisse informiert wurden und nur erfuhren, was über das niedere technische Personal, das mit unseren Leuten in Berührung kam, durchsickerte. Im übrigen waren die Explosionen bei günstigem Wind in der ganzen Siedlung zu hören. Ihre für Bomben geringe Stärke hatte zur Folge, daß es praktisch fast keinen radioaktiven Niederschlag gab. Es wurden nicht einmal irgendwelche besondere Vorsichtsmaßnahmen angeordnet. Niemand wandte sich mit irgend etwas an uns, man behandelte uns, als wären wir Luft. Rappaport meinte, das käme daher, daß Donald und ich die Spielregeln verletzt hatten. Mag sein. Eeney verschwand ganze Tage lang und pendelte mit Überschallgeschwindigkeit zwischen Washington, der Siedlung und dem Testgelände.

Anfang Dezember, als die Stürme einsetzten, wurden die Installationen in der Wüste abgebaut, verstaut, vierzehn Tonnen schwere Kranhubschrauber, Passagierhubschrauber und alles sonstige schwangen sich eines schönen Tages in die Lüfte, und so plötzlich und reibungslos, wie sie gekommen war, verließ uns die Army wieder und nahm angeblich ein reichliches Dutzend Leute vom wissenschaftlich-technischen Personal mit, die Strahlenschäden davongetragen hatten, als beim letzten Versuch, wie es hieß, eine Ladung mit einem Trotyläquivalent von einer Kilotonne gezündet worden war.

Da begannen wir uns, als sei ein Zauberbann von uns genommen worden wie im Dornröschen, allesamt munter zu regen, und innerhalb kurzer Zeit geschah eine ganze Menge: Baloyne reichte seinen Rücktritt ein, Prothero und ich verlangten, man möge uns als nicht mehr zum Projekt gehörig betrachten, Rappaport tat, allerdings sehr ungern, wie es schien, aus Loyalität das gleiche, und einzig Dill enthielt sich aller demonstrativen Schritte, ja er riet uns obendrein, mit entsprechenden Transparenten durch die Siedlung zu marschieren und Sprechchöre zu brüllen, denn er hielt unser Tun für unseriös. Ich kann nicht bestreiten, daß er in gewissem Sinne recht hatte.

Wir vier Rebellen wurden sofort nach Washington abgezogen. Man sprach mit uns unter vier Augen, und in der Gruppe, neben Rush, McMahon und unserem General, den ich erst damals persönlich kennenlernte, fanden sich auch die Berater des Präsidenten für Wissenschaftsfragen ein, und es stellte sich heraus, daß unsere weitere Anwesenheit beim Projekt schier unerläßlich sei. Baloyne, der Diplomat, der Politiker, sagte auf einer dieser Beratungen, da man ja Eeney volles Vertrauen und ihm nur ein Viertel davon geschenkt habe, solle doch jetzt Eeney die besseren Leute anheuern und das Projekt selber leiten. Man behandelte uns, da es von derlei Aussprüchen nur so hagelte, wie verwöhnte, verdorbene, aber geliebte Kinder. Ich weiß nicht, wie es um die anderen stand, aber ich für meinen Teil hatte die Nase wirklich voll.

Eines Abends kam Baloyne in mein Hotelzimmer. Er hatte an diesem Tag mit Rush ein Gespräch unter vier Augen gehabt, und nun entdeckte er mir die Gründe der unablässigen Überredungsversuche. Die Berater waren zu der Überzeugung gelangt, der »Trex« sei nur ein Fehlschlag am Anfang einer Serie, ein ausgesprochen deutlicher Fingerzeig auf die Fruchtbarkeit künftiger Versuche, die nunmehr nachgerade zu unserer Raison d'être, unserer Staatsraison, zu einer Frage von Leben und Tod würden. Obwohl ich diesen Gedankengang für unsinnig hielt, kam ich, nachdem ich mich besonnen hatte, doch zu dem Schluß, daß wir eigentlich zurückgehen könnten, falls allerdings die Verwaltung unsere Bedingungen akzeptierte, die ich auch sogleich mit Baloyne festzulegen begann. Ich war mir nämlich darüber im klaren, daß ich, wenn die Arbeiten ohne mich fortgeführt würden, keine Ruhe finden und nicht zu meiner reinen, das heißt unbefleckten Mathematik zurückkehren konnte. Denn der Glaube an die Sicherheitssperre, mit der die Absender den »Sternencode« versehen hatten, war eben nur ein Glaube und kein ganz sicheres Wissen. Ich sagte es Baloyne übrigens kürzer: Mag sich das Pascalsche Wort vom dünnen Schilfrohr erfüllen. Wenn wir nichts dagegen tun können, dann werden wir wenigstens wissen.

Nachdem wir uns zu viert beraten hatten, kamen wir auch dahinter, warum das Projekt nicht an die Army abgegeben worden war. Sie hatte sich – unter dem Tisch – eine besondere Rasse von Wissenschaftlern herangezogen,

Leute, die die grundlegenden Aufgaben ausführten, fähig zu begrenzter Selbständigkeit. Wenn sie wußten, von wo aus und in welche Richtung vorgegangen werden sollte, dann taten sie das ausgezeichnet. Aber kosmische Zivilisationen, die Motive ihres Handelns, die lebenspendenden Wirkungen des Signals, die Verbindung zwischen ihnen und seinem Inhalt – all das war für sie schwarze Magie. »Für uns zwar auch«, bemerkte Rappaport wie immer bissig. Schließlich willigten wir ein weiterzuarbeiten, man schenkte uns Gehör, Wilhelm Eeney, der Doktor der Rechte, verschwand aus dem Projekt – das war eine unserer Bedingungen gewesen –, er wurde im übrigen sofort durch eine andere Zivilperson, Mr. Hughes Phanton, ersetzt. Auf die Art kamen wir vom Regen in die Traufe. Das Budget wurde erhöht, die Leute vom Gegenprojekt (das wir den ein wenig verstörten Vollmachtgebern auch gehörig unter die Nase rieben) wurden unseren Gruppen angegliedert, es selbst hörte angeblich auf zu bestehen, wenngleich es ja nach der offiziellen Version eigentlich nie bestanden hatte. Nachdem wir also genügend gewettert, beratschlagt, unsere Bedingungen gestellt hatten, die gewissenhaft eingehalten werden sollten, kehrten wir »nach Hause« zurück – in die Wüste, und so begann, Neujahr war schon vorbei, das nächste und letzte Kapitel der »Stimme des Herrn«.

XVI

Es war also alles wieder beim alten, nur daß auf den Ratssitzungen ein neues Gesicht auftauchte: Hughes Phanton, der »unsichtbare Mann« genannt, weil er eine schier mikroskopische Existenz zu führen schien, nicht, weil er so klein war, sondern weil er sich so sehr im Hintergrund hielt. Winter – das bedeutete häufige Stürme, aber Sandstürme, und außerordentlich seltene Regenfälle. Mühelos fanden wir uns wieder in unsere frühere Arbeitsweise oder eigentlich schon Daseinsweise, wieder zog ich zu Plauderstündchen zu Rappaport, wieder traf ich manchmal Dill bei ihm, ich hatte fast den Eindruck, als sei das Projekt das Leben selber und das eine ginge mit dem anderen zu Ende.

Die einzige Neuerung waren die allwöchentlich stattfindenden, ganz und gar internen Arbeitskonferenzen, auf denen der Reihe nach über die verschiedensten Themen gesprochen wurde – zum Beispiel über die Perspektiven der Autoevolution, das heißt der gelenkten Evolution vernunftbegabter Wesen.

Was versprach man sich davon? Angeblich, der Anatomie, der Physiologie und somit auch der Zivilisation der Absender auf die Spur zu kommen. Doch in einer Gesellschaft, die eine Entwicklungsphase ähnlich der unseren erreicht, treten gegenläufige Langzeittrends auf, deren ferne Folgen sich nicht vorherbestimmen lassen. Auf der einen Seite üben die bereits vorhandenen Technologien einen verschiedenartigen Druck auf die bestehende Kultur aus und veranlassen die Menschen dazu, sich adaptiv den Erfordernissen der einmal in Gang gesetzten Instrumentalismen unterzuordnen. Auf die Art kommt es zu gewissen Anzeichen eines intellektuellen Wettlaufs zwischen Mensch und Maschine und darüber hinaus zu verschiedenen Formen der Symbiose beider, die instrumentale Psychologie und die Physioanatomie aber ermitteln die »schwachen Kettenglieder«, die schlechten Parameter des menschlichen Organismus, von wo der Weg dann schon zur Planung entsprechender »Verbesserungen« führt. Aus dieser Richtung kommt auch der Gedanke, »Kyborgs« in Gestalt von teilweise mit technischen Prothesen versehenen Menschen herzustellen, die eigens für Arbeiten im Weltraum und die Erkundung der Planeten unter Bedingungen vorgesehen sind, die extrem von unseren irdischen abweichen; der Gedanke, ein menschliches Hirn unmittelbar an den Speicher eines Computergedächtnisses anzuschließen, Apparaturen zu bauen, mit denen eine bisher noch unbekannte Stufe engster Verschmelzung zwischen Mensch und Gerät, auf mechanischer oder intellektueller Ebene, erreicht wird.

Dieses ganze Bündel von technischen Pressionen birgt die Gefahr einer potentiellen Aufsplitterung der bisher homogenen biologischen Art in sich. Nicht nur die einzigartige allgemeinmenschliche Kultur, sondern sogar die einzigartige, universelle körperliche Gestalt des Menschen könnte unter dem Einfluß solcher Veränderungen zum Relikt einer toten Vergangenheit werden. Der Mensch würde die eigene Gesellschaft effektiv in die psychozoische Variante eines Ameisenhaufens verwandeln.

Auf der anderen Seite kann die Sphäre der instrumentalen Techniken den Einflüssen der Kultur, nämlich denen der Sitten, unterworfen werden. Es könnte beispielsweise zu einer biotechnologischen Verlängerung modegestalterischer Einflüsse kommen. Die Techniken der Mode machen vorderhand noch an der Grenze der menschlichen Haut halt. Sie tun zwar so, als reiche ihr Einfluß weiter, aber sie können das nur, weil zu verschiedenen Zeiten unterschiedliche physische Varianten des Menschen als besonders wertvolle Modelle lanciert werden. Man braucht hier nur an den Unterschied zwischen dem Schönheitsideal eines

Rubens und der Frau von heute zu erinnern. Einem uneingeweihten Beobachter irdischen Geschehens könnte es scheinen, als ob die Frauen, die sichtbarer den Geboten der Mode unterworfen sind, nach dem Diktat der jeweils wechselnden Saisons einmal breitere Schultern, dann wieder breitere Hüften bekämen, als ob ihnen einmal große Brüste wüchsen und andermal kleinere, ihre Beine bald voller, bald dünner und länger würden und ähnliches mehr. Doch solch eine »Zunahme« und solch ein »Schwund« der körperlichen Substanz sind nur ein Trugbild, das dadurch entsteht, daß aus der Mannigfaltigkeit einer ganzen Population nur solche körperlichen Typen ausgewählt werden, die die Billigung des Tages gefunden haben. Genau dieser Zustand könnte einer biotechnologischen Korrektur unterzogen werden. Die genetische Steuerung würde dann die gattungsmäßige Mannigfaltigkeit in eine bestimmte ausgewählte Richtung umleiten.

Selbstverständlich erscheint eine genetische Auslese nach rein anatomischen Merkmalen als läppisch hinsichtlich der Kraft kulturschaffender Veränderungen, aber gleichzeitig als wünschenswert aus ästhetischen Gründen – als Chance, körperliche Schönheit zu verbreiten. Ich spreche jedoch von den Anfängen eines Weges, den man mit dem Hinweisschild »der Verstand im Dienste der Triebe« versehen könnte. Und zwar deshalb, weil die übergroße Mehrheit der materialisierten Produkte des Verstandes für typisch sybaritische Dienstleistungen eingesetzt wird. Der klug konstruierte Fernsehapparat verbreitet intellektuellen Seich, die großartigen Kommunikationstechniken dienen dem Zweck, daß ein Idiot, statt sich in den eigenen vier Wänden zu betrinken, das gleiche, als Tourist verkleidet, vor dem Petersdom tun kann. Wenn diese Tendenz zu einem Eingreifen der technischen Mittel in den menschlichen Körper führen sollte, ginge es gewiß darum, die Palette der Lustempfindungen maximal zu erweitern oder vielleicht sogar darum, uns über den Sex, die Rauschgifte, den kulinarischen Genuß hinaus noch Zugang zu anderen, bisher gänzlich unbekannten Arten von sinnlichen Reizen und Befriedigungen zu verschaffen.

Wenn wir schon ein »Lustzentrum« in unserem Gehirn haben, was könnte uns dann verbieten, synthetische Sinnesorgane an selbiges anzuschließen, die es ermöglichen, mystische und nichtmystische Orgasmen zu erreichen – mittels eigens dazu geplanter und ersonnener Praktiken, die den Menschen zu einer weitgefächerten Ekstase führen sollen? Eine auf solche Art verwirklichte Autoevolution stellt ein definitives Sicheinschließen in der Kultur, in Sitte und Brauch dar, eine Abgrenzung von der außerplanetarischen Welt und erscheint als überaus angenehme Form geistigen Selbstmords.

Technik und Wissenschaft sind ganz gewiß imstande, Apparaturen bereitzustellen, die sowohl die Bedingungen des ersten als auch des zweiten Entwicklungsweges erfüllen. Damit, daß sie uns beide eher monströs vorkommen, jeder auf seine Weise, ist noch gar nichts entschieden.

Denn diese Veränderungen negativ einzuschätzen, wäre völlig unbegründet. Der Leitsatz, man solle es sich »nicht allzu gut gehen lassen«, kann nur so lange mit rationellen Argumenten begründet werden, wie, was dem einen Individuum angenehm ist, gleichzeitig einem anderen schadet (oder: seinem eigenen Körper oder seiner Seele schadet, was zum Beispiel bei der Rauschgiftsucht der Fall ist). Dieser Leitsatz kann Ausdruck einer ganz gewöhnlichen Notwendigkeit sein, und dann muß man sich ihm diskussionslos unterwerfen. Aber die Techniken sind ja in ihrer Entwicklung so ausgerichtet, daß sie der Reihe nach sämtliche Notwendigkeiten, die möglichen Handlungen Schranken setzen, aus dem Wege räumen. Diejenigen, die behaupten, auf irgendwelche Notwendigkeiten in Gestalt von Freiheitsbeschränkungen werde die Zivilisation immer stoßen, sind im Grunde genommen Anhänger des naiven Glaubens, daß der Kosmos nicht ohne den Gedanken an »die wahren Pflichten« des vernunftbegabten Wesens eingerichtet worden sei. Das ist die gewöhnliche Verlängerung des biblischen Urteils »im Schweiße deines Angesichts sollst du dein Brot verdienen«. Es ist nicht, wie diese naiven Leute mitunter meinen, ein ethischer, sondern ein eindeutig ontologischer Standpunkt. Das Dasein, das uns als Wohnstatt bereitet ist, wurde so möbliert, daß durch keinerlei Erfindungen ein Stand erreicht wird, da »einem schwindelt vor Erfolgen«.

Doch auf einem derart primitiven Glauben lassen sich weitreichende Prognosen unmöglich aufbauen. Wenn nicht aus »puritanischen« oder »asketischen« Gründen, dann werden solche Thesen mitunter aus Furcht vor der großen Veränderung verkündet. Diese Furcht hockte auf dem Grunde aller gelehrten Argumente, die von vornherein ausschlossen, daß es möglich sei, »gescheite Maschinen« zu bauen. Die Menschheit hat sich seit eh und je in zumindest ein wenig desperaten Situationen am heimischsten, wenn auch nie bequem gefühlt: Diese Beimengung ist nicht komfortabel für den Körper, aber sie beruhigt den Geist. Der Ruf »Alle Kräfte und Reserven an die Front der Wissenschaft!« läßt sich ebenfalls nur so lange rational begründen, wie die »gescheiten Maschinen« nicht imstande sind, die Wissenschaftler effektiv zu ersetzen.

Im Grunde genommen sind wir nicht fähig, etwas Sinnvolles über das reale Aussehen beider Richtungen – der expansiven, also »asketischen«, oder der »einkapselnden«, also hedonistischen – auszusagen. Zivilisationen können den einen wie den anderen Weg einschlagen – den Kosmos attackieren oder sich von ihm abgrenzen. Das Neutrinosignal wenigstens scheint dafür zu sprechen, daß sich gewisse Zivilisationen nicht von der Welt abgrenzen.

Einer technoökonomisch derart »weitgespannten« Zivilisation wie der unseren, mit ihrer im Reichtum ertrinkenden Führungsspitze und deren Hungers sterbender Nachhut, ist durch eben diese weite Spanne bereits die Richtung ihrer weiteren Entwicklung vorgegeben. Zuerst einmal, weil die zu spät gekommene Nachhut versuchen wird, die Spitze in ihrem materiellen Reichtum einzuholen, der allein dadurch, daß er noch nicht erreicht ist, die Mühen des Hinterherrennens schon zu rechtfertigen scheint, und dann, weil die wohlhabende Spitze, als Objekt von Neid und Nacheiferung, damit in ihrem Wert bestätigt wird. Wenn andere sie nachahmen, dann muß ja das, was sie tut, eindeutig nicht nur gut, sondern nachgerade großartig sein! Der Prozeß wird also zum Kreisprozeß, weil eine positive Kopplung der Motive erfolgt, die die weitere Vorwärtsbewegung vorantreiben, und er noch zusätzlich durch die Klammer der politischen Antagonismen zusammengehalten wird.

Und weiter: Ein Kreis entsteht deshalb, weil man eine neue Lösung dann am schwersten findet, wenn für die gestellte Aufgabe bereits eine Lösung vorhanden ist. Die Vereinigten Staaten existieren, ungeachtet dessen, was man Schlechtes über sie sagen mag, unbestreitbar, mitsamt ihren Highways, ihren unterirdisch beleuchteten Swimmingpools, ihren Supermärkten und dem ganzen glitzernden Rest. Und selbst wenn es gelänge, sich eine völlig andere Art von Behaglichkeit und Wohlstand auszudenken, dann wohl nur im Schoße einer Zivilisation, die zugleich sowohl mannigfaltig und, insgesamt, nicht arm wäre. Doch eine Zivilisation, die eine solche Ausgeglichenheit erreichte und damit homogen würde, ist uns völlig unbekannt. Es wäre eine Zivilisation, die die elementaren biologischen Bedürfnisse aller ihrer Mitglieder bereits zu befriedigen vermöchte. Dann könnte, in ihren nationalen Sektoren, die Suche nach weiteren, unterschiedlichen Wegen in eine von ökonomischen Zwängen bereits befreite Zukunft aufgenommen werden. Indessen wissen wir nunmehr ganz sicher, daß, wenn die ersten Sendboten der Erde über die Planeten spazieren, ihre anderen Söhne nicht von derlei Expeditionen, sondern von einem Stückchen Brot träumen werden.

XVII

Ungeachtet der uns trennenden unterschiedlichen Auffassungen hinsichtlich des Projekts bildeten wir – und damit meine ich nicht nur den Wissenschaftlichen Rat – eine hinreichend geschlossene Gruppe, und die Neuankömmlinge, hier und da schon als »uns auf den Hals geschickte Leute des Pentagon« bezeichnet, mußten gewärtig sein, daß wir ihre Argumente auf die Bajonette spießten. Wiewohl auch ich ihnen nicht sonderlich wohlgesinnt war, mußte ich doch zugeben, daß Learney und der ihn begleitende junge Biologe (Astrobiologe, wie er sich selbst nannte) immerhin etwas Imponierendes zustande brachten, denn daß es ihnen nach unseren ein Jahr dauernden Qualen, nach der kollektiven »Ausquetscherei«, der wir unsere Hirne unterzogen hatten, schließlich gelang, in der »Master's Voice«-Frage ganz und gar neue, von uns nicht berührte Hypothesen aufzustellen, die sich obendrein voneinander unterschieden und sich auf einen durchaus ordentlich gebauten mathematischen Apparat (mit dem faktographischen war es schon schlechter bestellt) stützten, war eigentlich nicht zu fassen. Aber genauso war es. Mehr noch, sich zum Teil gegenseitig ausschließend, ermöglichten diese neuen Ansätze dennoch einen originellen Kompromiß, eine gewisse goldene Mitte, in der sie sich recht glücklich trafen.

Baloyne hatte, vielleicht weil er fand, daß es sich nicht gehöre, in der Verhandlung mit den Leuten vom Gegenprojekt unsere bisherige »aristokratische« Struktur (die Teilung in eine allwissende Elite und die in miserabel informierten Arbeitsgruppen) aufrechtzuerhalten oder vielleicht auch nur, weil er glaubte, daß das, was wir zu hören bekämen, sensationell sein würde, eine gemeinsame Vorlesung für über tausend unserer Angestellten angesetzt.

Wenn Learney und Sinester sich einer gewissen Feindseligkeit der Versammelten bewußt waren, so ließen sie es sich jedenfalls nicht anmerken. Im übrigen benahmen sie sich fair.

Ihre Arbeiten, so unterstrich Learney einleitend, hätten rein theoretischen Charakter, man habe ihnen außer dem »Sternencode« und ein paar höchst allgemein gehaltenen Informationen über den »Froschlaich« keinerlei nähere Angaben zur Verfügung gestellt, es handele sich also durchaus nicht um einen »Parallelversuch«, um die Absicht, uns zu übertreffen, sondern nur um ein abweichendes Herangehen an die »Stimme des Herrn«, getragen von dem Gedanken, die Ansichten dergestalt gegenüberzustellen, wie es eben jetzt geschehe.

Er legte keine Pause für Applaus ein, und das war gut so, denn den hätte es sicherlich nicht gegeben, sondern er kam sofort zur Sache, und er tat dies durchaus verständlich. Er nahm mich sowohl durch seine Vorlesung als auch durch seine Person für sich ein, und nach den Reaktionen im Saal zu urteilen, die anderen gleichfalls.

Sein Spezialgebiet war die Kosmogonie in der Hubble-Variante und der Modifikation von Hayakawa (und auch meiner, wenn ich mal so sagen darf, obwohl ich nur die mathematischen Körbe für die Flaschen geflochten hatte, in die Hayakawa neuen Wein goß). Ich werde versuchen, seine Ausführungen in groben Zügen darzustellen und, wenn möglich, auch das Mitreißende des Vortrags wiederzugeben, der mitunter von Stimmen aus dem Saal unterbrochen wurde – denn eine trockene Inhaltsangabe dieser Konzeption würde sie ihres ganzen Reizes berauben. Die Mathematik lasse ich natürlich weg, obwohl sie eine eigene Rolle dabei spielte.

»Ich sehe das so«, sagte Learney, »der Kosmos ist ein pulsierendes Gebilde, das sich alle dreißig Milliarden Jahre abwechselnd zusammenzieht und wieder ausdehnt. In der Phase des Zusammenziehens kommt es schließlich zu einem Kollaps, bei dem der Raum zerfällt, der nicht mehr nur um Sterne gekrümmt und geschlossen ist, wie im Falle der Schwarzschild-Sphäre, sondern um alle Partikel, sogar um die Elementarteilchen! Weil der ›gemeinsame‹ Raum der Atome zu existieren aufhört, verschwindet selbstverständlich auch die gesamte uns bekannte Physik, erfahren ihre Gesetze eine Veränderung ... Dieser raumlose Schwarm schrumpft weiter, und dann wird das Ganze – bildlich gesprochen – umgestülpt in das Gebiet der verbotenen energetischen Zustände, in den ›negativen Raum‹, also ist das kein Nichts, sondern weniger als das Nichts, zumindest mathematisch!

Unsere gegenwärtige Welt hat keine Antiwelten, das heißt, sie hat sie zeitweilig, einmal in dreißig Milliarden Jahren. Die ›Antiteilchen‹ in unserer Welt sind nur die Spuren jener Katastrophen, ein archaisches Relikt und natürlich auch die Möglichkeit der nächsten Katastrophe. Aber es bleibt, ich kehre zu meinem Bild zurück, eine Art ›Nabelschnur‹, in der sich noch ein Restchen nichterloschener Materie herumtreibt, die Glutreste des sterbenden Alls, es ist dies der Spalt zwischen dem schwindenden ›positiven‹ Raum, dem unseren, und jenem anderen ›negativen‹ ... Dieser Spalt bleibt offen, er wächst nicht zu, schließt sich nicht, weil ihn die Strahlung – eben die Neutrinostrahlung! – immer wieder auseinanderdrängt. Diese Strahlung ist etwas wie die letzten Funken einer Feuerstätte, und von ihr geht die nächste Phase aus, denn wenn das ›Umgestülpte‹ bereits die Grenzen seiner ›umstülpenden‹ Expansion erreicht, die ›Antiwelt‹ geschaffen, sie ausgebreitet hat, beginnt es wieder, sich zusammenzuziehen und durch den Spalt nach draußen zu dringen, zuerst als Neutrinostrahlung – sie ist die härteste und beständigste – gibt es doch noch kein Licht, sondern nur, hinter der Neutrinostrahlung, einc extreme Gammastrahlung! Das, was von neuem den sich weitenden Kosmos aufzublähen und kugelig zu formen beginnt, ist die sich sphärisch ausbreitende Neutrinowelle, und diese Welle ist gleichzeitig die Matrize für die Erschaffung aller Teilchen, die alsbald den neu entstehenden Kosmos bevölkern werden, sie trägt diese Teilchen in sich, aber nur virtuell, weil sie die für eine derartige Materialisierung nötige Energie besitzt.

Und wenn nun in diesem Kosmos die Flucht der Galaxien bereits im vollen Gange ist, so wie in unserm, irrlichtern in ihm noch Echos der Neutrinowelle umher, die ihn gezeugt hat, und EBEN DAS IST DIE STIMME DES HERRN! Aus der Stoßwelle, die sich durch den ›Spalt‹ zwängt, aus dieser Neutrinowelle entstehen die Atome, Sterne und Planeten, die galaktischen Nebel und Metagalaxien, und damit existiert das ›Problem des Briefes‹ nicht mehr . . . Nichts hat uns eine andere Zivilisation über den ›Neutrinotelegrafen‹ geschickt, am anderen ›Ende‹ gab es niemanden, keinen Absender, nichts, außer der kosmischen Pulsation, jenem ›Nabelbruch‹. Es gibt lediglich eine durch rein physikalische, natürliche Prozesse ausgelöste Strahlung, die völlig unpersönlich ist, also auch keinerlei sprachlichen Charakter, keinen Inhalt, keine Bedeutung besitzt . . . Diese Strahlung stellt ein dauerhaftes Bindeglied zwischen den einander ablösenden Welten, den erlöschenden und den neuerstehenden dar, sie verbindet sie energetisch und informationell miteinander, durch sie bewahren sie Kontinuität, sind Wiederholungen, nicht zufällige, sondern eben regelmäßige, also könnte man auch sagen, daß dieser Neutrinostrom der ›Keim‹ des nächstfolgenden Kosmos, daß dies eine Art ›Generationswechsel‹ der durch die Zeit voneinander getrennten Universa ist, aber diese Analogie enthält natürlich nichts Biologisches. Die Neutrinos sind nur deshalb das ›Korn‹ des Zerfalls, weil sie die beständigsten Teilchen von allen sind. Ihre Unzerstörbarkeit ist die Garantie für die kreisförmige Wiederkehr der Kosmogenese, ihre Wiederholungen . . .«

Er formulierte das alles natürlich weitaus präziser, untermauerte es nach besten Kräften durch Berechnungen. Es wurde sehr still während seines Vortrages, und als er geendet hatte, setzten die Angriffe ein.

Er wurde mit Fragen überschüttet: Welche Erklärung er für das »biophile« Signal hätte? Woher seine lebenbegünstigende Eigenschaft käme? Ob sie, seiner Meinung nach, »reiner Zufall« sei? Und in erster Linie – wo wir den »Froschlaich« herhätten?

»Ich habe mir natürlich meine Gedanken darüber gemacht«, entgegnete Learney. »Sie fragen mich, wer das geplant, verfaßt und abgeschickt hat. Ohne diese lebenbegünstigende Seite der Strahlung wäre Leben in der Galaxis ein außerordentlich seltenes Phänomen! Nun, und so frage ich Sie meinerseits, und wie ist es auf der Erde mit den physikalischen Eigenschaften des Wassers bestellt? Wenn Wasser mit einer Temperatur von vier Grad plus nicht leichter wäre als Wasser mit einer Temperatur von null Grad und wenn Eis nicht schwämme, würden sämtliche Wasserspeicher bis zum Grunde einfrieren, und kein im Wasser lebendes Wesen würde das außerhalb der Äquatorzone überstehen. Und wenn das Wasser eine andere, weniger hohe Dielektrizitätskonstante besäße, könnten sich keine Eiweißmoleküle darin bilden, es gäbe also auch kein Eiweißleben. Aber fragt denn jemand in der Wissenschaft danach, wer hier aus Freundlichkeit eingegriffen, wie und wer die Dielektrizitätskonstante des Wassers oder die größere Leichtigkeit des Eises bewirkt hat? Niemand fragt danach, weil wir solche Fragen für sinnlos halten. Wenn das Wasser andere Eigenschaften hätte, wäre Leben entweder auf einer Nichteiweißbasis entstanden, oder aber es gäbe überhaupt keins. Analog dazu darf man auch nicht fragen, wer uns die biophile Strahlung geschickt hat. Sie erhöht die Wahrscheinlichkeit, daß hochmolekulare Körper überleben, was, wenn Sie so wollen, entweder ein Zufall oder eine ebensolche in der Natur der Sache liegende Notwendigkeit ist wie die, welche aus dem Wasser eine ›lebenbegünstigende Substanz‹ gemacht hat. Man muß das ganze Problem umkehren, es vom Kopf auf die Füße stellen, und dann lautet es: Dank dem Umstand, daß das Wasser die und die Eigenschaften besitzt, wie auch dank dem Umstand, daß es im Kosmos eine Strahlung gibt, die die Biogenese stabilisiert, kann Leben entstehen und der wachsenden Entropie erfolgreicher trotzen, als das sonst der Fall wäre . . .«

»Der ›Froschlaich‹!« wurde gerufen. »Der ›Froschlaich‹!«

Ich fürchtete, daß gleich alle anfangen würden im Sprechchor zu brüllen, der Saal war bereits aufgeheizt wie bei einem Boxkampf.

»Der ›Froschlaich‹? Sie wissen besser als ich, daß es nicht gelungen ist, den sogenannten Brief ganz zu entschlüsseln, sondern nur einzelne ›Bruchstücke‹ – aus ihnen entstand der ›Froschlaich‹. Das heißt, daß der ›Brief‹ als Ganzes außerhalb Ihrer Vorstellungen nicht existiert und der ›Froschlaich‹ einfach das Resultat einer extrahierten Information ist, die in der Neutrinostrahlung enthalten ist und mit der sich etwas anfangen ließ. Durch den ›Spalt der Welten‹, der untergehenden und der entstehenden, ist ein Schwall der Neutrinowelle bis nach draußen durchgedrungen, aufgebläht wie eine Seifenblase. Die Energie dieser Welle reicht aus, um das nächste Weltall ›hinauszupusten‹, und die Front dieser Welle ist mit einer Information durchtränkt, die sozusagen aus einer längst nicht mehr vorhandenen Phase stammt. Und so steckt in dieser Welle eine Information, die Atome erzeugt, wie ich bereits sagte, und eine, die die Biogenese ›begünstigt‹, und darüber hinaus gibt es dort auch Anteile, die aus unserer Sicht ›unbrauchbar‹ sind, ›zu gar nichts bestimmt‹. Das Wasser hat jene erwähnten Eigenschaften, die Leben ›begünstigen‹, und es hat Eigenschaften, die für das Leben ohne Bedeutung sind, wie zum Beispiel seine Durchsichtigkeit. Es brauchte nicht durchsichtig zu sein, und für die Entstehung von Leben wäre das ohne Belang. So wie man nicht fragen darf: Wer hat das Wasser durchsichtig gemacht?, so darf man nicht fragen: Wer hat das Rezept für den ›Froschlaich‹ gemacht? Es ist eines der Merkmale eines gegebenen Kosmos, eine Eigenschaft, die wir untersuchen können wie die Durchsichtigkeit des Wassers, die jedoch einen ›außerphysikalischen‹ Sinn nicht besitzt.«

Es entstand ein großes Durcheinander. Schließlich fragte Baloyne, wie sich Learney die Kreisstruktur des Signals, die zyklischen Wiederholungen und den Umstand erkläre, daß das ganze übrige Emissionsspektrum des Himmels in der Neutrinostrahlung ein gewöhnliches Rauschen sei, während in einem einzigen Bereich so viel Information stecke.

»Aber das ist doch ganz einfach«, erwiderte der Kosmogonie-Spezialist, der aus dem allgemeinen Aufruhr Genugtuung zu schöpfen schien. »Anfangs war die gesamte Strahlung auf eben jenen Bereich konzentriert, weil der ›Weltenspalt‹ sie in eben diesem Teil des Spektrums ausprägte, zusammenpreßte, modulierte, wie einen Wasserstrahl, der aus einer engen Öffnung tritt. Am Anfang war es ein Einlinienspektrum und weiter nichts. Dann spalteten sich infolge des Auseinanderlaufens der Streuung, der Desynchronisation, der Diffraktion, der Beugung, der Interferenz immer größere Mengen ab, verwischten sich, bis schließlich, nach den Jahrmilliarden, die unser Weltall besteht, aus der ursprünglichen Information das Rauschen, aus der scharfen Fokussierung ein breites Energiespektrum entstand, denn in der Zwischenzeit kamen ja die ›sekundären‹ Rauschgeneratoren der Neutrinos in Gang – die Sterne –, und das, was wir als ›Brief‹ empfangen, ist ein Überbleibsel des ›Nabelstrangs‹, das letzte Restchen, das sich noch nicht aufgelöst hat, noch nicht vollständig zerronnen ist in unzähligen Reflexionen, beim vielfachen Durchlaufen der Metagalaxis von einem Ende zum anderen. Jetzt ist die allgegenwärtige Norm das Rauschen und nicht die Information. Aber im Moment der Entstehung unseres Kosmos, seiner explosiven Geburt, enthielt diese Neutrinoblase die vollständige Information über alles, was danach materiell aus ihr entstand, und eben dadurch, daß sie gewissermaßen ein Relikt jener Epoche darstellt, von der wir darüber hinaus keinerlei Spuren mehr ausmachen, empfinden wir sie als etwas verblüffend Andersgeartetes als die Erscheinungen der ›gewöhnlichen‹ Materie und Strahlung.«

Das war durchaus geschickt, kein Wort dagegen – dieses schöne, logisch geschlossene Gebäude, das er da vor uns aufbaute. Danach folgte die nächste Portion Mathematik. Er zeigte auf, welche Eigenschaften der »Weltenspalt« haben müsse, damit er als »Matrize« jener Stelle des Neutrinospektrums genau entspräche, wo sich die Strahlung befand, die wir den »Sternencode« nannten. Das war eine sehr ordentliche Leistung, er zog für diese Arbeit die Resonanztheorie heran, und schließlich gelang es ihm, im Rahmen seiner Beweisführung sogar die ständigen Wiederholungen des Signals zu erklären: Das gleiche betraf auch den Ort, von wo der angebliche »Brief« kam den Radianten des Kleinen Hundes.

Da ergriff ich das Wort und sagte, eigentlich habe er die Sache auf den Kopf gestellt, denn er habe zum »Brief« einen ganzen Kosmos dazugebaut, einen, der ihm zusage, zur gegebenen energetischen Struktur des Signals – indem er schlicht und einfach diesen seinen »Spalt« auf Paßform zugeschnitten, ihn mit den entsprechenden »Dimensionen« versehen habe, ja er habe sogar die Geometrie dieses ad hoc verfertigten Kosmos auf eine Weise umgemodelt, daß sich nun die Richtung, aus der das »Signal« komme, als zufällig entpuppe.

Learney lächelte und gab mir bis zu einem gewissen Grade recht. Doch er setzte hinzu, ohne seinen »Spalt« würden die einander ablösenden Welten ohne Verbindung und Zusammenhang entstehen und vergehen, jede wäre anders, das heißt: Sie könnte anders sein, oder der Kosmos könnte ständig in der energielosen »Antiweltphase« verbleiben, und es wäre vorbei mit jeglicher Schöpfung, vorbei mit sämtlichen möglichen Welten, es gäbe weder uns noch die Sterne über uns, und niemand brauchte sich mehr den Kopf über etwas zu zerbrechen, was nicht geschehen sei ... Aber es sei ja eben geschehen! Die monströse Kompliziertheit des »Briefs« lasse sich folgendermaßen erklären: Die entsetzliche Konzentration der »Agonie« bewirke, daß die untergehende Welt, wie ein Mensch seinen Geist, ihre Information »aufgebe«, die werde nicht mit vernichtet, sondern – dank Gesetzen, die sich unserer Kenntnis entzögen, denn die Physik höre ja bei jener Verdichtung, bei jenem Auseinanderbrechen des Raumes auf – diese Information vereinige sich mit dem, was noch weiter bestünde: mit dem Neutrinokomprimat mitten in dem »Spalt«.

Baloyne, der den Vorsitz führte, fragte uns, ob wir gleich in die Diskussion einsteigen oder uns erst noch Sinester anhören wollten. Wir stimmten für letzteres, aus Neugier, versteht sich. Learney kannte ich ein bißchen, weil ich ihn hin und wieder bei Hayakawa gesehen hatte, aber von Sinester hatte ich bisher noch nie gehört. Er war ein kleiner junger Mann mit einem Gesicht, das an eine Kartoffel erinnerte, was im übrigen nichts heißen will.

Er begann merkwürdig ähnlich wie Learney. Der Kosmos stelle ein pulsierendes Gebilde dar, mit einander ablösenden blauen Schrumpfungs- und roten Ausdehnungsphasen. Jede Phase dauere ungefähr dreißig Milliarden Jahre. Sobald sich in der roten Phase, der Phase der Galaxienflucht, die Materie ausreichend zerstreut und die planetenähnlichen Körper abgekühlt hätten, entstünde auf diesen Himmelskörpern Leben, das manchmal intelligente Formen hervorbrächte. Wenn die Ausdehnung zu Ende gehe und sich der Kosmos wieder zentripetal zusammenzuziehen beginne, käme es in der blauen Phase allmählich zu riesigen Temperaturen und einer immer härter werdenden Strahlung, auf die Weise werde die gesamte lebende Materie vernichtet, die sich im Verlaufe von Jahrmilliarden über die Planeten ausgebreitet habe. Selbstverständlich gäbe es in einer roten Phase wie der, in welcher wir geboren wurden, Zivilisationen von unterschiedlichem Entwicklungsstand. Es müßte auch welche geben, die in technologischer Hinsicht den Gipfel erreicht hätten und sich, dank der Entwicklung der Wissenschaften, darunter auch der Kosmogonie, über die eigene Zukunft und die des Weltraums im klaren wären. Solche Zivilisationen, oder sagen wir der Einfachheit halber: solch eine Zivilisation, die sich in einer bestimmten Galaxis befinde, wisse demzufolge, daß die Organisation der Materie den Zenit überschreiten werde und der Prozeß der umfassenden Vernichtung in immer größer werdender Hitze beginne. Falls sie über ein weit größeres Wissen verfüge als wir, vermöge sie auch bis zu einem gewissen Grade vorauszusehen, wie sich die Ereignisse in der Folge, nach dem »blauen Ende der Welt«, weiter abspielen würden, und wenn sie ihr Wissen noch mehr erweitere, könne sie auf diesen zukünftigen Zustand Einfluß nehmen . . .

Hier wurde es wieder ziemlich laut: Sinester trug eine Theorie der Steuerung von kosmogonischen Prozessen vor, nicht mehr und nicht weniger!

Der Astrobiologe setzte mit Learney voraus, daß der »kosmische Zweitaktmotor« nicht vollständig determiniert sei, weil besonders in der Kontraktionsphase erhebliche Indeterminismen entstünden – durch die Veränderungen in der Massenverteilung, die prinzipiell zufällig seien, durch den veränderlichen Verlauf der Annihilation – und was für eine »Art« von Kosmos aus der nächstfolgenden Kontraktion hervorginge, sei nicht bis ins letzte vorhersehbar. Uns sei diese Schwierigkeit in unserem Miniaturmaßstab bekannt – weil wir den Verlauf von Turbulenzprozessen, bei denen Wirbel entstehen (wie im Wasser, das sich an Felsenriffen bricht, beispielsweise) nicht vorhersehen, das heißt nicht berechnen können. Die einzelnen »roten Universa«, die jeweils aus den blauen hervorgingen, könnten sich folglich derart voneinander unterscheiden, daß der zur Zeit vorhandene Typ, in welchem Leben möglich ist, eine ephemere Erscheinung darstellen könne – einen unwiederbringlichen Zustand oder einen, nach welchem eine lange Serie nurmehr toter Pulsationen käme.

Ein solches Horoskop könne jener Hochzivilisation nicht zusagen, und folglich würde sie versuchen, das Bild von einer für allezeit nurmehr tot glühenden und tot erkaltenden Ewigkeit zu korrigieren – und zwar durch entsprechende astrotechnische Eingriffe. Sich gewissermaßen auf den Untergang vorbereitend, der sie erwarte, könne diese Zivilisation einen Stern oder ein Sternensystem entsprechend »programmieren«, indem sie die Energetik eines solchen Systems wesentlich modifiziere, so daß es zu einer Art von aktionsbereitem Neutrinolaser würde, allerdings erst in dem Moment, da die Gravitationstensoren, die Parameter für Temperatur, Druck und so weiter bestimmte Maximalwerte überschritten – wenn sozusagen die Physik des gegebenen Kosmos selbst sich aufzulösen beginne. Dann würde sich diese untergehende Galaxis, unter dem Einfluß von Phänomenen, die für sie den »Auslöser« der angehäuften Energie bildeten, in einen einzigen schwarzen Neutrinoblitz verwandeln, der sehr präzise, sehr sorgfältig programmiert sei! Als die härteste und die widerstandsfähigste aller Strahlungen wäre diese monotone Neutrinowelle nicht nur das Totengeläut für die untergehende Phase des Alls, sondern sie würde zugleich auch die Geburtsstunde der nächsten Phase einläuten, weil sie mitwirken würde an der Entstehung neuer Elementarteilchen. Darüber hinaus schließe die »dem Stern aufgeprägte« Direktive die »Biophilie« ein – die erhöhte Chance für die Geburt von Leben.

Damit erwies sich in jenem schwungvoll entworfenen Bild der »Sternencode« als eine Mitteilung, die in unseren Bereich des Alls ausgesandt worden war, und zwar aus jenem Kosmos, der ihm voranging. Die ABSENDER existierten also seit mindestens dreißig Milliarden Jahren nicht mehr. SIE hatten eine »Botschaft« verfaßt, die so dauerhaft war, daß sie die Vernichtung ihres eigenen Universums überstand und, nachdem sie sich in die Prozesse der darauffolgenden Schöpfung eingeschaltet hatte, das Phänomen der Evolution von Leben auf den Planeten in Gang setzte. Wir waren gleichfalls IHRE Kinder . . .

Das war witzig ausgedacht! Das Signal war gar kein »Brief«, seine »Biophilie« stellte nicht die »eine Seite« dar, die der anderen, seinem »Inhalt«, gegenüberstand. Nur wir hatten, nach unserer Gewohnheit, versucht, auseinanderzutrennen, was sich nicht trennen ließ. Das Signal oder vielmehr der biophile Impuls begann zuerst damit, die kosmische Materie bei ihrer Wiedergeburt derart »einzustimmen«, daß Teilchen mit den gewünschten Eigenschaften entstanden – natürlich vom Standpunkt jener Zivilisation aus betrachtet –, und wenn dann die Astrogenese anlief und in ihrem Gefolge auch die Planetogenese, »schalteten sich« andere, strukturelle Besonderheiten sozusagen »in die Aktion ein«, die von Beginn an ebenfalls im Impuls enthalten gewesen waren, bis dahin jedoch noch keine »Empfänger« gehabt hatten, und offenbarten erst jetzt ihre Fähigkeit, die Geburt von Leben unterstützen zu können. Da es »leichter ist«, die allgemeinen Chancen für den Fortbestand von großen Molekülen zu erhöhen als die Entstehung der elementarsten Bausteine der Materie zu dirigieren und zu lenken, haben wir ersteren Effekt als für sich stehend und »inhaltslos« ermittelt, dem zweiten aber, dem Atome erzeugenden, die Bezeichnung »Brief« gegeben.

Wir haben ihn nicht entschlüsselt, weil das für uns, für unser Wissen, für unsere Physik und Chemie insgesamt nicht möglich ist. Doch aus den Bruchstücken des in dem Impuls fixierten Wissens haben wir ein Rezept angefertigt, das Rezept für den »Froschlaich«! So soll also das Signal steuern und nicht informieren, und es ist an den Kosmos adressiert, nicht an irgendwelche Wesen. Wir können lediglich versuchen, auf das Signal selbst und auf den »Froschlaich« gestützt, unser Wissen zu vertiefen.

Als Sinester geendet hatte, herrschte Bestürzung. Da hatten wir den Embarras de richesse! Das Signal als natürliches Gebilde, als letzter »Neutrinoakkord« des sterbenden Alls, von dem »Spalt« zwischen Welt und Antiwelt einer Neutrinowelle aufgeprägt, als Kuß vor dem Tode, als dieser Welle auf die Stirn gedrücktes Stigma – oder auch als Testament einer Zivilisation, die nicht mehr existierte: eine imposante Alternative!

Es fanden sich auch unter uns Anhänger beider Ansichten. Es wurde darauf hingewiesen, daß in der gewöhnlichen, das heißt natürlichen harten Strahlung Anteile vorkommen, die das Tempo von Mutationen beschleunigen und somit auch den Gang der Evolution zu beschleunigen vermögen, während andere Anteile dies nicht tun, woraus noch nicht folgt, daß die einen etwas zu bedeuten hätten und die anderen nicht. Eine Weile versuchten alle auf einmal zu reden. Mir war, als stünde ich an der Wiege neuer Mythologien. Ein Testament ... Wir als die Nachgeborenen jener ANDEREN ...

Weil es von mir erwartet wurde, ergriff ich das Wort. Ich wies zunächst darauf hin, daß sich durch eine beliebige Anzahl von Punkten auf einer Fläche eine beliebige Anzahl von Kurven führen läßt. Ich hätte es nie für meine Aufgabe gehalten, erklärte ich, eine maximale Zahl verschieden lautender Hypothesen aufzustellen, denn die könne man sich in unbegrenzter Anzahl ausdenken. Statt unseren Kosmos und seine Vorstufen auf das Signal zuzuschneiden, brauche man beispielsweise nur unsere Empfangsapparatur in dem Sinne primitiv zu finden, in welchem ein Rundfunkapparat mit geringer Trennschärfe primitiv sei. Man empfängt auf ihm mehrere Sender auf einmal, wodurch ein Kauderwelsch entsteht! Derjenige jedoch, der keine von den Sprachen versteht, in denen die Sendungen ausgestrahlt werden, kann einfach alles registrieren, »wie es kommt«, und sich darüber den Kopf zerbrechen. Und also könnten auch wir einem solchen technischen Fehler zum Opfer gefallen sein.

Vielleicht stelle der sogenannte Brief mehrere gleichzeitig aufgezeichnete Sendungen dar. Vorausgesetzt, in der Galaxis arbeiteten automatische Sender auf eben dieser »Frequenz«, in diesem Bereich, den wir als einen einzigen Übertragungskanal ansehen, so ließe sich sogar die ständige Wiederkehr der Signale erklären. Es könnten Signale sein, mit deren Hilfe gesellschaftliche Systeme, die eine »Zivilisationsgemeinschaft« bilden, bestimmte technische Apparaturen, ihre astrotechnischen Apparaturen zum Beispiel, systematisch synchron hielten.

Das würde die »Kreisstruktur« der Signale erklären. Doch es paßte nicht sonderlich zum »Froschlaich«, obwohl, wenn man die Erklärungen entsprechend dehnte, notfalls auch die Synthese des »Froschlaichs« in diese Darstellung passen würde. Jedenfalls sei sie bescheidener, also auch vernünftiger als die ungeheuren Visionen, die hier vor uns ausgebreitet worden seien. Es bestehe ein Rätsel, das wir *außerhalb* des Signals nicht verstünden – nämlich daß es *einzeln* vorkomme. Es müßten ihrer sehr viele sein. Aber den ganzen Kosmos zu durchforsten, um das Rätsel »aus dem Wege zu räumen«, das sei ein Luxus, den wir uns nicht leisten könnten. Man könne das Signal ja auch als »Sphärenmusik« betrachten, als eine Art Hymne, eine Neutrinofanfare, mit welcher die Hochzivilisation zum Beispiel den Ausbruch einer Supernova begrüße. Es könnte auch ein Apostelbrief sein: Wir hätten dort das WORT, das FLEISCH ward, wir hätten auch, als Gegenstück dazu – den »Froschlaich«, der, als der »Herr der Fliegen«, also als Frucht der Finsternis, auf die manichäische Natur des Signals und der Welt hindeute. In derlei Auslegungen fortzufahren, sollten wir für unstatthaft erklären. Im Grunde genommen seien beide Ansichten konservativ, besonders aber die von Learney, weil sie sich auf die Verteidigung, ja auf die verzweifelte Verteidigung eines empirischen Standpunktes beschränke. Learney wolle nicht von der traditionellen Position der exakten Wissenschaften abgehen, die sich seit ihrer Entstehung mit den Phänomenen der Natur und nicht der Kultur befaßt haben, weil ja eine Physik oder Chemie der Kultur nicht existiere, sondern nur eine »der Materialien des Universums«. Da er nicht darauf verzichten wolle, den Kosmos als aller »Bedeutungen« bares, rein physikalisches Objekt zu betrachten, benehme sich Learney wie jemand, der sich dazu versteigt, einen mit der Hand geschriebenen Brief als Seismogramm zu studieren. Letzten Endes sind ja sowohl die Schrift als auch das Seismogramm eine bestimmte Art von komplizierten krummen Linien.

Sinesters Hypothese wertete ich als den Versuch, die Frage zu beantworten, ob »jeder Kosmos seinen Nachkommen zeuge«. Er habe eine Antwort gegeben, nach der unser »Code«, da er ein künstliches Gebilde bleibe, aufhörte, ein »Brief« zu sein. Ich schloß, indem ich die Unmenge von Prämissen aufzählte, die beide aus der Luft gegriffen hatten: den negativen »Bruch« der Materie, der am Tiefpunkt der Kontraktion zur Information komprimiert werde, das Einbrennen »Atome gebärender« Stigmata auf der Stirn der Welle. Man werde das niemals ex definitione nachprüfen können, da es dort geschehen werde, wo es nicht nur keinerlei wie auch immer geartete Wesen, sondern auch keine Physik mehr gäbe. Das sei eine Diskussion über ein Leben nach dem Tode, getarnt durch physikalische Terminologie. Oder eine Art »Philosophy Fiction«, analog zur »Science Fiction«. Das mathematische Gewand verhülle den Mythos. Ich sähe darin ein signum temporis, weiter nichts.

Es versteht sich, daß die Diskussion da erst um sich griff wie ein Feuerbrand. Als sie schon fast erloschen war, erhob sich Rappaport plötzlich »mit noch einer Hypothese«. Sie war so originell, daß ich sie hier anführen will. Er verfocht die These, daß der Unterschied zwischen »Künstlichem« und »Natürlichem« nicht völlig objektiv, nicht etwas absolut Gegebenes, sondern relativ sei und von dem jeweiligen erkenntnistheoretischen Bezugssystem abhänge: »Die Substanzen, die beim Stoffwechsel von lebenden Organismen ausgeschieden werden, halten wir für natürliche Produkte. Wenn ich eine große Menge Zucker esse, werden meine Nieren den Überschuß ausscheiden. Ob der Zucker in meinem Urin ›künstlich‹ oder ›natürlich‹ ist, hängt von meiner Intention ab. Wenn ich absichtlich soviel Zucker gegessen habe, um ihn auszuscheiden, weil ich den Mechanismus der Erscheinung kenne und die Folgen meines Tuns absehen kann, wird er ›künstlich‹ anwesend sein, wenn ich den Zucker aber gegessen habe, weil ich Appetit darauf hatte und nichts weiter, ist sein Vorhandensein ›natürlich‹. Das läßt sich beweisen. Wenn jemand meinen Urin untersucht und ich mich mit ihm entsprechend verabredet habe, kann das Vorhandensein von Zucker, das er aufdeckt, die Bedeutung eines Informationssignals erlangen. Vorhandener Zucker wird zum Beispiel ›ja‹ bedeuten, und das Fehlen von Zucker ›nein‹. Das ist ein Vorgang symbolischer Zeichengebung, der höchst künstlich ist, aber nur *zwischen uns beiden*. Wer unsere Abmachung nicht kennt, wird aus der Untersuchung meines Urins nichts erfahren. Das rührt daher, daß es in der Natur wie auch in der Kultur ›ganz wirklich‹ einzig und allein ›natürliche‹ Phänomene gibt und sie nur dadurch zu ›künstlichen‹ werden, weil wir sie durch Vereinbarung oder unser Handeln auf bestimmte Weise miteinander verbinden. ›Absolut künstlich‹ sind lediglich Wunder, da sie nicht möglich sind.«

Nach dieser Einleitung holte Rappaport zum Hauptstreich aus. »Einmal angenommen«, sagte er, »die biologische Evolution könnte zweigleisig verlaufen: Entweder sie bringt Einzelorganismen hervor und dann die aus ihnen entstehenden vernunftbegabten Wesen, oder aber – auf der anderen Seite – sie erzeugt ›vernunftlose‹, aber zugleich außerordentlich hochorganisierte Biosphären – nennen wir sie ›Wälder lebenden Fleisches‹ oder eine Vegetation noch anderer Art –, die im Verlaufe einer sehr langen Entwicklung sogar die Kernenergetik beherrschen lernen. Die Evolution beherrscht sie jedoch nicht so, wie wir die Bomben- und Reaktortechniken beherrschen, sondern so, wie unser Körper gelernt hat, den Stoffwechsel ›zu beherrschen‹. Dann wären Erscheinungen vom strahlenerzeugenden Typus Stoffwechselprodukte, und weitergesehen wären sogar die Neutrinoströme solche Produkte, sie würden nur das ›Exkrement‹ solcher Globen und ihrer Organismen darstellen, das wir empfangen – eben in Gestalt des ›Sternencodes‹. Dann würde es sich um einen ganz natürlichen Vorgang handeln, weil die Wesen ja nicht vorhatten, irgendwem irgend etwas zu übermitteln oder mitzuteilen, und jene Teilchenströme sind lediglich das unvermeidliche Resultat ihres Stoffwechsels, eine ›Ausscheidungsstrahlung‹. Doch es kann auch sein, daß Planeten-Organismen etwas vom Vorhandensein jener anderen erfahren, dank solchen im Raum hinterlassenen ›Spuren‹. Dann wäre das eine Art von ›Zeichengebung‹ zwischen ihnen.«

Rappaport fügte hinzu, diese Hypothese bleibe im Rahmen des für die Wissenschaft typischen Vorgehens; denn die Wissenschaft unterscheide die Phänomene nicht nach »künstlichen« und »natürlichen«, er sei also nach ihren Geboten verfahren. Die Hypothese könne, zumindest im Prinzip, nachgeprüft werden, indem man das Vorhandensein oder auch nur die theoretische Möglichkeit von »Neutrinoorganismen« nachweise, weil sie uns nicht zu »anderen Kosmen« in Beziehung setze.

Nicht alle begriffen genau, daß das nicht nur eine geistige Glanzleistung war, denn man kann, von der Physik und der Chemie ausgehend, grundsätzlich jede beliebige Art von organischem Stoffwechsel vorhersehen und berechnen, was man hingegen, von eben dieser Physik und Chemie ausgehend, weder vorhersehen noch berechnen kann, ist eine Kultur, in welcher bestimmte Wesen »Neutrinobriefe« schreiben und abschicken. Diese zweite Erscheinung gehört in einen anderen, außerhalb der Physik liegenden Bereich. Wenn die Zivilisationen in verschiedenen Sprachen zueinander reden, und die Entwicklungsunterschiede zwischen ihnen sind erheblich, extrahieren diejenigen, die »unwissender« sind, aus einer erhaltenen Mitteilung bestenfalls das, oder fast nur das, was daran physikalisch ist oder natürlich, das läuft auf das gleiche hinaus. Sie verstehen nichts weiter. Tatsächlich werden, bei einer entsprechend weiten Fächerung zwischen den Zivilisationen, die gleichen Begriffe, selbst wenn sie in beiden Kulturen sinnvoll sein sollten, ganz und gar unterschiedliche Dinge bedeuten.

Es wurde unter anderem darüber debattiert, ob die mögliche »Zivilisation der Absender«, die existierte oder die – laut Sinester – nicht mehr am Leben war, eine Ratio besitze. Aber durften wir annehmen, daß sich eine Zivilisation, die sich darum sorgt, was im »nächsten Kosmos«, in dreißig Milliarden Jahren sein wird, von Vernunftgründen leiten lasse? Welches mußten, selbst für eine unerhört reiche Zivilisation, die Kosten sein, die sie in die Geschicke lebender Wesen investierte, um zum Steuermann der großen Kosmogonie zu werden? Was, analog dazu, übrigens auch den »biophilen Effekt« betraf. Man konnte meinen, daß das für sie rational war, daß es also keine von Zivilisation zu Zivilisation invariante Ratio gäbe.

Wir, ein gutes Dutzend Leute, fanden uns nach der Beratung noch bei Baloyne zusammen und debattierten bis tief in die Nacht hinein – selbst wenn uns Sinester und Learney nicht überzeugt hatten, so hatten sie doch zweifellos Öl in das langsam verlöschende Feuer gegossen. Wir sprachen über das, was Rappaport aufgeworfen hatte. Er ergänzte das Gesagte, umriß es noch genauer, und es entstand ein durchaus unheimliches Bild von gigantischen Biosphären, die in den Kosmos »sendeten«, ohne zu wissen, was sie taten, es war eine uns unbekannte, weitere Phase der Homöostase, der Vereinigung von Lebensprozessen, die, nachdem sie sich die Quellen der Kernenergie zu eigen gemacht hatten, Energieumsätze von Sonnenstärke erreichten. Die Biophilie ihres »Neutrinoexkrements« wurde zu einem ebensolchen Effekt wie die Tätigkeit der Pflanzen, die die Erdatmosphäre mit Sauerstoff angereichert und dadurch anderen Organismen das Leben ermöglicht hatten, ohne die Photosynthese zu kennen – und dennoch hatte uns ja das Gras unwissentlich die Chance gegeben zu entstehen. Der »Froschlaich« und die ganze »informatorische« Seite des »Briefs« verwandelten sich in Produkte eines unendlich verzwickten Metabolismus. Der »Froschlaich« verkehrte sich in eine Art Abfall, in Schlacke, deren Struktur von planetarischen Metabolismen abhing.

Als ich mit Donald ins Hotel zurückging, sagte er mir mit einemmal, er fühle sich im Grunde genommen betrogen: Die Leine, an der wir im Kreise herumrannten, sei zwar verlängert worden, aber an unserer Situation des Angekettetseins habe sich nichts geändert. Wir seien Zeugen eines recht beachtlichen intellektuellen Feuerwerks gewesen, aber als es heruntergebrannt war, seien wir mit leeren Händen zurückgeblieben. »Vielleicht hat man uns sogar etwas weggenommen«, fuhr er fort, »vorher stand der ›consensus omnium‹ hinter dem ›Brief‹, in dessen Umschlag sich eine Handvoll Sand befand« – so nannte er den »Froschlaich«. »Solange wir daran glauben, daß wir einen ›Brief‹ bekommen haben, wenn auch einen unverständlichen, wenn auch einen rätselhaften, hat das Wissen um die Existenz eines Absenders autonome Bedeutung. Aber wenn sich herausstellt, daß es vielleicht gar kein ›Brief‹ ist, sondern sinnlose Zickzacklinien, dann bleibt uns nichts außer dem Sand ... Und wenn der selbst Gold enthielte, fühlen wir uns ärmer geworden, mehr noch: beraubt.«

Ich dachte noch darüber nach, als er mich schon verlassen hatte. Ich versuchte zu ergründen, woher eigentlich meine Sicherheit rührte, die es mir möglich machte, mit andersartigen, immerhin auf solider Argumentation fußenden Ansichten fertig zu werden? Ich war eben überzeugt davon, daß wir einen »Brief« erhalten hatten! Es lag mir sehr viel daran, dem geneigten Leser diesen meinen Glauben zu vermitteln, ja nicht so sehr ihn selbst als vielmehr die hinter ihm stehenden Motive. Falls mir das nicht gelungen sein sollte, hätte ich dieses Buch nicht zu schreiben brauchen; denn dies war sein ausgemachtes Ziel. Ein Mensch, der sich wie ich sehr lange, viele Male an wechselnden Fronten der Wissenschaft damit herumgeplagt hat, die »Chiffren der Natur« zu entschlüsseln, weiß wahrhaftig mehr über sie als seine mathematischen Publikationen darüber enthalten.

Gestützt auf dieses nicht zu vermittelnde Wissen behaupte ich, daß sich der »Froschlaich«, mit seinen Ressourcen an Kernenergie, mit dem »Trex«-Effekt, unter unseren

Händen in eine Waffe verwandeln mußte, weil wir so sehr, so heftig danach strebten. Daß wir kein Glück damit hatten, kann kein Zufall sein. Es ist ja in anderen Situationen, jenen »natürlichen«, schon allzu viele Male gelungen. Ich kann mir sehr gut jene Wesen vorstellen, die das Signal gesendet haben. Sie sagten sich: Wir machen es unentschlüsselbar für alle, die noch nicht bereit sind. Wir müssen in unserer Vorsicht noch weiter gehen: Selbst durch eine falsche Entschlüsselung dürfen sie nichts von den Dingen in die Finger bekommen, nach denen sie suchen und die wir ihnen abschlagen müssen.

Die Atome und Galaxien, die Planeten und unsere Körper wurden von niemandem durch ein ähnliches Sicherheitssystem geschützt, darum werden wir auch alle düsteren Konsequenzen eines solchen Nichtvorhandenseins tragen müssen. Die Wissenschaft ist der Teil der Kultur, die zur Welt in Beziehung tritt. Wir polken uns Bröckchen aus ihr heraus und verschlingen sie – nicht in der Reihenfolge, die uns am besten bekäme, denn niemand hat das wohlmeinend vorbereitet, sondern in einer Reihenfolge, die nur durch den Widerstand reguliert wird, die die Materie leistet. Die Atome und die Sterne haben keinerlei Beweggründe, sie können sich uns nicht widersetzen, wenn wir Modelle nach ihrem Bilde ersinnen, werden sie uns den Zugang zum Wissen nicht verwehren, das vielleicht schädlich, ja mörderisch ist. Was immer außerhalb des Menschen bestehen mag, es ist wie ein Toter, der keinerlei Motive haben kann. In dem Moment jedoch, da nicht die Kräfte der NATUR, sondern Kräfte der VERNUNFT eine Botschaft an uns richten, wandelt sich die Situation grundlegend. Derjenige, der einen »Brief« absandte, hat sich bestimmt von Motiven leiten lassen, die dem Leben nicht gleichgültig gegenüberstehen.

Von Anfang an hatte ich die größte Angst vor einem Mißverständnis. Ich war sicher, daß man uns kein Mordwerkzeug gesandt hatte, alles deutete jedoch darauf hin, daß wir die Beschreibung eines Werkzeugs bekommen hatten – und es ist ja bekannt, wie wir das zu gebrauchen verstehen. Werkzeug ist sogar ein Mensch für den anderen. Da ich die Geschichte der Wissenschaft kannte, konnte ich mir eine vollkommene Absicherung gegen Mißbrauch nicht vorstellen. Jede Technik ist ja völlig neutral, und wir hätten es fertiggebracht, jeder als Zweck den Tod zuzuschreiben. Während jener unseriösen, aber verzweifelten Konspiration, die gewiß töricht und dennoch aufgrund eines Instinkts notwendig gewesen war, hatte ich geglaubt, auf SIE brauchten wir nicht mehr zu zählen, weil sie vermutlich nicht vorausgesehen hatten, was wir *fälschlicherweise* mit der Information beginnen würden. Eine Absicherung dessen, was intentional geplant worden war, hielt ich für real, nicht aber dessen, was durch einen Fehler *von uns* entstünde, dadurch, daß wir die Lücken falsch ausfüllten. Selbst die Natur, die die biologische Evolution über vier Milliarden Jahre hinweg gelehrt hat, »Fehler« zu vermeiden und unter den Siegeln aller erdenklichen Sicherheitsvorkehrungen vorzugehen, hat ja nicht sämtliche »Entgleisungen« des Lebens, seine Verzerrungen, Sackgassen, Irrtümer, »Mißverständnisse« ausschließen können – wofür die zahllosen Entartungen in der Entwicklung der Organismen, der Krebs beispielsweise, ein Beweis sind. Doch SIE hatten das ihre getan und die für uns unerreichbare Perfektion biologischer Lösungen weit hinter sich gelassen. Ich wußte jedoch nicht – woher sollte ich auch –, daß jene Lösungen, funktionstüchtiger als die biologischen, derart allseitig gesichert, derart gegen das Eindringen Unberufener gefeit waren.

In jener Nacht in der großen Inversorhalle, über den vollgekritzelten Blättern, hatte mich nicht nur deshalb eine heftige, einer Ohnmacht nahekommende Schwäche befallen, war mir nicht nur deshalb schwarz vor Augen geworden, weil die Gefahr, die über lange Wochen hinweg über meinem Haupte geschwebt hatte, sich mit einmal in nichts auflöste, sondern auch, weil ich in jenem Augenblick greifbar IHRE Größe spürte. Ich hatte begriffen, worin Zivilisation bestehen und was sie sein kann. Wir denken an ein ideales Gleichgewicht, an ethische Werte, daran, uns über die eigene Schwäche zu erheben, wenn wir dieses Wort hören, und wir verbinden es mit dem Besten in uns. Sie jedoch stellt vor allen Dingen Wissen dar, das unter sämtlichen möglichen Situationen eben alle jene aussondert, die bei uns gang und gäbe sind, wie die, daß die besten Köpfe von einer Milliarde von Geschöpfen darüber sinnen, den allgemeinen Tod herbeizuführen, daß sie tun, was ihnen widerstrebt, wogegen sie sich auflehnen – weil ihnen kein anderer Ausweg bleibt. Der Selbstmord ist keiner – wären die Arbeiten auch nur um ein Haar anders verlaufen, hätten wir die Invasion der vom Himmel einfallenden Metallheuschrecken abgewendet, wenn wir uns umgebracht hätten? Wenn SIE solche Situationen vorhergesehen hatten, kann ich das nicht anders deuten, als daß sie uns einmal ähnlich waren oder es, wer weiß, vielleicht noch sind.

Habe ich nicht am Beginn dieses Buches gesagt, nur ein von Grund auf böses Geschöpf weiß, welche Freiheit es gewinnt, wenn es Gutes tut? Es gab den »Brief«, er war abgeschickt worden, auf die Erde gefallen, uns zu Füßen, er war mit dem Neutrinoregen auf die Erde niedergegangen, als die Echsen des Mesozoikums mit ihren Bäuchen die Sümpfe der Karbonwälder pflügten, als der Paläopithekus, der prometheische genannt, beim Benagen eines Knochens darin die erste Keule entdeckte. Und der »Froschlaich«? Ich vermute in ihm die durch unser Ungeschick und unser Unwissen, aber auch durch unser einseitig in die Destruktion abgeglittenes Wissen grotesk verzerrten Bruchstücke dessen, was allein durch das Absenden des »Briefs« beabsichtigt gewesen war. Ich bin überzeugt, daß er nicht ins

Dunkel hinausgeschleudert wurde wie ein Stein ins Wasser. Er war als Stimme gedacht, deren Echo zurückkehren würde – falls sie gehört und verstanden wurde.

Gewissermaßen ein Nebenprodukt des eigentlichen Empfangs sollte das Rücksignal sein, welches die Absender benachrichtigte, daß die Verbindung hergestellt hatte und ihnen zugleich mitteilte, wo das geschehen sei. Ich kann nur vage Vermutungen über den Mechanismus anstellen, der das bewerkstelligen sollte. Die energetische Autonomie des »Froschlaichs«, seine Eigenschaft, Kernreaktionen auf sich zu lenken, die nichts weiter bezweckte, als den Zustand aufrechtzuerhalten, der sie möglich machte, ist der Beweis dafür, daß uns ein Irrtum unterlaufen war, weil wir, bei unserem weitesten Vorstoß, bis zu einem Effekt vordrangen, der zugleich rätselhaft, aber auch fähig war, unter ganz andersgearteten Bedingungen einen Impuls von großer Stärke freizusetzen, zu konzentrieren und wieder in den Raum hinauszuschleudern. Ja, der »Trex«-Effekt, entdeckt durch Donald Prothero, hätte sich, wenn der Code richtig entschlüsselt worden wäre, als Rücksignal, als an die Absender gerichtete Antwort erwiesen. Das folgt für mich aus seinem Grundmechanismus: einer mit der kosmischen Höchstgeschwindigkeit übertragenen Wirkung, die eine beliebig große Energie über eine beliebig große Entfernung befördert. Diese Energie soll, versteht sich, der Übermittlung von Information und nicht von Vernichtung dienen. Die Gestalt, in der uns der »Trex« entgegentrat, war die Folge einer Entstellung, die die im Neutrinostrom fixierte Nachricht während der Synthese erfahren hatte. Entstellung war aus Entstellung entstanden – es konnte nicht anders sein. Das ist nur logisch, doch nach wie vor erstaunt mich IHRE Vielseitigkeit, die sogar potentiell unheilvolle Konsequenzen von Fehlern, mehr noch, die Konsequenzen einer mit Vorbedacht unternommenen Anstrengung verhindert hatte, die ein kaputtes Instrument in eine mörderische Klinge zu verwandeln trachtete.

Die Metagalaxis besteht aus einem unüberschaubaren Gewimmel von Psychozoika. Zivilisationen, nur durch gewisse Richtungsabweichungen von der unsrigen unterschieden, aber wie die unsrige nicht geeint, schleppen sich durch innere Fehden, »verheizen« ihre Reserven und Ressourcen in brudermörderischen Kämpfen, versuchen seit Jahrtausenden den Code zu entschlüsseln und versuchen es immer wieder aufs neue, ebenso stümperhaft wie wir; ebenso wie wir versuchen sie die seltsamen Bruchstücke, die solche Mühsal erbringt, zur Waffe umzumodeln – und ebenso wie uns gelingt es ihnen nicht. Wann hatte sich die Gewißheit in mir festgesetzt, daß es so sein mußte? Ich kann es schwer sagen.

Nur den mir am nächsten Stehenden, Yvor, Donald vertraute ich mich an, und bevor ich endgültig aus der Siedlung abreiste, machte ich noch den bissigen Doktor Rappaport zum Teilhaber an diesem meinem Privatbesitz. Sie alle, das ist das Erstaunliche, bekundeten mir zunächst mit wachsender Genugtuung ihr Verständnis, aber dann, nach kurzer Besinnung, sagten sie, gemessen an der Welt, die uns gegeben sei, entstünde aus meinen Vermutungen ein allzu schönes Ganzes. Mag sein. Was wissen wir über Zivilisationen, die »besser« sind als die unsere? Nichts. Vielleicht ziemt es sich also auch nicht, ein Panorama zu entwerfen, auf welchem wir irgendwo unterhalb des Rahmens als Schandfleck der Galaxis auftreten oder als ein in den sich über Jahrhunderte hinziehenden Geburtswehen steckengebliebener Embryo oder schließlich, um einen Vergleich von Rappaport zu gebrauchen, als bei der Entbindung durchaus wohlgestaltetes Neugeborenes, das drauf und dran ist, sich mit der eigenen Nabelschnur zu erdrosseln. Mit jener Nabelschnur, die einen Ausläufer der Kultur darstellt und die Lebenssäfte des Wissens aus dem Mutterkuchen der Natur zieht.

Ich vermag keinerlei unschlagbare Beweise zugunsten meiner Überzeugung vorzubringen. Ich habe sie nicht. Ich kann im »Sternencode«, in seiner Information auf nichts hinweisen, was belegen würde, daß er für Wesen bestimmt war, die in irgendeiner Weise besser sind als wir. Vielleicht habe ich mir nur, lange genug von Demütigungen gepeinigt, gegen meinen Willen unter dem Kommando der Easterlands und Eeneys marschierend, nach dem Muster und dem Bilde meiner eigenen Wunschträume die mir einzig verfügbare Entsprechung von Heiligkeit erdichtet: den Mythos von VERHEISSUNG und OFFENBARUNG, den ich, der Mitschuldige, aus Unwissenheit ebenso wie aus bösem Willen verworfen hatte?

Wenn dem Menschen nicht mehr daran gelegen sein wird, Atome und Planeten zu bewegen, wird die Welt ihm gegenüber sehr wehrlos sein, weil der Mensch sie sich dann so ausdeuten kann, wie es ihm beliebt. Wer die Phantasie als Schwert benutzt, wird durch das Schwert umkommen. Und dabei geht es doch darum, daß die Phantasie zum Fenster wird, das sich auftut in die Welt. Zwei Jahre lang hatten wir eine Sache von ihrem Ende her untersucht, in Gestalt von auf die Erde herabströmenden fertigen Ergebnissen. Ich schlage eine entgegengesetzte Überlegung vor. Dürfen wir, ohne in Wahnsinn zu verfallen, annehmen, man habe uns ein Rätsel, eine Art Intelligenztest, eine aus der Galaxis stammende Scharade geschickt? Einen solchen Gesichtspunkt halte ich für absurd: Die Schwierigkeit des Textes war keine Schale, die wir durchstoßen mußten. Die Botschaft war nicht für alle bestimmt: So sehe ich den Fall, und ich kann nicht anders. Als erstes: Er war nicht für Zivilisationen gedacht, die weit unten auf der Stufenleiter eines rein instrumentalen Fortschritts stehen, denn es ist doch klar, daß die Sumerer oder die Karolinger nicht einmal fähig gewesen wären, das Signal zu entdecken. War es jedoch nur das Kriterium rein technischer Leistungsfähigkeit, das den Empfängerkreis begrenzte? Blicken wir über uns hinaus! Eingeschlossen in den fensterlosen Raum der ehemaligen Atomtestanlage mußte ich unaufhörlich daran denken, daß die große Wüste jenseits der Mauern mitsamt dem sich über sie breitenden dunklen Gewölbe – und weiter –, die ganze Erde unablässig, Stunde um Stunde, Jahrhundert um Jahrhundert und Zeitalter um Zeitalter von einem uferlosen Strom aus unsichtbaren Teilchen durchbohrt wurde, dessen Fluten eine Nachricht mit sich führten, die ebenso auch auf anderen Planeten des Sonnensystems, auf anderen derartigen Systemen, in anderen Galaxien eintreffen konnte, daß dieser Strom ausgesandt worden war vor unbekannter Zeit, aus den unbekannten Abgründen des Alls – und daß dies wirklich so war.

Ich nahm dieses Wissen nicht widerstandslos hin – es widersprach viel zu sehr allem, was ich gewohnt war. Ich sah gleichzeitig unser Unternehmen, die Scharen von Wissenschaftlern, diskret beaufsichtigt von dem Staat, dessen Bürger ich bin. Eingesponnen in ein Netz von Abhörgeräten sollten wir den Kontakt zu einer das Universum bewohnenden Intelligenz herstellen. In Wahrheit war dies der Einsatz in einem global ausgetragenen Spiel, gehörte zu seiner Poule. Unter den unzähligen Kryptonymen, die die Betoneingeweide des Pentagon bis zum Rand füllen, erschien in irgendeiner Schatzkammer, auf irgendeinem Regal, in irgendeinem Ordner mit dem Vermerk »geheim« auf dem Deckel noch ein Abkürzungszeichen mehr: das der Operation »Master's Voice« – jenes bereits im Keim vom Wahnsinn gezeichneten Versuchs, etwas zu verbergen und einzusperren, was seit Jahrmillionen die Weiten des Alls erfüllt, um, wie die Kerne aus der Zitrone, eine Information von todbringendem Inhalt daraus herauszupressen.

Wenn das kein Irrsinn war, dann hatte es ihn nie gegeben. Folglich hatte der Absender bestimmte Wesen gemeint, aber nicht alle, nicht einmal alle aus dem technologischen Kreis. Was für Zivilisationen waren die eigentlichen Empfänger? Ich weiß es nicht. Ich sage nur soviel: Wenn uns diese Information im Sinne der Absender nicht zusteht, dann werden wir sie nicht begreifen. Ich setze großes Vertrauen in SIE, weil SIE es nicht enttäuscht haben.

Doch kann nicht alles auch nur eine Folge von Zufällen gewesen sein? Gewiß. War nicht der »Sternencode« selbst durch Zufall entdeckt worden? Hatte er wiederum nicht rein zufällig entstehen können? Erschwerte er vielleicht nur zufällig den Zerfall großer organischer Teilchen, wiederholte sich zufällig, und schließlich – war vielleicht nur aufgrund eines Zufalls aus ihm der »Herr der Fliegen« entstanden? All das ist möglich. Der Zufall vermag auch in einer Flutwelle einen Wirbel auszulösen, der den tiefen Abdruck eines nackten Fußes auf dem Sand hinterläßt.

Der Skeptizismus ist wie die unaufhörlich verstärkte, vielfache Vergrößerung eines Mikroskops: Das zunächst scharfe Bild verschwimmt schließlich, weil man letzte Dinge nicht sehen kann: Ihre Existenz kann man nur noch folgern. Im übrigen geht die Welt nach dem Abschluß des Projekts ihren Weg weiter. Äußerungen von Wissenschaftlern, Politikern und Tageshelden über die kosmische Intelligenz sind aus der Mode gekommen. Der »Froschlaich« läßt sich nutzbar machen, die Staatsmillionen sind also nicht für die Katz, über den veröffentlichten Code kann sich nun die Legion jener Verrückten den Kopf zerbrechen, die vorher das Perpetuum mobile und die Trisektion des Winkels erfunden haben, darüber hinaus darf jeder das glauben, was ihm behagt. Zumal wenn dieser Glaube, wie der meine, keinerlei praktische Konsequenzen nach sich zieht. Denn er hat mich ja nicht zu Staub zermahlen. Ich bin derselbe wie vor meinem Eintritt ins Projekt. Nichts hat sich verändert.

Ich will meinen Bericht mit einem Wörtchen über die

Männer des Projekts beenden. Ich habe bereits erwähnt, daß mein Freund Donald nicht mehr am Leben ist. Er litt an einer Fluktuation des Zellteilungsprozesses: an Krebs. Yvor Baloyne ist nicht nur Professor und Rektor, sondern auch ein derart mit Arbeit überhäufter Mann, daß er nicht einmal weiß, wie glücklich er dran ist. Über Doktor Rappaport ist mir nichts bekannt. Der Brief, den ich vor mehreren Jahren an das Institute for Advanced Study gerichtet habe, kam zurück. Dill lebt in Kanada – beide haben wir keine Zeit für einen Briefwechsel.

Aber was bedeuten diese Bemerkungen eigentlich? Was weiß ich von den geheimen Ängsten, Gedanken und Hoffnungen derer, die mir in dem beschriebenen Zeitraum Weggefährten waren? Ich habe niemals die Distanz zu einem anderen Menschen zu überwinden vermocht. Das Tier ist festgebunden an sein Hier und Heute, mit all seinen Sinnen, der Mensch aber kann sich losreißen, erinnern, mit anderen fühlen, sich deren Gemütsverfassung, deren Empfindungen vorstellen – was, zum Glück, nicht stimmt. Bei derlei Versuchen, uns in andere hineinzuversetzen, in ihre Haut zu schlüpfen, gewinnen wir nur ein nebelhaftes, verschwommenes Bild von uns selbst. Was würde mit uns geschehen, wenn wir wirklich mit anderen Mitleid zu haben, mit ihnen zu fühlen, an ihrer Statt zu leiden vermöchten? Daß sich die menschlichen Schmerzen, Ängste, Leiden mit dem Tod des einzelnen auflösen, daß nichts bleibt von jenen Höhenflügen, Niederlagen, Orgasmen und Torturen, ist ein rühmenswertes Geschenk der Evolution, die uns den Tieren ähnlich gemacht hat. Wenn jeder Unglückliche, jeder Gepeinigte auch nur ein Atom seiner Gefühle hinterließe, wenn solcherart das Erbe von Generationen anwüchse, wenn auch nur ein Fünkchen von einem Menschen zum anderen überspringen könnte, wäre die Welt erfüllt von einem mit Macht sich den Därmen entreißenden Schmerzgebrüll.

Wir sind wie die Schnecken, jeder klebt an seinem Blatt. Ich suche Zuflucht bei meiner Mathematik und wiederhole mir, wenn mir das nicht genügt, diesen letzten Absatz aus einem Swinburne-Gedicht:

From too much love of living,
  From hope and fear set free,
We thank with brief thanksgiving
  Whatever gods may be
That no life lives for ever;
That dead men rise up never;
That even the weariest river
  Winds somewhere safe to sea.

Zakopane, Juni 1967

Kraków, Dezember 1967

Phantastische Bibliothek
in den suhrkamp taschenbüchern

Violetter Umschlag kennzeichnet die Bände der
»Phantastischen Bibliothek« innerhalb der *suhrkamp taschenbücher*

Band 1 Stanisław Lem, Nacht und Schimmel. Erzählungen. Aus dem Polnischen von I. Zimmermann-Göllheim. st 356
Band 2 H. P. Lovecraft, Das Ding auf der Schwelle. Unheimliche Geschichten. Deutsch von Rudolf Hermstein. st 357
Band 3 Herbert W. Franke, Ypsilon minus. st 358
Band 4 Blick vom anderen Ufer. Europäische Science-fiction. Herausgegeben von Franz Rottensteiner. st 359
Band 5 Gore Vidal, Messias. Roman. Deutsch von Helga und Peter von Tramin. st 390
Band 6 Ambrose Bierce, Das Spukhaus. Gespenstergeschichten. Deutsch von Gisela Günther, Anneliese Strauß und K. B. Leder. st 365
Band 7 Stanisław Lem, Transfer. Roman. Deutsch von Maria Kurecka. st 324
Band 8 H. P. Lovekraft, Der Fall Charles Dexter Ward. Zwei Horrorgeschichten. Aus dem Amerikanischen von Rudolf Hermstein. st. 391
Band 9 Herbert W. Franke, Zarathustra kehrt zurück. st 410
Band 10 Algernon Blackwood, Besuch von Drüben. Gruselgeschichten. Aus dem Englischen von Friedrich Polakovics. st 411
Band 11 Stanisław Lem, Solaris. Roman. Aus dem Polnischen von I. Zimmermann-Göllheim. st 226
Band 12 Algernon Blackwood, Das leere Haus. Phantastische Geschichten. Deutsch von Friedrich Polakovics. st 30
Band 13 A. und B. Strugatzki, Die Schnecke am Hang. Aus dem Russischen von H. Földeak. Mit einem Nachwort von Darko Suvin. st. 434
Band 14 Stanisław Lem, Die Untersuchung. Kriminalroman. Aus dem Polnischen von Jens Reuter und Hans Jürgen Mayer. st 435
Band 15 Philip K. Dick, UBIK. Science-fiction-Roman. Aus dem Amerikanischen von Renate Laux. st 440
Band 16 Stanisław Lem, Die Astronauten. Utopischer Roman. Aus dem Polnischen von Rudolf Pabel. st 441
Band 17 Phaïcon 3. Almanach der phantastischen Literatur. Herausgegeben von Rein A. Zondergeld. st 443
Band 18 Stanisław Lem, Die Jagd. Neue Geschichten des Piloten Pirx. Aus dem Polnischen von Roswitha Buschmann, Kurt Kelm, Barbara Sparing. st 302
Band 19 H. P. Lovecraft, Cthulhu. Geistergeschichten. Deutsch von H. C. Artmann. Vorwort von Giorgio Manganelli. st 29

Band 20 Stanisław Lem, Sterntagebücher. Aus dem Polnischen von Caesar Rymarowicz. Mit Zeichnungen des Autors. st 459

Band 21 Polaris 4. Ein Science-fiction-Almanach von Franz Rottensteiner. st 460

Band 22 Das unsichtbare Auge. Eine Sammlung von Phantomen und anderen unheimlichen Erscheinungen. Erzählungen. Herausgegeben von Kalju Kirde. st 477

Band 23 Stefan Grabiński, Das Abstellgleis und andere Erzählungen. Mit einem Nachwort von Stanisław Lem. Aus dem Polnischen von Klaus Staemmler. st 478

Band 24 H. P. Lovecraft, Berge des Wahnsinns. Zwei Horrorgeschichten. Deutsch von Rudolf Hermstein. st 220

Band 25 Stanisław Lem, Memoiren, gefunden in der Badewanne. Aus dem Polnischen von Walter Tiel. Mit einer Einleitung des Autors. st 508

Band 26 Gerd Maximovič, Die Erforschung des Omega-Planeten. Erzählungen. st 509

Band 27 Edgar Allan Poe, Der Fall des Hauses Ascher. Aus dem Amerikanischen von Arno Schmidt und Hans Wollschläger. st 517

Band 28 Algernon Blackwood, Der Griff aus dem Dunkel. Gespenstergeschichten. Deutsch von Friedrich Polakovics. st 518

Band 29 Stanisław Lem, Der futurologische Kongreß. Aus dem Polnischen von I. Zimmermann-Göllheim. st 534

Band 30 Herbert W. Franke, Sirius Transit. Roman. st 535

Band 31 Darko Suvin, Poetik der Science-fiction. Zur Theorie und Geschichte einer literarischen Gattung. Deutsch von Franz Rottensteiner. st 539

Band 32 M. R. James, Der Schatz des Abtes Thomas. Zehn Geistergeschichten. Aus dem Englischen von Friedrich Polakovics. st 540

Band 33 Stanisław Lem, Der Schnupfen. Kriminalroman. Autorisierte Übersetzung aus dem Polnischen von Klaus Staemmler. st 570

Band 34 Franz Rottensteiner (Hrsg.), ›Quarber Merkur‹. Aufsätze zur Science-fiction und Phantastischen Literatur. st 571

Band 35 Herbert W. Franke, Zone Null. Science-fiction-Roman. st 585

Band 36 Über Stanisław Lem. Herausgegeben von Werner Berthel. st 586

Band 37 Wie der Teufel den Professor holte. Science-fiction-Erzählungen aus Polaris 1. st 629

Band 38 Das Mädchen am Abhang. Science-fiction-Erzählungen aus Polaris 2. st 630

Band 39 Der Weltraumfriseur. Science-fiction-Erzählungen aus Polaris 3. st 631

Band 40 Die Büßerinnen aus dem Gnadenkloster. Phantastische Erzählungen aus Phaïcon 2. Herausgegeben und mit einem Vorwort von Rein A. Zondergeld. st 632

Band 41 Herbert W. Franke, Einsteins Erben. Science-fiction-Geschichten. st 603
Band 42 Edward Bulwer Lytton, Das kommende Geschlecht. Aus dem Englischen übersetzt von Michael Walter. st 609
Band 43 H. P. Lovecraft, Die Katzen von Ulthar und andere Erzählungen. Deutsch von Michael Walter. st 625
Band 44 Phaïcon 4. Almanach der phantastischen Literatur. Herausgegeben von Rein A. Zondergeld. st 636
Band 45 Johanna Braun, Günter Braun, Unheimliche Erscheinungsformen auf Omega XI. Utopischer Roman. st 646
Band 46 Bernd Ulbrich, Der unsichtbare Kreis. Utopische Erzählungen. st. 652
Band 47 Stanisław Lem, Imaginäre Größe. Aus dem Polnischen von Caesar Rymarowicz. st 658
Band 48 H. W. Franke, Paradies 3000. Science-fiction-Erzählungen. st 664
Band 49 Arkadi und Boris Strugatzki, Picknick am Wegesrand. Utopische Erzählung. Aus dem Russischen übersetzt von Aljonna Möckel. Mit einem Nachwort von Stanisław Lem. st 670
Band 50 Louis-Sébastien Mercier, Das Jahr 2440. Deutsch von Christian Felix Weiße (1772). Herausgegeben, mit Erläuterungen und einem Nachwort versehen von Herbert Jaumann. st 676
Band 51 Johanna Braun, Günter Braun, Der Fehlfaktor. Utopisch-phantastische Erzählungen. st 687
Band 52 H. P. Lovecraft, Stadt ohne Namen. Gespenstergeschichten. Aus dem Amerikanischen von Charlotte Gräfin von Klinckowstroem. Mit einem Nachwort von Dirk W. Mosig. st 694
Band 53 Leo Szilard, Die Stimme der Delphine. Utopische Science-fiction-Erzählungen. Mit einem Vorwort von Carl Friedrich von Weizsäcker. st 703
Band 54 Polaris 5. Ein Science-fiction-Almanach. Herausgegeben von Franz Rottensteiner. st 713
Band 55 Arthur Machen, Die leuchtende Pyramide und andere Geschichten des Schreckens. Aus dem Englischen von Herbert Preissler. st 720
Band 56 J. G. Ballard, Der ewige Tag und andere Erzählungen. Deutsch von Michael Walter. st 727
Band 57 Stanisław Lem, Mondnacht. Hör- und Fernsehspiele. Aus dem Polnischen übersetzt von Klaus Staemmler, Charlotte Eckert, Jutta Janke und I. Zimmermann-Göllheim. st 729
Band 58 Herbert W. Franke. Schule für Übermenschen. st 730
Band 59 Joseph Sheridan Le Fanu, Der besessene Baronet und andere Geistergeschichten. Deutsch von Friedrich Polakovics. Mit einem Nachwort von Jörg Krichbaum. st 731

Band 60 Philip K. Dick, LSD-Astronauten. Deutsch von Anneliese Strauß. st 732

Band 61 Stanisław Lem, Terminus und andere Geschichten des Piloten Pirx. Aus dem Polnischen von Caesar Rymarowicz. st 740

Band 62 Herbert W. Franke, Keine Spur von Leben. *Hörspiele.* st 741

Band 63 Johanna Braun, Günter Braun, Conviva Ludibundus. Utopischer Roman. st 748

Band 64 William Hope Hodgson, Stimme in der Nacht. Unheimliche Seegeschichten. Deutsch von Wulf Teichmann. st 749

Band 65 Kōbō Abe, Die vierte Zwischeneiszeit. Aus dem Japanischen von S. Schaarschmidt. st 756

Band 66 Die andere Zukunft. Phantastische Erzählungen aus der DDR. Herausgegeben von Franz Rottensteiner. st 757

Band 67 Michael Weisser, SYN-CODE-7. Science-fiction-Roman. st 764

Band 68 C. A. Smith, Saat aus dem Grabe. Phantastische Geschichten. Aus dem Amerikanischen von Friedrich Polakovics. st 765

Band 69 Herbert W. Franke, Tod eines Unsterblichen. Science-fiction-Roman. st 772

Band 70 Philip K. Dick. Mozart für Marsianer. Science-fiction-Roman. Aus dem Amerikanischen von Renate Laux. st 773

Band 71 H. P. Lovecraft, In der Gruft und andere makabre Geschichten. Deutsch von Michael Walter. st 779

Band 72 A. und B. Strugatzki, Montag beginnt am Samstag. Utopisch-phantastischer Roman. Aus dem Russischen von Hermann Buchner. st 780

Band 73 Stanisław Lem, Die Ratte im Labyrinth. Ausgewählt von Franz Rottensteiner. Aus dem Polnischen von Roswitha Buschmann, Caesar Rymarowicz, Jens Reuter und Klaus Staemmler. st 806

Band 74 Johanna Braun, Günter Braun, Der Irrtum des großen Zauberers. Phantastischer Roman. st 807

Band 75 J. G. Ballard, Kristallwelt. Science-fiction-Roman. Deutsch von Margarete Bormann. st 818

Band 76 Peter Schattschneider, Zeitstopp. Science-fiction-Geschichten. st 819

Band 77 Phantasma. Polnische Geschichten aus dieser und jener Welt. Herausgegeben und übersetzt von Klaus Staemmler. st 826

Band 78 Arkadi und Boris Strugatzki, Die gierigen Dinge des Jahrhunderts. Phantastischer Roman. Aus dem Russischen von Heinz Kübart. st 827

Band 79 J. G. Ballard, Die Tausend Träume von Stellavista und andere Vermilion-Sands-Stories. Aus dem Englischen von Alfred Scholz. st 833

Band 80 Brain W. Aldiss, Der unmögliche Stern. Science-fiction-Geschichten. Aus dem Englischen von Rudolf Hermstein. st 834

Band 81 Herbert W. Franke, Transpluto. Science-fiction-Roman. st 841

Band 82 Polaris 6. Ein Science-fiction-Almanach, Herbert W. Franke gewidmet. Herausgegeben von Franz Rottensteiner. st 842

Band 83 Algernon Blackwood, Der Tanz in den Tod. Unheimliche Geschichten. Herausgegeben von Kalju Kirde. Aus dem Englischen von Friedrich Polakovics. st 848

Band 84 L. Sprague de Camp, H. P. Lovecraft. Eine Biographie. Aus dem Amerikanischen von Jörg Krichbaum. st 849

Band 85 Stanisław Lem, Robotermärchen. Aus dem Polnischen von I. Zimmermann-Göllheim. st 856

Band 86 Phaïcon 5. Almanach der phantastischen Literatur. Herausgegeben von Rein A. Zondergeld. st 857

Band 87 C. A. Smith, Planet der Toten. Phantastische Erzählungen. Aus dem Amerikanischen von Friedrich Polakovics. st 864

Band 88 Jerzy Žulawski, Auf dem Silbermond. Science-fiction-Roman. Aus dem Polnischen von Edda Werfel. st 865

Band 89 Arkadi und Boris Strugatzki, Fluchtversuch. Science-fiction-Roman. Aus dem Russischen von Dieter Pommerenke. st 872

Band 90 Michael Weisser, DIGIT. Science-fiction-Roman. st 873

Band 91 Rein A. Zondergeld, Lexikon der phantastischen Bibliothek. st 880

Band 92 Johanna Braun, Günter Braun, Der Utofant. In der Zukunft aufgefundene Journale aus dem Jahrtausend III. st 881

Band 93 Cordwainer Smith, Herren im All. Science-fiction-Erzählungen. Aus dem Amerikanischen von Rudolf Hermstein. st 888

Band 94 Tod per Zeitungsannonce und andere phantastischen Erzählungen aus Rußland. Herausgegeben von Elisabeth Cheauré. Aus dem Russischen von Edda Werfel und anderen. st 889

Band 95 J. G. Ballard, Hallo Amerika! Science-fiction-Roman. Aus dem Englischen von Rudolf Hermstein. st 895

Band 96 J. G. Ballard, Billennium. Science-fiction-Erzählungen. Aus dem Englischen von Alfred Scholz und Michael Walter. st 896

Band 97 Stanisław Lem, Die Stimme des Herrn. Roman. Aus dem Polnischen von Roswitha Buschmann. st 907

Band 98 Thomas Owen, Wohin am Abend? und andere seltsame Geschichten. Deutsch von Rein A. Zondergeld. Mit einem Nachwort des Übersetzers. st 908

Band 99 Martin Roda Becher, An den Grenzen des Staunens. Aufsätze zur phantastischen Literatur. st 915

Band 101 Jerzy Zulawsky, Der Sieger. Ein klassischer Science-fiction-Roman. Aus dem Polnischen von Edda Werfel. st 916

Band 102 Joseph Sheridan Le Fanu, Maler Schalken und andere Geistergeschichten. Deutsch von Friedrich Polakovics. Mit einem Nachwort von Rein A. Zondergeld. st 923

Band 103 J. G. Ballard, Das Katastrophengebiet. Science-fiction-Erzählungen. Aus dem Englischen von Alfred Scholz und Rudolf Hermstein. st 924

Band 104 Polaris 7. Ein Science Fiction-Almanach. Herausgegeben von Franz Rottensteiner. st 931

Band 105 Lygia Fagundes Telles, Die Struktur der Seifenblase. Unheimliche Erzählungen. Aus dem portugiesischen Brasilianisch von Alfred Opitz. st 932

Band 106 Adolfo Bioy Casares, Morels Erfindung. Phantastischer Roman. Aus dem Spanischen von Karl August Horst. Mit einem Nachwort von J. L. Borges. st 939

Band 107 J. G. Ballard, Der tote Astronaut. Science-fiction-Erzählungen. Aus dem Englischen von Michael Walter. st 940

Band 108 Villiers de l'Isle-Adam, Die Eva der Zukunft. Deutsch von Annette Kolb. Mit einem Nachwort von Peter Gendolla. st 947

Band 109 Johanna Braun, Günter Braun, Das kugeltranszendentale Vorhaben. Phantastischer Roman. st 948